Renate Münzer

Meeres Stimme

Originalausgabe – Erstdruck

Renate Münzer

# Meeres Stimme

Roman

Schardt Verlag Oldenburg

Bibliographische Information der Deutschen Bibliothek:

Die Deutsche Bibliothek verzeichnet diese Publikation in *Der Deutschen Nationalbibliografie*; detaillierte bibliographische Daten sind im Internet über www.d-nb.de abrufbar.

Titelbild: pischare / photocase.com

1. Auflage 2012

Copyright © by
Schardt Verlag
Uhlhornsweg 99 A
26129 Oldenburg
Tel.: 0441-21 77 92 87
Fax: 0441-21 77 92 86
E-Mail: kontakt@schardtverlag.de
www.schardtverlag.de
Herstellung: PRINT GROUP Sp. z o.o., Poland

ISBN 978-3-89841-652-8

## Präambel

Der Mandelkern sitzt im Gehirn.
Er gehört zum Limbischen System und ist verantwortlich für Gefühle und ihre Reflexion. Bei traumatischen Erlebnissen kann er die Annahme einer Information verweigern – diese sinkt dann unbearbeitet bis auf den Grund der Seele.

## 1. Künft'ger Zeiten Eitler Kummer

Der letzte Ton schwingt noch in der Luft.

Ein paar Augenblicke lang ist Stille. Leichter Schwindel hat sich über mich gelegt, noch im Taumel der Töne sehe ich den Raum wie durch einen Schleier. Die Luft knistert von unsichtbaren Funken. Zu hören nur mein Atem.

Ich hatte vorgesungen, Seele ausgekippt. Als hätte der Sänger kein eigenes Herz. Als gehörte es allen.

In dem Moment, als sich der Schleier vor meinen Augen lichtet und ich in ihre Gesichter blicke, ist es mir klar.

„Von Ihnen hätte ich, ehrlich gesagt, mehr erwartet."

„Sie haben es geschafft, die Tiefen Chopins an der Oberfläche verplätschern zu lassen. Es hörte sich zwar noch an wie Chopin, war aber wohl eher ein Chopinchen!"

Er lacht selbstgefällig über seinen schlichten Witz. „Sie müssen die Töne von innen herauskommen lassen. Darauf kommt es an!"

Ich starre auf mein Notenblatt und versuche angestrengt, im grauen Granitboden zu versinken. Wenigstens ein kleines Stück. Ich weiß genau, wie es sich anfühlt, wenn die Töne von innen herauskommen. Mühelos. Und weit. Und frei.

Über den Schubert verlieren sie kein Wort.

Am gnädigsten ist noch Professor Radow. „Was ist denn los mit Ihnen? Sind Sie überarbeitet? Gönnen Sie sich ein paar Wochen Pause, und dann versuchen Sie es noch einmal."

Ein paar Wochen. Ich hatte ein paar Jahre Pause hinter mir! Hinter meiner Wut verbirgt sich Verzweiflung. Durchgefallen. Schlagartig ist mir klar, was das heißt, und ich spüre gegen meinen Willen Tränen aufsteigen. Es ist die letzte Chance gewesen, die ich mir selbst gegeben habe. Das einstige Talent, hoch gelobt und tief gestürzt. Jahre schon ist es her, dass ich meine Stimme verlor. Der Tod der Sängerin.

Sprechen kann ich, doch nicht mehr singen. Nicht Chopin, den ich liebe. Nicht Schubert, mit dem ich glänzende Erfolge feierte.

Es kommen Töne, aber sie berühren nicht mehr die Seele. Ich habe sie verloren, meine Töne.

Ich kämpfe die Tränen nieder, verabschiede mich und bekomme einen halbwegs würdevollen Abgang hin. Außer Sichtweite, außer Hörweite, sinke ich auf das erstbeste Fensterbrett und lege mein Gesicht für einen

Moment in meine Hände. Könnten doch meine schmerzenden Gedanken aus meinem Kopf herausfließen und meine Hände sie auffangen.

Sie haben mich nicht einmal erkannt! Das Leben hinterlässt seine Spuren, bei mir offenbar bis zur Unkenntlichkeit. Mein Gesicht, meine Bewegungen, mein Auftreten. Meine Stimme. Sie haben mich nicht mehr erkannt. Soeben habe ich mich von meiner Zukunft verabschiedet.

Langsam kommt eine Flutwelle auf mich zu, ich spüre sie aufsteigen, nähere mich bedrohlich dem Dammbruch. Um schneller zu sein als die Welle dicht hinter mir, laufe ich die langen Gänge hinaus auf die Straße – wie hell es da ist! – und mische mich unter die Alltagsmenschen.

Als ich über die belebte Straße heimschlendere, ist es fast mittags. Eine Zeit, in der man arbeitet und nicht schlendert.

Ich setze mich in ein Straßencafé, bestelle einen Espresso und tue eine Weile so, als ob ich ein ganz normaler Mensch an einem ganz normalen Tag wäre. Der erste Tag in diesem Jahr, an dem ich meine Sonnenbrille trage. Die ersten Strahlen der Frühlingssonne bahnen sich nach dem langen Winter ihren Weg mit unerwarteter Macht. Wie jeden Winter hatte ich vergessen, wie stark die ersten Sonnenstrahlen im Frühling sind.

Dabei teile ich keineswegs die Winterdepression meiner Mitmenschen, die nervös werden, sobald der Winter bis in den März hinein dauert. Ich liebe den Winter mit seiner klaren Luft und den kühlen Farben. Von mir aus hätte er ruhig noch länger dauern können.

Ich lege das Geld auf den Tisch.

Ich hatte eines der wenigen Lieder von Chopin vorgesungen, *Ich möchte nur hören, hören, hören!* Ein Liebeslied für Maria Wodzinska, 1937 komponiert. Selten gesungen und von eigenartig tiefem Gefühl.

Dazu *Frühlingsglaube* von Franz Schubert. Ich wollte mich damit nur für einen Liederabend bewerben. Es war das erste Stück gewesen, das ich nach meiner „Verwandlung" sang. Mit ihm hatte ich meinen Durchbruch gehabt, und seit damals sang ich es, sooft ich dazu Gelegenheit hatte. Wählte ich mein Repertoire selbst aus, so war es immer dabei. Mein Paradestück. Heute hatte ich genau das so seelenlos dargebracht, dass sie noch nicht einmal ein Wort darüber verloren. Sie hatten es nicht einmal erwähnt. Als hätten sie es überhaupt nicht gehört. Als hätte ich es überhaupt nicht gesungen.

Ich habe vorgesungen, so wie jeder Künstler für ein Engagement vorsingt. Ich wollte wissen, ob ich mich noch davon unterschied. Ob ich mich

noch durchsetzen konnte mit meiner Stimme, oder ob es nur mehr mein Name war, der mich hin und wieder auf die Bühnen holte. Dass meine Stimme nicht mehr die gleiche ist wie früher, ist mir klar. Aber dass sie nicht mehr für ein einfaches Vorsingen reicht, habe ich nicht gewusst. Die Jury hatte ich hochkarätig gewählt. Sie hörten Qualität heraus. Ich hatte unter einem Pseudonym vorgesungen. Ich hatte es wissen wollen.
Jetzt weiß ich es.
Begonnen hatte alles vor fünf Jahren.

Auch ein weiterer Espresso würde mein Problem nicht lösen, ich muss die Konsequenzen ziehen, endlich, nach Wochen, nach Monaten. Nach Jahren des Wartens, Bemühens, Nicht-Glaubenwollens, immer wieder Versuchens ist jetzt der Zeitpunkt gekommen. Das Urteil der Jury hat an der Qualität meines Gesangs keinerlei Zweifel gelassen.
Fahr nach Hause und bring es zu Ende, denke ich, und dieser Gedanke hat zweifellos auch etwas Befreiendes. Wenn man mit allen Kräften gegen das unausweichliche Ende kämpft, so ist es ein erlösendes Gefühl, wenn es endlich da ist.
Ich fahre nach Hause.

Requiem für eine Stimme. Für meine Stimme.
Die Nachmittagssonne taucht die Welt in warmes Licht. Frisches Grün ziert Bäume und Sträucher, Tulpen und Narzissen sorgen für weitere Farben, ein Vogelschwarm zieht unter lautem Zwitschern über mich hinweg, vielleicht gerade heimkehrend aus seinem fernen Winterquartier.
In dem Moment biege ich in meine Auffahrt ein. Es erfasst mich immer noch unwillkürlich ein erhabenes Gefühl, wenn ich in unsere „Allee" einbiege, eine schmale Straße, links und rechts keine Eichen, dafür Kastanienbäume, einige von ihnen uralt. Von der Einfahrt aus nicht zu sehen, führt die Straße zu einem alten Haus, das versteckt in einer Unmenge verschieden großer Rosenbäumchen liegt. Unser Rosenhaus.
Wie tausend Male vorher laufe ich die Allee entlang. Doch diesmal ist es anders. Ich muss einen Endpunkt setzen. Nicht noch einen quälenden Versuch. Als ich fast beim Haus bin, fasse ich den Entschluss, alle noch ausstehenden Termine und Konzerte abzusagen. Viele sind es ohnehin nicht.
Ich sperre die knarrende Eichentür auf, steige langsam die Stufen der Vortreppe hinauf, die ich sonst in einem Sprung nehme. Durch die Zimmerflucht fällt Sonne, einzelne Strahlen ersten Frühlingslichts, durch die

Scheiben in Prismen gebrochen. Ich werfe die altmodische Espresso-Maschine an, lasse kaltes Wasser in ein Glas laufen und setze mich an den Küchentisch. Es ist eine lange Tafel, und von jeder Seite schaut man durch die gegenüberliegenden Fenster in den verwunschenen Garten. Der schilfumwachsene Teich, den man nur über die Holzbohlen erreicht. An ihrem Ende die kleine Plattform, gerade groß genug für einen Stuhl aus Binsen und einen Tisch aus einem Stück unbehauenem Marmor. Ich kann Tisch und Stuhl vom Fenster aus gerade noch sehen. Wenn der Sommer kommt, werden sie ganz im Schilf verschwunden sein.

Auf der anderen Seite des Gartens mein Lieblingsplatz, ein japanisches Teehaus unter einem Kirschbaum, dessen Blüte mir im Frühling jedes Mal für drei Wochen den Atem verschlägt.

Ich hatte es nicht kommen sehen. Und hätte ich es gesehen, ich hätte es nicht begriffen. Wer denkt schon an Winter, wenn die ersten Veilchen blühen?

Musik hat mein Leben gleichsam begonnen und beendet, war Anfang und Ende in einem.

Niemand hatte mir versprochen, dass das Leben schön wird, doch aus irgendeinem Grund hatte ich das immer gedacht. Und hatte nicht die leichten Schatten bemerkt.

Fünf Jahre ist es her, seit sich der Schatten auf meine Seele gelegt hat, auf mein Herz. Schattenherz.

Ich sitze eine Weile vor dem Telefon und sehe es so lange an, bis es läutet.

„Ja?"

„Und – wie lief's?" Die Stimme meiner Freundin A klingt eine Spur munterer, als dass ich es ihr geglaubt hätte.

„Das war's, ich packe gerade meine Koffer." Als Letztes will ich jetzt Mitleid und als Vorletztes Aufmunterung. Obwohl sie sonst ein feines Gespür für menschliche Schwingungen hat, entscheidet sie sich unglücklicherweise für Letzteres.

„Du schaffst das schon wieder. Singen ist dein Leben, so was kommt einem nicht so ohne weiteres abhanden!"

Ohne weiteres!

Ich fühle mich zu kraftlos für weitere Ermunterung. Mit der Aussicht auf ein Treffen beruhige ich sie und lege auf.

Ich fülle neues Wasser in die Maschine, lasse mir einen weiteren Espresso heraus, schäume die Milch auf. Ordne die aufgeschlagenen Zeitungen zu einem verknitterten Bündel und lege sie auf die Ecke des Tisches. Stelle die Rosen, die an dieser Stelle stehen, in die Mitte. Rücke sie wieder etwas weg. Zögere es hinaus, so lange es geht.

Was soll ich ihnen sagen?

„Ich habe meine Lieder verloren."

Oder: „Ich habe meine Stimme verloren."

Wenn das nur nicht so blöd klingen würde. Nach exzentrischer Diva, hypochondrischer Sängerin, dabei halte ich doch genau davon überhaupt nichts. Nichts vom blasierten Getue vieler Sänger um ihre Gesundheit, als würde ein einziger Schnupfen ihre Karriere ruinieren. Die meisten Sänger sind Hypochonder. Ich bin keiner, aber ich habe ja auch keine Karriere mehr.

Ich entscheide mich für die unverblümte Wahrheit und wähle.

„Agentur Brentano, Jack Amorosi hier."

„Hier ist S, ohne e." Jeder hat einen Kniff, mit dem er seinen Namen vorstellt. Maier mit a-i. Pfeiffer mit drei f. In meinem Fall hieß der Spruch eben „Ohne e" ... Wie komplett überflüssig – er hat mich sofort erkannt. Was auch daran liegt, dass wir über Jahre hinweg fast jede Woche telefonierten. In letzter Zeit allerdings nicht mehr.

„Was kann ich für dich tun?"

„Ich kann nicht mehr singen."

„Ach?"

Habe ich Protest erwartet?

„Ich meine, ich kann das Konzert übernächste Woche in der Exhibition Hall nicht mehr singen. Ihr müsst euch eine andere Besetzung suchen."

„Das ist zwar etwas kurzfristig, aber", kurze Pause, „warte, ich denke gerade an Eva Jakobsson, sie könnte dich vertreten. Sie ist zwar eigentlich ein Mezzo, aber wenn man die Passage im Mittelteil um einen ganzen Ton herabsetzt, könnte es gehen. Was meinst du?"

„Sie ist ein ausgezeichneter Ersatz", murmele ich ungläubig.

Nachdem ich aufgelegt habe, reiße ich das Fenster auf.

So einfach ist es, eine Karriere zu beenden.

Das nächste Gespräch ist schwieriger. Mitleidlos wähle ich die Nummer von Mack. Ich habe jahrelang um seine Anerkennung gebuhlt, vor allem zu Beginn meiner Karriere ließ er mich mehrere Male gnadenlos abblitzen. In seinen Augen war ich eine überspannte Zicke.

„Was heißt das – KANN NICHT SINGEN!?"

Ich weiche unwillkürlich zurück. Er spuckt immer, wenn er aufgeregt ist.

„Mir ist meine Stimme abhandengekommen, also, ich kann schon singen, aber ich bekomme die Lieder nicht mehr richtig hin."

„Sie bekommt die Lieder nicht mehr hin!" bellt er ins Telefon. Ich sehe ihn vor mir, wie er sich die Brille vom Kopf reißt und auf den Tisch knallt. Das kann ich hören. Jetzt sieht er nur mehr Umrisse, was ihn noch wütender macht.

„Was bilden Sie sich eigentlich ein, wir haben einen Vertrag! Wenn es Madame nicht gefällt, singt sie eben nicht! Wir haben ja nur ein ausverkauftes Haus! Und Madame haben wahrscheinlich ein kleines Schnüpfchen!"

Er keucht, weil er schon unaufgeregt immer zu wenig Luft durch die Nase bekommt. In dem jetzigen Zustand ist alles verloren.

„Wissen Sie, was das kostet? Das kostet Sie drei Monatsgagen als Schadensersatz! Und Ihr ganzes Image ist im Eimer!"

Dass er nicht bemerkt hat, dass es da ohnehin schon war, wundert mich. Trotzdem erschrecke ich. An das Geld habe ich tatsächlich noch gar nicht gedacht. Ich hangele mich von Monat zu Monat. Wenn er recht hat, muss ich meine eiserne Reserve opfern. Ich sollte unbedingt den Vertrag lesen.

„Wissen Sie, was Sie sind?"

Ich verzichte darauf, es zu erfahren.

„Sie, Sie ... ach was!" Er erspart mir den Abschied, indem er den Hörer aufknallt.

Vor dem nächsten Anruf brauche ich eine Stärkung. Denn es ist Ellen van der Rohe, der ich absagen muss. Ellen, die mich entdeckt, gefördert und herausgebracht hat, die mich anfangs auf allen Konzerten begleitet hat. Sie war immer nah an mir gewesen, hatte meine zahlreichen Höhen und Tiefen miterlebt, bis wir verschiedene Wege einschlugen. Erst vor sechs Monaten hatten wir nach sieben Jahren wieder ein gemeinsames Projekt ins Auge gefasst. Sie hatte durchgesetzt, dass ich die Rolle bekam, die Rolle der Königin in Mendelssohns *Elias*. Die Konkurrenz war groß gewesen, allen voran eine junge Italienerin, die vor kurzem an der Scala debütiert hatte. Ich fand sie unglaublich. Doch Ellen hatte es geschafft, mich ins Spiel zu bringen, und ich war froh gewesen, nach sieben mageren Jahren wieder eine Traumrolle singen zu dürfen. Beide freuten wir uns auf das Wiedersehen und die gemeinsame Arbeit. Wie sollte ich ihr nun nach gerade mal ein paar Monaten klarmachen, dass ich den *Elias* niemals mehr würde singen können? Sie würde mir ins Gewissen reden, würde mich aufrütteln wollen. Noch weniger als ich würde sie eingestehen, dass ich verloren war.

Ellen ist sofort am Telefon. Typisch, sie erwartet hinter jedem Anruf eine spannende Geschichte.

„Was ist dir denn über die Leber gelaufen?" Auch das ist typisch: es sofort zu merken.

„Ich ... Ellen, du hältst mich jetzt bestimmt für verrückt", fange ich an.

„Ja. Aber was ist los?"

Ich nehme all meinen Mut zusammen. Es ist so schwer. „Ich – habe aufgehört zu singen. Ich gebe keine Vorstellungen mehr. Vielleicht gehe ich in meinen alten Beruf zu..."

„Was sprichst du da?"

Ich habe gewusst, dass ich ihr nicht entwischen kann. Ich muss durch die volle Ladung.

„Irgendwie läuft mein Leben ganz anders, als ich will. Glaub mir, ich wollte das alles nicht. Aber ich kann überhaupt nicht mehr singen, auch wenn ich ..." Der Rest meiner Rede geht in Schluchzen unter.

„Hör zu. Wenn ich hier Schluss habe, fahre ich zu dir."

Ich fange mich sofort. Das will ich auf gar keinen Fall. Auf keinen Fall will ich meinen Entschluss rückgängig machen. Und noch weniger diskutieren.

„Das ist nicht nötig, es geht mir gut", bringe ich entsetzt hervor.

Aber sie ist alarmiert. „Wie – du kannst nicht singen? Hast du es probiert?"

Tausendmal. „Ja, natürlich habe ich es probiert."

„Siehst du denn nicht, dass es nichts weiter ist als ein vorübergehender Blackout?"

Mein Gott.

„Weil es einmal eine Panne gegeben hat, gerätst du gleich in Panik. Du musst deine Angst überwinden! Lass dich nicht von ihr überwältigen! Nimm eine Arie zur Hand und sing einfach drauflos, ganz egal, wie sie klingt."

„Das hab ich." Es ist unerträglich. „Es hat nicht funktioniert."

Sie versucht es anders. Beschwörend. „Du kannst es. Neunzehn Jahre lassen sich nicht auf einmal auslöschen. All das, was du gelernt hast, was du kannst, dein Talent, dein Ausdruck, das ist vielleicht verschüttet, aber es ist noch da. Irgendwo in dir."

Was sie sagt, ist absolut logisch. Ich hätte es ihr sofort geglaubt, wenn ich es nicht selbst gewesen wäre.

„Ellen, bitte ..." Ich spüre, wie meine Gegenwehr weniger wird, wie Panik in mir aufsteigt. Ich muss die Notbremse ziehen.

„Ach", rufe ich, „da kommt G gerade die Einfahrt hoch. Ich muss gehen, wir sind verabredet!"

Ellen weiß, dass wir Probleme haben. Und ich weiß, dass es für sie der einzige Grund ist, jetzt aufzulegen.

„Okay, dann macht's mal gut, ihr zwei." Ihre Stimme wird vielsagend. „Und lass dich ja nicht unterkriegen! Wir hören uns!"

Davon bin ich überzeugt, als ich den Hörer schnell auflege, bevor sie es sich anders überlegt.

Traurig blicke ich die leere Auffahrt hinunter.

Und einmal bis zur Sonne gehen!

Wann hatte ich meine besondere Beziehung zur Musik bemerkt?

In der Schule lernte ich Noten, ich lernte die Fünftonmusik und dass es vierundzwanzig verschiedene Tonarten gibt. Ich lernte, wie welcher Ton auf die nächste Tonart hinführt, aber nicht die Vorfreude darauf. Und in meinem Kopf waren noch andere Töne, sie erzeugten gleichzeitig weitere Harmonien, wenn man ihnen zuhörte. Als ich mich meldete, war es falsch. Ich verstand die Kompositionslehre nicht und warum man es so machen sollte. Ich hörte erst mal wieder auf mit Lernen.

Nicht aber mit Singen. Als ich zwölf war, bekam ich den ersehnten Gesangsunterricht. Eine sehr große Lehrerin baute sich vor uns achtzehn Kindern auf.

„Mimimimi!" brüllte sie uns auf einmal an, unglaublich hohe Tonlage. Ich schaute mich erstaunt um. Was sollten wir jetzt tun? Auch so rufen?

„Aaeeiioouuhh", formte sie Klänge in einem schallgedämpften Zimmer. Wir sangen alles genauso nach. Mir fiel eine Überstimme dazu ein, ich traute mich auch noch, sie zu singen.

„Bitte tanz nicht aus der Reihe."

„Mamama, momomo, tatatata."

Die seelenlosen Übungen hielt ich vier Monate lang aus. Die Regeln machten die Musik in meinem Kopf grau und hinterließen den schalen Geschmack von Enttäuschung im Mund. Ich schloss den Unterricht ab mit dem Gedanken, dass ich wohl eine andere Musik in mir hatte, eine Art „falsche" Musik. Nicht geeignet, um sie weiterzuentwickeln. Ich schloss sie tief in mir ein.

Es gab zu der Zeit noch etwas, das außer der Musik in meinem Leben eine besondere Rolle spielte. Die Natur.

Ich war in nichts auffällig, außer vielleicht darin, dass ich ein geradezu fanatisches Gefühl zu Pflanzen, Landschaften und Tieren entwickelte. Ich konnte stundenlang alleine gehen. Kiefernwälder, Felder und Bäche waren meine Kameraden. Ich saß am Bachbett, lauschte und lief in Gedanken den Weg der kleinen munteren Wellen mit. Ich folgte dem Lauf der Flüsse, nicht merkend, dass ich dabei Zäune überqueren und Wege verlassen musste. Ich befreite Äste von der Last des Schnees und grub freigelegte Wurzeln wieder ein. Ich ging an Pilzen vorüber und bewunderte ihre Form. Niemals wäre mir eingefallen, sie zu pflücken und zu essen. Ich liebte die Felder mit ihren goldenen Ähren, die Kastanienbäume, unter denen ich lag und träumte.

Manchmal stand ich im Morgengrauen auf, um einmal den Gesang der Nachtigall zu hören. Sie ruft nur vor der ersten Dämmerung, um drei Uhr früh. Was für ein unglaubliches Erlebnis es ist, weiß nur der, der es einmal gehört hat.

So entdeckte ich irgendwann den Zusammenhang: Aller Ursprung der Musik liegt in der Natur. Die Töne, die Chromatik – alles haben die Vögel schon längst vor uns erfunden. Ich begnügte mich mit Lauschen und Erkennen.

Über Jahre hinweg ging es gut. Bis sich die Musik ihren Weg in mir bahnte, unausweichlich.

Das Ganze begann mit einem Misserfolg. Und mein vielleicht größter Verdienst war, danach nicht gleich aufzugeben. Ich wusste ja nicht, dass es für lange Zeit der einzige Misserfolg bleiben sollte.

*Kommt ihr Töchter*

Meine nächste musikalische Station war ein Chor von insgesamt sechsundachtzig Mitgliedern.

Das Singen dort wurde zu einem Albtraum-Erlebnis für mich.

Ich liebte die Klänge choraler Vielstimmigkeit und wollte an ihnen teilhaben. So sang ich dem Chorleiter eines bekannten Klassik-Chors der Stadt vor. Sie versuchten sich gerade zu verjüngen, und so kam ich ihnen gerade recht. Er nahm mich auf.

Ich freute mich darauf, denn endlich hatte ich wieder Gelegenheit, mit anderen zu singen und auf der Bühne zu stehen, zudem war eine Chorfahrt ins Baltikum geplant. Es würde Spaß machen, davon war ich überzeugt. Von den ungeschriebenen Gesetzen eines Chores hatte ich keine Ahnung.

Zunächst wurde ich der Sopran-Stimmlage zugeteilt und versuchte mich in die glockenhellen Stimmen spitzenbebluster Damen einzuordnen. Ich hörte mich selbst kaum, was mich irritierte. So sang ich ein wenig lauter. Wenn es mir gelang, ein paar Töne herauszusingen, blickten mich die Damen indigniert an. Um Himmels willen! Wir sind ein Chor! Ein Sopran singt die Melodie und sonst nichts. Ich versuchte strikt bei den vorgegebenen Tönen zu bleiben und sang konform die Melodie, während die Bässe und Tenöre hinter mir ihren Spaß hatten. Wir sangen die Ouvertüre zur *Matthäus-Passion* von Bach, *Kommt ihr Töchter, hört mich klagen, klaaaa-aaahhaaa-gen*, und als diese Stelle kam, war es einfach zu schön, um keine Schleifen zu singen, und ich schmetterte die wunderbaren Töne laut heraus, wie sie mir kamen!

Die Musik brach jäh ab, und die erste Reihe drehte sich geschlossen zu mir um.

Der Chorleiter steckte mich in den Alt. Alt waren auch die Damen, viel älter als im Sopran. Hier sollte ich also statt nur der Melodie auch anspruchsvolle Gegenläufe singen. Dicht an dicht standen sie, für mich war nirgends Platz. Wieder hatte ich das Gefühl, überall falsch zu stehen. Angestrengt reihte ich mich dennoch ein und ignorierte tapfer ihre missbilligenden Blicke. Auch so ein ungeschriebenes Gesetz: Im Chor hat jeder seinen festen Platz, der einer Rangordnung gleichkommt. Ich hätte ganz unten, in dem Fall ganz hinten anfangen müssen.

Sie huben an. Vier Stufen voluminöser als der Sopran legten sie los, es schwemmte mich regelrecht mit fort. Ich sang einfach mit, die neue Altstimme hatte ich schnell im Kopf.

Doch die Töne hatten wenig mit der Melodie zu tun. Ich hörte andere Schleifen und Töne als die, die ich singen musste. In meinem Kopf fand ein Kampf statt. Ich zwang mich in die Notenläufe, aber es machte mich völlig fertig. Auch wollte ich nicht der Unterbau für den solo singenden, in Szene gesetzten Sopran sein!

Ich fand nirgendwo meine Rolle, machte den Chorleiter unglücklich und mich selbst noch mehr. Sollte ich nicht mal für einen Chor geeignet sein?

Heute glaube ich, dass ich einfach nicht zur Chorsängerin tauge. Töne exakt zu singen, so dass die eigene Stimme im Ganzen aufgeht, untergeht, das wollte ich ja überhaupt nicht! Ich rebellierte insgeheim dagegen, mich einem Gesamtklang unterzuordnen, so schön dieser auch sein mochte.

Damals jedoch zweifelte ich grundsätzlich an meinen sängerischen Qualitäten und trat zur Erleichterung aller aus dem Chor aus.

Doch die Musik bahnte sich ihren Weg, ohne dass es mir bewusst war. Einige Jahre waren seit dieser Erfahrung vergangen, ich hatte mir meine kleine Welt geschaffen. In der gab es einen Freund, ein Praktikum in einem Labor, das ich ein wenig interessant fand, und einen amüsanten Feierabend, an dem ich Freunde traf und es krachen ließ. Da waren Nächte voller Leidenschaft und Musik bis zum Morgengrauen, Salsa, Merengue, Tequila mit Zitrone und Salz, alles durcheinander. Mein Leben war in Ordnung.

Doch manchmal, zwischendrin und unerwartet, schoss Glut wie eine Stichflamme in mir hoch, unkanalisierte Glut, die ich für Momente nicht bändigen konnte.

So lebte ich mein Leben bis zu dem Moment, als alles in mir zu Musik wurde.

Am Tag, als die Musik zu mir kam, hatte ich schlecht geschlafen.

Ich spürte es beim Aufwachen. Genauer gesagt: vor dem Aufwachen, aber nach dem Schlafen, jenem sensiblen Zeitpunkt, den ich immer schon überdeutlich spürte. Das Gefühl zwischen den Welten, zwischen Tag und Traum, an dem ich mich oft nicht entscheiden kann, in die reale Welt zu kommen und aufzuwachen, und doch weiß, dass ich in der anderen nicht mehr bleiben kann, weil meine Zeit um ist.

Der letzte Moment, wenn sich Dunkel und Hell voneinander lösen, so fremd oder leicht, der Moment, an dem sich die Welten noch berühren.

Genau da, zwischen Tag und Traum, war es passiert.

Es war der Geruch des Laubes, wenn es nass ist, Kastanien und Eicheln auf dem feuchten Teppich aus tausend Blättern. Ein magischer Augenblick, der nicht nur das Dickicht der Wälder aus dem Dunkel hebt, sondern auch die Menschenherzen, selbst, wenn sie es nicht wollen. Wenn sie lieber im geheimen Winkel verweilen wollen, statt herauskriechen zu müssen.

Wo sonst die Nachtigall rief, blieb alles still. Und dann setzte das Piano ein, langsam und gefühlvoll, als würde die Natur selbst spielen. Reglos lauschte ich. Die Melodie fügte sich in die einsetzende Morgendämmerung, als wäre sie ein Teil von ihr. Ich hörte angestrengter hin, dämmernde Flöten, ein leiser Hauch von Streichern, aufwachend ein ganzes Orchester, alles formte sich zu einer Harmonie ... Ich konnte nichts als hören. Den Wald, das Dickicht, die lichten Kiefern im Frühling nach der Schneeschmelze.

Und so krochen langsam, unaufhaltsam, die Töne aus meinem Inneren, die seit Jahren dort zurückgehalten wurden.

Ich wusste, dass kein Orchester spielte. Doch die Töne waren da.

Ich hörte Musik, im Klang der Natur, ich fühlte die Welten verschmelzen, mit mir, über mir ...

Und einmal bis zur Sonne gehen!

Ich wurde von der Musik überspült wie von einem Tsunami. Und dieser Morgen, dieser Moment, änderte alles.

Meine ganze Welt wurde zu Musik. In jeder Alltäglichkeit hörte ich Töne und Melodien, im Gesang der Vögel, im Tuckern der Motoren. Ich lebte in Klängen.

Menschen wurden zu Liedern, schnellen, langsamen, lauten, leisen, Bruchstücke nur oder ganze Arien, Sonaten. Gruppen formten sich zu Ouvertüren, harmonisch oder verworren. Ich konnte keinen Menschen mehr ansehen, ohne „seine" Musik wahrzunehmen. Manchmal setzten die Stücke später ein, manchmal sofort, immer jedoch wurden sie zu Gradmessern unserer Beziehung.

In meinem Kopf kämpften Sinfonien mit Liedfragmenten, mit Chören, klassischen Chören, Melodien, Stücken, die ich nicht kannte, nie gehört hatte, und ich musste all meine Kraft aufwenden, um dieses Chaos auszuhalten.

Oft war ich zu erschöpft, um einen Menschen zu treffen.

Dieser Zustand dauerte Wochen. Ich wankte unter den Eindrücken, verirrte mich in der Musik, suchte nach Wegen.

Schließlich lernte ich, mich zu fokussieren, und gewöhnte mir eine Art Filter an. Ich hörte nur hin, wenn ich mit jemandem in Kontakt treten wollte. Die weiteren Klänge blendete ich aus. Allmählich wurden es weniger, und ich konnte mehr und mehr steuern, wen ich in Tönen hören wollte.

Ich schickte meine Gabe wie eine Antenne meinen Gefühlen voraus. Jahrelang folgte ich ihr uneingeschränkt bei der Einschätzung von Menschen und Situationen.

Doch niemandem erzählte ich davon.

Gleichzeitig begann ich mich in die Welt der klassischen Musik hineinzuhören und entdeckte Stück um Stück. Mit jedem davon verbrachte ich mindestens einen Abend. Oder ein Mittagessen, je nachdem widmete ich ihm meine Zeit. Manche Werke blieben, manche verabschiedeten sich wieder. In dieser Zeit, glaube ich, begann ich, selbst in Tönen zu denken und zu fühlen. Und ich ließ viele meiner Freunde hinter mir, neben mir, vorbei an mir. Den meisten war meine Begeisterung zu viel, auch wenn sie Musik eigentlich mochten. Ich konnte stundenlang über einem Stück brüten und es unendlich oft hintereinander hören, um es wirklich zu erkennen, und stellte fest, dass genau das vielen zu lang war, und – darüber hinaus, wenn es erkannt war, diese Erkenntnis für einige gar nicht weltbewegend war! Ich andererseits war gereizt, wenn man mich aus meiner Versunkenheit riss und sie nicht teilte. So dünnte sich mein Freundeskreis natürlicherweise aus.

Doch das alles reichte nicht. Das Feuer brannte. Ich ahnte, dass es noch nicht alles war.

*Himmelwärtsstrebend*

So kam ich zu meiner ersten Gesangsstunde. Der Chorleiter, mein einziger Ansprechpartner in Sachen Musik, hatte mich zu einem Lehrer geschickt, mehr aus Frustration als aus Glauben an mein Talent.

Serge öffnete mir die Tür zu seinem Loft, das ich eine halbe Stunde gesucht hatte. Er blieb einen Augenblick zu lang in der Tür stehen, so dass ich dachte, ich sei zur falschen Zeit oder am falschen Ort, oder er wäre nicht der Richtige. Dann trat er doch zur Seite. Ich ging leicht verunsichert in einen riesigen Raum, der von einem glänzenden schwarzen Flügel dominiert wurde. Sonst befand sich fast nichts in der Wohnung, eine Bank, ein paar Holzscheite, Leinwände. Zwei leere Stühle aus rotem Plastik. Wohnte hier jemand?

Verlegen blieb ich stehen. Serge, der sich noch nicht vorgestellt hatte, strich seine Haare aus dem Gesicht, obwohl es nichts zu streichen gab, sie waren viel zu kurz, um irgendwo im Weg zu sein. Er sah überhaupt aus wie seine Wohnung, klar, nüchtern, kalte Augen, hohe Wangenknochen. Attraktiv! Aber alles andere als künstlerisch. Wie hatte ich mir einen Gesangslehrer vorgestellt? Irgendwie einladender vielleicht. Wie sollte ich denn vor einem wie ihm so etwas Intimes wie Singen können? Und was würde er mich lehren?

„Ich bin Serge", sagte er. Dabei sprach er seinen Namen mit russischem Akzent aus. Aber das war es nicht, warum ich stockte. Es war seine Stimme – sie stand in völligem Kontrast zu seiner Erscheinung. Ihr unerwartet warmer Klang hüllte den ganzen Raum ein wie eine Decke.

Er setzte sich ans Klavier, ich stellte mich vor den Notenständer, in Erwartung einiger Tonfolgen.

„Welches Lied magst du singen?" fragte er, während er ein paar Tasten anschlug, wie nebenbei, ganz auf sich konzentriert.

Sehr viele kannte ich nicht.

„Das *Ständchen* von Franz Schubert", schlug ich vor, ein Stück mit schöner Melodie und genau in meiner Wohlfühllage.

„*Leise flehen meine Lieder*", fing ich an. Es machte Spaß zu seiner Begleitung, sie war gefühlvoll und passte genau zu meiner Stimme.

„*... beglücke mich!*" endete ich und war ein bisschen verlegen über den Text. Doch ich fand, so schön hatte ich das Lied noch nie gesungen.

Erwartungsvoll sah ich zu ihm hin. Er sah mich nachdenklich an.

„Das Stück ist für einen Mann geschrieben."

Verdutzt hielt ich inne. Und? Man kann doch alles singen.

„Was bedeutet dir Musik?"

„Sie ist mir schon sehr wichtig", sagte ich hölzern. Hörte man das denn nicht?

„Was ist sie für dich?" Er sah mich stählern an.

Etwas schmolz.

Ich erzählte ihm von meinem Leben, das Musik geworden war. Vom Morgengrauen und von den Klängen in meinem Kopf. Würde er mich für verrückt erklären?

Er hörte mir aufmerksam zu.

„Du magst den Frühling? Okay. Singe ihn. Versuch es mit *Frühlingsglaube*."

„Jetzt?"

Er wartete. Ich zierte mich.

„In welcher Lage?"

Er schlug ein paar Töne an.

Ich machte die Augen zu, saß an meinem Bachbett mit den weißen Lilien rundum, ein Lüftchen wehte in mein Gesicht, und dann fing ich an.

„*Die linden Lüfte sind erwacht,
sie säuseln und weben Tag und Nacht.*"

Ich hörte meine Stimme und erkannte sie doch nicht. Augenblicklich schossen mir die Tränen in die Augen. Der Klang meiner Stimme trug meine Seele fort wie ein Vogel, ich hörte die Nachtigall und den blühenden Frühling. „*Die Welt wird schöner mit jedem Tag, das Blühen will nicht enden ...*" Und als der letzte Ton verklungen war, schluckte ich, dann noch einmal, dann weinte ich heiße Tränen und konnte nicht mehr aufhören.

„Ich habe noch nie etwas Ähnliches gehört", schluchzte ich, „wie kann ich nur so singen?"

„Schöne Töne", sagte er lächelnd, „berühren das Ohr. Wirkliche Musik berührt die Seele."

Ich schwebte nach Hause.

Bei mir waren sämtliche Schleusen geöffnet, Saiten in mir zum Schwingen gebracht.

Es kam einem Coming-out gleich. Die Musik hatte sich Worte geformt. Alles in mir hatte seinen Platz gefunden ... Entdeckung über Entdeckung wartete auf mich und jedes Mal eine Welt.

Ich bemerkte zum Beispiel, dass ich durch mich „hindurchsingen" konnte. Wenn ich die Töne fühlte, wurden sie zu Worten! Das Singen war wie ein Eintauchen in mich selbst. Ich war davon gefangen und befreit zugleich.

Die Musik, die in mir war, konnte ich nun Stück für Stück mit meinem Leben füllen! Alles in mir war himmelwärtsstrebend.

Ich lernte, dass die Stimme nicht in meinem Hals, nicht im Kehlkopf, in meinen Stimmbändern ist. Zumindest nicht in erster Linie. Die Stimme bin ich. Wie der Strahl meines Lebens läuft die Energie durch mich hindurch, nie enden wollende Quelle. Ich finde Kontakt zu ihr und fühle, wie sie mich aufrechterhält. Ich spüre sie so sehr, dass ich ins Wirbeln komme. Alles in mir wird zu dieser Quelle, und während sie sprudelt, singe ich Töne weit weg. Sie verlassen mich, um auf Bäume zu steigen, ins Wasser zu fließen und hinter hohen Bergen zu verschwinden. Sie klingen nach und kommen zu mir zurück, bis ich sie wieder auf den Weg schicke. Der Strahl meines Lebens fließt und fließt, ich verliere mich, und dann ist das Lied zu Ende.

Wie habe ich es gesungen? Unsicher blickte ich auf meinen Pianisten und Lehrer Serge. Er drehte sich langsam zu mir und flüsterte: „Ja."

Euphorisch sang ich alle Lieder, die ich kannte. Jedes klang anders, als ich es in Erinnerung hatte. Wenn ich mir selbst zuhörte, war mir wieder, als würde es gar nicht ich sein, die sang. Ich kannte mich so nicht, kannte diese Stimme nicht. Gehörte sie wirklich mir?

Sobald ich unsicher wurde, brach der Strom in mir ab. Die großen Klänge wurden zu kleinen Tönen.

Allmählich lernte ich diese Grenze kennen und konnte sie immer öfter übersteigen. Ich stand im großen Musikzimmer und erfüllte es mit großem Klang.

Ich lernte neue Lieder, Franz Schubert wurde meine erste große musikalische Liebe. Alles, was ich singen wollte, hatte er komponiert. Große Traurigkeit ...

*Ruh'n in Frieden alle Seelen, die vollbracht ein banges Quälen, die vollendet süßen Traum, lebenssatt, geboren kaum ...*

und nicht enden wollende Freude

*... Ich träumte von bunten Blumen, so wie sie wohl blühen im Mai.*

Ich sang die Lieder, indem ich sie mir zu eigen machte, ihre Gefühle meine wurden. Ich hörte zu, wieder und wieder, bis es mich schließlich hatte.

Auf dem Heimweg vom Gesangsunterricht war ich so erfüllt, dass ich den Übertritt ins wahre Leben verpasste. Als ich einmal mit der Straßenbahn nach Hause fuhr, überkam mich der eben gehörte Klang mit voller Wucht und schoss aus mir heraus. Da es in beachtlicher Lautstärke und völlig unvermittelt geschah, erschreckten sich die umstehenden Leute fast zu Tode. Ich erschrak daraufhin auch, und wir starrten uns entgeistert an.

„Jetzt schreien Sie doch nicht so! Da denkt man doch, Wunder was passiert ist!" beschwerte sich ein grauhaariger Mann mit Aktentasche, schweratmend auf den Schock hin.

Eine Dame, die ich aus ihren Verhandlungen am Handy gerissen hatte, tötete mich mit Blicken und wählte hektisch ihre Nummer wieder an, um sich dann vielmals für die Störung zu entschuldigen.

Daraufhin nahm ich mir vor, besser aufzupassen. Aber das war gar nicht so einfach. Nachdem ich einmal diese Welt entdeckt hatte, konnte ich nicht aus ihr herausfinden. Daheim, in den Hörsälen der Universität, im Labor, in Bibliotheken machten sich die Melodien einfach Platz. Lebte ich in zwei Welten, oder verschmolzen sie zu einer? Klänge konnten zu jeder Zeit über mich herein- oder aus mir herausbrechen. Manchmal hörte ich sie mit solcher Klarheit, dass ich minutenlang regungslos verharrte. Ich war nie und nirgends mehr vor ihnen sicher.

Ich hatte auch Klavier gelernt. Doch damit hatte es so seine Tücken. Auf dem Klavier konnte ich wunderschöne Stücke kaputtüben. Beim ersten Hören einer Sonate verging ich fast vor Ergriffenheit. Doch mit jeder

Fingerfolge, die ich dazulernte und sie besser spielen konnte, verlor die Sonate ein bisschen mehr ihren Reiz. So erging es mir öfter.

Beim Singen hatte ich das noch nie erlebt. Die Lieder behielten ihren Zauber, und würde ich sie fünfhundertmal singen, jedes Mal ergriffen sie mich aufs Neue in unangetasteter Vollkommenheit.

Natürlich gab es auch Zeiten der Tristesse in meiner musikalischen Ausbildung. Es kam vor, dass es einfach nicht mehr so klang, wie ich es mir vorstellte. Natürlich konnte ich ein Lied trotzdem singen, Töne zu einer Melodie aneinanderreihen, doch es fehlte das, was es zum Ganzen machte. Beim ersten Mal erwischte es mich kalt.

Ich war darauf nicht vorbereitet und frustriert, probierte es immer wieder.

„Wir machen morgen weiter."

„Warte, nur noch einmal."

Ich hatte alles verlernt! Ich war wütend. Hätte ich doch mein Talent unberührt gelassen, diese Überei hat mir die Stimme kaputtgemacht, ihr den schönen, unbeschwerten Klang genommen!

Wie konnte ich sie nur den Regeln überlassen, durch Atembögen lenken und in die Absichten der Komponisten zwängen! Ich bereute es bitter und haderte mit meinem Gesang.

Nur Serge schaffte, dass ich weiterübte, und meine Stimme kam wieder zum Vorschein. Vielleicht schöner.

Der Weg vom unbewussten zum bewussten Können blieb spannend.

*Das erste Konzert*

Ich spürte, dass sich meine Welt auch künftig und für immer um Musik drehen würde. Andere Dinge würden Stück für Stück Platz machen. Mein Leben war langsam aber sicher auf den Kopf gestellt.

Seit ich zum ersten Mal gesehen hatte, wie Menschen schauen, wenn ich Gefühle in ihnen wachsinge, wollte ich diesen Bann erzeugen, für sie, für mich. Es zog mich auf die Bühne. Ich liebte den Klang eines großen Konzertsaals. Es gab prunkvolle Säle, deren Blick in den Publikumsraum eine Herausforderung war. Die meisten davon aus der Jahrhundertwende, mit einer Bühne, selbst so groß wie ein antikes Amphitheater.

Dann wieder gab es welche, deren Atmosphäre sorglos und freundlich war, dazu gehörten die neuen modernen Konzertsäle, hell und groß, die Bühne vorne oder in der Mitte, sie ließen die größte Freiheit des Repertoires. Feierliche Räume wie Kirchen schränkten die Wahl der Lieder ein, nur schwere Gefühle in ernster Feierlichkeit hielten hier der Authentizität stand.

Ich stellte mir vor, wie ich in jedem Saal die Lieder singen würde, die zu ihm gehörten. Plötzlich hatte ich die Fähigkeit, mit meiner Stimme und mit meiner Anwesenheit einen Saal, gefüllt mit Menschen, zu packen.

Ich wollte anrühren. Warum sollte ich das nicht auf einer Bühne tun?

Was ich jedoch nicht wollte, war, meinen Gesang anzubieten. Ich genierte mich unheimlich, jemandem zu erzählen, ich wäre jetzt gut genug, um aufzutreten, geschweige denn, dass ich Menschen anrühren wollte. Und so ließ ich diesen Gedanken wieder fallen.

In dieser Zeit lernte ich Ellen kennen. Ich hatte angefangen, mich mit Bekannten zu treffen, um Musik zu machen. Da mochte ich gern Gesellschaft, jeden Monat einmal bekamen wir so etwas wie eine moderne Schubertiade hin, wechselnde Besetzungen von Musikern und Sängern, jeder kannte wieder andere, Geiger, Cellisten, Pianisten, klassisch oder modern, immer mit feinem Essen. Wunderbare Abende, an denen wir die meiste Zeit glücklich musizierten.

Serge war gerade auf dem Sprung zu einer internationalen Karriere, aber da ich ihn schon lange kannte, begleitete er mich als eine Art Freundschaftsdienst weiterhin. Wir erzeugten so etwas wie ein musikalisches Energiefeld zusammen, spannungsgeladen und knisternd, ein Glücksfall, und Ellen war da, um zuzuhören.

„Wie schön das war", sagte sie hinterher. „Wollen wir mal über eine Zusammenarbeit nachdenken?"

Ich war wie immer nach den Liedern erschöpft und hätte doch gleichzeitig noch ewig weitersingen können. Im ersten Moment verstand ich nicht, was sie wollte, und als ich sie verstand, war mir ihre Einladung, mich zu managen, peinlich. In dieser musikalischen Umgebung dachte ich nicht an so etwas Nüchternes wie Bezahlung. Doch am nächsten Morgen, als ich meine Ausgaben durchrechnete, war ich froh, dass ich ein Treffen mit ihr nicht abgelehnt hatte.

Ellen war ein absoluter Glücksfall, anerkannt im Musikgeschäft und hatte sich hinter der harten Geschäftsfrau eine Leidenschaft zur Musik bewahrt. Sie brachte mir bei, wie wichtig es war, sich zu präsentieren. Ich fand mich denkbar ungeeignet dafür. Vorsingen ja. Aber Geld dafür verlangen?

„Musik ist keine Dienstleistung, sondern Geschmackssache. Das kann man ungeheuer schlecht vermarkten, und außerdem bin ich anfällig. Ich kann nicht überall und immer singen! Ich kann nicht garantieren, dass es klappt. Und an einem genauen Tag, der so lange vorher feststeht, schon gleich gar nicht. Jeder zweite Auftritt wäre gefährdet."

„Das kannst du dir gleich abgewöhnen. Zuverlässigkeit ist Pflicht."

Ich dachte an verzauberte Gesichter und an meine knappe Kasse und unterdrückte den Impuls, mich zurückzuziehen, der mich befiel, kurz bevor ich mich zu etwas entschließen sollte. Wir vereinbarten zum Einstieg ein Konzert in einer Kirche.

„Das ist doch kein richtiges Konzert", gab ich zu bedenken. „Das ist doch wie in einer Messe. Die Leute kommen in die Kirche, um sich zu besinnen, nicht, um schöne Musik zu hören."

„Da täuschst du dich gewaltig", widersprach sie ungeduldig. „Was glaubst du, wie sie sich in diesem Rahmen in eine Musik versenken können. Und was noch besser ist: du auch!"

Sie kannte mich in der kurzen Zeit schon recht gut.

„Trotzdem, dafür zahlen ...", zierte ich mich. Es setzte mich enorm unter Druck. „Ich weiß ja gar nicht, was da angemessen ist." Was war ich wert?

„Wir beginnen natürlich nicht zu tief. Erstens bist du gut. Zweitens klingt es sonst nach zweiter Wahl. Du musst das ganz nüchtern sehen."

Ich sah wohl nicht sehr nüchtern aus, denn sie fügte hinzu: „Aber dafür hast du ja mich."

Mein erster Auftritt rückte näher. Ein halbes Jahr hatte ich Zeit, um mir meines Programms und meiner Stimme sicher zu werden. Ich hatte mir den Komponisten ausgesucht, der meinem Spektrum an Ausdruckskraft damals am besten entgegenkam: Franz Schubert. Ich übte gewissenhaft und fand kein Ende. Nie war ich zufrieden. Immer wieder probierte ich ein Lied auf eine andere Weise und konnte mich nicht entschließen, wie es für mich am besten passte.

„Nach der Probe für Schubert machen wir Schluss." Serge war bereits erschöpft.

„Nein, nein, nein!" rief ich aufgeregt und hüpfte von einem Fuß auf den anderen. „Lass uns doch mal den Händel probieren!"

„Händel ist nicht deine Stimmlage und auch überhaupt nicht dein Stil."

„Was ist denn mein Stil? Ich habe ja so viele Sachen noch nicht ausprobiert. Vielleicht ist das ja gerade gut für mich!" Ich hatte einfach zu große

Lust! Die klare Einfachheit dieser Musik zog mich an, tief empfundene Freude mit dabei.

Händel. Das war es. Er traf mein Thema genau in diesem Moment. Heraus kam eine neue Stimmqualität mit einem Lied, das so vollkommen in sich ruhte, dass ich einfach dahinschmolz, wenn seine ersten Töne erklangen. *Künft'ger Zeiten eitler Kummer* ebnete mir den Weg hin zu Friedrich Händel und einer Art geistlicher Musik, die mir auch einen neuen Zugang zur Schöpfung öffnete.

Klar, dass ich es für mein erstes Konzert wählte. Und als erstes Stück.

Serge hatte keine Zeit, was ich bis zuletzt nicht fassen konnte. Zu zweit ist ein Auftritt besser auszuhalten, er hat mir oft mit seiner vollständigen Versunkenheit geholfen, die Zuhörer zu vergessen. Doch er war zugleich ein hervorragender Pianist und hatte als solcher ein starkes musikalisches Eigenleben. Ich musste seiner Musik folgen, sonst wäre er mir enteilt. Und er folgte mir. Ich wusste, dass er auf jeden Zwischenton meiner Stimme hören würde. Langsamer, schneller. Ruhiger oder energetischer. Und darauf sofort reagieren. Das erforderte unsere ganze Aufmerksamkeit.

„Wie schaffst du das, gleichzeitig zu hören und zu spielen?" fragte ich ihn einmal, kurz bevor wir auftraten. „Und das, obwohl du vorher überhaupt nicht bei der Sache bist."

Für meinen Geschmack stellte er sich viel zu spät auf ein Konzert ein.

Ich hatte seine Nervosität daran bemerkt, dass er vorher immer mehr redete. Da war ich ähnlich, was auf die anderen entweder belustigend oder nervig wirkte, je näher der Auftritt rückte. Dass wir einander nicht richtig zuhörten, spielte keine Rolle.

Manchmal wurde ich stellvertretend für ihn nervös. Er hatte eine unglaublich kurze Konzentrationsphase. Doch wie immer würde es gutgehen. Da war ich sicher, obwohl mir schleierhaft war, wie er seine angespannten Finger unter Kontrolle bringen und derart schnelle und geschmeidige Bewegungen ausführen wollte. Ich war schon froh, wenn ich meine Seiten beim Umblättern erwischte. Nicht an der Seite kleben bleiben und nicht zwei auf einmal erwischen.

Der Musiker hat aber in seinem Instrument auch ein Hilfsmittel. Es vermittelt zwischen ihm und der Musik. Die Stimme ist unmittelbar.

Aber Serge hatte keine Zeit, denn er wurde in sein Heimatland Russland berufen, eine Professur für Musik, seine Chance. Sooft er konnte, wollte er mich zukünftig dennoch begleiten, in den Ferien sowieso. Wenn er konnte, würde er anreisen bis ans Ende der Welt. Heute konnte er nicht.

Und so musste es ohne ihn gehen. Es musste überhaupt alleine gehen, doch ich fühlte mich so verloren wie selten. Vielleicht hätte ich doch im Labor bleiben sollen, niemand hatte mich gezwungen, auf einmal zu singen und das alles in Gang zu bringen. Ich stand vor der alten Evolutionsfrage: fliehen oder bleiben, kämpfen oder abhauen? Ich unterdrückte den Drang zur Flucht. Ich hatte aufgerufen zum Kommen. Ich war Gastgeber.

Obwohl ich meine Lieder, es waren acht, ausdauernd geübt hatte, war ich so nervös, dass ich mich bei den ersten vertrauten Klängen der Orgel zwingen musste, nicht von meinem Platz vor dem Notenständer weg- und aus der Kirche hinauszulaufen.

Die ersten Töne kamen gewohnt schön, doch um sie so schön klingen zu lassen, musste ich ein wenig nachdrücken und mehr Energie verwenden. Es lief nicht von selbst, ich musste nachhelfen. Die Folgen stellten sich ein paar Minuten später ein, als ich die Zäsuren bei entspannter Atmung nicht mehr einhalten konnte. Ich geriet in Luftnot, musste zwischenatmen. Dadurch befiel mich eine plötzliche Welle der Angst, mir könnte die Luft ausgehen und die Stimme kippen, ich müsste dann abtreten oder von vorne anfangen. Dabei hatte ich noch fast das ganze Programm vor mir! Ich geriet in Panik.

Ich war allein, musste es allein durchstehen, da hatte ich keine Wahl, egal, wie es ausfallen würde. Und ich sollte mich auf den Klang meiner Stimme verlassen und die Wirkung des Liedes. Mario an der Orgel zögerte, weil ich zögerte. Ich wünschte, er würde mich tragen, doch er tat es nicht. Ich sollte ihn tragen und hatte so eine zu schwere Last auf mir liegen.

*„Ehrgeiz hat uns nie besiegt"*, sang ich, während ich so mit mir rang, und mit diesen Worten, mehr noch mit der vertrauten Melodie, die ich sonst so spürte, gelang es mir, wieder in die Musik und in die Klänge zurückzukommen. Ich schloss die Augen, die Musik in mir schwang wieder im Gleichklang mit meinen Gefühlen und meiner äußeren Stimme, der Atem stützte mich, und ich fühlte mich wohl.

Mir blieb einen Moment das Herz stehen, als ich geendet hatte, erschöpft, von innen her den Weg nach außen suchend, langsam aufsah und die Kirche ganz still war. Ich dachte, auch wenn es ihnen nicht gefallen hat, ich habe getan, was ich konnte. Ein paar Sekunden später kam der Beifall, nicht frenetisch, sondern ergriffen. So wie die Lieder. Ich war gerührt und den Tränen nahe, aus Dankbarkeit für die Innigkeit, die in der

Kirche herrschte, und der Musik gegenüber und verbarg die Tränen, weil niemand denken sollte, dass ich von meiner eigenen Musik gerührt sein konnte.

Das Konzert wurde ein großer Erfolg und der Beginn einer wunderschönen Karriere. Ich hatte das Glück, einige Angebote zu erhalten, und ich hatte das Glück, dass Ellen die Stücke und Orte langsam und aufeinander aufbauend für mich auswählte. Ich fühlte mich aufgenommen in einen elitären Kreis von Sängern und Musikern, der sich der Musik verschrieben hatte und in den ich früher nur hineinspähen durfte. Ganz zugehörig fühlte ich mich zwar selten, aber in Momenten, in denen wir die Musik teilten, riss mich eine Gemeinsamkeit mit, die ich vorher nie erlebt hatte.

Ich war ein Gefühlssänger und unterschied mich allein dadurch von den anderen, dass ich Singen nicht schon von der Pike auf gelernt hatte, keine Jahre an Erfahrung vorweisen und auch keine Anekdoten aus jugendlichen Orchesterauftritten erzählen konnte. So kämpfte ich manchmal gegen das Gefühl an, ausgebildete Musiker oder Sänger hätten mir immer etwas voraus. Doch wenn ich dann auftrat, bemerkte ich, dass eben auch diese von meinem Vortrag gepackt waren und dass ich trotz dieses niemals aufzuholenden Rückstandes auch etwas hatte, was offensichtlich nicht alle hatten.

Mit den Erfolgen setzte die Bekanntheit ein.

Erstaunt bemerkte ich, dass ich Fans hatte, sie wollten wissen, was ich gerne aß, was ich für Hobbies hatte und wo ich studiert hätte, Fragen, die ich beantwortete und die ich am nächsten Tag überrascht in den Zeitungen las. Medien feierten mich als großes Talent mit starker Ausdruckskraft, als sensible Künstlerin mit weltfernem Blick.

So ging es mit mir steil aufwärts. Konzerte um Konzerte folgten, mit jedem Mal wurde ich besser. Mit jedem Mal wollte ich mein Publikum anders verzaubern, und ich nahm sie mit in den Himmel und schickte sie wieder zurück auf die Erde.

Ich entdeckte meine Möglichkeiten wie ein Universum. Es schien kein Ende zu nehmen! Gerade erst die melancholische Schönheit der altitalienischen Stücke entdeckt, da zog mich die dichte Verwobenheit Wagners in ihren gefährlichen Bann. Ich hörte die Lieder, und ich wusste, dass sie mir gehörten.

Ich hatte das Gefühl, alle Lieder der Welt für mich entdecken zu können. War ich eine lustige Soubrette oder ein lyrischer Alt? Der Himmel stand mir offen – einmal bis zur Sonne gehen!

Ich zog aus der Wohngemeinschaft, in der ich lebte, aus. Ich hatte das Gefühl, dass ich in der Zeit, in der ich daheim war, von anderen Dingen und Menschen vereinnahmt wurde. Mein Bedürfnis, mich privat zurückzuziehen, wuchs.

Zugleich konnte ich am besten üben, wenn um mich herum das Leben war! In mir Ruhe und um mich am besten spürbarer und hörbarer Alltag. Ich fand einen idealen Platz in einer kleinen Stadtwohnung, die eine Gärtnerei, ein Lebensmittelgeschäft und eine Baustelle gleich gegenüber hatte, und fühlte mich pudelwohl, wenn ich, getrennt nur durch Wände und Fenster, während des regen Treibens rundum meine Lieder einübte. Irgendwie inspirierte mich das und erdete mich, nachdem die Lieder und Melodien so viel Vollkommenheit ausstrahlten, Vollkommenheit und immer große Gefühlstiefe.

Ich füllte größere Konzertsäle und trat in wechselnden Rollen mit wechselnden Partnern auf. Das war nicht einfach, denn ich konnte nur singen – und daran hat sich bis jetzt nichts geändert –, wenn alles rundherum passte, der Partner, der Saal, das Stück, die Lage, die Stimmung. Sonst kreisten meine Gedanken und suchten nach einer Lösung. So mussten sich Kollegen, Veranstalter und Agenten in wesentlichen Entscheidungen nach mir richten, und ich bekam den Ruf einer im günstigen Fall anspruchsvollen Sängerin, im schlechtesten Fall einer zickigen Diva, die es sich eben leisten konnte. Beides stimmte nicht. Ich konnte es mir weder leisten, noch war ich zickig. Ich war nur ungeheuer anfällig für Störungen, so dass ich dann nichts Schönes zusammenbrachte. Lieber wäre ich dickfelliger gewesen.

Viel später erreichte ich ein stimmliches Niveau, das solche Feinheiten schluckte, nur Kenner hörten die Unterschiede, die meisten Zuhörer konnten meine Schwankungen nicht ausmachen. Ich fühlte mich damit zwar unwohl, aber trotzdem gab mir das eine gewisse Sicherheit. Ich konnte singen, auch wenn ich es eigentlich gerade nicht konnte.

Ich durfte in Länder reisen, die ich kannte, und Länder, die mir fremd waren. Wochen und Monate manchmal, da ich auch vor Ort so viel wie möglich probte. Ich lernte, das Publikum an seiner Reaktion zu unterscheiden, und ich verstand, wo manche Lieder auf fruchtbaren Boden fielen und warum. Warum Verdis leidenschaftliche Vaterlandsliebe in Italien geschätzt wurde, Wagners Monumentalität in Japan und Chopins feine Töne in Frankreich. Nur mein Traum, ein Konzert in der Fenice in Venedig, hatte sich noch nicht erfüllt, aber das würde auch noch kommen.

Nach Konzertreisen, auf die mich sehr oft Ellen begleitete, und, wann immer es ging, Serge als Pianist, kam ich erschöpft in meiner kleinen Wohnung an, und da ich auf einen Künstlernamen verzichtete, war mir jede Anonymität, die ich mir bewahren konnte, recht.

Mit meinen ständig steigenden Gagen änderte sich mein Lebensstil, ich wurde entspannter, suchte mir die Konzerte aus, die Partner auch, und ich zog in ein sehr großes Atelier mit sechs hohen Zimmern und Bogenfenstern im Dachgeschoss eines Jugendstilhauses.

Die Absage bei Zadek fällt mir am leichtesten. Er hat mit mir ein Erlebnis geteilt, das meine Entscheidung nicht in Frage stellen würde. Damit würden mir unangenehme Fragen erspart bleiben. Er hat mit mir den totalen Tiefpunkt meiner Karriere geteilt. Einen Tag, an den ich nie mehr denken will. Jetzt schießt er mir noch mal in den Kopf mit entnervender Klarheit. Er hat Ähnlichkeit mit dem Tag heute.

Nachdem mein Leben immer mehr entgleist war, waren die Tage damals geprägt vom Ringen um meine Stimme. Wie ich zuerst geglaubt hatte, ich hätte mich vollends in meine Musik flüchten können! Doch genau das blieb mir verwehrt. Im Gegenteil, es wurde alles nur schlimmer. Und dann gipfelte alles in einem Konzert, in dem kein einziger Ton mehr kam. Und von dieser unglaublich peinlichen Situation war Zadek Augenzeuge.

Ich hatte längere Zeit davor keine Auftritte mehr gehabt, dann kam die Chance, und ich tat alles, was ich konnte. Presseberichte zeugten von großer Erwartung.

„Nach ihrem Schicksalsschlag steht S erstmals wieder auf einer großen Bühne. Wird sie es schaffen?"

Die Vorzeichen standen gut.

Eine meiner Lieblingsopern stand auf dem Programm: *Lakmé* von Leo Delibes. Lakmé, die indische Priesterin, die einen englischen Offizier liebt. Doch die Liebe kann den Graben zwischen den Welten und Religionen nicht überwinden. Natürlich endet es tragisch.

Ich freute mich auf die Aufführung. Seit langem wieder einmal eine Rolle, die mir wirklich lag. Die Titelrolle. Die mit feinfühliger Leichtigkeit nichts von den Schwierigkeiten verriet, die sich dahinter verbargen. Eine Rolle, die ich hatte singen wollen, seit ich sie zum ersten Mal gehört hatte.

Gleich in der zweiten Szene kam mein persönlicher Höhepunkt, das Duett, das Lakmé zusammen mit Mallika singt. Ergreifend schön gesetzt, und jede Seele erhebend. Doch das entsteht nur, wenn beide Stimmen zur richtigen Zeit Gefühl einsetzen und wieder wegnehmen. Gelingt es, ist es magisch.

Ich summte die Anfangstöne vor mich hin, stimmte mich wie immer ein. Den Saal hatte ich schon vorher ausgelotet, bereits eine halbe Stunde vor Beginn bis auf den letzten Platz besetzt, was sicher an der Neugier auf Schaffen oder Scheitern meiner Person lag, aber auch daran, dass *Lakmé* ein Publikumsmagnet ist und nur selten aufgeführt wird. Keine Oper im klassischen Sinn, sondern eine mit dem exotischen Zeitgefühl des neunzehnten Jahrhunderts. Auch diese war nur eine einzelne Vorstellung.

„*Viens Mallika, les lianes en fleurs*", sang ich mich ein und dann „*sous le dôme épais où le blanc jasmin*", die Stelle, die jeden besiegt: „*Nous appellent …*"

„*… ensemble*", antwortete Eva. Sie stand schon bereit als Mallika, Lakmés indische Dienerin, mit der sie am Flussufer blauen Lotus für die Göttin Ganesha pflückte. Unsere Szene. Wir tauschten für einen Moment den Blick. Ein paar Minuten noch, dann würden wir auf die Bühne gehen, ohne Nervosität, aber mit Anspannung, und voller Töne im Kopf stand ich links am Vorhang, bereit, ihn aufzumachen.

Als ich auf die Bühne trat, hörte ich für einen Moment ein leises Wimmern. Ich nahm es kurz zur Kenntnis, dann trat ich auf die Bühne, höre das *Allegro moderato*, atmete wie gewohnt ein – und konnte nicht singen.

Wie angewurzelt stand ich an meinem Platz.

Wer, dem das nicht passiert ist, kann sich auch nur annähernd vorstellen, was das bedeutet?

Das war keine Blockade in einer Phrase, die ich übrigens wochenlang vorher geprobt hatte und die ich liebte. Es war kein Lampenfieber.

Nicht nur die Erinnerung an die Musik in meinem Gehirn war gelöscht, ich wusste plötzlich auch nicht mehr, wie man singt, wie man den Energiestrom nutzt, wie man die Gefühle von Mallika durchlässt. Ich wusste nicht mehr, wer Mallika ist, wer ich bin, wie man den Mund aufmacht und wie man lebt. Ebenso gut hätte ich nie ein Liederbuch zur Hand nehmen können oder die letzten zehn Jahre meines Lebens in einer Felsenhöhle verbracht haben.

Ein einziger Gedanke beherrschte mein Gehirn.

Eva begann, indem sie meinen Part am Anfang übernahm. Und kurioserweise sich selbst rief.

„*Viens Mallika!*"

Ich hörte es, und es sagte mir überhaupt nichts.

Eva sang ihren Part. Ich hörte ihn. Dann kam die Stelle, an der ich hätte einsetzen müssen.

*„Sous le dôme épais où le blanc jasmin a la rose s'assemble."*

Die Melodie kam mir bekannt vor. Doch ich wusste weder, was ich zu tun hatte, wie ich Luft zu holen hatte, noch wann ich es zu tun hatte. Ich war zur Salzsäule erstarrt.

Eva, die auf der Bühne inmitten ihrer Arie einen Adrenalinstoß nach dem anderen erlitt, improvisierte und führte das verdutzte Orchester geistesgegenwärtig wieder an die Stelle zurück, an der mein Einsatz hätte erfolgen müssen. Was für eine Leistung.

Wieder nichts. Nur Stille, Stille, und in meinem Kopf tobte, unhörbar für alle, ein Orkan.

Eva sang jetzt das Duett als Solopartie der Altstimme unvollkommen zu Ende. Sie starrte mich an. Die Musiker starrten mich an. Die Zuschauer auch, aber sie nahm ich nicht wahr.

Auf einmal kam Leben in mich. Die Starre löste sich. Zielstrebig stieg ich von der Bühne, ging, schlafwandlerisch, die Treppen zu meiner Garderobe hinunter, sah meinen Manager mit aufgerissenen Augen, er wollte mich aufhalten, ich stieß ihn zur Seite und ging entschlossen in Richtung Zuschauerraum. Er rannte mir nach und konnte mich kurz vorher noch stoppen. Als er gerade den Mund aufmachte, um etwas zu sagen, schaute ich ihn an und sank im Zeitlupentempo geradewegs vor ihm zu Boden.

Das Glas Wasser neben mir sah ich als Erstes, als ich wieder aufwachte. Tohuwabohu um mich herum. Besorgte, fassungslose und wütende Gesichter, im Hintergrund zu große Ruhe.

„Bin ich dran?" Ich fuhr hoch. „In welcher Szene sind wir?"

„Hier ist niemand mehr dran." Zadek schaute mich mit unverhohlenem Vorwurf an. Ich musste daran schuld sein, das stand klar in seinem Gesicht. Eva stand auch da, schaute mich besorgt an.

„Was war denn los um Himmels willen! Warum hast du nicht gesungen?"

„Ich habe nicht gesungen?"

Sie schauten mich an. Mein Gott, sie weiß es noch nicht mal, verhießen ihre Blicke.

„Du hast wirr um dich geschaut. So, als ob du die Orientierung verloren hättest. Dann bist du von der Bühne. S, was ging nur in dir vor?!"

Etwas war stärker als die Musik gewesen in diesem Moment.

Ich konnte mich an die ersten Töne des *Allegros* zu Anfang des Duetts erinnern, und jetzt wusste ich auch den Anfang meines Duetts wieder. Zu jedem Zeitpunkt hätte ich es wieder singen können. Aber nicht in diesem. Warum ich in diesem Moment nicht dazu in der Lage war, bleibt mir bis jetzt vollkommen verborgen. Mein Herz klopfte wie wild, und meine Kehle war wie zugeschnürt. Mit einem Mal war die Musik weg aus meinem Kopf – ich war wie abgeschnitten. Ich habe eine einzigartige Vorstellung platzen lassen. Mit Pauken und Trompeten, und ich habe keine Ahnung, warum.

Danach war erst mal Schluss. Es hatte sich in allen Kreisen herumgesprochen, und die Reaktionen waren niederschmetternd, wie sollten sie auch anders sein: Absicht, unberechenbar, Allüren, unverschämt, hieß es. Natürlich hielt ich selbst das für ein einmaliges Erlebnis.

Meine Stimme kam irgendwann zwar wieder, aber sie war völlig verändert. Ich konnte singen, die Stimme war voll und klar, aber etwas in ihr war für immer weg. Sie berührte nicht mehr. Ich sang und sang und legte all meine Erfahrung, mein Leben in die Lieder von Liebe und Leid. Ich sang das *Ständchen* in meiner Verzweiflung, ich sang *Frühlingsglaube*, der mich schon einmal auf den Weg gebracht hatte. Ich sang die *Künft'gen Zeiten*. Es blieben Lieder. Nichts weiter.

Ja, die leisen Anzeichen hätte ich bemerken können. Hin und wieder ein Engagement. Mehr als ein paar Auftritte waren es nicht, hie und da ein Einspringer. Höflicher Beifall.

Ich gab weiterhin Konzerte, wurde aber immer weniger gebucht. Die Leute gaben eben weniger für Kultur aus, dachte ich. Ein Konzert war schließlich teuer. Der Applaus wurde leiser. Die stehenden Ovationen waren längst sitzende. Hatte ich eben einen schlechten Tag. Das kommt vor.

Im Nationaltheater blieb der Rang halbleer. War da nicht Ferienbeginn, und viele waren schon in Urlaub gefahren? So kurz vor den Opernferien? Ich verdrängte den Gedanken, dass ich der Grund für die sinkende Begeisterung sein könnte. Ich sang wie immer mein Programm von Frühlingsliedern, Forellen und liebenden Herzen und hatte mich an meinen Erfolg gewöhnt.

Bis mich das Vorsingen heute jäh aus meiner lethargischen Selbstzufriedenheit riss. Sie wollten mich nur mehr meines guten Namens und meiner Vergangenheit wegen engagieren. Der Publikumsmagnet hatte seine Anziehung verloren. Ohne meinen Namen war ich sogar zu schlecht für einen unbedeutenden Liederabend in einem unbedeutenden Festsaal.

In meinem Kopf herrscht absolute Leere. Das zumindest ist ein angenehmes Gefühl, es gibt viel schlimmere. Die einst ehrgeizige Sängerin, hochtalentiert und mit Chuzpe, möchte am liebsten in sanftem Schlummer versinken, dahindämmern im Leben. Nicht fühlen, nicht hören, nicht sehen.

Ich habe mein Bestes gegeben, und als mein Bestes längst weg war, mein Zweitbestes und dann Nächstbestes und das immer wieder.

Ich spüre den übermächtigen Wunsch, einfach aufzugeben.

Aber da ist noch was. Ich müsste – eigentlich müsste ich noch etwas absagen, wollte ich in meinem Leben aufräumen. Es wird mir keine Ruhe lassen. Den Hörer habe ich noch in der Hand. Doch es ist unmöglich, gegen diesen Widerstand die Nummer zu wählen. Mein Widerstand, meine Finger werden starr bei dieser Nummer.

Fünf Jahre. Und vierundachtzig Tage. Auf einmal weiß ich, wie lange das ist. Es ist lange genug.

Ich kann dieses Konzert nicht absagen. Nicht dieses eine.

Ich stütze meinen Kopf in meine Hände und sehe auf die Rosen.

Ich hatte einmal ein Leben.

„S", sagt Zadek am Telefon.

„Ja", sage ich. Und denke an lange vergangene Zeit.

*Künft'ger Zeiten eitler Kummer stört nicht unsern sanften Schlummer*
*Ehrgeiz hat uns nie besiegt*

## 2. Frühlingsglaube

Meine Tage haben ihre Kontur verloren. Ich weiß manchmal nicht mehr, wie ich mich fühle, wenn ich am Morgen aufwache. Manchmal stellt sich gar kein Gefühl ein. Dann weiß ich nicht, woran ich mit mir bin.
Dann warte ich.
Das Leben geht vorbei, und um die Wartenden macht es einen Umweg.
Die leere Kaffeetasse steht zwischen Bröseln und verstreuten Zeitungsteilen der letzten Tage auf dem lieblos gedeckten Holztisch, auf dem Boden liegen Wollpullover und ein Handtuch.
Der Raum ist düster: draußen nieselt es, und das Grau trägt keine Leuchtkraft in sich. Mein Leben verschlampt.
Hinlegen und einschlafen. Und niemals wieder aufwachen. Nichts fühlen müssen. Ich bin dicht dran, als ich an diesem Tag ins Bett gehe.

Schlagartig bin ich wach. Was mich geweckt hat, weiß ich nicht. Ich sehe auf die Uhr. Viertel nach elf. Die ganze Nacht liegt noch vor mir. Ich habe gerade mal eine Stunde geschlafen.
Leise seufzend setze ich mich im Bett auf. Es würde wieder eine mühselige, schlaflose Phase folgen, eine Stunde, zwei, drei, vielleicht bis zum Morgengrauen. Fast jede zweite Nacht ist das so. Einmal geweckt, finde ich nicht mehr zurück in den Schlaf. Eine nicht endende Nacht wird folgen, erst dann ein bisschen Ruhe, wenn die ersten Lichtstrahlen zu erkennen sind. Meine Chance für eine entspannte Nacht besteht nur darin, nicht mehr aufzuwachen.
Ich stehe auf, gehe in die Küche, lese eine Partitur und setze Teewasser auf. Wohlig scheint da die Welt für einen Moment. Manchmal esse ich auch.
Gegen Morgen lege ich mich wieder ins Bett, mache die Augen zu und versuche ein paar Momente nicht an X zu denken.
X ist nicht mehr bei mir.

Heute habe ich etwas vor.
Wir sitzen auf Baumstämmen im Teehaus in meinem Garten und schauen auf den Teich. A hat uns eingeladen, das heißt, sie hat alle zu mir eingeladen. Ich habe auf ihre Anweisung Jasmintee gekocht und serviere ihn auf chinesische Art, erst einmal das heiße Wasser auf die Blätter gießen, den ersten Aufguss wegschütten. Noch einmal aufgießen und lange

ziehen lassen. Ich bin zurzeit froh über klare Anweisungen und wenn mir jemand sagt, was ich zu tun habe.

Um meinen kleinen Steintisch sitzen A, B und C. Sie sind mir geblieben. Freunde. Ich bin froh, dass sie hier sind, ein Gefühl, das sich jedoch relativiert, als ich in ihre Gesichter sehe.

Die Rettung von S ist unser Thema.

„Dein Problem ist, dass du dich so abkapselst!" A weiß Bescheid über mich. „Das geht so nicht weiter. Du musst einfach mal wieder unter Leute!"

„Bitte nicht unter Leute. Du weißt doch, wie ich mich anstelle, wenn ich mit fremden Leuten zusammen bin. Ich weiß nicht, was ich sagen soll." Und ehrlich gesagt will ich auch gar nicht hören, was sie mir sagen.

Es war schon immer anstrengend für mich, die Phase des Kennenlernens durchzustehen. Die ersten Gespräche über Beruf, Kinder, Alltag. Übereinstimmungen und Interessen abchecken, das finde ich unerträglich mühsam. Daran hat sich im Laufe der Jahre nichts geändert.

So unbedingt ich neue Herausforderungen suche, so dringend brauche ich meine eingespielte Umgebung. Es gab nie Grund, etwas zu ändern. Bis das Leben selbst es änderte.

Seit fünf Jahren stochere ich nun in den Scherben herum. Inzwischen ist es nur mehr Erde, in der ich grabe, alles ist schon so lange zugeschüttet. Ich grabe und wühle, und manchmal, wenn ich eine Scherbe finde, dann schneide ich mich daran. Es blutet wie am ersten Tag. Hat nichts an Schärfe verloren.

Aber die Scherben sind weniger geworden.

„Ich kann schon verstehen, dass sie sich erbärmlich fühlt."

B sieht mich mitleidend an. Ich fühle mich veranlasst, ein wenig munterer zu schauen. Mitleid ist für meine Stimmung nicht gerade förderlich. Schon gar nicht von B, die, wie ich finde, vom Leben äußerst gut behandelt wurde. Nie musste sie um etwas kämpfen, Studium, Beruf, Freundschaften, Kinder. Alles ist ihr irgendwo zugefallen, manchmal hat sie auch einfach die erstbeste Möglichkeit ergriffen. Sie hat ein Talent, sich den Gegebenheiten anzupassen, ohne selbst zu handeln. Trotzdem hat sie laufend das Gefühl, vom Leben benachteiligt zu sein. Jeder Misere, in der ich mich befand, hatte sie ein mindestens ebenso schlimmes Erlebnis entgegengehalten. Und bei jeder Glückssträhne sehe ich ihren bedauernden Blick, dass es ihr niemals so gut gehen würde. Bs Leben dreht sich einfach hauptsächlich um B.

Darin besteht eigentlich unsere Freundschaft: dass wir uns ständig gegenseitig über uns wundern.

Jetzt setzt sie mir nichts entgegen – es muss mir wirklich schlecht gehen.

„Dann wartest du, bis du schwarz wirst."

A sieht nicht, dass ich bereits schwarz bin. Oder sie ist Freundin genug, mir das nicht zu sagen.

Ich starre auf den Boden, wo einige Ameisen sich an einem viel zu großen Holzsplitter abschleppen.

„Jetzt such dir erst mal einen Freund! Einen flotten Sänger oder was, du kennst doch genügend!" A sieht aus wie eine spanische Madonna und versteht es, aus jeder Situation das Beste zu machen. Seit ich sie kenne, will sie eine Familie gründen. Aber es klappt nie. Als ihre achtjährige Beziehung vor einiger Zeit zerbrach, dauerte es nur eine Woche, bis sie sich frisch verliebt in eine Affäre mit ihrem Kollegen stürzte. Wieso unnötig Zeit verlieren?

„Einen Sänger würde ich als Letztes nehmen!" Endlich kann ich antworten. Denn das ist mir klar. Nicht gleich und gleich gesellt sich gern. Ich geselle mich gern mit anderen. Wenn ich mich in ein Thema verstricke und hätte einen Partner mit ähnlichen Problemen – das würde niemals gutgehen. Wie wohltuend war die völlig andere Sichtweise von G, der mir immer wieder neue Perspektiven zeigen konnte, wenn ich mich festgebissen hatte.

„Keinen Sänger, keinen Musiker, keinen Schreiner und sonst auch niemanden. Ich bin nicht auf der Suche nach einem Mann. Das hast du vielleicht schon mitgekriegt."

Betretenes Schweigen. So kommt man bei mir doch nicht weiter, deute ich verdrossen ihre Blicke. Ich bin auch genervt.

„Du kannst es doch nicht rückgängig machen." C ist feinfühliger und nimmt einen neuen Anlauf. „Es wird einfach Zeit. G ist nicht der einzige Mann auf der Welt."

Vielleicht doch.

„Und außerdem sollst du ja nicht gleich heiraten, du sollst ja nur raus aus deiner Höhle. Das ist ungesund, was du machst."

Ich stehe auf und gehe neues Teewasser holen. Ich verstehe ihr Dilemma. Sie können es nicht mehr mit ansehen. Als Freunde haben sie nur zwei Möglichkeiten. Sie geben irgendwann auf. Nach fünf Jahren würde ihnen das niemand verdenken. Ich am allerwenigsten. Aber sie können nicht aufhören, mir helfen zu wollen. Das ist die zweite Möglichkeit. Da reden nichts nützt, müssen sie handeln. Ich bewundere ihre Geduld, und ich würde ihnen gerne die Freude gönnen, mich aufzubauen. Dass ich mein Leben wieder in den Griff kriege, dass ich einfach wieder an etwas anderes denken kann. Ich würde es mir selbst auch gönnen. Aber ich kriege es nicht hin. Und es gab schon zu viele Fehlversuche. Ich habe jetzt ein Recht darauf, nach dieser ganzen Zeit aufgeben zu dürfen.

An der Ameisenstraße vorbei balanciere ich das Teewasser an den Tisch. Wie aus der Ferne höre ich verschiedene Vorschläge an mir vorbeiziehen. A redet. Als ich immer noch nichts entgegne, setzt sie nach.

„Am Sonntag gehe ich mit Joe ins Theater. Du kommst mit."

Ich sage nichts.

„Hast du mich gehört?"

„Ja doch." Alle Ausreden mehrfach benutzt. Keine einzige geglaubt. Diese Lethargie würde ich mit diesem Sonntag bezahlen müssen.

„Paul kommt auch mit."

Es würde meinen Dämmerschlaf stören. Und es würde überhaupt nichts bringen. Denn ich schaue Menschen an und weiß nicht mehr, ob ich sie mag oder nicht. Keine Musik setzt ein, kein Gefühl, kein Erinnern. Im Gegenteil, die Leute um mich herum verlieren ihr Aussehen. Ich kann förmlich beobachten, wie sie sich auflösen, Stück für Stück. Ihre Augen lösen sich in Luft auf, ihre Nasen und Wangen wabern davon, Nebel verschleiert ihre Gesichter, bis ich die ganze Person nur noch als weißen Schatten wahrnehme. Ich warte dann, dass ich mich selbst auflöse, doch das passiert nie.

Mir schwindelt, und ich schließe die Augen.

Kann man Gefühle auswendig lernen?

Mein Kopf übernimmt die Rolle, Situationen einzuschätzen. Ob ich mich in einer Situation freue oder ärgere, weil es mein Herz nicht weiß. Ein schmerzfreier Zustand. Ohne Schmerz und ohne Freude.

Ich habe wohl nicht nur verlernt zu singen, sondern auch zu leben. Mit anderen Menschen zu sprechen und ihnen zuzuhören. Seit ich meine frühere Welt verloren habe, ist mein vorrangiges Gefühl Einsamkeit. Auch wenn ich mit anderen Menschen zusammen bin.

*(Gem)einsamkeit*

Ich will mich an nichts erinnern. Nichts, was mit meinem früheren Leben zu tun hat.

Kann ich nicht einfach meine Ruhe haben? Ich bin drauf und dran, abzusagen.

„Und das Konzert?"

Adrenalin schießt in mein Herz, aus dem Hinterhalt, durch mich hindurch, als hätte es die ganze Zeit nur darauf gewartet.

„Du weißt doch, dass ich meine Konzerte abgesagt habe", entgegne ich mit matter Hoffnung.

„Auch das eine?" C sieht mich fest an.

Ich stelle mich tot und antworte nicht, als ginge mit genügend Zeit die Frage im Raum verloren.

„Hast du das eine auch abgesagt? Hast du das getan?"

Ich halte ihrem Blick nicht stand. Wie gerne würde ich „ja" sagen und niemals mehr dran denken müssen. Ich bereue es unendlich, jemals davon erzählt zu haben.

„Ich habe es nicht abgesagt." Ich lege mir die Hand vor die Augen.

„Wann ist es denn?"

Lichtjahre entfernt.

„In vier Monaten."

Sie spüren, dass ich plötzlich wach bin. Und sie wittern eine Chance.

„Du hast die Wahl. Entweder du packst das und wirst wieder zum Menschen. Oder du kannst gleich aufgeben. Vier Monate. Das ist deine letzte Chance."

In wilder Panik sehe ich mich durch die Flure rennen, die Treppen hinauf hetzen, immer zwei Stufen auf einmal. Jage den letzten Gang entlang bis ganz hinten und reiße die Tür auf. Sie liegt reglos.

„Was ist?" brülle ich G an, meine Stimme überschlägt sich vor schriller Hysterie.

„Schläft", antwortet G. Sieht mich an. Und ich sehe die Tränen in seinen Augen.

Wach auf.

„Mami."

„Mein Herz."

„Versprich mir, dass du singen wirst."

Ja, ich werde singen. In meine Verzweiflung mischt sich überwältigende Klarheit. Eigentlich habe ich nie ernsthaft überlegt. Ich bin zwar Lichtjahre davon entfernt, doch ich werde singen. Irgendwo in der Ferne zeichnet es sich ab – es könnte einen Weg geben.

Ich muss ihn suchen. Ich will dieses eine Konzert geben. Ich muss.

Und in der ganzen Fassungslosigkeit und Starre meldet sich plötzlich etwas aus meinem Inneren. Ein Gefühl ... ist es nicht. Irgendwo meldet sich eine Spur Überlebenswillen.

Ich werde es versuchen.

Wenn es einen Weg gibt, dann werde ich ihn finden.

*Frühling in Etrurien*

Ein offenes Restaurant, Efeuumrankte Steinmauern begrenzen einen Innenhof, der sich zu den Feldern hin öffnet. Im Hintergrund der Monte Cimini. Schon auf dem Prospekt hat es mir gefallen.

Jetzt bin ich tatsächlich hier. Über die Hälfte der Tische ist besetzt, ein bisschen fühle ich mich beobachtet, als würden alle an meinem Seminar teilnehmen und schon wissen, warum ich hier bin. Aber als mich kein Blick länger als einen Sekundenbruchteil streift, entspanne ich mich. Morgen früh stürze ich mich in die Gesellschaft, das verspreche ich mir. Jetzt will ich den schönen Abend noch mal für mich alleine genießen.

Der Tipp kam von C. Sie hat hier vor einigen Jahren zurück zu sich gefunden, als sie nach einer schweren Trennung ihr Leben nicht mehr in den Griff bekam.

„In Ronciglione herrscht ein ganz besonderer Geist", sagte sie zu mir. „Er wird dich bewegen."

Ronciglione, ein kleiner Ort auf der Via Francigena. Wer kennt noch diesen alten Pilgerweg nach Rom, der vor über tausend Jahren in einem Tagebuch des Erzbischofs aus Canterbury beschrieben worden ist? Er ist niemals zu solcher Berühmtheit gelangt wie seine Brüder, der Weg in die ewige Stadt Jerusalem oder der Jakobsweg nach Santiago de Compostela. Die Via Francigena, den „Weg, der aus Frankreich kommt", säumen große Städte und kleine mittelalterliche Dörfer mit romanischen Dorfkirchen und gotischen Kathedralen, es weht der Geist des christlichen Mittelalters. Von Lyon aus über Chambéry, über den Moncenisiopass ins Susatal und die Toskana bis nach Rom, einer Strecke, auf der die Pilger monatelang unterwegs waren, kann man seine tausendjährige Geschichte wiederentdecken. Auf diesem Weg durch Etrurien liegt der Ort Ronciglione.

Was mich schließlich überzeugt hatte, hinzufahren, war die Nähe zur Natur. Damit lasse ich mir ein Hintertürchen offen. Ich könnte jederzeit ausbüxsen und einfach ein paar schöne Tage im Apennin verbringen. Vielleicht würden ja Menschen aus vielen verschiedenen Ländern in meiner Gruppe sein. Verschiedene kulturelle Standpunkte erleben scheint mir eine wertvolle Therapie, nicht zu sehr im eigenen Saft zu schmoren.

Warum beharre ich so sehr auf dem Scheitern meiner Stimme, meiner Karriere und den Gründen dafür? Warum kann ich es nicht einfach sein lassen? Weil Singen meine Bestimmung, meine Existenz ist? So einfach ist es nicht.

Ich halte so beharrlich daran fest, weil mir klar ist, dass das, was wirklich dahinter ist, zu tief in mir liegt, um daran zu rühren. Und ich fühle vage, dass ich das niemals würde ändern können.

Ich gebe mir einen Ruck, setze mich an einen Tisch und bestelle mit Nostalgiegefühl einen Campari Orange. Ein paar Tische weiter sitzt auch eine junge Frau allein. Unsere Blicke treffen sich in der Mitte. Sie lächelt. Ich lächle ihr freundlich zu und bestelle ein Glas Wein. Sie hört aber nicht auf zu lächeln. Ich hoffe inständig, sie würde davon absehen, sich mit mir solidarisieren zu wollen. Wir beide allein unterwegs, von Frau zu Frau, das würde mir jetzt noch fehlen. Ich ignoriere konsequent ihre Kontaktaufnahme und widme mich geflissentlich meiner Bestellung. Zum Glück gibt sie auf, und ich genieße mein erstes italienisches Abendessen in wohliger Entspannung und Lavendelduft.

In beschwingter Ruhe schlendere ich durch den Ort, durch den historischen Kern, an dessen Hauptstraßen sich mehrere kleinere Adelspalazzi erheben. Die Burg Castello della Rovere erhebt sich vor mir, ein Brunnen mit einem Einhorn und eine sehr alte Kirche, Santa Maria della Providenza, lese ich.

Ich wandere weiter über die staubige Straße und entdecke die Kirche San Eusebio aus dem siebten Jahrhundert, die sich etwas außerhalb des Ortes befindet, Zeugin einer so frühchristlichen Zeit. Ich begegne keinem Menschen. Nur knorrige Olivenbäume und Pinien begleiten mich auf meinem abendlichen Spaziergang.

Am nächsten Morgen trifft sich die Gruppe zum ersten Mal im Konferenzraum, lichtdurchflutet, heller Teppich. Etwa fünfundzwanzig Leute, darunter die Dame aus dem Restaurant. Eine Italienerin aus Südtirol, ansonsten Deutsche. Weitere Deutsche, Österreicher, Schweizer. Ein Sprachproblem werde ich jedenfalls nicht haben. Mit einem Blick scanne ich den Raum ab und steuere auf einen Eckplatz zu. Doch ich merke es noch rechtzeitig und belege forsch einen Platz im Zentrum. Ich kenne das: Wenn ich mir am Anfang nachgebe, ist der Kurs gelaufen.

Vorstellungsrunde. Was bist du von Beruf? Natürlich, wir duzen uns.

„Im Büro", verleugne ich mich und hoffe inbrünstig, dass mich keiner kennt.

Aber diese Sorge ist unnötig. Ihre Kenntnisse in klassischem Gesang beschränken sich auf Luciano Pavarotti und Maria Callas.

Wir gehen gleich in medias res. Das heißt, wir bilden einen Kreis und lassen Energie über uns kommen.

„Stellt euch mit beiden Füßen gut auf den Boden und erdet euch. Fühlt die Berührung mit dem Boden, die Verbindung, die euch trägt und hält. Und über euch die endlose Weite, der Himmel, der euch schützend umgibt. In diese Welt gehört ihr. Ich bin der Alex, und ich heiße euch hier herzlich willkommen. Wir sind hier, um uns auf den Weg zu uns selbst zu machen. Alles, was euch auf diesem Weg begegnet, ist für euch von Bedeutung, deshalb haltet die Augen auf und beobachtet wachsam, was euch umgibt. Ihr seid mit allem verbunden, mit den Vögeln, mit der Natur und der Erde und mit den Menschen, die mit euch hier sind. Alles, was ihr wahrnehmt und wie ihr es wahrnehmt, ist ein Spiegel eurer Persönlichkeit. Schaut hinein und versteht es als einen Hinweis von allem, was euch auf diesem Weg begegnet."

Mir begegnen auf unserem Weg gleich einmal Annika aus Aurich, Peer aus Hamburg und Ines, die Arbeits- und Beschäftigungstherapeutin.

Da wir uns ja auch kennenlernen müssen, bilden wir eine Kleingruppe.

Obwohl wir sicher nicht nur aus Jux hier sind, schildert erst mal jeder seine positiven Seiten im Leben. Das ist mir ganz recht, ich hasse es, wenn man sich gleich mit seinen Schwächen und Problemen vorstellt. Die besten Probleme finden die größte Aufmerksamkeit.

Peer ist eigentlich aus Dänemark, doch er ist seit seiner Kindheit in Hamburg. Dort ist er mit Schiffen um die Welt gesegelt, alleine, Eltern hat er keine mehr. Dann hat er eine Familie gegründet und sich mit ihr niedergelassen. Weil ihn die See nicht losließ, hat er als Hafenarbeiter gejobbt. Doch das war nicht gleich Meer. Peer ist mir sympathisch. Ich weiß aber nicht, warum er hier ist.

Annika redet viel und schnell, ein Satz jagt den nächsten. Sie war lange Zeit Lehrerin, was man merkt. Daran, wie sie Gruppen in Sekundenschnelle auf ihre Lenkbarkeit abscannt. Wer ist der Störenfried, wo könnte der Chef sein, wer tut sich mit wem zusammen? Nach zehn Jahren Schuldienst hatte sie eine Krise: immer nur Schule. So wollte sie nicht enden. Als Öko-Beraterin steht sie nun dem Leben näher, findet sie, dem wirklichen Leben.

Ines weiß mehr als wir. Das war sofort klar. Sie ist aus der Branche, auch Therapeutin, und eigentlich könnte sie uns auch therapieren. Wenn wir Fragen stellen, dann weiß Ines die Antwort schon. Ines fragt nicht, Ines weiß schon. Und Ines hat für jedes Problem eine Lösung.

Ich bin froh, als es Abend ist, der Tag hat mich sehr erschöpft. Ich habe aktiv am gruppendynamischen Geschehen teilgenommen und bin, von früher geübt in solchen Dingen, Teil der Gruppe geworden. Man könnte sagen, ich habe mich gut integriert. Für meine langjährige Abwesenheit vom sozialen Geschehen außerhalb meiner Welt habe ich mich ganz gut gehalten, mich offen und interessiert gegeben. Jetzt freue ich mich auf eine Pause vom Ich und auf mein Bett.

Doch ich habe mich zu früh gefreut. Ungläubig nehme ich wahr, dass sich alle noch auf ein Glas Wein treffen. Ich kann mich unmöglich ausklinken, ohne schon am Anfang als Außenseiter dazustehen. Wie kann man nur den ganzen Tag zusammen reden und meditieren, um dann abends noch einmal zusammen zu reden? Niemand, der vielleicht mal Lust auf eine Auszeit hätte?

Vollzählig treten wir zum gemütlichen Teil an. Ich setze mich an den erstbesten Tisch.

„Und was machst du so, wenn du nicht gerade hier bist?"

Ich gehe mit einer Entschuldigung an den nächsten Tisch.

„In unserer hochzivilisierten Welt hat man völlig vergessen, wie man überhaupt Gefühle auslebt. Alles nur kapital- und umsatzorientiert, zeitgemanagt und karriereverdorben."

„Ja, da musste ich unbedingt aussteigen. Dieses ganze Manager-Dasein hat mich völlig fertiggemacht. Ich war einfach total ausgebrannt. Und seit ich hier bin, fühle ich wieder, was das Leben sonst noch zu bieten hat."

„Bei mir war das so, dass ich einfach hin- und hergetrieben wurde im Leben, arbeiten, schlafen, arbeiten, schlafen, nichts mehr sonst. Als ich nicht mehr konnte, habe ich gemerkt: Das Schiff geht unter, so, jetzt ist genug, da klinkst du dich jetzt aus, das bringst du nicht mehr. Das machst du jetzt einfach. Und da habe ich den Anker geworfen."

Sind wir auf See? Anja in voller Fahrt.

„Einfach mal ins Ungewisse aufbrechen, das hab ich dann wahr gemacht. Ich hab mich dem Strom der Gezeiten anvertraut und dabei völlig neue Ufer entdeckt." Sie kommt überhaupt nicht mehr los vom maritimen Jargon. Ich hoffe, sie will mit mir keine Flotte bilden, um gemeinsam den Gezeiten zu trotzen. Aber da besteht keine Gefahr, sie ignoriert ihre Zuhörer und lauscht hingerissen sich selbst. Ich werde müde. Unerträglich müde. Warte auf die erstbeste Gelegenheit, mich zu verabschieden. Die bietet sich, als Anja einen Schluck Wein trinkt. Jetzt muss es schnell gehen.

„Ich geh dann mal in meine Kajüte."

Alle lachen, außer Anja.

Im Zimmer atme ich auf. Zum Glück muss ich es mit niemandem teilen, das hätte mir noch gefehlt. Erschöpft sinke ich nach einem Gläschen Wein in einen Schlaf, der mir keinen Traum beschert.

Der zweite Tag. Nur Mut!

Ein bisschen italienische Musik kommt von draußen, als ich erwache, aber nicht so viel, dass es stört. So unterstreicht es das italophile Gefühl, das mit dem ersten Lila der Lavendelblüte eingesetzt hat. Am liebsten aber wäre es mir, wenn ich überhaupt keine Musik hören müsste.

Wir frühstücken gemeinsam, Ciabatta, Cornetto, abgepackte Marmelade, Früchte. Cappuccino. Dann starten wir in den zweiten Tag unseres Seminars.

Natürlich geht auch das nicht ohne Musik ab. Wir hören Meditationsmusik, heute gibt sie uns den Raum vor. Lenkt uns alle auf eine gemeinsame Straße, wo wir doch so verschieden sind. Lässt uns nicht frei.

Alex, unser Leiter, ist Therapeut genug, um uns nicht mit seinen Vorstellungen zu lenken. Nimmt sich zurück, will nicht raten, nur hören.

Wieder starten wir mit einer Reise. In uns hinein.

„Legt euch hin und hört auf den Schlag eurer Herzen. Pubumm, Pubumm, Pubumm. Hört, wie sich der Schlag eurer Herzen beruhigt. Ruhig wird. Regelmäßig wird. Stellt euch vor, wie die Wärme des Lichts euch umfängt. Wie es sich einen Weg bahnt in eure Körper, in eure Mitte hineinflutet. Seid erfüllt von diesem Licht und fühlt, wie es sich überall in euch ausbreitet. Nehmt das Licht wahr als einen kleinen, orangefarbenen Ball, der sich auf die Reise gemacht hat, um in euch anzukommen. Nehmt ihn an und schickt ihn durch euren Körper. Durch die Beine, die Füße, die Hände und Arme, den Kopf, den Hals, euer Herz, hört euer Herz schlagen, bis er schließlich in eurem Kraftzentrum, dem Solarplexus, angelangt ist. Fühlt ihn dort. Fühlt den orangefarbenen Lichtball. Und nach einer Weile fühlt ihr, dass er mit euch verschmilzt und sich Wärme überall in euch ausbreitet."

Wir gelangen bei unserer inspirativen Reise in einen leichten, aber dauerhaften Trancezustand. Seine Stimme ist sonor. Alle scheinen sich wohlzufühlen.

Nur mir steckt ein Kloß im Hals. Ob das der orangefarbene Lichtball ist? Ob er sich womöglich bei mir nicht ganz aufgelöst hat und stecken geblieben ist? Ich schlucke und schlucke an dem Kloß herum, doch er bewegt sich keinen Millimeter.

„Könntest du mir ein, äh, Glas Wasser …?" krächze ich und schaue hilfesuchend zu Sabine, weil sie am nächsten zum Krug liegt.

„Horch auf deinen Herzschlag", faucht sie mich an. Genau das aber ist mir zuwider. Ich mag meinem Herzschlag nicht zuhören und atme genau so laut ein und aus, dass er übertönt wird.

„Was keuchst du denn so?" Richie guckt mich anzüglich an.

Anscheinend habe ich seinen Herzschlag auch gleich mit weggeatmet.

Alex hebt die Trance auf.

Ich setze mich auf. Die anderen räkeln sich langsam hoch. Nur Annika sieht aus, als wäre sie ins Wachkoma gefallen.

Es geht gleich weiter. Frauengruppe. Ines übernimmt die Leitung. Thema sind unsere Mondgöttinen. Ich lasse mich in die mystischen Geheimnisse des Universums einweihen. Doch ich warte umsonst auf eine Erklärung.

„Wie geht es euch im Moment mit eurer Mondgöttin?" will Ines von uns wissen.

Ich schaue mich verstohlen um. Jemand hier, der eine Mondgöttin hat?

„Ehrlich gesagt, mir ist meine im Moment ziemlich fremd geworden", gesteht Anne.

„Also, ich rufe meine Mondgöttin bei allen Sorgen, die ich in letzter Zeit mit meiner Partnerschaft habe", erklärt Sabine nicht ohne Stolz.

Ich kapiere zwei Dinge: Erstens, alle hier haben eine Mondgöttin, und zweitens, ich bin die Einzige, die nicht weiß, was das ist. Ob ich wohl auch eine habe? Unmöglich, mich zu outen. Ich schweige, wie versunken im stillen Zwiegespräch mit meiner Mondgöttin. Hoffentlich geht dieser Kelch an mir vorbei.

Aber Ines scheint meine Schwäche zu spüren.

„Was ist mit dir?" Gnadenlos direkt. Wenn einer schweigt, dann lässt man ihn, kein direktes Anreden, das lernt man in der ersten Stunde. Nicht Ines.

Aber so muss ich auch direkt werden.

„Du, dass ich eine Mondgöttin haben soll, ist mir völlig neu." Zum Unglück muss ich anflugsweise grinsen, obwohl ich es nicht will.

Ungläubiges Staunen. Eine, die ihre Mondgöttin nicht kennt. Da muss man ja bei Adam und Eva anfangen. Wenigstens habe ich die „Wolfsfrau" gelesen. Schadensbegrenzung, sonst hätte ich gleich in die Männerrunde gehen können. So lerne ich, auch ich habe eine Mondgöttin. Auch wenn ich nicht weiß, wofür; schaden kann sie sicher nicht.

Ich habe das gleiche Gefühl, das mich beschleicht, wenn ich versuche, Frauenzeitschriften zu lesen. Da gibt es Lösungen für Fragen, die ich mir nie gestellt habe. Frisuren, die für andere Köpfe gemacht sind. Produkte, von denen ich nicht weiß, wofür sie gut sind. Habe ich das halbe Leben verpasst? Vorschläge für die Frau, die bei mir ins Leere laufen. Als wäre ich keine. Und Vorschläge gegen das Altern. Ich traue mich kaum zu sagen, dass mir das nichts ausmacht, das ich Falten und Spuren interessant finde. Es folgt der Blick: Ja, an deiner Stelle ...

Als Abschluss werden wir alle fotografiert und müssen unser Bild dann interpretieren. Ich schaue einfach nur, was soll ich da interpretieren. Das kann's doch nicht schon gewesen sein.

Wir bei der Paarberatung.

Ja, früher hat mir das sehr geholfen. Bis ich mit G hinging. Und davon kuriert wurde.

Wir sind ein Paar geworden, dann sind wir Eltern geworden. Zwei neue Welten, die es erst mal zu meistern galt. Damit uns das Glück nicht verlorenging, hatte ich vorgeschlagen, in ein Seminar für „Neue Eltern" zu gehen. Ich hatte es vorgeschlagen, denn es ist nicht sehr einfach, Mutter und Vater zu sein.

G hatte damit nichts am Hut. Nie gehabt. Spirituelle Ansätze waren für ihn böhmische Dörfer.

Am Abend zuvor war er gereizt, weil er keine Lust mehr hatte. Er fand es schade um den schönen Tag.

Ich war daraufhin ebenfalls gereizt. Es war auch meine Zeit.

Wir fuhren in die Stadt und waren gereizt. Die Nacht war wie die letzten Wochen schon von vielen Störungen durchbrochen, das Kind hatte uns alle zwei Stunden aufgeweckt. Am Morgen danach waren wir müde. Das Kind war auch müde, und vor allem wollte es nicht zur Oma, die heute während des Seminars auf es aufpasste. Oma verstand nicht, warum wir da hinfuhren. „Euch geht es doch gut!" Was soll das denn bringen, stand im Raum geschrieben. Plötzlich wollte ich auch lieber in die Berge fahren. Es war ein wunderschöner Herbsttag.

Das war der Morgen, an dem wir in unser Seminar für „Neue Eltern" fuhren, um entspannter mit der ganzen Situation umzugehen.

Als wir als Letzte ankamen und den hellen Raum betraten, in dessen Mitte eine kleine Schale mit ausgewählten Steinen auf einem Seidentuch stand, schauten uns zehn Augenpaare bereits gruppendynamisch an. Die erste Übung: schildern, warum wir hier waren. Vier Paare schilderten jeweils den beiden Gruppenleitern ihre Erwartungen. G fiel keine Erwartung ein.

Bei der nächsten Aufgabe sollten die Männer ihren Frauen ein Kompliment machen. G war an der Reihe, ich fing an zu schwitzen, und er sagte, dass er jetzt eigentlich dazu nichts sagen will.

Ich spürte die mitleidigen Blicke der anderen Teilnehmer wie Pfeile auf mir. Und ich spürte ihre Erleichterung darüber, dass es bei ihnen doch zumindest noch nicht so schlimm war wie bei uns. Alle fühlten sich etwas besser.

Zum Glück war jetzt Schluss mit Gesprächskreis. Wir mussten nicht mehr sprechen. Rettung in letzter Sekunde. Stattdessen sollten wir eine Körpererfahrung machen und uns gegenseitig die Welt zeigen. Was uns jeweils auf der Welt wichtig war. Das klang gut. Ich führte meinen Partner, der die Augen geschlossen hatte, durch den Raum, durch das Haus. Wenn ich etwas gefunden hatte, was ich ihm zeigen wollte, blieb ich stehen und drückte seine Hand. Dann durfte er für einen Moment die Augen öffnen und sah einen Ausschnitt aus der Wirklichkeit. Ich zeigte G den Himmel, die Blumen, einen Wickeltisch und den Stapel CDs. G führte mich erst ewig lange umher und zeigte mir gar nichts, dann durfte ich die Augen öffnen und sah geradewegs in sein lächelndes Gesicht.

Er hatte mir sich gezeigt.

Es folgte eine weitere Übung in Sachen Körpererfahrung. Wir sollten uns wieder einmal als Paar spüren, außerhalb des Babystresses, dieses Gefühl gemeinsam wahrnehmen und genießen. Dazu hörten wir harmonische Wohlklänge. Ich spürte Widerstand. Meinen und seinen. Ein zu komplexes Thema bei uns, Musik und tanzen. Trotzdem versuchten wir uns tapfer an der Übung. Erst er. Ich wollte mich führen lassen, doch erkannte seine Richtung so spät, dass ich stolperte. Fahrig ging es hin und her, bis wir schließlich zusammenprallten. Mit einem Ohr hörte ich das selige Gewisper der anderen Paare, die sich gerade neu entdeckten. Ich wollte den Raum verlassen, da kam zum Glück der Wechsel. G war so sperrig, dass ich ihn schieben und zerren musste, so war das doch keine Harmonie! Dann wieder wollte er in eine völlig andere Richtung, oder ich wollte schneller, und er blockierte meine Bewegung. Wir mühten uns die ganze Zeit ab, erfolglos staksten wir durch den Raum, vorbei an den ernsten Blicken der beiden Leiter. Während die anderen bei der anschließenden Reflexion verträumt berichteten, wie schön es gewesen war, sich gegenseitig anzuvertrauen und die gemeinsame Harmonie wieder einmal zu spüren, hatten wir noch ein Problem mehr: Wir konnten nicht mal mehr zusammen tanzen!

Am Abend fuhren wir nach Hause und hatten uns noch nie so mies gefühlt.

„Macht es mal wirklich gut", hatten uns die Gruppenleiter bei der Verabschiedung noch mit auf den Weg gegeben. Scheidung unvermeidbar, hieß das im Klartext.

Wir fuhren eine Weile, sprachlos.

Dann sagte G: „Wir können ja auch einzeln tanzen!"

Wir schauten uns an, dann mussten wir lachen, wir holten unser Baby, gingen mexikanisch essen und waren ein glückliches Paar. Allein schon, weil wir beschlossen hatten, nie wieder in eine Beratung zu gehen.

Wir eigneten uns – zumindest als Paar – nicht für gruppendynamische Übungen.

Es gibt Zeiten im Leben, in denen steht man an einem Wendepunkt. Ines weiß das ganz genau, man hat die Möglichkeiten, durch die Tür durch oder es bleiben lassen, und weiß in dem Moment, dass es eine Entscheidung fürs Leben sein wird.

Ich bin schon wieder genervt.

Annika erkennt, dass bei ihr die Trennung von ihrer Freundin eine solche Entscheidung war. „An der Stelle meines Lebens habe ich innegehalten, einen Anker in die Gezeiten meines Lebens gesetzt."

Fast hätte der Tisch gewackelt vor energetischer Aufladung, lauter freigesetzter Energie. Aber wir haben keinen Tisch, weil wir auf dem Boden sitzen. Und ein Erdbeben hat es nicht ausgelöst.

Ich schaue aus dem Fenster, um einen Augenblick nicht mehr zuhören zu müssen. Für Momente rauscht das Gespräch an mir vorbei. Sonnenstrahlen kitzeln mich im Gesicht. Ich bin weit weg. Bis Alex kommt, er zerstört den Hauch von Himmel.

„Kann ich dir irgendwie helfen?" fragt er.

„Geh mir aus der Sonne", sage ich in Anspielung auf Diogenes. Er kennt die Geschichte nicht und fühlt sich abgewiesen.

Ich finde, das Ganze passt nicht für mich. Ich bereue und wünsche mich weit weg.

Der dritte Tag. Die Geschichte.

Wir sollen ein richtungweisendes Erlebnis aus unserer Kindheit erzählen.

Ich halte nichts davon, die Geschichten der Kindheit für alle Unfähigkeit des Erwachsenen verantwortlich zu machen. Damit entlässt man sich selbst aus der Verantwortung, wie einfach. Und jedes Leben bringt in den Jahren irgendwelche Schwierigkeiten mit sich, die man gefälligst in die Hand nehmen soll, statt sich in Selbstmitleid zu suhlen.

Sei's drum, auch ich habe offensichtlich ein Problem, mit dem ich nicht fertigwerde, sonst wäre ich nicht hier. Also setze ich mich in den Kreis und präsentiere ihnen meine Geschichte.

„Ich bin fünf Jahre alt und an der Hand meines Opas. Ich schiebe ein Steckenpferd mit Rollen vor mir her, was mühsam ist, weil der Weg steinig ist und ich ständig an Wurzeln und Steinen hängenbleibe. Dann nimmt Opa das Pferdchen, setzt es wieder gerade hin, und ich schiebe weiter. Das geht eine Weile, dann setzen wir uns auf eine Bank. Er hat sich ein Buch mitgenommen, aber er liest nicht. Er lauscht. Ich lausche auch und höre eine Musik, die aus einem der Häuser hinter ihm zwischen den Bäumen kommt.

‚Was ist das?'

‚Das ist Mendelssohn', erklärt er mir. Opa kennt sich gut aus mit Musik. Er singt mir jeden Tag Lieder vor. Meistens am Abend. ‚Das ist das *Waldschloss* von Mendelssohn. Horch!' Er winkt mich ganz zu sich hin. Ich drücke mich ans Ende der Bank, ich horche nun auch, und er legt mir seine große Hand auf meine kleine.

Ich brauche nur einen einzigen Augenblick, um es zu fühlen. Meine Bestimmung. Mit fünf Jahren trifft mich in diesem Moment die Erkenntnis, die mich seither nicht mehr verlassen hat. Wenn ich singe, dann ist mein Leben schön.

Ich habe es plötzlich sehr eilig, nehme mein Steckenpferd in die Hand und dränge meinen Opa, zu gehen. Ich ziehe und ziehe an seiner Hand, so dass er Mühe hat, aufzustehen.

‚Beeil dich, sonst ist es zu spät!'

‚Zu spät wofür?' fragt er verdutzt.

Statt einer Antwort zerre ich ihn in das Haus, aus dem die Musik kommt. Wir stehen in einer großen Halle, es riecht nach Patchouli, ganze Schwaden steigen auf, Opa hustet. Auf dem Klinkerboden liegen persische Teppiche, etwas abgetreten. Von den Gängen gehen einige Türen ab. Oben, im ersten Stock, stoßen wir auf die Quelle der Musik. Eine grauhaarige Dame steht vor einem großen, schwarzen Flügel. Aber sie spielt nicht, sondern gibt dem Pianisten während ihres Gesangs Zeichen. Sie singt das Lied von Mendelssohn und scheint vollkommen in ihrer Welt versunken.

,Sie soll aufhören', flüstere ich.

,Aufhören?' flüstert mein Opa verdutzt.

,Sie soll aufhören, Opa. Sie singt das Lied kaputt', flüstere ich zurück.

Die Dame erwacht mit einem Ruck aus ihrer Versunkenheit, dreht sich um und starrt auf den alten Mann und das Mädchen. Unbehaglich stehen wir mitten in ihrem Haus, als ungebetene Gäste in Erklärungsnot. Sie hat aber nicht viel Zeit, verblüfft zu sein, denn ich gehe geradewegs auf sie zu und schaue auf ihr Notenblatt. Und dann beginne ich zu singen.

Es ist die Passage, die sie eben gesungen hat, ich habe sie mir natürlich nur gemerkt. Lesen kann ich mit meinen fünf Jahren noch nicht, schon gar keine Noten. Der Pianist, ein grauhaariger Herr mit Brille und langen, weißen Fingern, fängt an, mich zu begleiten. Als wir enden, herrscht erst mal Schweigen.

Ich habe das Lied nicht perfekt gesungen, wie sollte ich? Aber sie hören etwas in meiner Stimme. Die alte Sängerin will mich nicht gehen lassen.

,Wer bist du denn?'

,S', sagt mein Großvater für mich.

,So ein Talent!' ruft sie. ,So ein Talent!'

Ich weiß nicht, was ein Talent ist. Ich weiß nur, dass ich singen will. Ich laufe ich zu meinem Opa und verstecke mich hinter seinem Rücken. Ich bin schüchtern, und mich hat aller Mut verlassen. Mein Steckenpferd fest in der Hand, in der anderen meinen Opa, gehe ich heim.

Die alte Dame wird meine erste Lehrerin. So war das."

Beeindruckt schweigt die Runde, ihre Gesichter glänzen im Mondlicht. Wie heiße ich noch mal? Eine romantische Geschichte.

Aber eine falsche Geschichte.

Der vierte Tag. Die Spielchen.

So allmählich kriecht ein leichter Schauder in mir hoch, wenn eine „Einheit" im Plenum ansteht. Ich gebe mein Bestes, doch wenn ich ehrlich bin, funktioniert es nicht. Ich ertappe mich immer mehr, wie ich sehnsuchtsvoll auf die Lavendelfelder schaue, während ich mich in den Kreis einbringen soll. Ich mag diese Worte nicht mehr. Einbringen, einlassen, loslassen. Plenum. Strömung. Sie sind nichts für Individuen. Ich mag ihre leeren Hülsen nicht, die Freude am Darüberreden ist für mich kein Selbstzweck. Sie bringt mich nirgendwohin. Der Weg, den sie ansteuern, ist eine viel zu breite Straße mit den falschen Verkehrsmitteln und kein Weg für mich. Und so kann ich mich auch zunehmend weniger zusammennehmen.

Der heutige Tag steht unter dem Thema Natur. Vielleicht kann ich zumindest für mich etwas herausziehen.

In offenen Kleinbussen fahren wir die holprigen Straßen entlang, die Hügel in unaufhörlichen Kurven hinauf und hinab, bis wir inmitten der Macchia am Lago Bocaccio ankommen. Der kleine See liegt zwischen Sträuchern und Büschen eingebettet in einem lieblichen Tal, niemand würde ihn von alleine finden. Und so sind wir auch die Einzigen hier. Am gegenüberliegenden Ufer ragen sanfte Hügel auf, Olivenbäume auf ihnen glitzern in der Sonne, das liegt an der silbrigen Unterseite ihrer langen, schmalen Blätter. Eine Ziegenherde grast, braune, weiße und gefleckte Tiere, einzelne Ziegenböcke mit geschwungenen oder gedrehten Hörnern und einer Glocke, die Leittiere. Sie klettern unerwartet geschickt die felsigen Hügel herab. Hütehunde umkreisen friedlich ihre Herde, keines der Tiere würde ausbrechen. Einen Schäfer sehe ich nicht.

Es ist eine trockene Hitze, durchaus Badetemperatur. Ich werfe einen Stein hinein. Konzentrische Kreise in klarblauem Wasser.

Ines stelzt langsam an mir vorbei in Richtung Wasser, sorgfältig einen Fuß vor den anderen setzend, den Kopf gesenkt; erst denke ich, sie umtappt die spitzen Steine, dabei sieht sie auf ihre langen, gebräunten Beine, beobachtet, wie sich ihre Muskeln anmutig anspannen und wieder lockern. Ganz in ihre Schönheit und ihr Muskelspiel versunken, merkt sie den Dornbusch zu spät, tritt darauf und verliert auf einen Schlag ihre ganze Anmut.

Ich liege ein bisschen im Gras und blinzele in die Sonne. Blühender Lavendel verströmt würzigen Duft. Ein Windhauch trägt ihn über mein Gesicht. Ich schiebe den Arm vor meine Augen, und da entdecke ich weiße Härchen, die nur bei Sonnenbräune sichtbar werden. Auch wenn ich gerade frei von Eitelkeit bin, so weckt diese Entdeckung dennoch ein schönes Gefühl. Bräune ist Sommer und Gesundheit. Täuscht Stärke vor. Das Gefühl ist trotzdem schön, und ich bleibe einfach liegen.

Ich bin froh, dass wir nichts aufsammeln und dann interpretieren müssen. Nur liegen, nichts denken.

Doch das Erwachen kommt jäh und sofort. Wir sollen uns mit einem Ding aus der Natur vergleichen. Ich klaube einen Kieselstein auf und labere etwas von Stärke und dem inneren Wunsch nach Beständigkeit, für den er steht. Sie sind auf dem Weg, sich selbst zu entdecken, ich sehe es ganz deutlich. Ich will sie nicht bremsen.

So nach und nach entsteht eine unerträglich offene Atmosphäre. Durch die hohe Zahl an gruppendynamischen Spielen, die wir schon zusammen durchgestanden haben, ist eine trügerische Vertrautheit entstanden. Ich kenne dieses Phänomen. Es entsteht ein geradezu erregendes Interesse am Unglück des anderen, um ihn dann im globalen Mitgefühl mitzutragen.

In dieser weltumspannenden Gemeinschaft mitfühlender Semitherapeuten finde ich keine Energie. Hochgejubeltes Gemeinschaftsgefühl brauche ich nicht, Gleichgesinnte, so dass sich eine innere Verbindung einstellen würde, gibt es nicht. Keiner, der ausbrechen will aus diesem Sog, keiner, der sich nicht mitbiegen lassen will. Das ist der Moment, in dem ich mich innerlich absetze.

Ich sollte nicht hier sein, bemerke meinen Fehler und suche einen Weg aus dem Dilemma. Finde keinen und schaue, zurück im Seminarraum, zum Fenster hinaus. Wie schön der Apennin zu mir herunter winkt. Für gruppenuntauglich halten mich sowieso alle. Wenn ich eine andere Meinung vertrete, wollen sie mich verstehen und helfen, statt zu respektieren. Wie sie will ich nicht werden. Abreisen? Unverrichteter Dinge wieder heimkommen? Was erwartet mich daheim – ein leeres Haus voller Erinnerungen. Ein Ex-Traumhaus. Das Haus ist noch das alte. Der Traum ist ex. Nein, heim zieht es mich auch nicht.

Ehrlich gesagt will ich die Probleme der anderen gar nicht wirklich hören. Auch meine nicht erzählen. Was geht's die anderen an? Zumindest will ich es nicht erzählen müssen. Meinen Seelenmüll nicht den anderen vor die Füße kippen: Jetzt helft mir mal! Und auch keinen fremden Müll zusammenfegen. Ich wollte einen Weg für mich finden, doch das hat keinen interessiert.

Ich gebe mir noch genau einen Tag.

Der fünfte Tag. Hopfen und Malz verloren.

Es nähert sich dem Höhepunkt. Wir sollen ein Spiel erfinden, das zum Ausdruck unseres Lebens wird, und dann das mit den anderen spielen. Ich habe schon von vornherein überhaupt keine Lust.

Dafür haben wir den ganzen Tag Zeit. Einen Nachmittag, an dem es regnet und der Wind den Duft von Salbei und Zitronen in Wolken an uns vorbeiweht, an dem wir hätten spazieren gehen, laufen und uns hätten erden können. Lange Zeit sehe ich dem Wind zu. Bis mir klar wird: Ich kann nur ein einziges Spiel erfinden. Und mache mich an die Arbeit.

Als wir uns am nächsten Morgen treffen, stellen wir unsere Spiele vor.

Anne hat ein Würfelspiel erfunden, ein Spielfeld aus Pappe geklebt, und wir spielen mit süßen Figürchen um Blätter und Steinchen. Es gibt keine Verlierer, denn jeder hat endlos die Möglichkeit, Steinchen zu bekommen. Immer und immer wieder kann man welche sammeln, für zehn kleine Steinchen gibt es ein grünes Frühlingsblättchen. Hat sie die vom grünen Frühlingsbäumchen abgerupft?

Erbarmungslos geht es weiter.

Es kommt Arne. Ein Sing- und Tanzspiel! Frisch entsprungen seiner seit jeher künstlerisch verkannten Seele eines wahren Troubadix.

*Ach ich freie sanft und süß um deine Hand*
*Krieg ich sie, so bin ich glücklich, seh im Leben wieder Land ...*

... singen wir und tanzen eine alberne Choreographie. Zwei Schritte im Kreis nach vorne, zwei zurück. Und klatschen. Drei nach vorne, drei zurück. Und klatschen. Uns links anschauen, rechts anschauen. Dann als Höhepunkt die Arme hoch und ganz in die Mitte laufen. Sind wir dort alle eingetroffen und verwurstelt, symbolisiert das den Mittelpunkt unserer Gemeinschaft.

Peer hat es sich leicht gemacht. Oder er hatte keine andere Idee. Bei ihm müssen wir nur Kofferpacken spielen, allerdings dürfen wir nicht einpacken, was wir wollen, sondern nur Gegenstände, die wir im Hafen kaufen können. Ich pruste los. Wo ist denn da die Gruppendynamik? Themaverfehlung!

Aber das ist das einzig erträgliche Spiel bisher.

Ines' Idee ist es, uns mit Blumen und Tieren zu vergleichen. Gibt es das nicht schon? Sie selbst stellt sich zur Verfügung, wer hätt's gedacht.

„Was könnte ich für eine Pflanze sein?" fragt sie kokett. Stolze Rose? Duftender Flieder?

„Eine blühende Orchidee", glaubt Arne. Er muss in sie verliebt sein.

„Wie meinst du das?" flötet Ines geschmeichelt.

Arne wird ein bisschen rot. „So prachtvoll erblüht und im Innern doch geheimnisvoll."

Betretenes Schweigen.

„Also ich sehe dich ganz anders", ereifert sich Justus, der bis dahin eher unauffällig war. „Ich glaube, dass du nur nach außen hin so stark bist. In Wirklichkeit bist du sensibel und verletzlich. Ich sehe dich als Usambaraveilchen. Ein kleines lila Veilchen!"

Ich halte mir die Hand vor den Mund. Wer möchte bitte ein lila Veilchen sein! Ich sehe, wie Ines blau-lila wird vor Ärger und tatsächlich ein bisschen Ähnlichkeit mit einem Veilchen bekommt.

Weitere Blumen werden ebenfalls auf ihren Ines-Gehalt hin überprüft und diskutiert, erstaunlicherweise kann man jedes unschuldige Blümchen mit Eigenschaften ausstatten und ihrer Person anpassen.

So geht es weiter und weiter. Meine Hoffnung, dass das Spiel vor mir zu Ende geht, erfüllt sich nicht. Ich bin dran.

„Eine Distel", sag ich. Das ist die erste Pflanze, mit der sie sich überhaupt nicht identifizieren will. Anscheinend ist sie da noch lieber das Veilchen.

„Weißt du, was ich glaube?" fragt sie mich mit aggressivem Unterton, und schwupps ist sie tatsächlich gefährlich nah an der Distel.

„Nicht genau", sage ich. Was hat sie bloß? Ich selbst wäre lieber eine Distel als ein Veilchen.

„Ich glaube, dass du einfach eine Heidenangst hast, dich zu entdecken. Damit blockierst du dein ganzes inneres Kind."

Ihre geballte therapeutische Enttäuschung schlägt mir entgegen. Mit dem Vorwurf kann ich leben. Aber auf eine Konfrontation mit Ines habe ich nicht die geringste Lust. Und auch nicht darauf, dass wir das Dilemma in der Gruppe lösen. Ich fühle heiße Energie in mir hochschießen.

Die anderen verfolgen die Situation aufmerksam. Endlich mal Spannungen in der Gruppe, eine Herausforderung. Die Luft ist zum Schneiden, genau da blühen einige erst auf, scheint es mir. Ihr Terrain.

Pause. Essen. Rettung.

Sabine setzt sich zu mir, in der Gruppe um Anerkennung bemüht, aufgefallen nur durch die völlige Absenz von so etwas wie Charme. Jetzt scharf drauf, mir einen Rat zu geben.

„Du solltest die Ines nicht so ernst nehmen."

Auch wenn sie jetzt nicht da ist, will ich nicht über sie reden.

„Ist schon gut."

Beleidigt zieht Sabine ab. Auch mir sind die Antipasti verdorben. Ich höre aufgeregtes Stimmengemurmel um mich herum, sicher bin ich das Thema. Ich versuche, etwas zur Ruhe zu kommen.

Nach dem Essen bin ich mit meinem Spiel dran.

Man hätte eine Nadel fallen hören. Als ob keiner atmen würde, so still ist es im Raum. Die Blicke auf mich gerichtet. Sie erwarten nach all meinen Auftritten jetzt Schreckliches, und sie haben recht.

Ich hole Luft. Als ich mein Spiel auf dem Boden aufmale, schaue ich nicht auf. Riesige Straßen kommen zum Vorschein, ich muss aus dem Zimmer heraus, auf den Gang, nicht genug Platz, ein Stockwerk hoch, verschlungene Wege, die sich teilen und verzweigen, dann wieder finden, Kreuzungen, immer noch nicht genug Platz, ich male mich in Rage, dazu Fotos von echten Häusern, Wolkenkratzer, Wohngemeinschaften, Bunker, ganze Slums. Fünfundzwanzig Holzstücke mit aufgepinnten Fotos von allen Gruppenteilnehmern aus dem zweiten Tag als Spielfiguren. Meterlange Anweisungen, die ich hinschreibe, in die Mitte des ersten Raumes schütte ich mein eigenes ganzes Geld. Ich hatte die ganze Nacht überlegt und gearbeitet.

„Das Spiel wird euer echtes Leben sein und weiterbestimmen. Alle Spielzüge werden echt sein, damit ihr es empfinden könnt. Jeder spielt um sein Geld, wir zahlen sofort. Kommen zwei auf das gleiche Feld, tragen sie einen Kampf aus, mit Worten oder Taten, verletzt werden darf niemand. Man kann Freunde finden und verlieren, zusammen wohnen, rausgeschmissen werden, neue Berufe ergreifen. Man kann gefeuert werden. Was gewürfelt wird, wird ins Leben umgesetzt. Wir erspielen uns unser Leben."

Ich hatte Livopoly erfunden. Mit echtem Einsatz und echten Menschen. Man kann alles verlieren oder alles gewinnen. Alles auf eine Karte.

Schweigen.

„Und?" frage ich in die Stille hinein. „Wer fängt an?"

Schweigen.

Alex muss sich räuspern.

Ich erkenne es an ihren aufgesperrten Mündern und aufgerissenen Augen. Die spinnt komplett, steht in ihren Gesichtern.

Nach Minuten der Stille bricht ein Tumult los.

„Das ist doch Blödsinn."

„Was bringt das denn?"

„Du bist ja übergeschnappt."

Als hätte ich sie und nicht ihre Fotos aufgespießt.

Empört sind sie. Peer sagt nichts, aber er schaut mich traurig an.

Mir steigen die Tränen in die Augen. Jeder hatte die gleiche Chance, so blödsinnig die Spiele auch waren, wir alle haben mitgespielt.

„Wie aggressiv du bist", sagt Claudia fassungslos, als hätte ich noch zehn Seminare und eine Therapie nötig, ohne zu merken, dass genau dieses mich wirklich aggressiv macht.

„Das ist typisch für dich, immer musst du provozieren!" Auch Sabine ist überhaupt nicht mehr tolerant.

Ich stehe auf und stolpere über die Türschwelle, hinaus in den rettenden Zitronenhain. Ich gehe, dann laufe ich unter den in voller Blüte stehenden Hain, und mit jedem Schritt, den ich laufe, fällt Last von mir ab. Last um Last um Last. Ich renne, schneller und schneller, bis ich außer Atem bin. Renne weiter. Wie befreit atme ich stoßweise die würzige Luft. Mache eine kurze Rast, laufe weiter, bis ich nicht mehr kann.

Ich steige auf einen kleinen Hügel und setze mich auf einen Stein. Die Tränen hat längst der Wind getrocknet. Aber ein Schmerz bleibt. Ich mache die Augen zu und komme langsam wieder zu Atem. Ich bemerke nicht, dass sich mir jemand genähert hat.

Als ich die Augen öffne, steht Peer da.

Es tut mir gut, dass er da ist. Zumindest zeigt es mir, dass ich nicht völlig allein auf der Welt bin, unfähig, mich in eine Gruppe einzugliedern, unfähig überhaupt für menschliche Kontakte und alles und jeden.

„Ein schöner Ort", sagt er.

„Ja", antworte ich, froh, dass er mich nicht auf den eben erlebten Eklat anspricht. Froh darüber, dass er nicht den Versuch macht, mich zu trösten.

Für eine Weile sitzen wir nebeneinander im Zitronenhain. Vögel gesellen sich dazu, ich beobachte sie eine Weile.

Dann kann ich selbst anfangen.

„Ich wollte nicht provozieren."

„Das weiß ich." Er schaut mich nicht an.

„Oder nur ein bisschen."

Pause.

Ich lasse trockene Erde durch meine Finger rieseln. Kleine Steinchen.

Ich habe auf einmal das Bedürfnis, zu sprechen.

„Das Spiel war einfach in mir. Und ich hatte genug von den Diskussionen, wir leben in einer richtigen Welt. Der Einsatz sind wir selbst."

Wir schweigen wieder.

„Dich hat es verletzt, dass wir dich nicht so genommen haben, wie du bist."

Abgesehen davon, dass ich nicht „genommen" werden wollte, hat er recht.

„Warum spiele ich die dämlichsten Spiele von anderen klaglos …"

Er runzelt die Stirn.

„Na ja, fast klaglos", gebe ich lächelnd zu. „Aber bei mir wird sofort geurteilt. Da ist mein Spiel — und ich auch noch gleich dazu — aggressiv und verrückt. Und niemand denkt daran, es zu spielen. Wo bleibt da die Fairness?"

Ich bin sauer über die Ungerechtigkeit.

Er nicht.

„Du bist einfach sehr stark. Selbstbewusst. Da braucht man dich nicht zu schützen, da muss man dich angreifen, um sich selbst zu schützen."

„Ich kann mich doch nicht schwächer machen, als ich bin."

„Schwache haben es leichter als diejenigen, die sich selbst helfen. Ihnen gilt die Sympathie."

„Wer vorn am Segel steht, kriegt eben auch den Wind ab."

Der Seefahrer.

Ich schaue ihn von der Seite an, er hat lustige, braune Augen. Lebendig, das fand ich von Anfang an. Leben spiegelt sich darin, seines, das seiner Familie. Etwas Wahres und Kraftvolles strahlt er aus.

Nur sein Schnauzbärtchen.

„Ich finde, dass du die interessanteste Frau in der Gruppe bist."

Da ist der Zauber weg.

Jetzt erst überlege ich mir, wie er mich überhaupt gefunden hat. Ist er mir von Anfang an nachgelaufen?

Die Spannung zwischen ihm und mir steigt an. Es ist keine angenehme Spannung.

„Was für ein schöner, besonderer Moment", sagt er mit sanfter Stimme.

„Und er", sage ich und sehe ihm direkt in die Augen, „ist schon wieder vorbei."

Ich stehe auf und wende mich um.

Wortlos gehen wir heim, Enttäuschung zwischen uns.

Am Zentrum angekommen, weiß ich, dass meine Zeit vorbei ist. Ich habe auch gute Erinnerungen an spirituelle Wochenenden. Damals. Heute jedoch stehe ich anders im Leben. Besser gesagt, neben dem Leben.

Aber ich hätte es gespielt. Sie denken, ich bin übergeschnappt und größenwahnsinnig oder zumindest eines davon. Ich denke das auch. Fühle mich größenwahnsinnig, von einer wahnsinnigen, nirgends endenden Größe, die ein Ende sucht und keines findet. Keinen Abschluss, keinen Ausweg und keinen Rahmen. Aus dem Rahmen gefallen, das bin ich.

Ich verabschiede mich von Alex, von Arne und von den anderen Gruppenteilnehmern. Von meinem Zimmer und von dem Blick auf den Apennin.

Ich packe mein Kissen, meine Decke unter den Blicken der Gruppe in meinen Rucksack zusammen. Ich weiß, dass sie finden, ich solle bleiben, um meine Probleme in den Griff zu bekommen. Dass ich auf dem falschen Weg bin. Dass ich zu früh aufgebe. Weglaufe. Vielleicht haben sie recht. Aber ich weiß auch, dass diese Gruppe keine Ahnung von meinen Problemen hat.

Und dass ich genug von Gruppen habe.

*Die linden Lüfte sind erwacht*
*Sie säuseln und weben Tag und Nacht*

## 3. Mitten im Schimmer der spiegelnden Wellen

Die Rosen stehen in voller Blüte. Ein Glück, dass ich wieder hier bin. Juni ist Rosenmonat. Und da gibt es jede Menge zu tun.

Ich muss die alten oder kranken Triebe herausschneiden, um den Strauch zu verjüngen. Verblühtes muss ich abschneiden, dann gibt es den ganzen Sommer über neue Knospen.

Mit einer Bourbon Rose hat es angefangen. Boule de Neige, üppig blühende Pracht in cremeweißer Farbe. Dann kam Celèste dazu, eine reinweiß blühende Alba Rose. Mit ihrem graugrünen Laub wuchs diese edle, alte Rose fast bis zwei Meter in die Höhe.

Inzwischen sind es über dreißig Arten in unserem Rosengarten. Jahr für Jahr kamen neue aufregende Züchtungen hinzu, wir waren dieser Verlockung jedes Mal erlegen und hatten unsere Sammlung erweitert. Ich kenne alle Rosen, die wir gepflanzt haben, mit Namen, und ich kenne ihre Eigenschaften. Sie sind mir zu Freunden geworden, je mehr ich mich mit ihnen beschäftigte, Jahr für Jahr.

Man muss sich gut überlegen, wo man die Rosen hinpflanzt. Der Standort ist entscheidend für Gedeih oder Verderb. Rosen möchten vom Wind umspielt werden und nicht zu geschützt wachsen. Stark blühende Rosen brauchen einen nährstoffreichen Boden, aber überdüngt darf er auch nicht sein. Sonst werden die Blätter zu weich und anfällig.

Die Wildrosen blühen nur einmal im Jahr, dafür überhäufen sie mich dann mit ihren Blüten und ihrem Duft. Die Apfelrose duftet mit den Apfelbäumen um die Wette. Sie hat borstige Zweige und rosarote Blüten von Juni bis August. Ihr Duft lockt Bienen in Scharen an.

Viele einheimische Wildrosenarten wachsen in unserem Garten. Um die Wildrosen braucht man sich nicht sonderlich zu kümmern. Wild, wie sie sind, sind sie anspruchslos.

Anders die Englischen Rosen. Alte Englische Rosen sind von besonderer Anmut. Träume in Duft und Farbe, aber nicht so robust wie die neueren Züchtungen. Doch an Duft sind sie unerreicht. Die Charles Austin zum Beispiel, sie hat orangefarbene Blüten, die Crown Princess Margareta rankt sich über eine Mauer nahe unserem Teich hoch, sie sieht aus wie ein orangeroter Wasserfall aus Blüten.

Teerosen wachsen aufrecht und buschig. Ihre Blüten sind wunderschön und elegant. Sie verströmen ihren süßen Duft. Vielfältig, unvergleichbar. Eben so, wie nur Rosen duften.

Rosen mögen Gesellschaft, doch sie akzeptieren nur wenige. Als Begleiter zu unseren edlen cremefarbenen Rosen habe ich Lavendel gewählt. Sie haben sich auf Anhieb verstanden, und zwischen ihnen besteht eine enge Freundschaft.

Neben die pinkfarbenen Teerosen habe ich Katzenminze gepflanzt. Vor drei Jahren probierte ich eine Kombination mit dunkelblauem Ysop. Es war der dritte Versuch, und ich sehe ihn in diesem Jahr zum ersten Mal wachsen. Ein viertes Mal hätte ich es nicht probiert.

Einmal waren wir zur Rosenernte in Bulgarien. Wer diese Rosenfelder gesehen und gerochen hat, wird sie nie vergessen. Das Öl, das aus der bulgarischen Rose gewonnen wird, ist im Duft unerreicht. 1.400 Blumen werden benötigt, um nur ein Gramm dieser kostbaren Essenz herzustellen. Im Juni und Juli beginnt die Pflücksaison. Die Schulen schließen, und ganze Familien gehen im Morgengrauen aufs Feld, um die kostbaren Blumen zu ernten. Die Ernte ist nur von vier Uhr früh bis zehn Uhr vormittags möglich. Denn wenn die Sonne zu sehr auf die Rosen scheint, geht ein Teil ihres Duftes verloren.

Eine apricotfarbene dichtgefüllte Kletterrose ist die Sorte, die ich selbst kreiert habe. Sie schlingt sich den alten Torbogen hinauf und hüllt ihn fast vollständig ein. Wir haben sie La Rêve Orange genannt.

In meine Rêve Orange wachsen Clematis hinein. Die Rose bildet das Klettergerüst für die Clematis. Das ist jedoch eine Ausnahme. Denn Rosen brauchen Platz. Begleitende Stauden, Sträucher oder Kräuter dürfen sie niemals bedrängen.

Vielleicht stehen sie mir deshalb so nahe.

Ich schneide und pflanze und gieße und binde. Zwei Tage lang.

Am dritten Tag merke ich, dass mich die Rosen nicht brauchen. Ich habe alles erledigt, und sie stehen in voller Pracht.

Ich habe mich nicht zurückgemeldet, um den hoffnungsvollen Nachfragen meiner Freunde zu entgehen. So bleibt auch das Telefon still. Sehr still.

Die Erlebnisse der letzten Wochen liegen unbearbeitet. Einfach so wegstecken kann ich sie nicht, mich im Rosenhaus zu verkriechen funktioniert auch nicht mehr. Erst werden die Tage lang. Dann die Stunden. Und jetzt ist es fast so, als ob sich allein eine Minute schon unendlich ausdehnen würde. Ist es das Ziel des Lebens, Minute für Minute hinter sich zu bringen?

In meinem Kopf ist immer weniger Musik, dann noch weniger. Seit ein paar Tagen ist sie fast verklungen. Still ist es dennoch nicht, Gedanken und Stimmen jagen mir durch den Kopf, wenn ich ein bisschen entspannen will. Nur wenn ich meine Gedanken auf ein festes Vorhaben konzentriere, gleiten sie nicht ab. Doch das ist so anstrengend, dass ich sie meistens einfach laufen lasse.

Ich habe keinen Plan für den Tag. Die Zimmer im Haus erscheinen riesig. Hohe Zimmer, raumhohe Türen, das war mir immer wichtig gewesen. Aufrecht gehen können. Jetzt werde ich jeden Tag ein bisschen schwerer. Mein gerader Gang ist ein wenig gebeugt, nur ganz leicht, die Zimmer könnten jetzt auch niedriger sein, es ist, als ob irgendetwas im Rosenhaus mich niederdrücken würde. Das Haus, nicht der Garten. Nicht die Rosen. Aber ich spüre das Gewicht. Es hat angefangen zu regnen. Ich spüre das Gewicht des Wassers durch das Dach hindurch.

Ich höre in mich hinein. Wassermusik, sehr leise. Als ob sie mich rufen würde, die Musik.

Es zieht mich fort.

Zeit habe ich genug. Doch ich habe nicht den Mut für einen Aufbruch. Für einen neuerlichen Aufbruch. Allein, dass ich den Mut nicht dafür habe, ärgert mich. Wohin soll ich?

Sing, sing für mich!

Wenn ich doch nur mutiger wäre.

Sing, für mich. Mami.

Nach einem weiteren gegrübelten Tag entschließe ich mich dazu, wegzufahren. Lieber würde ich die Erlebnisse einer Reise mit jemandem teilen. Alleine machen mich schöne Eindrücke traurig. Aber mit wem?

In den letzten Jahren bin ich viel verreist. Manchmal zu Konzerten. Mit meiner Agentin, in einem Ensemble, mit Musikern. Aber auch mit Freunden bin ich gefahren. Mit A zum Verwöhnen in ein Luxushotel. Ausgeklügeltes Essen und Sauna in romantischer Umgebung. Sich um überhaupt nichts scheren müssen, nur genießen.

Mit A und C Paris erkunden, wir haben uns über die Bouillabaisse gefreut und darüber, dass uns hin und wieder ein Franzose verstanden hat, sehr hin und wieder. Staunen über die Sainte-Chapelle. Das Größte aber war das Café in der Nähe der Pont Neuf, nirgends sonst schmeckt Café Crème mit Croissant so. Ein Traum für jemanden, der das Frühstück so liebt wie ich.

Mit A und B und C könnte ich jederzeit verreisen. Wir hätten wahrscheinlich Spaß, aber was wir auch noch hätten, wäre eine höchst anstrengende Wieder-zurück-ins-Leben-Therapie. Und darauf habe ich so gar keine Lust. Ich merke, wie stark mein Wunsch nach Individualität sich in den letzten Jahren ausgeprägt hat. Wie ich es eigentlich vorziehe, meine eigenen Wege zu gehen. Zu schauen statt zu reden. Zu fragen statt zu wissen.

Ja, es zieht mich fort.

Und ich werde alleine fahren.

Mir ist, als ob das Meer mich ruft.

Bretagne. Normandie.

Die ungebändigte Wildheit der bretonischen Küste zieht mich an.

Als ich vor Paris in einen nächtlichen Stau gerate, kommt mein Wille ins Wanken. Niemals vorher bin ich allein so weit im Auto gefahren. Ich zwinge mich, mich aufs Fahren zu konzentrieren. Ich habe ein Ziel, aber was, wenn ich angekommen bin?

Doch im Morgengrauen, als ich Richtung Nordwesten unterwegs bin, die leichte Röte den Himmel überzieht und ich in einer menschenleeren Hügellandschaft dahinfahre, nur unterbrochen von kurzer Rast an einsamen Stehcafés, erfasst mich ein Aufbruchswille, stark wie zu der Zeit, als ich die Welt entdeckte. Unbändiges Glücksgefühl, wenn man die Fremde findet.

Ich fahre ohne rechtes Ziel, aber immer Richtung Atlantik. Doch zuvor sehe ich unverhofft ein Schild nach Huelgot, und ich biege ab. Verwunschener Wald, in dem es aussieht, als hätten die Riesen dort persönlich jeden Stein hingelegt. Samtbewachsen liegen die sanften Kolosse wie Zeugen aus einer früheren Welt. Aus der Eiszeit stammen sie, in der ein dicker Eispanzer die Bretagne bedeckt und die Felsen zersprengt hat. Abfließendes Eiswasser umspülte die Steine jahrtausendelang, bis sich ihre Rundungen formten. Jetzt liegen die riesengroßen Granitblöcke kreuz und quer in der Landschaft. Buchen, Fichten, Eichen umschlingen sie, ein Fluss, der über mehrere Stufen hinunterstürzt, lenkt den Blick auf eine tief eingeschnittene Schlucht.

Ich habe Mühe, mir einen Weg durch die uralten Giganten zu bahnen. Fast wie ein Weg durch mich selbst, mit von unbeweglichen Riesen verschüttetem Ziel. Sie berühren mich auf seltsame Art. Ich kann verstehen, dass sich Sagen und Legenden um Huelgot ranken. Auch Druiden soll es in der Gegend noch geben. Mit ihrer silbernen Sichel klettern sie auf Bäume und schneiden bei Vollmond Mistelzweige, aus denen sie Zaubertränke brauen.

Es ist menschenleer, doch ich wäre nicht erstaunt, tauchte Miraculix hinter einem Baum auf.

In der kleinen Kirche versammeln sich die Seelen, um bei blauem Himmel gemeinsam ins Paradies aufsteigen zu können. Die verlorenen Seelen jedoch halten sich in einem wenige Kilometer entfernten Teich auf.

Gestärkt verlasse ich den geheimnisvollen Treffpunkt der Druiden.

Richtung Nordwesten wird die Gegend rauer.

Ich nähere mich der Côte de Granit Rose von Westen. Hinter Trébeurden verfärbt sich der Sand rot. Roter Sand wird zu Kieseln, und weiter in Richtung Osten werden die Kiesel zu großen Brocken und Felsen. Napoleonhut und Teufelsburg heißen sie, und viele der rosa Granitfelsen erreichen die Höhe eines Hauses. Bizarre Burgen, Höhlen, Formationen. Wenn man genauer hinsieht, erkennt man seine Bestandteile: Feldspat, Quarz und Glimmer.

In Ploumanac'h halte ich. Ich möchte lange wandern. Durch das Tal Traouiero und mit dem Schiff zu den Sept Îles, der Granit Rose vorgelagerten Inseln, mit tausenden Basstölpeln auf ihnen.

Am nächsten Tag laufe ich auf dem historischen Zöllnerpfad, an der Küste entlang, vorbei an Menhiren und einem Fischereihafen, an dem man noch Spuren von Malern aus dem neunzehnten Jahrhundert erkennt. Dramatische Steilküste wechselt sich ab mit sanftem Sand, starker Wind ist allgegenwärtig. Leuchttürme müssen die Schiffe an die gefährliche Küste lenken. Einfallendes Licht in die wild verstreuten Felsblöcke zaubert neue Farbspiele: Ich kann mich nicht sattsehen am tiefblauen Himmel, grünlich schimmerndem Meer und den Farben der Granitfelsen, von Violett über Lila zu blass schimmerndem Rosa. Leuchtendes Heidekraut und blühender Ginster, während sich auf dem Meer dramatische Wolkenberge auftürmen.

Macht und Unruhe schwingen in dieser glühenden Welt. Die Eindrücke sind zu viele, und es verlangt mich nach einer weniger spektakulären Landschaft.

Ich fahre die wildromantische Küstenstraße wieder in Richtung Brest, vorbei an Saint-Pol-de-Léon, an Plouguerneau. Die Kelten haben für unglaubliche Namen gesorgt.

In der archaischen Einfachheit der Halbinsel Crozon werde ich schließlich heimisch. Nahe der Pointe de Penhir in einem kleinen Küstenort bleibe ich stehen. Vielleicht acht oder neun Steinhäuser, eine kleine Kapelle, eine Ziegenkäserei.

Ich bin angekommen.

Ein Hotel in der Rue de la Mer. Hôtel Sans Retour, lese ich amüsiert. So sieht's aber nicht aus. Ein schmuckloses, graues Steinhäuschen, von Wein und Glyzinien bewachsen, zwei Stockwerke hoch bis zu einem flachen, grauen Steindach. Auf den ersten Blick eher abweisend. Mir gefällt's. Nüchternen Charme strahlt es aus, unaufdringlich. Ich trete ein.

Ein kleines Mädchen, das im Hof versucht, mehrere schwere Boulekugeln hochzuheben, läuft an mir vorbei. Ich zucke leicht zurück.

„Maman! C'est une Madame dans notre maison!" Dem Erstaunen entnehme ich, dass schon einige Zeit kein Gast mehr hier war. Hoffentlich kann ich bleiben.

„Bonjour", grüße ich in das Haus hinein.

„Bonjour, entrez, entrez!" Eine hübsche, dunkelhaarige Maman kommt hinter einem kleinen Tisch hervor, der als Tresen dient. Innen ist ebenfalls alles aus grauem Stein, kein Unterschied zu außen. Sicher ist es alt.

Ich ziehe in das einzige Zimmer im ersten Stock, dort gibt es ein Bett mit schwerem, leicht klammem Bettzeug, einen Schreibtisch mit Stuhl vor dem Fenster, einen großen Schrank. In der Vase auf dem Schreibtisch steckt eine grüne, geschlossene Blüte. Ich kenne sie – es ist eine Artischocke. Unscheinbar jetzt, aber in einigen Wochen würde sie sich entfalten und unzählige lila Blütenstände hervorbringen. Ich freue mich schon darauf. Beim ersten Mal konnte ich diese Verwandlung kaum glauben.

Das Fenster ist Richtung Osten ausgerichtet. Hinter Heidekraut und vereinzelten Pinien kann ich einen Streifen Meer sehen. Es ist etwas bewölkt, ohne Dunst würde ich noch mehr davon erkennen können. Das Hotel liegt etwas erhöht, auf das Meer sehe ich also herunter. Die anderen Steinhäuser des Ortes sowie die Ziegenkäserei liegen auf der anderen Seite.

Ich werfe meine Tasche hin und mache mich sogleich auf den Weg ans Meer. Feuchter Nebel kriecht in meine Kleidung. Auch wenn schon Frühsommer ist, spüre ich den kalten Wind, der das Salz in mein Gesicht und in meine Haare weht. Je näher ich dem Meer komme, umso stärker werden die Böen, ein Tosen und Brausen führt mich zum felsigen Strand.

Außer mir ist kein Mensch dort, ich bin mit den Wellen allein. Gleichmäßig mächtig schlagen sie an Land. Wogen aus der Mitte des Meeres bis zu mir kommend. Sofort bemerke ich, dass sie auch in mir ankommen.

Ein Stück weiter gibt es eine Sandbucht. Ich ziehe die Schuhe aus, es ist kalt, das Wasser, und gehe am Strand entlang, die Flut drückt die Wellen die leichte Steigung des Sandes hinauf, schwarzer Sand mit goldenen Sprenkeln. Mit langsamer Macht spült die Welle Sand um meine Füße, zieht sich dann wie ein Sog ins Meer zurück, so dass es mich in den Sand drückt.

*Fffffschhh*
Mit jeder Welle versinke ich ein wenig mehr.
Ich stapfe die Sandbucht entlang, immer an der Grenze zwischen den kommenden und gehenden Wellen. Jeden meiner Schritte drücke ich einzeln in den Sand.

*Wschhhhhh*
Ich schaue zurück auf den Sand. Wie unberührt er ist. Ich spüre einen unerwarteten Stich.
Ich hinterlasse keine Spuren.

Die Felsen werden mehr, türmen sich zu Formationen hoch. Barfuß klettere ich weiter bis oben. Auf den höchsten Punkt setze ich mich und beobachte das Kommen und Gehen der Wellen. Sie kommen, sie gehen. Sie kommen, sie gehen.
Ich höre den Rhythmus des Wassers.
Leise erst, dann ganz klar, ein melodisches Sehnen. Ich erkenne im Spiel des Wassers die Melodie.
Es sind die Wellen, die Chopins Mazurken an den Strand spülen.
Es sind die Möwen, die Liszts Sonaten durch die Luft tragen.
Die donnernden Töne der Klaviersonate, h-Moll, die kühnen Oktavsprünge schreien sie, querköpfige, leidenschaftliche Töne.
Die Musik in mir schwillt an. Keine Worte, nur Musik, lauter und lauter, bis zum gewaltigen Crescendo, Liszts ungebändigter Drang durch die stürmische Luft ...
Ich wende mich ab.
Die Musik verstummt.

*Aufgestörte Wünsche*
*ziehen übers Meer wie silberne Möwen,*
*dann ist alles wieder still*

*Blau Nummer siebenundvierzig*

„Siehst du das Meergrün dunkler Algen, das sich mit den tiefblauen Wellen des Atlantiks vereint?"
Wieder ein neues Blau, und noch eines. Mit Meergrün, mit Wattgrau, mit felsigen Strähnen ...
G kennt über zweihundert verschiedene Blautöne, Wassertöne wie er sagt, denn es kann auch Grün, Braun, Grau oder Schwarz dabei sein, auch das Weiß einer Gischt. Er wird niemals müde, die Wasserfarben zu sehen, er erkennt jede einzelne. Und er hat für jede Farbe ein eigenes Wort. Niemals hatte ich geahnt, in wie vielen Facetten das Meer seine Farbe wechseln kann, je nach Bewegung, nach Tageszeit, Sonnenstand, Breitengrad. Nach Untergrund, Tiefe, Pflanzen- und Fischbestand, nach der Stärke des Windes und der Nähe von Schiffen.
Ich hatte sie alle bestaunt, doch zeitlebens brachte ich es nur auf zwölf verschiedene Töne, die ich selbst auseinanderhalten konnte.
Jetzt ist die aufgewühlte See mit Wattsand vermischt, ein graugrüner Ton, ein wenig Blau dabei. Ich kenne es nicht wirklich, es könnte Blau Nummer siebenundvierzig sein. Genau das, das man in Ufernähe noch sehen kann, das bei leichter Windstärke in Küstennähe des Atlantiks auftritt.
Aber ich bin mir nicht sicher und vermisse Gs Bestätigung.
Ich vermisse G.

*L'Éternité*

Tropfnass komme ich heim, atme durch in der frischen, salzigen, feuchten Luft. Ein heißes Bad wäre schön. Ich lege den Strauß Lavendel auf den Tisch, später würde ich ihn ins Wasser stellen. Tropfen rinnen an ihm herunter, am Tisch entlang bis auf den Boden. Automatisch fasse ich an meinen Ringfinger der linken Hand, um meinen Wellenring abzunehmen, doch ich greife ins Leere. Ich hatte ihm noch nachgeschaut, als er in den Wellen versank. Auf dem Rückweg hatte ich die Stelle noch einmal abgesucht, aber da lag er nicht. Irgendwie ist meine Hand leichter ohne ihn, vielleicht steht der Abschied an.

Ich lasse sehr warmes Wasser in die alte Wanne einlaufen, bis das Zimmer voller Dampf ist.
Der nächste Tag. Und der übernächste vergeht. Und noch einer.

Ich bin wieder zum Meer hinuntergegangen. Diesmal habe ich den Weg durch die Dünen gewählt, vorbei an den mächtigen vom Salzwasser rundgespülten Felsen. Ich klettere bis vor zur Brandung und höre, wie die Gischt an die Felsen donnert. Aufgewühltes Morgenmeer.
Ich ziehe mir die Kapuze über den Kopf.
In der Ferne sehe ich, wo Sonne und Meer sich treffen.
Dann steige ich ein Stück zurück Richtung Austernbänke. Grünlich liegen sie unter mir, vereinzelt durchzogen von Tümpeln, in denen noch das Wasser der Flut steht. Kleine Krebse flitzen durch. Salzluft umweht mein Gesicht. Ich kann es aushalten, mein Herz schlagen zu hören.
Ich schaue über die nebelverhangenen Felsen und fühle mich groß und weit und allein. Ich fühle mich allein, obwohl ich es gar nicht bin, denn er ist wieder da. Wie jeden Tag. Ich habe ihn vorher schon bemerkt. Er sitzt da, unbeweglich. Schaut auf das Ende der Landzunge, dort, wo die Austernbänke liegen.
Er sitzt einfach da. Sitzt und blickt und blickt und sitzt. Blickt hinter den Horizont. Sitzt und blickt und spricht plötzlich.
„L'éternité", sagt er. Und die Töne kommen wie aus den Tiefen einer unergründlichen Seele, leicht krächzend, nicht ans Reden gewöhnt.
„L'éternité – c'est la mer allée avec le soleil."

Wir sind ein komisches Paar. Ein alter Mann, der unbeweglich auf seinem Felsen sitzt und aufs Meer schaut, und eine Frau, die mit geschlossenen Augen neben ihm sitzt und im Rauschen der Wellen ihren Kopf leicht bewegt.
Als er mich zum ersten Mal ansieht, bemerke ich blaue Augen in seinen tief gegerbten Runzeln im Gesicht.
Nur wenige Männer verstehen die Lyrik der Natur. Der hier ist einer davon, und er ist etwa hundert Jahre alt.
Seine Worte brennen sich mir ein, weil sie das ausdrücken, was mir fehlt. Das alte Gedicht Rimbauds macht uns zu einer Art Seelenverwandter. Auf eine merkwürdige Weise fühle ich mich ihm verbunden. Zwei Verlorengegangene, nirgends angekommen und nirgendwohin unterwegs.
„Viens!" sagt er und springt unerwartet behände von seiner Klippe.
„Ich zeige dir was."

Mehr überrascht als interessiert renne ich ihm hinterher. Wir laufen die ganze Küste hinauf, meist am Meer entlang. Die ganze Zeit spricht er kein Wort. Ich habe zu tun, dass ich mitkomme, und versuche mir den Weg oder zumindest die Richtung zu merken, für den Fall, dass ich allein wieder zurückfinden muss. Als wir an der Spitze der Landzunge angekommen sind, bleibt er stehen. Ich erkenne, dass es der Ort ist, den er von seinem Platz auf dem Felsen sehen kann.

„Voilà!" Er deutet nach unten. Wir stehen inmitten kleiner Tümpel, die dunkelgrün schimmern. Auf ihren steinigen Seiten kleben Hunderte, Tausende schwarzblauer Muscheln.

„Des huîtres!" Er strahlt mich an.

Austern. Ich fahre innerlich zusammen. Das ist nun nicht meine Sache. Es hatte mir immer ein bisschen gegraut vor diesen faszinierenden Meeresbewohnern. Warum muss man sie unbedingt essen? Mehr als eine brachte ich nicht hinunter. Zu sehr hing ich an dem Gedanken, dass sie noch lebten, während ich sie hinunterschluckte.

Mit sicherem Griff bricht er ein Tier ab, öffnet die Schale und kippt den Inhalt in seinen Mund. Dann hält er mir eine hin.

Aber man braucht doch eine Zitrone, denke ich noch, als ich eine Hälfte nehme, und während ich schlucke, sehe ich aufs Meer hinaus.

„Très bien." Er sieht glücklich aus.

*Das Meer, die Sterne und ich*

Ich will Austern suchen.

Ich bin in den letzten Wochen regelrecht süchtig nach Austern geworden. Bei jedem Schlucken kämpfe ich immer noch einen Sekundenbruchteil gegen einen Widerstand an, bis sich der Geschmack von Meer in mir ausbreitet.

Ich habe mir ein kleines Körbchen mitgebracht. Er sieht mich kommen und zwinkert, als er mein Körbchen sieht. Zusammen schlendern wir am Meer entlang, bis wir bei den Austernbänken sind.

Die erste essen wir sofort. Dann breche ich mir weitere ab und lege sie in mein Körbchen. Nicht zu viele, schließlich schmecken sie nur frisch. Der Alte nimmt sich immer nur so viele, wie er essen kann. Vorräte nimmt er nie mit.

Ohne zu denken lebe ich die Tage dahin, mit mir und meiner Musik, die ich selten vom Rauschen der Wellen unterscheide. Aber das ist auch nicht wichtig. Mein Lebensinhalt sind das Meer, die Sterne und ich. Mein einziger Begleiter der alte Bretone.

Zusammen sehen wir die Felsen der kleinen Insel gegenüber an.

„Du kannst sie nicht sehen, wenn es schönes Wetter wird. Wenn sie sichtbar wird, schlägt das Wetter um."

Dunstige Schleier ziehen um ihre Gipfel. Wir haben eine kleine Wanderung gemacht, und als er mir einmal die Felsen hinauf geholfen hat, nehme ich flüchtig zur Kenntnis, dass ihm zwei Finger der rechten Hand fehlen. Es scheint ihn nicht weiter zu behindern, er klettert behände die rutschigen Steine entlang, geübt wie einer, der sie sein Leben lang kennt.

Er lebt in einer Hütte, die in der Bucht liegt, aber etwas entfernt auf einer leichten Anhöhe. Ich habe ihn gefragt, wo er wohnt, und ob er schon lange hier lebt.

„Immer schon", hat er mir erzählt, aber ich habe es ihm nicht geglaubt. Irgendetwas in seinem Gesicht sagt mir, dass er eine Geschichte hat. Und die hat sich nicht hier abgespielt. Doch ich soll es nicht wissen, also weiß ich es nicht. Es spielt keine Rolle, und er ist die einzige Gesellschaft, die ich ertragen kann.

Meistens sitzen wir nur nebeneinander, manchmal sprechen wir miteinander. Obwohl er mich nicht gefragt hat, erzähle ich von mir. Dass ich die Musik liebe, und dass ich eigentlich nur von Menschen angezogen werde, die auch empfänglich für Töne und Melodien sind. Dass sich Menschen und Dinge in meinem Kopf in Musik verwandeln.

„Magst du die Musik?" frage ich ihn. Und habe gleichzeitig das Gefühl, ihm zu nahe gekommen zu sein.

Er schweigt einen Moment. Dann antwortet er. „Oui, je l'aime."

Und ich überlege, auf welche Weise er sie überhaupt hört, denn er besitzt weder einen Fernseher noch ein Radio. Das hat er mir erzählt. Und dass er in ein Konzert geht, kann ich mir überhaupt nicht vorstellen. Trotzdem weiß ich, dass er nicht lügt, denn er sieht manchmal auf das Meer und nimmt seine Bewegung auf. Wenn er so sitzt und leicht schwankt, so wie die mächtigen Wellen heranrollen, in dem gleichen Rhythmus, scheint er mit der Welt und dem Meer zu verschmelzen, und ich verstehe die Innigkeit, mit der er fühlt. Ich fühle Musik in solchen Momenten, und etwas Ähnliches geht mit ihm vor. Fast erschrecke ich, als er mich in diesem Augenblick berührt.

„Was ist das?" Fragend sehe ich auf das Papierbündel, das er mir hinhält, als ob es zu mir gehören würde.

„Es gehört dir."

Ich rühre es, einem ersten Impuls folgend, nicht an.

Mit Nachdruck schiebt er es mir in die Hand. Es ist ein Bündel Briefe, etwas feucht. Die Schrift auf dem ersten Umschlag ist verwischt. Ich habe Angst, etwas zu beschädigen, und halte die Hand still. Dann lächelt er entspannt und sieht wieder aufs Meer.

„Was soll ich damit tun?"

„Cherche la vérité", sagt er. Und sieht aufs Meer.

Ein Boot nähert sich, gefährlich schwankend, der felsigen Küste. Sie würden nicht an Land gehen können, nicht hier.

Ich stecke das Bündel ein, daheim werde ich mir sie vielleicht näher ansehen. Der Bretone rudert inzwischen heftig mit den Händen durch die Luft. Das Fischerboot ist in Gefahr geraten, weil die Fischer die Abkürzung um die Felsen genommen haben. Sie schaffen es im starken Wind nicht, an Land zu gehen, und er ruft ihnen den Weg zu. Da sie es nicht hören, winkt er sie mit den Armen herum. Was will er – dass sie an die Steilküste auf der Nordseite geschleudert werden? Schließlich begreifen sie und rudern nach Kräften um die Insel herum. Da sehen sie den kleinen Felseinschnitt und halten, so gut es bei dem Seegang geht, darauf zu. Der Wind dreht und hätte sie an die Felsen geschleudert. Doch so kommen sie klatschnass und wohlbehalten an Land und zu ihm, um sich zu bedanken.

„Hier könnt ihr nur bis etwa mittags anlegen. Heute wart ihr später dran. Am frühen Nachmittag dreht der Wind und treibt euch an die Klippen."

Die vier jungen Männer schauen schweratmend aufs Meer. Einen kenne ich, er ist aus dem Dorf. Sie haben reichen Fang gemacht, diskutieren kurz und schenken dann dem alten Mann eine Dorade. Er nimmt den edlen Fisch an, und vergnügt pfeifend macht er sich auf den Heimweg in seine Hütte.

Mich hat er vergessen.

Ich bleibe noch ein paar Minuten sitzen und sehe den Fischern zu, wie sie den Fang teilen, sich nach überstandener Gefahr ausgelassene Scherze zurufen, laut, um die Gischt zu übertönen, wie sie die Netze noch mal sauber aufrollen, die Bilge auspumpen, ihr Boot säubern und es am Ufer vertäuen.

Morgen würde es wieder startklar sein.

*Nacht*

Ich hatte schon geschlafen, doch ich wache auf und setze mich ruckartig hin und lausche. Alles ruhig. Was hat mich geweckt?

Durch das geöffnete Fenster kommt klare Nachtluft herein. Ich stehe auf und gehe aus dem Haus, um noch mal Luft zu schnappen. Die Luft klebt Salz auf mein Gesicht, die Arme, die Kleidung. Das Meer schwappt in ruhigen, gleichmäßigen Bewegungen auf die sandige Bucht. Ich kann es im Dunkel der Nacht nicht sehen, nur hören.

Ehe ich mich versehe, bin ich schon wieder bei den Felsen unten an der kleinen Bucht. Der Tag, der gut gewesen ist für die Fischer, liegt noch ein wenig in der Luft. Mehrere Boote sind vertäut, schwanken leicht im Wind. L'oiseau, entziffere ich mit Mühe den Namen des ersten. Wer nennt ein Boot nach einem Vogel anstatt nach einem Fisch? La Bretonne heißt das nächste. Der Rest ist zu weit draußen, so dass ich ihre Namen nicht mehr erkennen kann. Ich tappe zum anderen Ende der Bucht. Eines liegt dort am Ufer, es ist zugleich das größte. Ich stehe ganz in seiner Nähe und schaue zum Himmel.

Ich stehe und sehe empor, und nie habe ich den Himmel so gesehen wie in dieser Nacht: stahlblau und doch funkelnd im Licht der Sterne, die das Licht des Mondes verschwimmen lässt. Ich stehe und schaue, und im Schauen verliere ich die Zeit. Ist es eine Minute, die ich so stehe? Eine Stunde?

Unter meinen Füßen ertaste ich etwas Hartes, ein Bündel Taue. Sie müssen von den Schiffen geblieben sein. Ich setze mich auf den Boden, an die Planken des ersten Bootes gelehnt, die Füße angezogen, die Augen geschlossen, über mir der silberne Glanz des Mondes. Ich höre das Wasser rauschen, spürte mich selbst nicht mehr und verströme in der Ruhelosigkeit der Nacht.

Ein leises, unterdrücktes Husten lässt mich auffahren – ich schrecke aus meiner Träumerei und suche im halbblinden Schatten nach einem Anhaltspunkt. Offenbar habe ich, an Menschenleere gewöhnt, den Menschen nicht bemerkt, der regungslos die ganze Zeit hier gesessen haben muss.

„Oh, ich habe Sie gar nicht bemerkt", sage ich ins Dunkel.

„Oui", flüstert die Stimme aus dem Dunkel.

Ich strenge mich an, doch ich erkenne nur schwach den Horizont. Sonst nichts. Keiner von uns spricht.

Seltsam und schaurig ist dieses stumme Nebeneinander im Dunkeln. Mein Gefühl, als starre dieser Mensch auf mich wie ich auf ihn, doch keiner ist mehr als ein Umriss im Dunkel.

Das Schweigen lässt mich den Atem anhalten. Am liebsten wäre ich gegangen, doch etwas hält mich hier.

Endlich ertrage ich es nicht mehr.

„Auf Wiedersehen", sage ich. „Ich gehe jetzt."

„Au revoir."

Ich stolpere mühsam vorwärts durch den Sand. Da sind Schritte hinter mir, unsicher, doch hastig – als wolle mich jemand einholen, aber er kommt nicht ganz heran. Ich gehe schneller, dann spüre ich den Luftzug. Drehe mich um, sehe nichts.

Als ich am nächsten Tag aufwache, es ist gegen sechs Uhr, kann ich es gar nicht erwarten. Ich frühstücke in aller Hast, trinke einen Schluck Kaffee und breche auf. Als ich atemlos am Felsen ankomme, ist er weg.

Die Boote sind weg, längst auf dem Wasser. Der Felsen ist leer, fast anklagend steht er da, ohne seinen Begleiter ragt er herrenlos in die Luft.

Den Tag verbringe ich in nervöser Ungeduld. Ich warte, ob ich ihm begegnen würde. Er hat eine beunruhigende Macht über mich – der Tag ist unendlich lang und zerbröckelt doch am Abend leer zwischen meinen Fingern.

Es ist zur selben Stunde der Nacht wie gestern, als ich aufwache, und ich steige hastig aus dem Bett hinaus in die kühle Nacht. Wie gestern fällt diffuses Licht über die Bucht. Hoch oben am Himmel das Sternbild des Orion. Alles wie gestern. Irgendetwas zieht mich, verwirrt mich. Ich stehe und stehe und lausche.

Vom Meer herüber schlägt eine Schiffsglocke.

Ich lausche und lausche und höre kein Geräusch, das mir vertraut ist, das ich kenne, auch keine Musik. Ich fühle mich orientierungslos. Endlich, ich will schon gehen, höre ich ein paar Klänge. *Und alles Fleisch, es ist nur Gras.* Ich schließe die Augen. Die Klänge bleiben. Ich halte mir die Ohren zu.

Es ist der Anfang von Brahms *Requiem*.

Am nächsten Tag komme ich wieder – und am übernächsten.

Der Felsen bleibt leer.

Er hat das Meer geliebt.

Von weitem habe ich sie schon gesehen, aber ich bin nicht auf die Idee gekommen, dass sie zu mir wollen. Erstaunt verfolge ich am Fenster, dass sie direkt Kurs auf mein Steinhäuschen nehmen. Vor meiner Tür stehen bleiben.

„Mademoiselle?"

Ich öffne ihnen. Es sind zwei Männer, einer jünger, der andere vielleicht sechzig und mit Bart. Beide in Uniform. Polizisten.

„Pierre Cardin", sagen sie. „Pierre Cardin ist gestorben."

„Oh", sage ich. Ich weiß nicht, wer das ist. Aber ich sollte es wohl wissen, lese ich in ihren Mienen.

„Der alte Mann, der über den Austernbänken wohnte."

Au revoir.

Der junge Franzose zieht eine Augenbraue hoch und mustert mich.

Mich fröstelt. Unwillkürlich schaue ich zu dem Bündel, das auf dem Kaminsims liegt. Es liegt unverändert. Was ich sagen soll, weiß ich nicht.

„Sie kannten ihn?" Der junge Polizist räuspert sich.

„Ich habe ihn oft sitzen sehen, auf seinen Klippen." Klippen gehören doch niemandem.

„Sie kannten ihn?"

Er wiederholt die Frage, ohne seinen Tonfall zu ändern.

„Nein", höre ich mich sagen.

Ein paar Augenblicke lang herrscht Schweigen zwischen uns.

„Aber Sie sind mit ihm gesehen worden." Der ältere Polizist schaltet sich ein. „Sie sind mit ihm die Austernbänke entlanggegangen." Als hätte er mich überführt.

„Ich bin mit ihm gegangen, aber ich kannte ihn nicht."

Wieder Schweigen zwischen uns. Unbehaglich trete ich ein Stück zur Seite. Ich stehe nun direkt vor den Briefen. Ihre Blicke scheinen durch mich hindurchzugehen bis zu den Briefen hinter mir. Ich fühle ein Brennen an der Stelle, wo sie mich durchbohren.

Dann wenden sie sich zum Gehen. An der Tür dreht sich der Jüngere noch mal nach mir um. „Ich sage Ihnen das nur, weil er keines natürlichen Todes gestorben ist."

„Was ist ihm passiert?" frage ich leise.

„Das Meer hat ihn an Land gespült. Wir haben ihn letzte Nacht gefunden."

Sie kommen noch einmal wieder. Ein paar Tage später.

Ich bemerke sie, als ich eintrete, beide sitzen bei Maman vor Café au lait und Petits Fours. Als ich eintrete, bricht das Gespräch ab. Maman zieht sich diskret zurück. Ich gehe voran in mein Zimmer, die beiden folgen mir.

Ich merke sofort, dass etwas nicht stimmt.

„Sie haben uns gesagt, dass Sie Monsieur Cardin nicht kannten." Diesmal ist unverkennbare Schärfe in ihrer Stimme. Der Ältere übernimmt das Gespräch wie ein Verhör. Es ist zur Chefsache geworden.

Ich warte ab.

„Sie haben uns angelogen, Madame."

„Was meinen Sie?" Worauf will er hinaus? Hat er von den Briefen erfahren?

„Die Hütte von Monsieur war ganz leer. Wohin hat er seine Sachen gebracht?"

„Keine Ahnung." Woher soll ich das wissen?

„Haben Sie die Sachen?" mischt sich der Jüngere ein.

Der Ältere bringt ihn mit einem Blick zum Schweigen.

„Es wäre gut, wenn Sie sich erinnern würden."

An was?

„Warum fragen Sie nicht seine Verwandten. Seine Freunde?"

Sie sehen mich unverwandt an. „Das wissen Sie doch. Monsieur Cardin hatte keine Verwandten. Und keine Freunde. Zumindest nicht, seit er hier lebte. Er war ganz allein."

Ich setze mich ans Fenster.

„Bitte."

Ich deute auf das Bett. Mehr Sitzmöglichkeiten habe ich nicht. Hartnäckig bleiben sie in der Mitte des Raumes stehen. Der Ältere nimmt sich ein Taschentuch aus der Hosentasche und putzt sich umständlich die Brille. Ich bezweifle, dass sie dadurch sauberer wird. Der Jüngere tritt zum Fenster und sieht hinaus. Ich folge seinem Blick. Wenn der Himmel klar ist wie heute, kann man genau auf seinen Felsen sehen. Habe ich das zuvor schon mal bemerkt?

„Madame. Sie verschweigen uns doch etwas."

Ich schweige so beharrlich wie sie. Ich fühle mich allein bei dem Gedanken, die Briefe herauszugeben, wie ein Verräter. Aber vielleicht führen sie zu seinem Mörder. Sicher ist, dass ich mich ernsthaft in Bedrängnis bringe, wenn ich weiterhin so schweige.

Sie würden noch ewig hier stehen. Ich habe das unbestimmte Gefühl, dass ihr Atem länger ist als meiner. Ich gehe im Zimmer auf und ab.

Gerade, als ich ansetzen will, um von den Briefen erzählen, bricht der jüngere Polizist das Schweigen.

„Sie waren in seiner Hütte."

„Nein", sage ich entschieden und setze mich wieder hin.

„Wir haben Beweise", sagt er und sieht mich an, als hätte ich mit ihm ein Verhältnis gehabt.

„Haben Sie nicht." Müde winke ich ab. Meine Nerven sind dünn. „Können Sie gar nicht."

„Alles aus seiner Hütte ist weg. Sie ist leer."

„Niemand würde ihm etwas stehlen."

„Nun gut", sagt er und zieht seinen Trumpf aus der Tasche. „Kennen Sie den?" Schlagartig bin ich hellwach. Mein Wellenring.

G, der kein Goldschmied war, hatte für mich statt des Namens eine Wasserwelle aus Lapislazuli hineingeschmiedet. Hatte all seine Liebe und sein Können hineingelegt. Da ich nicht schmieden konnte, war sein eigener Ring in purem Gold geblieben.

„Mein Ehering", rufe ich verblüfft. „Wo haben Sie ihn gefunden?"

Sie wechseln einen Blick.

„Das wissen Sie doch."

„Das weiß ich eben nicht! Ich habe ihn verloren, als ich über die Felsen in der Bucht lief."

Ich kann mich genau an die Stelle erinnern. Auch an die Erleichterung, als er im Meer versank. Jetzt halte ich ihn wieder in meiner Hand. Er muss ihn gefunden haben.

„Der Ring ist alles, was Monsieur Cardin in der Hütte zurückgelassen hat. Der Ring und der Flügel."

„Er hatte einen Flügel?" frage ich leise. Ihm fehlten zwei Finger.

„Er war früher Pianist. Ziemlich bekannt. Wussten Sie das nicht?"

Ich schüttele den Kopf.

Seit Tagen schleiche ich um den Kaminsims herum wie die Katze um den heißen Brei. Seit seinem Tod liegt eine geheimnisvolle Aura über dem Bündel. Durch mein Schweigen der Polizei gegenüber habe ich das Gefühl, unrechtmäßig in seinen Besitz gelangt zu sein. Im Stillen habe ich gehofft, Maman würde die Briefe beim Putzen wegräumen. Aber da liegen sie immer noch. Ich habe sie weder weglegen noch an mich nehmen können.

So liegen sie schon seit Tagen unberührt auf dem Sims.

Er hat sie mir nicht versehentlich gegeben und nicht zufällig. Ich habe es gespürt: Sie sind für mich. Trotzdem, ich scheue mich davor, sie zu öffnen.

Es geht noch eine Weile, in der ich herumschleiche, unschlüssig. Es sind nur Briefe, und es würden nur Worte darin stehen. Was ist schon dabei?

So greife ich mir den oben liegenden Brief, manövriere ihn vorsichtig zwischen den Schnüren durch, stecke ihn in die Tasche, packe eine Decke und eine Flasche Wasser dazu, leihe mir ein Fahrrad von Maman, radele an die Bucht, steige einen Dünenhügel hinauf und lasse mich im hellen Licht der Frühlingssonne nieder. Vorsichtig ziehe ich zwei eng beschriebene Seiten aus dem Umschlag, eine saubere, klare Handschrift, und fange mit klopfendem Herzen an zu lesen.

(Erster Brief)

*Meine Liebste,*
  *träum ich oder ist es tatsächlich wahr?*
*Es ist das in mein Leben getreten, was ich am meisten gehofft und ersehnt und doch niemals für möglich gehalten habe! Ich habe IHN gesehen, wirklich und wahrhaftig, ganz nah und in wunderbarer Gestalt, und was er mir gegeben in seinem Erscheinen, in seinen Worten, das wird mir ein wahrer Schatz sein, den ich niemals, wie mein Leben auch verlaufen mag, für einen Augenblick vergessen werde. Er ist mir teuer wie das schönste Lied, kostbar wie die wunderbarste Melodie.*

*Was ist mit meinem Leben nur passiert, seit es ihn gibt.*

*Aber von vorn, meine teure Freundin. Er ließ mich in aller Diskretion einladen – als würde er mir etwas sagen wollen, das ich vielleicht ahne. Ich rang mit mir, doch mein Herz hielt der Vernunft nicht stand, und ich musste dieser Einladung folgen, ich fühlte es. So habe ich mich – du wirst es nicht glauben – wie ein Dieb in der Dunkelheit von zu Hause fortgeschlichen, um zur rechten Zeit zu dem Platz zu kommen, den er mir durch seinen Diener nennen ließ.*

*Was glaubst du wohl – ich wusste, meiner Familie würde das nicht gefallen, sie würde es nicht dulden und mich womöglich für immer ausstoßen. Denn ist er auch von edlem Stand – und das ist er, wohlwahr –, so ist er doch in Verruf geraten. Zu Unrecht, wie ich sicher weiß! Doch würd' ich nicht meinen Gefühlen folgen, so würd' ich ihn auch nicht lieben ... und das ist mir ganz und gar unmöglich.*

*Du ahnst schon, ich tat es alles trotzdem, und gab ich auch damit alles auf, so habe ich doch mein Glück gefunden.*

*Stunde um Stunde habe ich gewartet im Musikzimmer, wollte ich doch in meinem schönsten Gewand gehen und nicht in der Alltagstracht! Ich zog mich also heimlich und ohne Zofe an, wartete bis zur Dämmerung, und als Maman das Haus verließ, stahl ich mich fort. Erst sorgte ich mich, ihn verpasst zu haben. Ich stand an der Laterne und fror in Kälte und Schnee und hoffte, dass niemandem mein Fehlen auffiel.*

*Und dann, der, dessen Gedanken und Gestalt ich bereits liebte, seit ich ihn zum ersten Mal für einen Moment gesehen hatte, kündigte sein Kommen an ... und ich spürte es wieder ...*

*Fernes Räderrollen, nasser Schnee verwölkte das Licht der Laternen, große Flocken stoben vom Himmel, der dunkle Umriss einer Droschke näherte sich ... Was für ein feiner Monsieur, dachte ich noch, die Tür stieß er von innen auf, und im fahlen Schein sprang er heraus, behände für sein Alter, aus der Droschke im feinen Zobel, bis er leibhaftig vor mir stand, stattlich und schön wie ein russischer Zar.*

*Er, von dem ich so oft hörte, dass meine Gedanken an ihn mich quälten bis zu diesem Moment, stand jetzt vor mir.*

*Einen Moment lang sahen wir uns schweigend an, bis die Luft zwischen uns zerbarst.*

*Dann war er es, der das Schweigen brach.*

*„Wenn wie von Eisblumen gekrönt Euer Blick mich streift, wenn Eure Seele sich mir zeigt, Eure Hand in meine sich legt, so möchte ich darin versinken. Wie es mir durch die Adern rinnt wie heiße Glut, mir schwindelt ganz und gar, ich verzehre mich, das sehnlichste Verlangen ward nie in dieser Reinheit gesehen, nie gedacht und nie geträumt.*

*Eure Gedanken sind wie Perlen, die ich in Gold fassen möchte, ich biete Euch meine Hand, die Euch führen, Euch erfüllen will, wie Ihr es verdient.*

*Dass Ihr, ach, mich lieben könntet, wage ich zwar zu hoffen, doch fast nicht zu glauben, und doch – ich fühle Glück, so unermesslich, und es mag mit mir werden, was will, allein mein einziger Wunsch ist der, dass Ihr meine Frau werden mögt."*

Unwillkürlich muss ich lächeln. Ich bin erleichtert. Nein, ein fürchterliches Geheimnis birgt dieser Brief nicht. Solch ein stürmisches Werben! Dieser Brief musste schon einige Zeit überstanden haben! Was war das nur für eine romantische Zeit, undenkbar heute. Ich versuche, das Datum zu erkennen, dann das Siegel auf dem Umschlag. Doch weder das eine noch das andere kann ich entziffern. Jedenfalls erzählt eine Frau von ihrer ersten Begegnung mit ihrer großen Liebe. Soviel ist klar. Und vor mir tauchen Gestalten aus *Anna Karenina* auf oder *Doktor Schiwago*, auf jeden Fall etwas Russisches, vielleicht wegen des Schnees. Oder war's der Zobel? Unwillkürlich schweife ich ab in meine eigene Vergangenheit. Wie ich G kennengelernt hatte. Meine große Liebe. Auch bei uns gab es einen ersten Moment. Doch der war gänzlich anders.

*Wie ich ihn kennenlernte*

„Darf ich dieses Lied noch einmal hören?"

Er stand im Türrahmen. Ich hatte nicht bemerkt, dass die Tür offen stand. Er musste sich hereingeschlichen haben.

Dieses Lied! Guter Gott, er hatte wirklich keine Ahnung! Aber ich war sowieso beim Üben, Händel, und begann noch mal mit der Arie. Ich sang so, wie ich immer sang: mit ganzer Hingabe an die Musik, ohne Gedanken an mich selbst oder die Zuhörer. Als ich das Ende der ersten Phrase erreichte, hatte ich seine Anwesenheit vergessen. Süße Stille, sanfte Quelle ruhiger Gelassenheit.

Diese Worte in Variationen, bis sie die Violine alleine auf den Weg schicken, die ihn schon bereitet für den Mittelteil. *Selbst die Seele wird erfreut, wenn ich mir nach dieser Zeit arbeitsamer Eitelkeit jene Ruhe vor Augen stelle, die uns ewig ist bereit*, diese Arie, die mich zum Schluss verzaubert und deren Klang noch nachhallt, wenn ich schon zu Ende gesungen habe.

Als der letzte Ton der Violine verklang, wurde ich mir schlagartig seiner Gegenwart wieder bewusst. Als ich ihn ansah, bemerkte ich, dass ihm irgendwann während meines Gesangs etwas in die Augen gestiegen war. Er schaute mich an, und sein Blick ging ungebremst zu tief in mich hinein. Er schaute und schaute und berührte etwas.

„Mja", sagte ich verlegen. „Das war Händel. Die vierte deutsche Arie."

„Schön", sagte er.

Und seine Stimme klang schöner als das Lied.

Das war unser Anfang.

Mir war klar, dass es ein Anfang von etwas war, fragte sich nur, von was. Denn ich war Sängerin und wollte es bleiben. Ich hatte meine Welt entdeckt, und ich hatte hartnäckig allem getrotzt, was mich hätte davon abbringen können. Auf keinen Fall stand mir der Sinn nach einer langwierigen Partnerschaft. Schon gar nicht nach einer Familie. Mein Leben war voller Musik und Termine und im Gleichgewicht, das jedoch galt es auszubalancieren. Ich labte mich ein wenig an Bewunderern, wohl wissend, dass sie nur die Stimme, das Lied, die Musik bewunderten. Und den Menschen nicht kannten. Die meisten waren von der Kunst zu beeindruckt, um ihre eigene Person zu zeigen. Wir brachten keine gemeinsame Ebene zustande.

Meine Freunde hatte ich schon sehr lange. Ein paar neue Freunde waren mit der Musik dazugekommen, so wie jeder wichtige Bereich im Leben auch neue Beziehungen mit sich bringt.

Hartnäckige Verehrer wies ich hartnäckig ab, wenn sie mir zu nahe kamen. Die Musik verschlang mich, sonst hätte ich nicht vollkommen in ihr aufgehen können. Außerdem fand ich, dass die meisten Männer sich ähnelten. Ich hatte keinen getroffen, der mich ernsthaft berührt hätte. Wenn ich mit einem ausging, blieb es in mir ruhig, ich hörte freundlich zu, und irgendwann im Verlauf der Unterhaltung fragte ich mich, was ich sonst noch hätte tun können an diesem Abend. Jedes Mal fielen mir mindestens eine Handvoll Dinge ein.

Dass er anders war, spürte ich, als er so dagestanden und mir zugehört hatte.

„Komm mit!"

Er sprach mit einer Entschlossenheit, die irgendwo unter meiner Abwehr durchzielte.

„Wohin gehen wir?"

Hatte ich „wir" gesagt?

„Ins Moor. Wenn du willst."

Damit hatte er mich dann doch überrascht. Das Moor war ein ziemlich einsames Waldstück, das sich kilometerweit erstreckte und von mehreren Bächen durchzogen wurde. Wenn er mich auf einen Kaffee eingeladen hätte, in ein Restaurant oder in eine Bar, ich hätte abgelehnt. Spazierengehen wäre auch noch okay gewesen, doch was mich dann überraschte, war, dass es in diesem Moment wie aus Kübeln regnete.

„Jetzt?" fragte ich neugierig.

„Ich liebe den Regen", sagte er fast entschuldigend. Ein Mann, der lieber im Regen spazieren ging!

„Gut", sagte ich. Ich liebte den Regen auch.

Obwohl ich eigentlich noch mal proben wollte, gingen wir sofort los. Nach ein paar Häusern begann der Wald, der sich weit ausdehnte, ideal zum Gehen. Für mich, die ich oft vor oder nach dem Singen lief, ohne Ziel und mehrere Stunden lang, war es ein vertrautes Gefühl. Ich lief vor dem Proben, um mich in ein Lied einzustimmen, in einen symbiotischen Zustand, der ideal war zum Singen. Genauso gut konnte ich mich nach einem erschöpfenden Probentag durch eine lange Wanderung wieder auf den Boden bringen, die Einheit, in die ich mich gesungen hatte, wieder ablegen. Am besten bei Regen.

So allmählich lernten wir uns kennen.
„Ich sage dir, wer ich bin und was ich mache. Wenn du willst", fügte er hinzu. Damit unterbrach er das zarte Frage- und Antwortspiel nach dem Leben davor, das vorsichtige Abtasten nach den praktischen Lebensqualitäten, und verkürzte es auf einen einzigen Satz.
„Warum glaubst du, ich will es wissen?"
Er lächelte.
„Ich wühle im Schlamm auf dem Meeresgrund herum."
Dass es etwas mit Natur sein musste, war mir klar. Meeresbiologe.
„Und was hat dir deine Arbeit gebracht?" fragte ich.
„Ich weiß, welche Farben das Meer hat."
„Blau?"
„Mehr."
„Grün? Blaugrün? Manchmal bräunlich?"
„Sag mehr."
„Azurblau, aquamarin, türkis, smaragdgrün, resedagrün, in der Sonne hellblau glitzernd, erdbraun, wenn es aufgewühlt ist, grau, blaugrau – oder alles gemischt!" Ich war erstaunt, wie viel mir einfiel, und geriet in eine Art Farbenrausch. „Schlammgrün, algengrün, schwarzgrün." Vor meinem Auge stiegen Dutzende verschiedene Meere auf.

Er sah mich lächelnd an. Irgendwo in der Ferne begannen die Geigen in Mendelssohns e-Moll-Konzert leise zu weinen.
„Das Meer hat überhaupt keine Farbe. Und kann doch alle Farben haben. Der Wind gibt sie ihm, der Untergrund, die Wellen und die Fische. Die Farbe des Wassers ist dann meist blau. Es gibt zweihundert verschiedene Blaus. Ich kann sie dir alle sagen."

Seine Augen strahlten mich an, und sie hatten das schönste aller Blaus, das ich bisher gesehen hatte.

Heißes Seelenkribbeln lässt mich aus meinen Gedanken auffahren. Wie warmer Regen breitet sich das damalige Gefühl in mir aus, als wäre es gestern gewesen, und ich wehre mich aufzutauchen aus einer der schönsten Zeiten in meinem Leben.

*Einsiedlerkrebs*

Sehr langsam und sehr vorsichtig begann ich mich an das Gefühl zu gewöhnen, dass jemand in meinem Leben wichtig geworden war, mit dem ich zuvor nicht gerechnet hatte. Den ich vor einigen Wochen noch nicht einmal gekannt hatte. Und der selbst überhaupt nicht langsam und auch nicht vorsichtig war.

Zwei ganz verschiedene Menschen.

Ich zeige dir den Ort, wo ich am glücklichsten war.

Einige Wochen und viele gemeinsame Stunden später fuhren wir in seinem Wagen Richtung Nordsee. Unser Ziel war ein Gebiet, von dem ich nicht wusste, ob es noch Meer oder schon Land war.

Halligen. Gewachsene Inseln, die zwischen Oktober und März bei schweren Stürmen überspült werden. Dann ragen von ihnen nur noch die Warften aus dem Wasser, künstlich angelegte Wohnhügel.

„Wer jemals auf einer Hallig ein Land unter erlebt hat, der wird es niemals vergessen", sagte G.

Unsere Hallig hatte eine beeindruckende Geschichte. Eine große Flut hatte sie vor über dreihundert Jahren in mehrere Teile auseinandergerissen, so war sie überhaupt erst entstanden. Während der folgenden Jahrhunderte verlor sie weiterhin große Teile ihrer Fläche an das Meer. Irgendwann konnte sie sich stabilisieren, und seither war sie knapp fünfzig Hektar groß. „Land unter" hieß es auf ihr bis zu fünfzigmal im Jahr.

Nach zwei Stunden über Wasser kam unser Ziel in Sicht. Es war wahrscheinlich die am weitesten draußen im Meer gelegene Hallig. Als wir auf ihr landeten, verstand ich augenblicklich, warum er hier sein Glück fand. Unendliche Weite, einzigartige Salzwiesen und Hunderte von brütenden Seevogelarten.

„Lachmöwen, Sandregenpfeifer, Seeschwalben", grinste er. Ein Feld voller Herzmuschelschalen. Rundum Meer.

Ein kleiner Leuchtturm. Hier hatte er zwei Jahre seines Lebens verbracht. Vor uns lagen drei Wochen Hallig-Zeit.

Hinter mir lagen elf Auftritte mit Schumann-Zyklen. *Frauenliebe und -leben* hatte mich beschäftigt, ohne dass ich es in dieser Weise schon mal erlebt hatte. Jetzt war alles anders. Ich war froh, diese Lieder jetzt nicht mehr zu singen. Ich hätte sie neu einstudieren müssen, mit meinem neuen Leben darin. Auch Händels Arien hatte ich beendet. Eine wunderbare Folge von Liedern, gemischt mit Instrumentalstücken, die ich Abend für Abend immer neu genießen konnte. Seine elegante Leidenschaft in den wundervollen Melodien ging mir immer ans Herz. Bei ihm hatte ich wenig Mühe, zu mir zu kommen. Text und Melodie waren eins, ich musste sie nur miteinander verbinden.

Die Auftritte hatten meiner Stimme und meiner Kondition zugesetzt. Luftholen auf einer Hallig war genau das Richtige, glaubte ich, zumal mein nächstes Projekt ein Liederabend mit Schubert-Liedern war. Ich musste mich erst wieder frei machen, frei werden für einzelne Lieder, sie erfassen und zu meinen werden lassen. Eintauchen in Stücke, die ich noch auswählen durfte. Das hatte ich mir für diese drei Wochen vorgenommen. Meine Lieder unter Schuberts hunderten zu finden.

Starker Wind blies mir zur Begrüßung alte Gedanken aus dem Kopf. Mein Herz flog mit den Möwen, und jeder Aufwind brachte mich ein Stück höher zum Glück. Am Tag unserer Ankunft auf der Hallig war das Meer aufgewühlt und umtoste die Felsen.

Wir waren den Leuchtturm hochgeklettert, zusammen mit mir war auch die Angst hochgestiegen. Es stürmte so stark, dass ich das Gefühl hatte, der Turm schwankte, je höher, desto mehr. Von etwa vierzig Metern aus sah ich durch ein offenes Fenster in die Tiefe. Rundum Wasser. Brecher krachten direkt unter mir an die felsige Küste der Hallig. Alles schien in Bewegung zu sein, sogar der Horizont, wo ich sonst stets einen ruhigen Fluchtpunkt fand, schwankte leicht und gewaltig hin und her. Die gesamte Welt schien im Ungleichgewicht. Es übertrug sich auf mich, ich suchte nach einem Ruhepunkt direkt unter dem Leuchtturm, fand keinen. Außer hinten am Horizont wurde es bereits dunkel, die Grenzen zwischen Meer und Luft verschwammen, ohne dass das Tosen leichter wurde.

G bemerkte meine Unruhe.

„Warte ab, die Nacht verändert."

Es war nichts zwischen der Sonne und dem Meer, als sie unterging, sie versank als Feuerball im Wasser und zog alles Licht mit sich.

Das Meer sehr dunkel unter mir. Kaum noch zu sehen. In Dunkelheit wogten die Wellen, die Winde, der Turm, es war schon sehr spät, und irgendwie schaffte ich es, einzuschlafen.

Als ich im Morgengrauen aufwachte, war es still. Wo war ich? Durch das Fenster konnte ich nur den Himmel sehen, in der sonnenzugewandten Seite reines Strahlen, helle Lichtspiele auf leicht gekrümmter Fensterfläche. Da fiel es mir ein.

„Guten Morgen." G war hinter mich getreten. In der Hand balancierte er ein Tablett mit Kaffee und Croissants, einen Teller mit Rührei, Orangensaft im Glas und eine Schüssel mit Obst, bereits geschnitten, zwei Joghurts. In vierzig Metern Höhe.

„Ich frühstücke immer ziemlich viel."

„Wann hast du das denn gemacht?" Ich blinzelte.

„Du hast geschlafen wie ein Murmeltier!" sagte er vergnügt.

„Können wir für immer hier oben bleiben?" Ich streckte mich.

G stieg mit seinem Croissant in der Hand ein paar Stufen nach unten, bis es einen weiteren sehr kleinen Ausguck gab. Er zeigte nach Nordosten.

„Das ist die andere Seite. Schau!"

Ich drehte mich um. Wenig aufsteigendes Licht brach sich in den oberen Wasserschichten und drang in die Tiefe. Darunter war das Wasser dunkel, als ob unergründliche Geheimnisse hier lägen. Fasziniert blickte ich auf die völlig veränderte See. Ich drehte mich langsam im Kreis und beobachtete die Veränderung, die mit dem Meer und mir hier oben vor sich ging, je weiter ich mich drehte, bis ich wieder zum Ausgangspunkt kam. Ich schaute und schaute und schaute.

Das Meer und der Horizont begannen sich zu drehen. Als ich abrupt stoppte, drehte sich alles noch ein kleines Stück weiter.

Nach dem Frühstück stiegen wir wieder in die Welt hinunter. G machte die Leinen eines kleinen Ruderbootes los. Er ruderte uns ein Stück von der Insel weg. Aufs offene Meer hinaus. Nach einer Weile stoppte er, ruderte zurück, blickte suchend übers Wasser, ruderte wieder ein kleines Stück. Schaute.

„Was suchst du?" Ich schaute ebenfalls ins Wasser, und in dem Moment sah ich es.

Schaute ich auf eine Stelle, um ein Blau zu vertiefen, so zerlegte es sich in weitere und strömten in ihnen fort. Einzelne Farbsegmente blieben bei mir, doch manche entwischten mir schon einen Augenblick, nachdem ich sie entdeckt hatte. Etwas schimmerte durch.

„Was ist das?" fragte ich leise. Eine Erscheinung?

„Das ist Blau Nummer dreiundsiebzig. Lapislazuli, Aquamarin und ein Hauch Smaragd im Morgenlicht."

Wasser spritzte unter dem Boot hervor. Ich konnte das Blau sehen, fühlen und hören. Mir war, als hätte ich diese Farbe nie zuvor wahrgenommen. Wie war das möglich, dass mir in meinem Leben eine ganze Farbwelt entgangen war?

Das Blau hatten die Götter erfunden. Da war ich mir sicher.

Beim Abendessen war ich so erfüllt, dass ich in einem fort redete.

„Blau war schon immer die Farbe des Überirdischen, des Himmels und des Wassers. Im alten Ägypten wurden dem Lapislazuli lebensspendende Eigenschaften zugedacht. Aus ihm besteht der Schmuck des Tutanchamun, außer dem Gold natürlich. Blau war das Tuch der Könige, die Augen des Osiris. Blau galt seit jeher neben Gold als Farbe des Göttlichen. Was schaust du so?"

„Das Sonnenlicht wird an den Luftmolekülen und den Staubteilchen gestreut. Der Himmel scheint blau, obwohl er es nicht ist. So einfach ist das."

Ich war mit der profanen Erklärung nicht zufrieden.

„Trotzdem, das Blau weist immer in die Ferne. Es erscheint einem nicht von dieser Welt. Eher wie überirdisch. So haben es schon die alten Meister in ihren Bildern verwendet. Als Farbe für den Himmel, als Farbe für alles, was von Gott kam oder was in der Ferne lag. Die Expressionisten haben das aufgegriffen und ganz konkret als Symbol für alles Himmlische und Geistige verwendet. Kandinsky zum Beispiel." Ich erinnerte mich an eine Reihe von Bildern.

„Die Farbe Blau ist älter als alle Weltreiche. Von jeher schienen der Himmel und die Ozeane blau!"

„Gegeben hatte es das Blau schon. Aber es wurde genau wie das Grün erst im Laufe der jüngeren Menschheitsentwicklung von den anderen Farben unterschieden. Als Erstes sahen die Menschen der Steinzeit die Farbe Rot."

Eine Welt ohne Blau!

Jeden Abend saßen wir auf unserem Turm und beobachteten, wie die Welt um uns Schicht um Schicht in rote Farbe getaucht wurde.

Unten an den Steinen schaukelte das Boot.

Mein Lied hatte ich längst gefunden.

Ich hatte auf das Wasser gesehen und die Melodie gehört. Ich hatte auf die Noten gesehen und das Meer gehört. Es war eins, und es wurde für immer unser Lied.

Herzbewegend tief war es der Beginn einer unbeschreiblichen Liebe.

*Mitten im Schimmer der spiegelnden Wellen*
*gleitet wie Schwäne der wankende Kahn*

G machte sein Versprechen wahr und zeigte mir im Laufe unserer Zeit, die wir zusammen verbrachten, alle Blautöne, die er kannte, in allen Teilen der Welt. Ich glaube, es waren alle, die es auf der Welt gibt. Doch er hielt an der Vorstellung fest, es gäbe noch unzählige unentdeckte. Er war wie besessen von der Vorstellung, weitere Blaus zu entdecken.

Ich versuchte, sie alle zu behalten. Ich mochte sie alle, und keines hätte ich freiwillig hergegeben, aber in mir war nur Platz für einige.

So verschieden wir waren, so trafen wir uns doch in der Farbe des Wassers, in der Farbe der Natur.

Ich liebte ihn dafür, dass er mir die Farben gezeigt hatte.

Zeit meines Lebens ist die Farbe Blau mit ihm verbunden. Er ist der einzige Mensch, der mir eine Farbe geschenkt hat.

Und das Wasser, das hat er mir auch geschenkt.

Wie aus einem schönen Traum erwache ich. Es waren drei der schönsten Wochen in meinem Leben. Weg von der Welt und doch mitten in ihr. Versunken und doch unglaublich wach.

Hin und wieder ignoriere ich das Läuten meines Telefons. Ich mag es nicht, erreichbar zu sein, denn ich kann mich nicht vertiefen mit dem Gedanken, jederzeit unterbrochen werden zu können.

Wer will mich hier schon stören?

Ich denke mich zurück in meine Welt, vergesse, wer ich bin, denke nur daran, wer ich einmal gewesen war. Verliere mich in Erinnerungen an unsere erste Zeit, die so schön war. Können Seelen das, sich berühren? Kribbelt das, wenn eine Seele von einer anderen berührt wird?

Was passiert dabei?

„Heirate mich."

Es war keine Frage, es war ein Drängen, voller Klarheit. Sein Blick mitten in mein Herz.

„Warum jetzt?"

„Ich weiß, dass du es bist."

Ins Herz.

„Was hast du zu bieten?"

Er sieht mich eine Weile an. Seine Augen kalt, abweisend, im nächsten Moment unendlich verletzlich, suchend.

„Mich alleine nur."

Er schaut mir direkt in die Augen.

„Wer bist du?"

Er steht zwei Meter nah, zwei Meter entfernt. Nass, weil wir aus dem Regen kommen.

Dann zieht er seinen schwarzen Pulli aus, sein T-Shirt. Eine Narbe läuft quer über seinen Bauch.

„Das bin ich. Sieh meine Haut, meine Narben. Mein Herz."

Er tritt ein Stückchen heran. Zieht sich weiter aus, seine Schuhe, seine Jeans. Steht so vor mir. Ohne Schutz. Zwingt mich mit seinem Blick auf Distanz.

Nichts ist perfekt. Und nichts versteckt.
Mich alleine nur habe ich zu bieten.

Ich schlucke.

„Wohin?!" Ich fragte es im freien Fall. Ich schrie es. Ein paar Minuten später würde sich der Fallschirm öffnen.

„Pazifik? Atlantik? Nordsee?" Auf jeden Fall ans Meer.

„Wie wär's mit Bali, der Insel für Verliebte?"

„Auf Bali gibt es über zehn Wörter für Liebe. Für die von den Eltern arrangierte, für die vernünftige, für die im Glauben. Für die mit Geld gekaufte." Er musste brüllen. „Und kein einziges Wort für die romantische Liebe zwischen Mann und Frau!"

Ich war überrascht. Wie liebten die Menschen auf Bali? Das war nicht das geeignete Ziel für uns.

Die Felder flogen uns entgegen.

Er hatte die Lösung für unsere Reise.

„Wir segeln um die Welt!"

„Ich kann nicht segeln", sagte ich.

„Achtung!" brüllte G.

Dann schlugen wir unten auf.

Weich.

Wir nahmen uns vier Monate Zeit. Mein Agent schlug die Hände über dem Kopf zusammen.

„Gerade jetzt", murmelte er. „Das wird einen Karriereknick geben, der sich gesalzen hat."

„Das ist mir egal." Ich war so verliebt, dass ich taumelte.

Wir wollten auf und davon. Gepackt hatten wir schon. Das war schnell erledigt. Beide wollten wir möglichst wenig Ballast. Und so hatten wir uns jeweils für das Wichtigste entschieden. G hatte seine Tauchermaske dabei. Ich hatte meine Partitur mitgebracht. Ich lese Partituren wie andere Leute Bücher, sie sind spannend und dramatisch, lustig oder geheimnisvoll ... und das, obwohl ich jahrelang mit Noten überhaupt nichts anfangen konnte. Jetzt waren die Blätter lebendige Musik. An manchen Stellen so schön, dass ich seufzte. G, der sich schnell daran gewöhnte, sah mich lächelnd an.

G liebte Segeln. Die direkte Beziehung von Wind und Wellen und möglichst viel von beidem, das war seine Welt. Eigentlich hatte er Seefahrer werden wollen. Kapitän, als Junge. Er wollte, angestachelt von Sindbad und Seewolf, die Weltmeere besegeln, in fremde Häfen einlaufen. Rangun, Shanghai, das waren die Träume seiner Kindheit, bei denen er auch jetzt noch jenen sehnsuchtsvollen Blick bekam, wegen dem ich ihn geheiratet hatte. Bei dem Kapitänwerden war etwas dazwischengekommen, so suchte er nach Möglichkeiten, die er verwirklichen konnte, ohne seinen Traum ganz aufzugeben. Und er fand die Meeresbiologie. Die meiste Zeit verbrachte er damit, auf dem Grund von Seen und Bächen zu tauchen und Proben zu entnehmen. Er beobachtete die Tiere dort unter dem Wasserspiegel. Manchmal tauchte er in Meeren und suchte verschwundene Welten und Tiere.

Als wie durch ein Wunder der Quastenflosser wiederentdeckt wurde, jenes legendäre Meerestier zwischen Fisch und Amphibie, war er fast ein bisschen traurig. Nicht dass jemand anderes ihn gefunden hatte. Sondern dass seine Ruhe gestört worden war, die jahrtausendelang gehalten hatte.

Segeln.

Als ich das erste Mal mit ihm zum Segeln ging, wehte nur ein laues Lüftchen. Ob ich es nicht mal vorher probieren sollte, hatte ich gefragt.

„Segeln lernst du am besten auf dem Boot", hatte er entschieden geantwortet. „Wir werden guten Wind haben." Er strahlte mich dabei voller Vorfreude an, dass ich alle Bedenken vergaß.

„Woher weißt du das eigentlich alles?"

„Ich hatte einen guten Lehrer!"

Wir liehen einen Katamaran aus. Um das Gefühl für den Wind zu bekommen, sagte G. Ich hockte auf der bespannten Fläche zwischen den beiden Flügeln, während G im Wasser stand und uns vom Ufer abstieß. Es gelang nicht gleich, denn der Wind trieb uns immer wieder zurück. Endlich kamen wir ein paar Meter voran, die Segel blähten sich, es reichte, um abzulegen, und G sprang zu mir auf das Boot. Sofort zog der Kat ab und sauste über die sich brechenden Wellen. Ich hielt mich am erstbesten Mast fest, sonst wäre ich gleich am Anfang über Bord gegangen. Im Nu lag das Ufer weit hinter uns.

An Bord war Eile ausgebrochen. G hatte sich die Leinen geschnappt und zog sie fest. Das Boot drehte sich ruckartig, und wir segelten seitlich zum Wind.

„Du bist der Vorschoter!" rief er mir amüsiert zu und wies mir einen Platz ganz vorne am kleinen Segel.

Ich krabbelte vorsichtig Stück für Stück nach vorne, dicht am Boden, und trotzdem hatte ich zu tun, dass mich der Wind nicht ins Wasser wehte. War es die steife Brise oder schon unser Fahrtwind? So weit war die Nase des Bootes nicht weg, ich richtete mich etwas auf, um meine Lage genauer zu orten.

„Kopf weg!" brüllte G hinter mir.

Im nächsten Moment knallte etwas Dumpfes mit Wucht gegen meinen Hinterkopf. Mir wurde schwarz vor Augen, doch ich hielt mich instinktiv weiter fest. Zum Glück, denn fast gleichzeitig machte das Boot eine scharfe Kehre. Schon wieder raste der Hauptbaum auf mich zu. Diesmal war ich schneller und ging in Deckung.

„Brauchst du Hilfe?" rief G von hinten vor.

Wie sollte er mir denn helfen, wenn er doch das Hauptsegel in den Händen hielt, dem starken Wind trotzte und uns auf Kurs bringen musste?

„Geht schon", antwortete ich und erreichte schließlich die Spitze des Kats, die nun mein Platz als Vorschoter sein sollte.

„Nimm die Leine fest in eine Hand, halte dich mit der anderen fest, und gib Seil, wenn die Schot zieht!"

Ich krampfte die Finger um das Seil, das sofort zog. Ich versuchte, alles nacheinander zu befolgen. Sollte ich es schon loslassen, oder war das die Kraft des Windes, der ich entgegenhalten sollte?

„So?" brüllte ich gegen das Getöse an.

G hielt den Daumen nach oben.

Wo war eigentlich das Land? Ich drehte mich in alle vier Richtungen, schaute unter dem Segel durch. Konnte es nicht mehr sehen, das Land. Über uns braute sich ein Wolkenberg zusammen. Die Kräfte in meinen Armen, die abwechselnd dem Wind trotzten, ließen nach. Ich biss die Zähne zusammen.

Ich hoffte nur, dass G wusste, was er tat. Und dass er wusste, dass er mich mit in seinem Boot hatte.

„Halt die Leinen fest, wir machen eine Halse!"

Ich hielt die Leinen so fest ich konnte. G rollte eine Leine auf und gab andere frei, sprang auf die andere Seite, ich tauchte unter dem Hauptbaum durch, das Boot blieb für einen Moment fast stehen, bis eine Welle auf uns schwappte, dann griffen die Segel, und es ging wieder ab. Nur viel langsamer dieses Mal.

„Was ist jetzt?" fragte ich, während G sich entspannte und locker das Seil kreiselte.

„Wir nehmen Kurs auf die Küste."

Und schon war die Küste in Sicht. Ich richtete mich auf meinem Vorschoter-Job ein und fand allmählich eine halbwegs bequeme Stellung. Es ruckelte kaum mehr, wir glitten übers Wasser, der Wind pfiff uns um die Nase. Immer wieder rauschte die Gischt an mir vorbei. In voller Fahrt hob sich die Spitze des Kats aus dem Wasser, beim Eintauchen zischte ein kleiner Wasserfall auf mich nieder. Als ich den Kopf wieder hob, konnte ich vor Gischt kaum etwas erkennen. Meine Haare und mein Gesicht waren pitschnass. Ich saß direkt im Wind und im Wetter.

Die volle Fahrt machte mir Spaß.

Doch ich war keinen Augenblick entspannt. Ich konnte die Zeichen des Wassers nicht einschätzen, deswegen war ich fortwährend in Alarmbereitschaft. Kräfte und Reaktion müssen immer voll einsatzbereit sein.

Wieder an Land sprang ich mit wackeligen Knien von unserem Katamaran. Zwei Stunden waren wir auf See gewesen. Ich war müde wie nach einem ganzen Tag, aber ich hatte es geschafft. Als ich das glückliche Gesicht von G sah, wusste ich: Wir werden segeln.

Unser Plan stand.

Wir wollten die griechischen Inseln ansegeln, nicht die Ägäischen, sondern die Ionischen auf der Westseite. Mit dem Nachtzug trafen wir in Ancona ein und zogen in ein kleines Zimmer direkt am Hafen. G war aufgeregt, wenn die Luft nach Salz roch und Boote und Schiffe an- und ablegten.

Das geschäftige Treiben des kleinen Hafens drang durchs Fenster. Vor mir lag ein Häufchen feingeschnittener Schalotten, Tomaten, Knoblauch und frische Auberginen. Und, was ich so liebte: ein Riesenhaufen Salbeiblätter aus den hohen Sträuchern vor dem Haus briet in der Pfanne. Ich sang laut, während ich Zucchini in Streifen schnitt, in vollkommener Harmonie mit der Welt.

Kefalonia. Zakynthos. Kefalonia vor allem.

Nach mehreren Erkundungsgängen lieh G ein richtiges Boot für uns aus. „Queen Mary" war mit hellblauen Buchstaben auf die Planken gepinselt. Queen Mary! Das Segelboot war zwar alt, aber gut in Schuss, gebaut für zwei bis vier Menschen, sieben Meter, die wir mit Proviant und unseren Seesäcken vollpackten.

Ein wunderbarer Morgen zum Ablegen. Am Hafen frühstückten wir ofenfrisches Ciabatta mit Rosmarin, Oliven und Tomaten. Ich genoss die ersten Sonnenstrahlen, und ich war nervös. Über sechshundert Seemeilen lagen vor uns.

Schon als wir auf den schwankenden Brettern standen und uns aus dem Hafen lavierten, packte mich die Abenteuerlust. Unser erstes Ziel war Kefalonia, jene ionische Insel mit ihrer wechselvollen Geschichte.

Wir legten ab und waren von diesem Moment an auf uns allein gestellt. Nur wir zwei und das Meer. Entweder brachte uns das auseinander oder schweißte uns zusammen. Obwohl es beruhigend wäre, wenn noch ein Segler mit an Bord wäre, musste ich zugeben. Falls irgendetwas passierte. Aber mit einer dritten Person auf so engem Raum? Für G war das keine Frage. Wenn wir ein Problem kriegten, dann lösten wir es eben. Alles auf dem Boot war ein direktes Reagieren und Handeln auf das, was uns die Natur schickte.

Die ersten Tage meinte es das Wetter gut mit uns. G blühte auf, und ich bekam die Möglichkeit, mich an das Meer zu gewöhnen, an das regelmäßige Auf und Ab des Bootes, an den Geruch von Salz und an das Geschrei der Möwen, die uns den ganzen Tag begleiteten, an das Knarren des Mastes.

Am ersten Abend machten wir am Hafen fest, ganz Seefahrer, wir dinierten an Bord, mit Krabben, Weißbrot, in Öl gebratenen Auberginen, Wein. Ruhig und spiegelglatt lag die See vor uns im Abendlicht. Glücklich und voller Eindrücke fielen wir in unsere Kojen. Ich verbrachte die erste Nacht meines Lebens auf einem alten Segelschiff. Die vielen Positionslichter der Fischdampfer und Fähren ringsum ließen die Nacht aufregend hell bleiben. Lange noch beobachtete ich das Treiben.

Ich döste noch morgens auf meiner Pritsche, leicht schaukelte die See unser Boot. Kleine Wellen schlugen gegen die Planken. Wir hatten schon abgelegt und waren bereits auf Kurs.

„Du solltest hochkommen!" rief G hinter dem Steuer. „Das Licht ist unglaublich."

Am dritten Tag kam es doch noch. Mir wurde derartig übel, dass ich nicht mehr denken konnte. Die Dünung war so stark, dass wir im Tal die

Wellenkämme nicht mehr sahen. Unten flog alles, was nicht festgemacht war, durcheinander. So ging das seit Stunden. Erst hatte ich abgewartet, dass es weniger würde. Dann hatte ich versucht, mit der Dünung mitzugehen, meine Bewegung ihr anzugleichen. Alles mit dem gleichen Effekt: keinem. Ich zählte die Minuten. Es blieb die ganze Nacht so. Ich konnte nicht essen, nicht trinken, nicht sprechen. Vor Schwäche konnte ich mich nicht mehr festhalten. Der nächste Windstoß würde mich von Bord blasen. Ich schleppte mich in die Kajüte, doch im Liegen wurde es noch schlimmer.

Nachdem G das Großsegel gesichert hatte, kam er zu mir nach unten. Eine Salzwasserwelle spritzte durch den offenen Niedergang in die Kabine. Er klappte den Lukendeckel zu und kochte mir heißen Tee, der sofort ausschwappte.

Ich wartete nur darauf, dass ich sterben würde.

Es kamen noch viele Windstöße, ich hielt allen stand. Das Boot auch. G lenkte es alleine durch das Meer. An die nächstmögliche Küste. Wenn es das Segeln erlaubte, setzte er sich zu mir und hielt meinen Kopf. So fühlte er sich wenigstens etwas stabil an.

Einen Tag später war alles vorbei, obwohl die Dünung nur unmerklich nachgelassen hatte. Fast schlagartig ging es mir besser. Hatte ich mich daran gewöhnt? Ich wusste es nicht, aber ich konnte das Leben um mich herum wieder wahrnehmen.

Meine Aufgabe an Bord war es nun, Ausschau zu halten. So nahm ich meinen Platz vorne ein. Eine Brise zog auf, so richtig nach meinem Geschmack, stark genug, um uns in flotte Fahrt zu bringen, aber noch gut kontrollierbar.

In der Nacht war Flaute, egal, wir hatten es ja nicht eilig. Und schlafen konnte man da in jedem Fall besser. Beim Einschlafen überlegte ich mir, ob uns bei der Menge an Schiffen und Booten, die unterwegs waren, nicht vielleicht in der Dunkelheit eines übersehen könnte.

Am nächsten Tag wollten wir Kefalonia erreichen. Griechisch hören, die Insel kennenlernen, Souvlaki und Tsatsiki essen, Florinis, Retsina trinken. Schwimmen! Nach Gs Berechnungen mussten wir gegen Mittag den Hafen anlaufen. Meine nautischen Kenntnisse waren inzwischen so gewachsen, dass ich für einige Zeit unser Boot alleine auf Kurs halten konnte. Sechs Tage waren wir jetzt auf See, unterbrochen nur in der Nacht. Meine Beine hatten sich an das Schwanken gewöhnt, ich hatte „Seebeine" bekommen, die sich bei Seegang geschickt fortbewegten.

Ich genoss dieses freie Leben. Aber ich freute mich auch darauf, wieder festen Boden unter den Füßen zu haben. Ich wollte gerne mal wieder in einem trockenen Bett schlafen. Denn hier war es beinahe immer feucht.

Doch so problemlos wie die letzten Tage schien es heute nicht zu laufen. G saß mit Grüblermiene über seinem Kompass und seinen Seekarten und überdachte den Kurs. Nebel stieg auf, erst in der Ferne, dann plötzlich waren wir mittendrin. Lautlos glitten wir dahin, der Nebel verschluckte jedes Geräusch.

„Was ist?" fragte ich unruhig.

„Wir müssten eigentlich schon in der Nähe der Küste sein." G hielt Ausschau.

Angestrengt versuchte ich, den Nebel mit Blicken zu durchbohren. Wir würden ja den Leuchtturm sehen, Signale durch den Nebel. Oder das Nebelhorn eines auslaufenden Schiffes. Es blieb still.

Wind war schon lange keiner mehr, wir hatten den Motor angeworfen.

Wurde das Grau hinten nicht lichter? G schaute auch, doch er sah schlechter als ich. Ich schaute und schaute und erkannte doch nicht wirklich etwas. War das in der Ferne nicht der Umriss eines Berges? Waren das Schatten? Konturen? Und dann, auf einmal nah, dass ich nicht sofort reagieren konnte, tauchte das Land direkt vor uns auf. Wir verloren vor Überraschung wichtige Sekunden. Dann ging alles ganz schnell. G drosselte den Motor, brüllte nach dem Anker. Das Boot geriet ins Schwanken, hier in Landnähe war der Wind wieder spürbar, Wellen brachen sich an unterirdischem Land. Wir trieben auf die Felsen vor dem Hafen zu.

„Das Seil an die Boje!" Ich beugte mich weit über die Reling, griff nach einem Stag. Ich sah die Überraschung in Gs Gesicht und war augenblicklich in Panik.

Ein Ruck warf mich gegen die Streben der Holzreling, das Boot drehte sich zur Seite. Der Klüver schwang uns entgegen, ich wollte noch ausweichen, rutschte ab, und im nächsten Moment krachte das Boot gegen den Felsen.

Ich stand noch unter Schock, als ich aufwachte. Der Wind hatte nachgelassen, so viel nahm ich wahr. Es schwankte nur leicht. Ich lag ruhig. Ich lag in Gs Arm.

„Es ist alles gut", sagte er. Und dann: „Gott sei Dank."

„Sind wir untergegangen?" flüsterte ich.

„Ja, und dann wieder aufgetaucht", lächelte mich G an.

Ich sah den Mast in den wolkigen Himmel ragen. Er war bei der Kollision heil geblieben.
Ich stand auf. Mein Herz raste. Mein Puls raste. Mein Atem ging keuchend. Mein Haar klebte auf der Stirn. Ich hielt mich zitternd am Mast fest. Irgendwo zwischen Kefalonia und Ios.
„Umkehren oder weitersegeln?" fragte er mich.
Ich packte den Mast fester. Er stand aufrecht im Wind.
„Weiter", sagte ich.

Über meinen Erinnerungen ist es dunkel geworden, und als ich hochsehe, kann ich die Schrift nicht mehr lesen. Die Sonne ist längst untergegangen, ich habe es gar nicht gemerkt. Wieder in die Gegenwart zurückzukehren ist wie eine Bauchlandung nach einem schönen Flug. Mühsam tausche ich meine Vergangenheit um in diesen Abend. Kein Mensch ist in der Nähe, kein Mensch zu sehen. Ich fühle mich unbedeutend vor dem gewaltigen Ozean, vor der unendlichen Zahl der Sandkörner. Auch heimzukehren gibt es nichts, niemand, nichts wartet auf mich. So habe ich mein Leben also gemeistert, dass ich nun seelenallein dastehe. Wie konnte das passieren, wo es doch so vielversprechend begonnen hatte? Alle Chancen hatte ich gehabt. Ich weiß nicht, warum es schließlich so gelaufen ist. Das Schicksal hat zugeschlagen, ja, aber musste es alles mitreißen?
Ich spüre den kalten Sand unter mir. Er entzieht mir den letzten Hauch von Wärme, doch als ich so sitze, fühle ich, dass die Kälte meine ist, auf merkwürdige Weise trägt sie mich. Ich kann nicht mehr fallen, ich bin angekommen. Ganz unten zwar, aber angekommen. Ich kann einfach sitzen bleiben, oder aber ich kann versuchen, wieder aufzustehen. Der Boden wird mich tragen. Das fühle ich deutlich. Und ich spüre die Kraft in mich fließen, die ich brauche, um mich zu erheben.
Unwillkürlich sehe ich zum Felsen hin. Der Bretone ist tot. Seltsam, ich habe nicht einmal seinen Namen gekannt. Doch er hat mir, aus welchem Grund auch immer, etwas hinterlassen. Ein Bündel Briefe. Eine sich anbahnende Romanze! Wollte er, dass sie mich auf andere Gedanken bringen? Das hat er schon erreicht. Denn meine Traurigkeit mag er wohl gespürt haben. Ich schüttele den Sand ab, wandere zurück und schlafe zehn Stunden durch.

Im Augenwinkel sehe ich das kleine Mädchen zur Tür hineinlugen. Dann schiebt es die Tür einen Spalt auf und tritt leise ein. Es weiß offenbar nicht, ob und wie es mich wecken darf. Dann fasst es sich ein Herz.

„Café? Brioche? Croissant?" fragt es laut.

„Oui, merci", antworte ich und setze mich auf. Das Kind läuft noch mal hinaus und kommt mit einer Tasse und einem Teller noch warmer Brioches wieder.

„Die hat Maman gebacken", erzählt sie stolz.

„Sie sind besonders gut", sage ich und freue mich nur wenig über das Strahlen, das über ihr Gesicht gleitet.

„Was machst du heute?" fragt sie mich.

„Ich weiß noch nicht", antworte ich.

„Du musst doch irgendetwas machen. Jeder macht irgendetwas."

„Vielleicht gehe ich zum Strand hinunter."

Sie sieht enttäuscht aus.

„Und sonst nichts?"

„Ich schaue mir das Meer an."

„Das machst du doch jeden Tag."

Ich weiß nichts mehr zu sagen. Es stimmt, und sie hat es bemerkt. Was kann man eigentlich noch machen?

„Was machst du denn heute?" frage ich sie.

„Also, erst kaufe ich ein für Maman, dann gehe ich zur Schule, die ist in Kerfour, da muss ich mit dem Fahrrad hinfahren, dort gibt es ein Mittagessen, wahrscheinlich wieder Gemüse und Kartoffeln, wie immer. Danach komme ich wieder und bin zum Spielen mit Cécile verabredet. Wir wollen ein Haus für die Krabben bauen, vielleicht sehen wir ein paar Langusten! Und dann muss ich heim. Dann ist Abend."

Wie beneide ich das Mädchen um seine Pläne! Und um die Lust, diesen Tag zu einem schönen Tag zu machen.

„Ich werde ein bisschen lesen", sage ich noch.

„Ich muss gehen, au revoir!" Dann rennt sie weg, so schnell sie kann.

Ich stehe auf, sehe die Wolken, es regnet in Strömen, und es sieht nicht nach einer Pause aus.

Am besten, ich mache es mir hier gemütlich, denke ich, strecke mich noch einmal aus und beiße in ein weiteres Brioche. Der Kaffee ist kalt geworden, aber das macht nichts. Ich nehme den zweiten Brief aus dem Bündel und lächele beim Gedanken an die leidenschaftlich verliebte Schreiberin, die mich so an meine eigene Verliebtheit erinnert hat. Ich freue mich darauf, einzutauchen in eine fremde Welt, in Ereignisse, die sich lange vor meiner Zeit abgespielt haben.

(Zweiter Brief)

*Ma chère.*

*Was habe ich für ein unbegreifliches Glück, hier zu leben, das Schloss, ich nenne es so, obwohl es aussieht wie eine Burg, eine Festung, es ist so wunderbar, wie ich es mir niemals erträumt hatte. Ein starkes, schönes Gemäuer, das seit Jahrhunderten seine Bewohner beschützt und wie ein trotziges Wehr über das Land ringsum blickt. Und ich, ich gehöre zu den Bewohnern in diesem ehrwürdigen Schloss als eine Comtesse de Lazaire! Ich kann's nicht glauben, und wenn ich mich im Spiegelsaal betrachte, ist es, als blickte ich in die Augen einer anderen Frau.*

*Ein Zimmer ist grün, eins blau, viele aber golden, überall Satin, Brokat, wohin ich schaue, die Vorhänge, die Tischdecken bestickt mit den Initialen seiner Familie, die Porträts zieren die Eingangshalle, allerdings nur Männer. Das gefällt mir nicht, als hätte die Familie nur aus Männern bestanden! Dann wäre es jedoch schnell vorbei gewesen mit dem Stammbaum! Eines Tages werde ich auch darin stehen – oder gar gemalt sein? Stelle Dir vor, ich als Teil einer Ahnengalerie, würdigen Gesichts in einen Pelz gehüllt, herablächelnd! Dass der Oberst von all den Frauen gerade mich ausgewählt hat, ist ein einziges Glück. Doch es ist still, und ich kann es kaum erwarten, bis das stille Haus von Musik umfangen und von Gästen geziert wird, es soll singen und zum Leben erwachen und uns und unseren Freunden ein warmes Heim werden!*

*Ein weiteres Zimmer ist in lila Farbe getaucht, das ist das Teezimmer, allein dazu da, seinen Tee einzunehmen, und war meine Familie alles andere als dieser Ehe gewogen, so ist sie doch beeindruckt gewesen bei ihrem ersten Besuch, was ihre Tochter aus ihrem Leben macht, und sie sind mir nicht mehr gram, auch mein Vater, der meine Hand hielt und sie nicht loslassen wollte, er, der doch so bärbeißig sein kann, sagte mir seine Glückwünsche zu und dass ich wohl gut gewählt habe und es gut getroffen habe!*

*Das Schönste von allen sind die Ankleidezimmer, wie viele prächtige Kleider hier Platz finden, so füllen meine Gewänder nur einen sehr kleinen Teil dieses Ankleidezimmers, doch der Oberst schenkt mir viele Kleider, doch leider von seiner ersten Frau, und als ich das erfuhr, konnte ich sie nicht mehr anziehen, und er musste sie entfernen lassen.*

*Die Diener und die Zofen, sie alle kümmern sich auch um mich und sind alleweil um mich, so dass ich oft gar keine Aufgabe für sie habe. Auch sollte ich mich nicht mehr allein ankleiden, doch die Zofe macht mich nur verlegen, da ich das nicht gewöhnt bin, und so kleide ich mich wieder alleine. Jeanne, meine Zofe, ist darüber nicht erfreut, und ich denke, dass sie heimlich die Nase über mich rümpft, bin ich doch in ihren Augen nur von niederem Stand, wenngleich vermögend, und* kenne mich in der feinen Gesellschaft nicht aus. Doch das macht mir überhaupt nichts, sicher bin ich nur, dass sie es sofort dem Oberst erzählt.

Da der Oberst viel auf Jagd ist, bin ich oft alleine im Schloss, inmitten eines wunderbaren Parks, mit Rehen, Hirschen, Füchsen, Hühnern, und ich liebe es, dort spazieren zu gehen. Der viele Regen macht mir gar nichts aus, ich laufe, bis ich nass bin, dann gehe ich unter den verwunderten Blicken des Gärtners, der sich sofort Schutz sucht, wenn es regnet, fröhlich ins Haus, erfrischt und gelabt an der Natur, auch Unwetter machen dem Haus überhaupt nichts, es ist stabil und gut gebaut, schließlich steht es schon hundert Jahre und trotzt mit seinen dicken Mauern Wind und Wetter und allen Unbillen des Lebens.

Mein Schloss ist ein wunderbares Heim für eine Familie, so viel Platz, wie ich mir nie erträumt hätte. Auch spüre ich den Wunsch immer dringlicher, in andere Umstände zu kommen, manchmal wünsche ich das so leidenschaftlich, dass ich sicher bin, dieses Sehnen wird bald erfüllt werden. Ich kann nur nicht mehr warten.

(Eine Woche später)

*Liebste Freundin*, vor ein paar Tagen haben wir eine Gesellschaft besucht. Chateau de Sarzay ist in seinem Glanz erstrahlt, die Kronleuchter mit ihren unzähligen Kerzen, eine einzige Festlichkeit, die geladenen Frauen verströmten duftende Parfums und tranken Champagner und edlen Wein. Ich tanzte mit meinem Oberst, und wir waren trunken vor Glück. Ein Jammer, dass Du nicht kommen konntest, so wäre es noch einmal so schön gewesen.

Leider wollte der Oberst schon früh gehen, er müsse weg, sagte er, doch irgendetwas schien ihn zu verdrießen. Sein Cousin Michel bot sich an, mich nach Hause zu fahren, und so trennten wir uns für diesen Abend.

Ich stand ein wenig verloren im Kreise, eine einzelne Frau, ohne Ehemann, war ich mir – was Du nicht an mir kennst – doch unsicher, macht das schon das eheliche Leben aus? Ich ging zögernd ein paar Schritte auf die Leinwand zu, die schräg zur Tür stand, und betrachtete erst aus Verlegenheit, später im Banne stehend das Bild. Ich konnte noch nicht viel erkennen als Farben, blau, grau, braun, grün, doch nicht, wie ich sie kenne, in gutem harmonischem Zusammenspiel, sie hingegen schienen aus dem Rahmen zu fallen, ließen sich nicht halten und drängten kraftvoll nach außen, über die Formen hinweg, nach oben, nach unten. Ich verspürte auf einmal den brennenden Wunsch, so frei zu sein wie diese Farben.

*Darf ich wissen, was Ihr Eindruck ist?* – Ein Herr mit dunklen Locken stand neben mir und sah mich aufmerksam an.

Die Antwort schoss aus mir heraus: *Ich sehe Farben, die danach drängen, gemalt zu werden. Und dann doch nicht zufrieden sind mit ihrem Platz,* sagte ich *und bereute es sofort. Wie dumm und einfältig ich gesprochen hatte, aber da war es schon heraus.*

*... dann können sie ihren Platz wieder verlassen und weitersuchen und probieren. Aber wenn sie ihren endgültigen Platz gefunden haben, werden sie strahlend und kraftvoll.*

*Ich fuhr herum. Er musste der Maler sein.*

*Sie sind ...*

*Eugène, und es ist mir Vergnügen und Ehre, Madame de Lazaire, Euch kennenzulernen.*

*Mir war das Blut bis in den Kopf geschossen, und ich hatte für Sekunden ein wankendes Gefühl, doch wusste ich nicht genau, warum.*

*Ich vermisse dich, ma chère.*

*I.*

Wie sie schreibt, denke ich, als ich den Brief zurück in den Umschlag lege. Als flösse ihr Leben direkt in die Zeilen. Sie ist verliebt.

Wann sie wohl gelebt hat? Was waren ihre Probleme, ihre täglichen Gedanken? Wovor hat sie sich gefürchtet, worüber gefreut?

Würde ich Antworten darauf in ihren weiteren Briefen finden? Es hat mich gepackt.

Ich öffne den nächsten.

(Dritter Brief)

*Ma chère,*

*ich liebe einen mutigen und stattlichen Mann. Die prachtvollsten Tage hat er zwar überschritten, mein lieber Oberst, die, als er mit jedem Lufthauch Triumph atmete, doch man merkt es ihm doch an. An der Schönheit seiner Hände, die langen, schlanken Finger, die er mit Entschlossenheit führt, mit der Selbstzufriedenheit, wie sie Männern seines Erfolges innewohnt. Oberst de Lazaire war ein sehr stattlicher Mann, wie es einem Oberst zur See geziemt, einem Kapitän der La Bretonne, ich kann ihn mir gut vorstellen, wie er früher war, mit seinem stechenden Blick, vor dem jeder zitterte, und so zittern sie immer noch, seine Dienstboten, seine Pferde und Hunde, auch seine Freunde.*

*Wie anders ist doch Dein lieber Frédéric! Und was für ein Genuss, ihn zum Tanz spielen zu hören, gar nicht so edel und elegant wie er selbst erscheint — ich ahnte nicht, dass er gleichsam fröhlich sein kann, Du hast wahrlich eine gute Wahl mit diesem edlen Herrn getroffen, der so nobel in Aussehen und Geist ist. Doch was für ein Elend auch er in seinem Herzen verbirgt, das mag mir nicht eingehen. Denn fand ich diese Zeilen, und so gehört mein Herz auch ein bisschen ihm, hoffend, dass Du mich verstehen mögest ...*

*Als ob seine Hände die Töne singen würden, an der Stelle genau innehaltend, wo auch der Sänger atmen würde? Solch göttliche Musik, und dabei so kunstvoll, wie unsereins es niemals erreichen wird.*

*Einer vielleicht, der ist seiner Kunst gewachsen, nicht seiner Erfindungsgabe und seiner Schöpfung, aber seiner Virtuosität, das bestimmt. Du weißt, wen ich meine, jenen leidenschaftlichen, ruhigen Mann, der in der Ecke lehnt, und dann plötzlich explodiert ... Ich hoffe, das noch einmal zu erleben. Ich kenne nicht seinen Namen, und doch ist er so anders als Dein charmanter geheimnisvoller Pole, mit den Händen auf den Tasten und mit dem Herzen weit weg.*

*Es schmerzt mich, Dir etwas zu berichten, was mir Sorgen bereitet. Doch ich will Dir mein Herz ausschütten, so wie wir es einst vereinbarten. Zum ersten Mal erschauerte vages Misstrauen das zerbrechliche Glück mit meinem Oberst, genau in dem Moment, als er mich tadelt für etwas, das mein Leben bedeutet, das Musizieren.*

*Was ist auf einmal in seine Gedanken gefahren?*

*Zu oft war er in letzter Zeit griesgrämig und wortkarg, und ich fühlte, dass ich der Grund sei. Und doch hatte ich keine Idee, warum.*

*Was ist mit Euch? fragte ich.*

*Das fragt Ihr? Ihr sitzt den ganzen Tag am Flügel oder im Garten und verwandelt das Haus in eine Wirtsbude.*

*Mehr als seine Worte noch war es sein Ton, aus dem Verachtung sprach, die ich nie vorher hörte. Ich schreibe, singe und musiziere, das ist meine Leidenschaft, es sind meine Gedanken, meine Sehnsucht. Die Sehnsucht nach meinem Leben, doch habe ich das alles hinter mir gelassen, für ihn, und ich gäbe alles für ihn, ich gäbe meine Reisen, das Schloss, allen Ehrgeiz – denn nichts als Schmerz bringt mir das ewig bewegte Herz. Doch wie soll ich das Musizieren geben?*

*Hüte dich vor diesem Mann – meiner Mutter Worte tönen mir plötzlich im Ohr, ich fühl in mir diesen Satz, doch warum denk ich drüber nach ...*

*... Der Himmel schenkt mir keinen Blick in sein Herz. Kann es denn sein, dass ein so sicherer Bund fürs Leben bröckelt, irgendwo in meinem Inneren spür ich ein Drängen und Kribbeln, hin und wieder fühl ich's, als würde ich einen falschen Weg einschlagen, aber ich lasse dies Fühlen nicht zu, bin das wirklich ich – stattdessen genieße ich mein Leben, vollkommen und ganz, wenn ich kann.*

*Nein, was für eine Frau, sagte der Oberst und sah mich akkuraten Blickes an, Ihr schreibt Blatt um Blatt voller Noten, ohne Euch um das Haus zu kümmern, wie es ansteht, und was werdet Ihr tun, wenn Ihr einmal Mutter werdet, auch schreiben den lieben langen Tag?*

*Ich war überrascht, das zu hören, und fühlte mich gleichsam ertappt, natürlich spürte ich insgeheim den Wunsch nach einem Kinde, so stark wie nach dem Leben und nach der Musik, das muss er gemerkt haben. Doch wie ist ihm das nicht recht, und was kann daran schlecht sein, und das ist genau das Gefühl, das ich dabei habe: Es ist ihm nicht recht.*

*Doch es wird meine Freude nicht zu sehr trüben, die Freude auf ein Leben mit ihm und der Familie auf dem Schloss. Ich wünschte mir nur, dass er nicht an mir zweifeln möge.*

Das wünsch ich dir auch, meine Liebe, sage ich zu meinem Schatten. Du hast es gut, du hast deine romantische Liebe gefunden. Sicherlich kriegst du eine Menge Kinder, nein, warte, nur eins oder zwei, schließlich seid ihr vornehm, und lebst glücklich und zufrieden in deinem Schloss. Aber pass auf, dass du dich nicht verliebst ... in deinen charmanten Maler ...

Wir waren unglaublich verliebt, aber beide keine Familienmenschen. Ich hatte mich früh von meinen Eltern gelöst, und von G wusste ich so gut wie nichts, außer dass er bei seiner Großmutter aufgewachsen war. Seine Eltern waren verunglückt, als er noch ganz klein war, und die Großmutter war inzwischen auch tot. Aus seiner Familie gab es niemanden mehr.

Ich selbst wollte eigentlich auch keine Kinder. Als ich G kennengelernt hatte, war meine Karriere gut vorangeschritten, und ich war täglich stundenlang beim Üben. G war manchmal längere Zeit unterwegs, um Forschungsaufträge zu erfüllen, manchmal ein paar Wochen, auch mal ein paar Monate. Auf der einen Seite konnten wir die Trennung nur schwer aushalten, aber jeden von uns zog es auch immer wieder fort. Wir lebten in der großen Wohnung, die einmal meine gewesen war. Er sprach davon, in einem Haus zu leben, das außerhalb der Stadt liegen sollte. Ich spürte nicht den Wunsch, die Stadt zu verlassen, ich genoss die verschiedenen Kulturen um mich herum, die verschiedenen Menschen, Stadtnähe inspirierte mich, auch wenn ich manchmal meine Wohnung nicht verließ. Ich spürte es einfach.

So blieben wir, wo wir waren, und waren glücklich. Ich war verzaubert von ihm, und er war verzaubert von mir.

In einem Duett war ich für einige Zeit am besten. Ich hatte mich verliebt, nicht nur in die Lieder, sondern auch in die zweite Stimme. Sie gehörte einem italienischen Tenor, und obwohl ich nicht so italophil veranlagt bin wie viele Deutsche, hatte es mich voll erwischt. Die Besetzung war ein

Glücksfall. Eine Mozart-Oper mit einem Italiener zu besetzen ist ein Traum. Die deutschen Tenöre haben es schwer – ein mittelmäßiger italienischer Sänger wird in der Welt der italienischen Oper immer noch einem sehr guten deutschen Tenor vorgezogen.

Doch in diesem Fall war es ein fantastischer italienischer Tenor. Ich hatte nicht gewusst, wer mein Partner sein sollte, als ich von zu Hause zu den wochenlangen Proben nach Mailand aufbrach. Es war völlig gegen meine Gewohnheit, denn ich sage nie einem Engagement zu, wenn ich die Kollegen nicht vorher kenne. Ich kann nicht singen, wenn ich meinen Partner nicht mag. Doch diese Oper habe ich immer schon gemocht. Ich hatte mir vorbehalten, im Zweifelsfall aussteigen zu können.

Als ich seinen Namen hörte, war ich erleichtert und neugierig. Sein Ruf eilte ihm voraus, ein brillanter Sänger mit Charisma. Und ein Frauenheld (wie alle Tenöre). Das beunruhigte mich nicht, hieß es doch, dass er mit Gefühl an die Rollen ging.

Die erste Begegnung verlief freundschaftlich. Er hatte sich nach einer anstrengenden Probe kurz aus dem Theater gestohlen und suchte die Einsamkeit des Lago. Es wird funktionieren, dachte ich.

Bühnenprobe.

„*La ci darem la mano*" – er führte, ich folgte. Verstärkte dieses Gefühl. Übertrieb. Er war Don Giovanni, ich war Zerlina. Seine einladende Stimme. Komm mit! Gib mir deine Hand! Ich spielte und spielte, bis ich merkte, ich spielte nicht.

„*Vorrei et non vorrei?*"

Schon nach fünfzehn Minuten Proben war mir schwindelig. Manchmal stand ich nicht einmal mehr meinen Einsatz durch. Ich brach ab, musste mich setzen.

So ging das die ersten Tage. Ich kämpfte mit dem Text, obwohl ich ihn gut kannte. Ich sank in die Musik, doch irgendetwas nahm mir die Kraft. Er spürte das und versuchte, mir zu helfen, indem er selbst mit weniger Kraft sang. Fürchte dich nicht. So konnte ich auch zurückschalten. Sonst merkte das niemand. Nach einigen Passagen ging es wieder. Dann schließlich die entscheidende Frage, seine und meine Stimme verschmolzen in einem Duett, das die gesamte Crew vom Bühnenbildner über den Regisseur bis hin zur Souffleuse erstarren ließ.

Am nächsten Tag war die zweite Szene dran. Eine unbedeutende, bei der man oft die Position wechseln musste. Zum Glück, denn bei dem

Hin- und Herlaufen wurde mir leichter. Wenn nur dieses ewige Stehen nicht wäre.

*"Vedrai carino, se sei buonino, che bel rimedio ti voglio dar. Tocca mi qua, sentilo battere, tocca mi qua, tocca mi qua ..."* Wieder fehlte der Atem. Ich stand keine einzige Probe mehr durch.

Zum Glück war Wochenende. Ich versuchte, zwei Tage auszuspannen, doch ich bekam das Stück nicht aus dem Kopf. *Vorrei et non vorrei?* Überall schallte mir diese Frage entgegen, und ich war froh, dass ich sie nicht beantworten musste. Wenn doch nur G hier wäre. Um mich zu beruhigen, lief ich hinunter zum Lago und setzte mich ans Ufer, saß stundenlang. Schwarzes Wasser, sehr tief. Ich sah seine schwarzen Augen, die mich herausforderten, mit denen ich mich in Widerstreit bringen könnte, wie spannend wäre das, sich zu messen, wie aufregend.

Das Wochenende war vorbei, ohne dass ich eine Spur erholter war. Mit einer Thermoskanne Kaffee erschien ich im Theater. Schon im Foyer hörte ich seine Stimme wieder. Ich hatte sie das ganze Wochenende gehört. Diese starke kompromisslose Stimme. Ich lief in meine Garderobe, schloss die Augen und hörte ...

*La ci darem la mano, la mi dirai di si*, reich mir die Hand, mein Leben, komm auf mein Schloss mit mir. *Mi trema un poco il cor! Presto non piu forte, non son piu forte, non son piu forte! – Andiam, andiam, mio bene, d'un innocente amor.*

Ich sank und kämpfte und trank Tasse um Tasse Kaffee, obwohl ich es nicht gut vertrug. Das Koffein machte mich nicht gerade ausgeglichener. Ich konnte nicht in Ruhe überlegen, weil ich keine Ruhe mehr fand. Und ich war erschöpft, so erschöpft. Mit dem Koffein in mir würde ich zumindest die Proben durchstehen und danach zusammenklappen.

Vorsichtshalber setzte ich meine Zerlina-Perücke auf und versteckte mich darunter. Irritiert schaute er mich an, es war eine x-beliebige Probe und völlig überflüssig, sich zu kostümieren.

*"La ci darem la mano"*, sang er mir sanft entgegen. Hatte ich je diese Sanftheit in seiner Stimme bemerkt? Ich spürte, er meinte mich. Mich! Etwas in mir brach zusammen.

*Vorrei!* dachte ich noch, bis mich eine Woge der Übelkeit erfasste und an den Rand der Bühnendekoration warf. Auf die herbeigeeilte Souffleuse gestützt erreichte ich mit letzter Kraft das Bad und übergab mich in Krämpfen in die Toilette.

Der Arzt diagnostizierte dritter Monat.

*Mitten im Schimmer der spiegelnden Wellen
gleitet, wie Schwäne, der wankende Kahn*

## 4. Mein Freund, der Baum

Die See liegt ruhig. Wo die Berge waren, ist nichts mehr zu sehen. Grüne Hügel, rosabraune Felsen verlieren ihre Konturen, immer unklarer die Grenze zwischen Vorder- und Hintergrund. Die regengeschwängerte Luft schmeckt salziger als gerade noch. Doch die See liegt ruhig.

Ich bleibe seltsam unberührt. Abgeschnitten von dem Geschehen um mich herum. Der Himmel kohlschwarz. Bis der Blitz grellt. Ich zähle: eins, zwei, drei, vier, kein Donner. Und dann: Gleich der zweite Blitz schlägt ein.

Blitz und Donner gleichzeitig, ohne Pause, ich halte dem Fluchtreflex stand und sehe vor meinen Augen das Betonhäuschen in der Mitte auseinanderbrechen.

Ohrenbetäubend. Elektrische Ladung überall, bis in meine Haare.

Wolkenbrüche folgen, schwemmen die Teile weg die Straße hinunter, bis sie im Staub- und Regengemisch verschwinden.

Ich sitze unverändert da, als das Inferno vorbei ist.

Die Berge sind auf einmal wieder da. Die der Küste vorgelagerte Insel taucht im Meer wieder auf, als wäre sie niemals weg gewesen, umspült von aufgeregten kleinen Wellen. Nur die Luft ist klarer und kühler als vorher.

Abrupt stehe ich auf.

Gewitter am Atlantik.
„Weißt du, was blöd wär?" hatte X gesagt.
„Was denn?"
„Mitten im Urlaub tot sein. Das wär blöd."

Ich hatte kein Kind gewollt. Sie will eines.

Sie ist glücklich verliebt, denke ich. Und ich reise morgen ab.

Spätestens übermorgen.

Die Briefe nehme ich mit nach Hause, ich kann sie nicht hierlassen. Der Bretone hat sie mir geschenkt.

Sie zu lesen macht mir Freude, sie berühren mich, und sie nehmen mich mit in eine Welt weit von hier. Ich zelebriere es regelrecht: Ich lasse mich auf den abgerundeten Felsblöcken nieder, stelle die Flasche Wasser auf den Felsen, lege den nächsten Brief daneben, reiße ihn sorgfältig auf, lege ihn neben den Umschlag, besehe die Schrift und die Länge. Dann lehne ich mich zurück und schaue in die Sonne. Langsam trinke ich vom

Wasser. Verabschiede mich von der Gegenwart in eine Vergangenheit, die ich gerade kennenlerne.

Dann nehme ich die erste Seite in die Hand und fange an zu lesen.

(Vierter Brief)

*Ma chère*, steht da, und ich stutze. Etwas ist geschehen mit der Schrift. Etwas, das mich glauben macht, dass dunkle Wolken aufgezogen sind im Eheglück meiner unbekannten Schreiberin.
*Ma chère,*
> *vom Park her röhren die Hirsche, lauter noch als der Hahn, der jeden Morgen kräht. Die Jagdhunde bellen aufgebracht, in den Ställen werden die Kühe gemolken, ich höre die Knechte fröhlich schwatzend über den Hof gehen, die Melkschemel klappernd aufstellen. Es ist früh am Morgen, die Tage beginnen mit dem Duft blühender Rosen und der Wärme golden leuchtender Blätter. Herrliche Tage, und doch ...*
>
> *Kein Kinderlachen tönt durch unsere Räume. Das Glück, Kinder zu bekommen, ist uns noch nicht beschert, so müssen wir darauf warten und hoffen, dass es bald eintreten möge.*
>
> *Mein ganzes Leben scheint sich zu ändern in einer Weise, die mir überhaupt nicht gefallen will. Ich sehe Zeichen dafür, und vielleicht sehe ich sie schon lange, doch ich habe nicht die Kraft, etwas zu ändern; und habe ich doch einmal die Kraft, so ist sie in weniger als einem Augenblick wieder erschöpft.*
>
> *Die Mauern des Schlosses, die mich anfangs so sehr beschützten, in denen ich geborgen war, mit einem Mal erscheinen sie mir dick und undurchdringlich.*
>
> *Mir ist's, als veränderte sich mein Gemahl von Tag zu Tag mehr, erst ein wenig und jetzt wie in rasendem Tempo. Und ich habe ein Gefühl, dass ich ihn jetzt erst kennenlerne. Er ist mir manchmal wie ein Fremder.*
>
> *Wir hatten eine Auseinandersetzung, und am Ende war mein Blut in Wallung. Ich will's Dir sagen, und dann frag Dich, habe ich recht oder unrecht, und wenn ich unrecht habe, so will ich zusehen, dass ich noch umkehren kann, obschon ich mir nicht vorzustellen vermag, wie das geschehen könnte.*
>
> *Ich war wie jeden Tag in meinem Zimmer zum Schreiben, so wie ich jeden Tag eine ganze Weile meine Notizen aufschreibe. Ich dachte an meine eigene Melodie. Ich hatte einen Einfall, der mich sehr aufwühlte, so dass mich nichts im Zimmer halten konnte. Also lief ich eine lange Zeit im Park herum, der wie im Märchen so schön ist. Und – welch Wunder – er gehört uns alleine!*
>
> *Glücklich kam ich wieder, und ich hatte bemerkt, dass mich mein Oberst vom Zimmer aus beobachtet hatte, und das nicht zum ersten Mal. Und ich hatte auch*

*bemerkt, dass seine Stirn in Runzeln lag. Diese Falten kenne ich nun schon, und ich weiß, sie bedeuten Sorge und zugleich Tadel. Nur wusste ich nicht den Grund für seine Besorgnis. Jetzt scheine ich ihn jedoch zu kennen, da er mich, kaum dass ich ins Schloss zurückkehrte, sofort zur Rede stellte, als ich noch nicht einmal mich vorher umkleiden konnte und in Reithosen und schweren Stiefeln, Erde und Gras daran klebend, außer Atem vor ihm stand. Und er fing sofort an, in unbeherrschtem Ton mit mir zu sprechen. Ich war zutiefst überrascht von dem, was wie ein unerwartetes Gewitter über mich Ahnungslose hereinbrach.*

*Was fällt Euch ein, Madame! Ihr benehmt Euch wie ein Stallbursche! Ich kann nicht gutheißen, wenn Ihr wie ein Kerl durch die Welt lauft in Beinkleidern und mit Schmutz übersät. Wenn Euch jemand in dieser Aufmachung sieht! Madame de Lazaire schwitzend wie ein Bauersbursche im Laufschritt über die Wiesen!*

*Es kann mich niemands Menschenseele sehen, denn der Park ist der unsere, sagte ich, und in diesem Moment war meine Melodie vergessen.*

*Man sieht nicht einmal, dass Ihr überhaupt ein Frauenzimmer seid, wenn Ihr so ungeniert einherspaziert – er schrie sehr laut – und Euch nicht einen Moment lang um Euer Benehmen kümmert! Ihr setzt mit diesen Manieren aufs Spiel, was ich und vor mir meine Väter und Urväter aufgebaut haben, die Familie de Lazaire ist von altem Adel und vom Volk gleichermaßen geachtet. Entweder Ihr haltet Euch daran und befolgt die Regeln, oder ...*

*Oder, fragte ich. Im Kopf nach meiner verlorenen Melodie suchend.*

*Oder ich muss eine andere Lösung für Euch finden. Eine Frau, die am Schreibtisch ihren Kapriolen frönt, die im Garten herumläuft und springt wie ein Reh, das ist einer Madame de Lazaire nicht würdig. Achtet auf Euer Benehmen, und Ihr könnt bleiben.*

*Eine Lösung? Aber wie sprecht Ihr mit mir, fragte ich ihn rundheraus ins Gesicht. Aller Einfall war jetzt endgültig weg. Ich bin Eure Frau, und ich bin die Herrin hier auf Château de Lazaire. Ich kann bleiben und gehen, wann, wie und wohin es mir beliebt. Ich habe ein Recht, hier zu sein. Durch mein Geld erst konntet Ihr Eure Ländereien von Graf d'Arquette pachten, durch meine Mitgift die Gespanne kaufen und Kutscher, Gärtner und die Knechte entlohnen!*

*Ich fühlte mich sehr unbehaglich. Wenngleich ich ihm diese Dinge nicht gern sagen wollte, mussten sie ihn doch in seiner Ehre fürchterlich kränken, so waren sie doch Wahrheit.*

*Das war eine wirklich mutige Rede, meine liebe India, erwiderte er, gefährlich ruhig und mühsam nach Worten ringend, aber haltet Eure Zunge besser im Zaum. Euer Streben nach Freiheit ist für eine Frau unpassend. Ihr scheint nicht zu verstehen, dass jeder seinen Platz zu erfüllen hat, Ihr jedoch füllt Euren Platz nicht aus, und das bringt die ganze Gesellschaft in Gefahr.*

*Ich bringe niemanden in Gefahr, mich nicht, Euch nicht, und nicht die Gesellschaft.*

Hört auf, solch sinnloses Zeug zu erfinden. Das schickt sich nicht!

*Wer fordert das?*

Die Gesellschaft. Und ich werde das einhalten.

*Ich fühlte, wie mir das Blut ins Gesicht schoss. Die Gesellschaft! Sie ist ihm so sehr wichtig, dass ich niemals gegen ihre Bestimmung handeln dürfte. Das habe ich immer geahnt und jetzt endlich in ihrer Konsequenz begriffen. Ich wurde sehr wütend und schrie: Die Gesellschaft! Sie soll nichts von jemandem fordern, der nichts von ihr verlangt! Ich glaube nicht, dass mein Beispiel Gefahr für die Gesellschaft bedeutet! Seid Ihr ein Mann, geht in die Welt, folgt Eurer Bestimmung, wählt einen Beruf, führt Eure Familienlinie fort, habt Mut und habt ein Vaterland. Seid Ihr eine Frau – habt nichts dergleichen! Bleibt zu Hause und habt nichts als einen Mann!*

Wozu hatte ich mich hinreißen lassen? Ich erschrak vor meinem Mut.

Rüttelt nicht am Gefüge, sondern respektiert die Regeln, sie sind fair, habt den Stolz, mit ihnen zu leben und nicht gegen sie.

*Ich ahnte auch an dieser Stelle noch nicht, was seine Worte tatsächlich bedeuteten. Aber der Ton warnte mich. Etwas war passiert.*

Was kann ein Herz, das nie gelitten, schon vom Leid verstehen?

*Ich dulde nicht, dass ein Frauenzimmer Noten aufschreibt und sie womöglich noch jemandem zeigt ...*

Ich habe sie niemandem gezeigt!

*Leugnet nicht Euren innersten Wunsch! Und ich dulde nicht, dass Ihr alleine spazieren geht in unserem Park, der nicht einmal dem gemeinen Volk zugänglich ist.*

Es ist auch mein Park, und ich gehe zu jeder Zeit hinein.

*Das werdet Ihr nicht! Man merkt, India, dass Ihr nicht vom Stande seid. Und was Euer Geld angeht* – als er das sagte, blitzten seine Augen teuflisch –, *Ihr wisst auch, dass Euer Geld, Euer Hab und Gut und Eure Mitgift mitnichten durch die Heirat mir gehören, so wie jegliches Eigentum, das die Frau mit in die Ehe bringt, fortan ihrem Mann zur alleinigen Verfügung steht. Und das ist alles, was Ihr mitgebracht habt.*

Ich spürte, wie ich um Fassung ringen musste, damit meine Gesichtszüge nicht entgleisten und das widerspiegelten, was wie ein Feuer in mir kochte und brodelte.

Alles? Wirklich alles? Und was ist mit dem Duft der Blumen, den ich mit in die Ehe brachte? Mit der Farbe des Himmels, dem Gesang der Sterne, dem Geruch des unsichtbaren Meeres und der Liebe zu Euch? Ist das auch Euer Eigentum?

Erschüttert lege ich die Zeilen weg. Was fällt denn dem ein! Da hat er so einen Schatz von einer Frau, und er verbietet ihr nach der Ehe alles, was ihr Leben ausmacht! Was war das für ein Mann, was für eine Gesellschaft, was für eine Zeit! Ich suche die vergilbten Seiten auf eine Jahreszahl ab, bis ich auf einen Stempel stoße. 1837.

Die Briefe sind knapp zweihundert Jahre alt. Frankreich im neunzehnten Jahrhundert. Die französischen Frauen haben es schwer gehabt, so viel war klar. Schwerer als in vergleichbaren Ländern, Deutschland oder England. Ich habe einen historischen Roman darüber gelesen, über den Code Napoléon, der seit Anfang jenes Jahrhunderts alles, was Frauen betraf, einschränkte. Die Ehegesetze, die Eigentumsrechte und die Mitbestimmung – der Mann bestimmte so ziemlich alles. Eine selbständige Frau sein zu wollen, womöglich noch mit Talent zur Kunst und mit Liebe zur Freiheit, das war unmöglich zu jener Zeit. Welche Chancen hatte sie damals schon? Sich in ihr Schicksal zu ergeben, das traue ich ihr, nach allem, was ich bereits über sie weiß, von ihr selbst gelesen habe, nicht zu. Sie musste ja unglücklich werden, wenn ihr nicht irgendeine Lösung einfiel.

War diese Frau namens India Musikerin? Soweit ich weiß, durften Frauen damals gar nicht komponieren, zumindest war es nicht üblich, selbst schöpferisch tätig zu sein, höchstens Musik zu spielen war höheren Töchtern erlaubt.

India aus dem neunzehnten Jahrhundert. In meine Zeit geplumpst durch ihre Briefe.

Unweigerlich leide ich mit ihr, da ich mir nicht vorstellen kann, derart unterdrückt zu werden. Sie kann ihre Leidenschaft nicht leben und würde es so gerne. Ich kann es und tue es nicht. Was mir im Weg steht, das bin nur ich selbst!

Diese Erkenntnis trifft mich unvorbereitet.

Was für ein Glück habe ich doch, zu meiner Zeit an meinem Ort geboren zu sein. Ich kann jeden Beruf ergreifen, den ich will, muss nur gut genug dafür sein, kann mich entfalten, meine Meinung frei sagen, wählen oder Politik machen. Ich kann singen, lesen und schreiben. Eine Freiheit, die andere Frauen vor mir Jahrhunderte erkämpft haben. Was wäre aus mir geworden, wenn ich nicht hätte Sängerin werden dürfen!

Es gibt keinen Mann, keine Gesellschaft und keine Zwänge, die mich zurückhalten. Keine Mauern, keine Menschen, keine Sitten und Gebräuche. Ich könnte meinen Wünschen und Träumen folgen, ich könnte sie in die Tat umsetzen, und dazu habe ich nicht nur eine Möglichkeit, sondern viele. Einiges habe ich in meinem Leben schon gemacht, viel Glück und

Erfüllung erlebt, aber es ist noch nicht vorbei. Die Welt, sie steht mir immer noch offen!

Mit einem Mal überkommt mich eine unbändige Sehnsucht nach allem. Ich sehe auf die schaumbedeckten Wellenkronen, in der Sonne glitzernde Baumrinde, warmes Felsgestein, duftende Sträucher – und ich fühle das Glühen in mir wie schon lange nicht mehr! Endlich! Danke, India, dass du mir zeigst, was wichtig ist!

Ich muss nach Hause! Das Konzert! Ich kann es kaum erwarten, in mein neues Leben zu stürmen ... Hier sitze ich und warte, obwohl mir zu Hause Tür und Tor offen stehen! So lange schon habe ich vor dieser unsichtbaren Tür gestanden, hindurchgeschaut, hinaus ins Leben geschaut, manchmal bin ich einen Schritt hinausgeschlichen, dann aber schnell wieder rein, letztlich sitze ich davor und spähe wie ein Zuschauer nur hinaus ins Leben.

Jetzt spüre ich, dass ich in der Lage bin, durchzugehen.

Als ich das denke, erfüllt mich tiefe Dankbarkeit, und ich spüre den Wind des Aufbruchs wie schon lange nicht mehr. Ich, und nur ich bin verantwortlich für mein Glück, und niemand wird mich daran hindern!

Ich werde mich mit meinen eigenen Händen aus dem Sumpf ziehen. Und es wird nur über die Musik gehen. Ich laufe den Weg zurück vom Strand zu meinem Haus, es ist tatsächlich ein bisschen meines geworden. Ich habe hier in der Natur meine Musik wiedergefunden, wenn auch noch die Worte dazu fehlen. Aber ich höre sie wieder, leise trällernd überquere ich die Wiesen voll blühendem Heidekraut. Dabei muss ich unwillkürlich lächeln, wie lange habe ich schon nicht mehr vor mich hingeträllert, einfach so, ohne dass ich gleichzeitig der Qualität des Trällerns nachspüre, ob es tönend oder nur gehaucht ist, ob es Tiefe hat und die Klänge rein sind, ob es schon etwas von dem verspricht, was wieder mein Leben werden könnte. Jetzt kann ich einfach ungehört vor mich hinsummen, und das macht mich glücklich. Ich bin bereit. Das Konzert rückt in greifbare Nähe.

Auf jeden Fall brauche ich genügend Vorbereitung für die Aufführung. Für ein neues Programm etwa einige Monate, mindestens. Mehr Zeit wäre besser, um mich darauf einzustellen, bei weniger Zeit würde ich konzentrierter arbeiten müssen. Aber das hat seine Grenzen, ich kann nicht zehn Stunden auf gleichem Niveau durchsingen.

Das Konzert ist im September.

Mir bleiben noch knapp drei Monate.

Es könnte gehen.

Während ich zum Dorf zurücklaufe, lege ich mir einen Plan zurecht. Als Erstes werde ich Serge anrufen. Hoffentlich hat er Zeit und kann mit mir die Lieder durchgehen. Ich werde meine Lieblingslieder auswählen. Schöne, klare Frühlingslieder, vom Wasser, von den Blumen und Wiesen und von Verliebten. Stücke mit Hoffnung und Tiefe, die die Kraft des Sommers mit in den Herbst und mit in mein Land hinübernehmen werden.

Das war's, die Kraft der Natur würde ich herausholen aus der Musik. Schubert auf jeden Fall, er gehört zu mir. Chopin, der Leidenschaft und Tiefe in einem war, vielleicht Mozart, der immer gefällt, aber dessen Leichtigkeit nur durch höchste Perfektion erreichbar ist. Er verzeiht keine Fehler. Mendelssohn?

Was, wenn Serge keine Zeit hat? Ich traue mir noch nicht zu, meine Stimme selbst zu üben, nicht in diesem Stadium, in dem ich noch nicht mal genau weiß, wo sie jetzt sitzt, wo ich sie erreichen kann. Ein anderer Lehrer kommt nicht in Frage. Serge kennt mich als Einziger, er muss einfach da sein. Notfalls würde er einen Termin absagen, ja, das würde er für mich tun.

Während ich so plane, werden meine Schritte schneller. Schon von weitem sehe ich das Mädchen Julie und ihre Mutter auf der Bank vor dem kleinen Steinhaus sitzen, und was sonst so gemütlich aussieht, ist diesmal von einer spürbaren Unruhe überzogen.

Obwohl ich erleichtert bin, dass Julie mir nicht sofort entgegenspringt, ziehe ich mich innerlich zusammen und warte auf die Worte, die in der Luft zu liegen scheinen. Unbehaglich trete ich näher.

Julie sieht mich an. Ich hätte gerne gewusst, was sie denkt. Irgendwie bin ich ihnen von Anfang an suspekt gewesen, und das bin ich letztlich geblieben. Die wortkarge Fremde, die stundenlang am Meer entlang läuft, die wochenlang bleibt und die keine Menschen trifft. Da muss ja irgendetwas nicht stimmen.

„Die wollen dich noch mal sprechen."

Ich schaue zu Maman, die meinen Blick unverwandt erwidert.

Die Polizei will mich noch einmal sprechen.

Ich sitze auf dem kleinen hölzernen Hocker und starre auf seine unbewegliche Miene. Eine Dreiviertelstunde sitze ich schon hier. Im Raum sind vier weitere Arbeitsplätze, Schreibtische mit Bergen von Unterlagen, Mappen, losen Zetteln, auf einem der Schreibtische steht ein Bildschirm. Alle Stühle sind besetzt, auch die beiden Männer, die mich bei Maman aufgesucht haben, sind anwesend und in ihre Arbeit vertieft. Die Polizeistation ist voll besetzt.

Ich sehe von einem zum anderen.

„Non", mein Beamter schüttelt den Kopf. Ich soll mich zu ihrer Verfügung halten.

„Ich muss nach Hause. Sie können mich nicht daran hindern, das Land zu verlassen." Ich beginne zu schwitzen.

„Die Gesetze sind eindeutig, was Ihre Lage angeht."

Vielleicht habe ich ihn nicht richtig verstanden. Ich hebe den Kopf, aber bei seinen nächsten Worten senke ich ihn wieder.

„Wir müssen erst die Umstände prüfen. Sie gehören bedauerlicherweise in den engen Kreis der verdächtigen Personen."

„Ja, das hab ich begriffen. Aber Sie können mir doch nichts nachweisen. Ich habe Ihnen schon gesagt, was ich an diesen Tagen gemacht habe. Ich ..."

„Das haben Sie. Nur gibt es keinen, der das, was Sie sagen, bestätigen könnte."

„Dafür kann ich doch nichts." Ich rutsche auf dem Stuhl hin und her. Wie kann ich mich noch besser ausdrücken? Er muss doch irgendetwas tun.

„Wie haben sie ihn denn gefunden?" Ich schlucke.

„Er ist an Land gespült worden."

„Gab es denn ... Zeichen dafür, dass er ermordet wurde?"

„Wenn Sie Verletzungen meinen, nein. Aber es fehlte sein ganzes Hab und Gut."

Sein Hab und Gut. Was hatte er denn schon, der einsame alte Mann? Außer dem Geheimnis, das ihn umgab.

„Sie glauben doch nicht, dass ich das gestohlen habe?"

„Es spielt keine Rolle, was ich glaube."

„Ich kann es Ihnen gerne noch mal ..."

„Sie müssen sich zu unserer Verfügung halten."

„Das würde ich gerne tun", entgegne ich und fühle mein Herz hämmern. Er sitzt mir gegenüber und entscheidet über mein Leben. Wenn ich diesen Moment jetzt verpasse, wer weiß, ob ein weiterer wiederkommt? Ich habe das Gefühl, mein Leben hinge davon ab, ob ich noch heute das Land verlassen könne. Ich würde mein Leben in Ordnung bringen, jetzt, wo ich die Kraft dazu spüre. Ich könnte das schaffen, ich würde das schaffen, und ich würde es sofort anpacken. Wenn dieser Moment ungenutzt vorüberginge, wäre er für immer verflogen.

Ich muss alles dransetzen, aus diesem Land herauszukommen und daheim mein neues Leben anzufangen. Er sitzt mir gegenüber und ahnt nichts von der Tragweite seiner Entscheidung.

„Ich kann nichts tun."

Er schüttelt bedauernd den Kopf. Dann sieht er verstohlen zur Tür, und als ich seinem Blick folge, bemerke ich die Wanduhr über dem Türrahmen.

Ich hole noch einmal Luft.

„Was glauben Sie denn, wie lange ich hier herumsitzen kann? Ich muss doch nach Hause, meine Angelegenheiten ordnen."

„Ich verstehe Sie. Aber ..."

„Sie können mich ja über Handy jederzeit erreichen. Ich kaufe mir ein Handy. Ich lasse meinen Pass hier, meine ganzen Sachen, Sie können ganz sicher sein, dass ich nicht" – was zum Teufel heißt „durchbrennen" auf Französisch – „wegfahre und nicht wiederkomme."

„Bedaure. Ich kann Sie nicht ausreisen lassen, bis alles geklärt ist."

„Aber ich muss nach Hause!" Ich fasse mir an den Kopf. In ihm hämmert es.

„Wenn Sie einen triftigen Grund haben, Madame, vielleicht könnte ich ..." Er sieht für einen Moment interessierter aus. „Was ist es denn, eine Arbeitsstelle, die Sie antreten müssen, eine Firma leiten? Kinder, die unbedingt versorgt werden müssen?"

„Kinder? Nein. Kinder sind es nicht."

„Dann kann ich leider nichts für Sie tun."

Er wendet sich leicht ab, sieht auf seinen Tisch, zieht verschiedene Unterlagen aus einem Stapel heraus und legt sie vor sich hin.

Ich bleibe sitzen und starre auf seinen Schreibtisch. Wenn ich jetzt aufstehe, wäre damit mein Schicksal endgültig besiegelt. Ich klammere mich mit den Beinen an meinen Stuhl. Diesen letzten Faden will ich nicht abreißen lassen. Ich bleibe sitzen und hoffe auf eine Eingebung.

„Ich habe ein Haus zu versorgen, ein großes Haus. Die ganzen Rosen, sie gehen sonst alle ein." Dass das Wenige, was ich vorzubringen habe, mehr als dürftig klingt, höre ich selbst.

„Bitten Sie doch eine Freundin oder den Nachbarn, Ihre Blumen zu versorgen", entgegnet er, immer noch höflich. Doch seine Miene verrät mir, dass er nicht mehr unendlich lange Geduld mit mir haben wird.

Hilfesuchend wende ich mich den anderen Polizisten zu, die meinen Fall zwangsläufig mit angehört haben müssen. Doch keiner erwidert meinen Blick. Ich habe mit dem Leiter der Dienststelle gesprochen.

Rien ne va plus.

„Wie lange wird das alles denn dauern? Müssen Sie erst den Mörder finden, oder was?" Le meurtrier?

Die Köpfe fahren herum bei diesem Wort. Was habe ich mich hinreißen lassen! Der Beamte sieht mir jetzt geradewegs in die Augen.

„Ich kann Ihnen nicht sagen, wie lange es dauern wird. Ich kann Ihnen nur sagen, dass wir unsere Arbeit tun, so gut es geht, und dass wir Sie wissen lassen, ob Sie unser Land verlassen können oder nicht."

Ich versuche das „oder nicht" und seine Bedeutung zu überhören, aber es steht im Raum und klingt noch nach, als ich nach ein paar Augenblicken des Zögerns schließlich schwerfällig aufstehe.

### *Was wiegt die Seele*

„Nein! Nein!" Zornrot stampft Julie mit dem Fuß auf. „Ich weiß, dass sie nicht böse ist. Was soll ich Angst vor ihr haben?"

„Aber sie ist eine Mörderin, Mörderin!" Céline feixt und genießt ihren Triumph. „Julie lebt mit einer Mörderin!"

„Quatsch!" Julie steigen die Tränen in die Augen. „Ist sie nicht."

„Und woher weißt du das so genau? Hast du sie gesehen?"

„Ich kenne sie. Wir haben zusammen gekocht. Und außerdem geht dich das überhaupt nichts an."

„Zusammen gekocht, zusammengekocht, Hexenküche, Giftmischerin!"

Als die Mädchen mich sehen, verstummen sie.

Ich gehe an ihnen vorbei ins Haus, die Treppe hinauf, in mein Zimmer und packe meinen Koffer. Ich werde nicht ausreisen dürfen, aber ich packe meinen Koffer. Zuunterst die Briefe, ich will nichts mehr lesen von eingesperrten Gefühlen und unglücklicher Liebe. Mörderin. Obwohl ich selbst am besten weiß, dass ich nichts damit zu tun habe, trifft es mich. Es trifft mich sogar mitten hinein.

Ich begebe mich den ganzen restlichen Tag nicht mehr aus meinem Zimmer, und da ich keine Lebensmittel oben habe, esse und trinke ich auch nichts mehr. Vor der Tür höre ich Stimmen, Geschirrklappern, Schritte. Alltagsgeräusche.

Als die Nacht einbricht, kehrt allmählich Stille ein. Julie ist ins Bett gegangen. Ich habe ihre leise tapsenden Schritte gehört, bis sie verklungen sind. Maman hat noch einige Zeit die Küche gefegt, das Geschirr geordnet, es klappert und scheppert leise. Dabei ist ihr wohl etwas aus der

Hand gefallen, einmal hat es laut geklirrt. Kurz hat sie geflucht. Danach ist Ruhe. Ich warte noch eine Weile, dann öffne ich die Tür einen Spalt, schleiche mich auf Zehenspitzen aus dem Haus. Meinen Koffer verstaue ich auf dem Rücksitz, dann lasse ich den Motor an und rolle zum Tor hinaus. Die Nacht ist klar, aber auch in völliger Dunkelheit hätte ich den Weg gefunden. Oft bin ich in der letzten Zeit in der Gegend herumgefahren. In der Ruhe der Nacht fahre ich nun aus dem Dorf heraus. Durch das geöffnete Fenster streift mich würzige Nachtluft.

Ohne eine Pause zu machen fahre ich den ganzen weiten Weg zur Grenze. Auf dem Beifahrersitz habe ich eine Wasserflasche liegen, ich halte nur an, um hin und wieder einen Schluck daraus zu trinken.

Das Gelände wird flacher, das Raue der Normandie verliert in der Dunkelheit seine harten Konturen, geht über in sanftere Landschaften des Südens. Ich fahre, und es ist kalt, ich fröstle. Es ist weit nach Mitternacht, als ich mich der Grenze nähere. Die Autos werden zahlreicher. Unerwartet viele sind in der Nacht von Frankreich nach Deutschland unterwegs.

Dann endlich bin ich da. Ich halte an einer Parkbucht an, von der man über die Grenze, die keine mehr ist, in den Westen Deutschlands schauen kann.

Niemand wird mich erkennen, mein Auto als verdächtig entlarven, in keinem Computer wird mein Kennzeichen gespeichert. Mörderin fährt. Es wäre so leicht, einfach rüber zu fahren ... Ich schaue hinüber. Fahr heim. Jetzt. Ich hörte das Kommando. Fahre!

Ich höre es mehrere Male, aber ich schaue nur und fahre nicht. Schaue nur, über die Grenze, wo ich hinwill, mit aller Macht hinwill. Es ist so nah und doch unerreichbar für mich.

Ich bleibe sitzen, bis ich nicht mehr merke, wie ich langsam in den Schlaf wie die Nacht in den Morgen gleite. Feucht und kühl kriecht es mir den Rücken hinauf. Nur nicht bewegen, denke ich, um die Kälte nicht gänzlich an mich heranzulassen und um den Bann nicht zu brechen.

Es ist der machtvolle Lauf der Sonne, der uns ängstigt, weil er unbeirrbar ist, und Sicherheit gibt, weil er unabwendbar ist. Und so geht die Sonne jeden Tag wieder auf, was auch passiert. Und sie geht auch auf, wenn das Schlimmste eingetreten ist.

Wie an jenem Tag. Der Tag, an dem die Sonne trotzdem wieder aufging, als wäre nichts geschehen.

Ich schlage die Augen auf, als der Regen gegen die Fenster und auf das Autodach prasselt. Andere Autos stehen in der Parkbucht, Kinder, die mit belegten Broten umherhüpfen, obwohl es regnet. Eltern, die einen Pappbecher mit Kaffee in der Hand halten, aus dem es dampft.

Okay, denke ich.

Okay.

Maman ist in heller Aufregung.

„Ich hätte heute zur Polizei gehen müssen", ruft sie mir vorwurfsvoll zu.

Ich parke im Hof, steige aus und lehne mich an das Auto. Mein Gott, bin ich müde.

„Danke, dass Sie es nicht getan haben."

Sie schaut mich an und schüttelt unwirsch den Kopf. Als ich nichts mehr erkläre, tritt sie schließlich zur Seite. Ich schwinge meine Tasche heraus und stolpere erleichtert in meine Kammer, und es kommt mir vor, als käme ich von einer langen Reise zurück.

*Seven Steps*

„Darf ich Ihre Küche benutzen?" frage ich Maman am nächsten Morgen. Auf Dauer kann ich mir das Essengehen nicht leisten, und da ich nicht weiß, auf welchen Zeitraum ich mich hier einzustellen habe, achte ich besser auf meinen Geldbeutel.

„Naturellement", antwortet sie, „was wollen Sie denn kochen?"

„Ich weiß noch nicht", sage ich verlegen.

„In Mortaineau ist heute Markt", meint sie. „Da können Sie von den Bauern Gemüse und Obst kaufen."

„Ja, danke, das werde ich."

Ich nehme das alte Fahrrad aus dem Schuppen, das ich mir ausleihen kann, wenn ich es brauche, und folge dem Wegweiser nach Mortaineau. Das Rad ist groß, schwer und schwarz, die Straße unbefahren, in verschiedenen Schichten geteert und entsprechend holprig. Ich trete in die Pedale, am Anfang geht es schwer, doch wenn das Rad erst mal in Schwung ist, läuft es mühelos.

Ich radle schon eine Weile, ohne dass sich ein Hinweis auf das Dorf zeigt. Mortaineau ist etwa sechzehn Kilometer entfernt, das weiß ich. Ein kleines Dörfchen, das aus zwei Teilen besteht. Während der größere Teil, das Dorfzentrum, in eine sanfte Hügellandschaft eingebettet ist, liegt Mortaineau sur mer in der Nähe einer Bucht. Ich bin mehrmals mit dem

Auto hier gewesen. Manchmal habe ich mich in das Café an den Tisch am Fenster gesetzt, Café au lait und Brioche bestellt und die Zeitung gelesen. Meist stand sehr viel über Frankreich drin und sehr wenig über die Welt, aber das störte mich nicht. Ich hielt die Zeitung in der Hand und beobachtete aus dem Fenster den beschaulichen Alltag draußen.

Diesmal kommt mir der Weg mit dem Rad so viel länger vor. In meinem Rucksack habe ich eine Flasche Mineralwasser mitgenommen, und an einem der nächsten Hügel, die im Grün und Gelb des Ginsters schimmern, mache ich Rast. Es ist fast elf, hier oben weht ein Wind, der mich frösteln lässt. Ich habe geschwitzt in meiner Jacke, sie ausgezogen und auf den Gepäckträger geklemmt. Im Sitzen brauche ich sie wieder und gehe zum Rad, um sie zu holen. Beim Wühlen im Rucksack kippt das Fahrrad um. Ich stemme mich dagegen und trete gegen ein Schild, das unter den Büschen kaum zu sehen gewesen war. Ich schiebe die Zweige zur Seite.

*Seven steps into the sand.*

Was für ein ungewöhnlicher Name für ein Restaurant! Sieben Schritte in den Sand.

Ich halte inne. Wie komme ich überhaupt auf ein Restaurant? Es ist keinerlei Hinweis darauf auf dem einfachen Holzschild, ein Stück Holz nur, angepinselt mit blassen blauen und gelben Buchstaben, durch Wind und Regen schon verwittert, nur der rote Pfeil ist gut sichtbar.

Einen Moment überlege ich, ob ich dem Pfeil folgen soll. Es ist nichts zu sehen außer meilenweit Ginsterbüsche, das wären lange sieben Schritte gewesen, denke ich dann, und schwinge mich auf mein Fahrrad. Warum hat jemand hier ein Schild aufgestellt? Da sieht es doch niemand. Hinter den Büschen ist es ganz versteckt, und außerdem fährt ja kaum jemand vorbei, der es sehen könnte. Außer mir zumindest, und das war auch nur Zufall.

Wahrscheinlich existiert dieses Lokal schon längst nicht mehr.

In Mortaineau ist der Markt in vollem Gang.

Ich schlendere ein bisschen im Dorf umher, kaufe Artischocken und Kartoffeln, Essig und Zwiebeln für eine Vinaigrette. Mit anderen Augen als gestern lese ich die Aufschriften. Boulangerie. Patisserie. Ich präge mir Entfernungen und Standorte ein. Ich beobachte, was und wie viel die Menschen kaufen, was es kostet.

Beim Heimradeln ist mir der Weg bereits vertraut. An dem Haushaltswarengeschäft erstehe ich noch einen großen Topf für die Artischocken und die Kartoffeln und einen kleinen für die Sauce. Ich beobachte mich dabei, wie ich mich auf einen Aufenthalt einrichte.

Ich bin in die Schlingen des französischen Rechtssystems geraten. Werde ich einen Anwalt brauchen? Ich gehe meine Bekannten durch. Ja, Anwälte sind auch dabei. Aber mit deutschem Rechtssystem im Kopf und deutscher Zulassung. Was nützt das hier? Ein französischer Anwalt. Werde ich meine Unschuld beweisen müssen anstatt sie meine Schuld?

Unbeholfen stehe ich inmitten meiner Tüten in der Küche und kämpfe mit dem Herd. Es ist ein Holzofen mit gusseisernen Platten. Ich blicke mich suchend um.

„Holz ist im Schuppen hinter dem Haus." Julie beobachtet mich gespannt, was ich wohl in ihrer Küche zubereite. Als sie es erkennt, strahlt sie.

„Oh, ich liebe Artischocken. Kann ich dir beim Kochen helfen? Ich kann eine sehr gute Sauce. Maman hat sie mir gezeigt."

„Schön für dich", erwidere ich.

Sie stutzt einen Moment, dann kommt sie zögernd auf mich zu. Sie schreibt meine ruppige Antwort offensichtlich meiner unvollkommenen Sprache zu. Ausländer vergreifen sich öfter im Ton, unabsichtlich.

Geübt schichtet sie Holz in den alten Ofen, die kleinen Scheite unten, die größeren darüber. Dann reißt sie eine Zeitung in Fetzen und schiebt sie unter die Pyramide. Nach zwei Versuchen fängt die Zeitung Feuer.

„Jetzt müssen wir noch warten, bis er heiß genug ist", erklärt sie und macht sich daran, die äußeren Blätter von den Artischocken zu zupfen. Ich stehe dabei und sehe ihr zu. Ich schäle die Kartoffeln. Schweigend arbeiten wir nebeneinander.

„Bist du schuld, dass Papa Pierre ertrunken ist?" Sie schaut mich schief an.

Ich halte mich einen Moment am Ofen fest. „Julie. Natürlich nicht. Ich habe ihn gemocht. Er war ein netter Mann."

„Ja."

Da erst fällt es mir auf. „Wieso sagst du ‚Papa'?"

„Ich habe ihn nur so genannt." Sie drückt eine Träne weg. Ich schaue sie überrascht an. Ich habe nie bemerkt, dass sie darüber traurig ist. Ehrlich gesagt habe ich überhaupt nicht auf sie geachtet. „Wir alle haben ihn so genannt."

„Hast du ihn gut gekannt?"

Tränen fließen über ihr Gesicht. „Er hat mir Klavierspielen beigebracht."

„Du spielst Klavier?" Ehrlich überrascht schaue ich ihr ins Gesicht.

„Ja. Pierre hat mich Lieder gelehrt. *Sur le pont d'Avignon* kann ich spielen. Und er wollte mir noch ganz viele zeigen."

Sie schluchzt auf. Ich ringe einen Moment mit mir, sie in den Arm zu nehmen. Doch als ob sie es geahnt hätte, weicht sie einen Schritt zurück, und der Moment verfliegt.

Wir schneiden und hobeln schweigend nebeneinander weiter.

„Gib mal her."

Sie zerlässt Butter in der riesigen Pfanne, stäubt Mehl darüber.

„Jetzt schau!"

Sie streut vorsichtig einen Löffel braunen Zucker in die Pfanne und rührt alles ein paar Minuten um. Heimeliger Geruch steigt auf. Dann gießt sie es mit Sahne ab.

Ich decke den Tisch für zwei. Wir essen gemeinsam. Sie isst schweigend, und ich sage auch nichts. Es ist ungewohnt für mich, in Gesellschaft eines Kindes zu essen. Ich fühle mich unwohl.

Nach dem Essen verabschiede ich mich schnell und ziehe mich auf mein Zimmer zurück, ein Ziehen in der Magengegend.

Wenn ich doch abreisen könnte. Ich spüre, dass ich hier weg muss. Irgendetwas zieht sich um mich herum zu wie ein sich zusammenbrauendes Gewitter. Irgendetwas braut sich hier zusammen. Wenn ich nicht darin untergehen will, muss ich weg.

Der Himmel wird dunkel. Nachtfinsternis breitet sich aus. Als nichts mehr zu sehen ist, gehe ich ins Bett und schlafe mit dem Gedanken ein, warum ich ihr keine Klavierstunden angeboten habe.

Aus der Abreise wird auch in den nächsten Tagen nichts. Die Umstände bleiben im Dunkeln. Ich sitze fest bei Maman und Julie und dem Gefühl, dass sie mich eigentlich nicht dahaben wollen. Genauso wenig, wie ich bleiben will.

Irgendwie muss ich die Tage herumbringen.

Noch zweieinhalb Monate bis zum Konzert. Die Zeit läuft mir davon.

Ich radle zum Postamt und rufe C an.

„Na endlich! Bist du immer noch in Frankreich?"

Ich habe sie gerade beim Essen erwischt.

„Hör zu, ich muss noch eine Weile hierbleiben. Wie lange weiß ich nicht."

„Dann überleg es dir mal."

„An mir liegt es diesmal nicht. Ich stehe nämlich unter Mordverdacht."

Ich höre, wie sie sich verschluckt. „Wie bitte?"

„Ja, reg dich nicht auf, das wird sich alles klären. Könntest du dich um die Rosen kümmern? Und um das Haus, bis ich wieder da bin?"

„Wie ‚unter Mordverdacht'?"

„Ich bin da in was hineingeraten. Aber mach dir keine Sorgen, das wird sich sicher alles aufklären. Ich weiß nur noch nicht, wie lange das dauern wird. Hast du Zeit, dich zu kümmern?"

„Hat es mit einem Mann zu tun?"

„Nein, das heißt, ja, irgendwie schon."

„Ein Mann?"

Ich seufze. „Bitte, C, es ist jemand ertrunken, den ich gekannt habe. Das ist auch schon alles."

„Wer war das denn? Und warum ist er ertrunken?"

„Das weiß ich nicht. Keiner weiß es."

„Aber wie kommen die denn auf dich? Und wenn er einfach ertrunken ist, dann gibt's keinen Mordverdacht, soviel ich weiß."

„Okay, es kann jemand nachgeholfen haben. Jetzt frag bitte nicht auch noch, ob ich es war."

„Wer war es, der ertrunken ist?"

„Das weiß ich nicht genau."

„Was heißt, das weißt du nicht genau? Wer?" C ist in Aufruhr, und ich weiß, jede Antwort würde noch viel mehr Fragen nach sich ziehen.

„Er hieß Pierre, und er war ungefähr hundert Jahre alt. Ich habe ihn kaum gekannt. Wir sind ein paarmal spazieren gegangen."

Ich höre, dass C sehr unzufrieden mit mir ist und mit dem, was ich sage. Sie holt tief Luft, doch ich komme ihr zuvor.

„Ich kann dir wirklich nicht mehr sagen. Ich weiß auch nicht mehr. Und jetzt sitze ich eben hier und warte, bis ich wieder heimfahren kann."

„Ist alles okay bei dir?"

„Soweit schon." Mir ist klar, wie meine Geschichte klingt.

„Wie kann ich dich erreichen?"

„Ich habe hier kein Telefon. Ich bin auf dem Postamt. Und C …"

„Ja?"

„Danke dafür."

„Gern geschehen, und melde dich wieder."

„Ja, klar."

Ich lege auf.

C. Ich sehe sie vor mir. Sie sieht bestimmt wieder aus wie aus dem Ei gepellt. Tuch im Haar, schwarze Sonnenbrille über der lässigen Hochsteckfrisur, sich herabkringelnde einzelne Locken. Auch wenn sie nur zum Milchmann um die Ecke geht, sieht sie perfekt aus.

„Was denkst du, auch auf dem Weg zum Milchkaufen könnte einem der Traummann über den Weg laufen. Und darauf möchte ich vorbereitet sein!" pflegt sie zu sagen.

C hat, seit ich sie kenne, in die große weite Welt gewollt. Darin unterscheiden wir uns nicht. Zusammen hatten wir früher geträumt von fernen Ländern, von Menschen, deren Leben in der Natur vom Regen bestimmt war, die dem Ruf des Tukans folgten oder die auf farbenprächtigen Basaren ihre Waren auf die Kamele luden. Wir träumten von Mocca, Bagdad und Shanghai, von endloser Wüste und undurchdringlichem Regenwald.

Wir hatten den Ruf der Wildnis gehört. Die Sehnsucht war geblieben, bei uns beiden, doch im Laufe der Zeit hatten wir sie unterschiedlich erlebt.

Ich hatte versucht, möglichst viel von der Welt zu sehen, fuhr an keinen Ort zweimal, wenn ich die Chance hatte, dafür einen neuen kennenzulernen. Dabei war es mir egal, wie ich reise. Da ich einen begrenzten Etat hatte, war ich auf einfachem Wege in meine Traumländer gefahren und so lange es ging dort geblieben.

C hatte ihr Geld in kurze, dafür luxuriöse Urlaube investiert, so kamen wir nicht zusammen. Während ich mit meinen Konzerten weiterhin reiste, hatte C damit aufgehört. Ihren Beruf als Anwaltsgehilfin hatte sie aufgegeben, nachdem kein lukrativer Chef aufzugabeln war. Eigenes Geld hatte sie nicht, da sie auch weiterhin auf den Märchenprinzen wartete, der nur nicht kam. Mit den unterschiedlichen Männern stieg oder fiel ihr Lebensstandard, je nachdem, wie viel Geld ihr momentaner Prinz hatte.

C beherrschte die Kunst, sich elegant einladen zu lassen, perfekt. Mit ihr auszugehen hieß, niemals Geld zu brauchen. Ihr flogen die Einladungen nur so zu, die mich zwar einschlossen, aber ausschließlich sie meinten. C nickte den Gönnern charmant und huldvoll zu, während ich unbehaglich auf meinem Stuhl herumrutschte und lieber selbst bezahlt hätte.

„Sei doch nicht so, lass dich doch einladen! Das macht denen doch Spaß!" rief sie mir zu, das Champagnerglas zum Anstoßen in der Hand.

Wenn sie selbst Geld hatte, war sie der großzügigste Mensch, den ich kannte. Im Moment allerdings hat sie keines, und auch keinen Mann. Sie hat sich von mir Geld geliehen. Ich habe es ihr gern gegeben.

Geld habe ich vor meinem Absturz genug verdient, und, was wichtiger ist, es auch nicht sofort wieder ausgegeben. Jetzt, da die mageren Zeiten angebrochen sind, zehre ich von den fetten Jahren.

Was brauche ich sonst noch zum Leben? Etwas zu essen, einen Platz zum Schlafen und eine Zukunft. Meine einzige Zukunft ist ein Konzert. Die Zeit läuft mir davon. Jeder Tag, den ich hier unnütz verbringe, wird mir daheim fehlen. Und mit jedem Tag kann ich meine Motivation ein kleines bisschen weniger halten.

Dass ich auch eine Vergangenheit brauche, merke ich nicht.

Während ich stundenlang auf den Felsen in meiner Bucht sitze und in die Wellen starre, kriecht ein Gefühl in mir hoch, das ich von ganz früher kenne. Lange Zeit habe ich es nicht gespürt, manchmal habe ich es sogar gesucht. Einsamkeit.

Hier habe ich im Überfluss davon. Ich meide die Menschen. Bin froh, wenn mich keiner anspricht, wenn ich am Morgen unbemerkt von Maman das Haus verlassen kann, wenn Julie mich nicht auf der Treppe abfängt. Ich will mit keinem reden, weil ich nicht hören will, was sie sagen. Sie haben nichts mit mir zu tun, und ihr Leben interessiert mich nicht. Sie leben in einer zweiten Welt. In meiner Welt bin ich allein. Fast. Ich habe Pierre gehabt. Und er hat mir den einzigen Menschen mitgegeben, der mir hier nahesteht: India. Doch sie ist seit fast zwei Jahrhunderten tot.

Ihre Geschichte beschäftigt mich trotzdem: Nicht, wie einen ein spannendes Buch packt. Eher, wie einen die Geschichte einer Freundin berührt. Wie sie lebt, was sie ärgert und freut. Es ist, als ob sie leben würde. Was ist mit deiner Ehe passiert, India? Gab es damals so etwas wie eine Scheidung? Bestimmt nicht. Ich hätte mich scheiden lassen.

Ich ziehe das Bündel wieder aus meinem Rucksack. Ihr Name hat etwas ganz und gar Unfranzösisches. Siebzehn ungeöffnete Briefe. Warum hat sie keiner gelesen? Haben sie ihren Adressaten nie erreicht?

Wenn ich jeden Tag einen lese, bin ich in knapp zwei Wochen durch, überlege ich. Ich will nicht, dass es so schnell endet. Ich muss es ausdehnen. Ja, das ist es. Wenn ich ein bisschen haushalte und nur jeden zweiten Tag einen öffne, dann würden sie über drei Wochen reichen. Jeden Tag, an dem ich keinen lese, habe ich einen für später aufgespart. Und die Geschichte wird mich noch einen Tag länger begleiten.

Nur ist die reine Freude der ersten Briefe verflogen. Zum ersten Mal ist der Gedanke an sie beunruhigend.

Möglicherweise wären wir Freundinnen, wenn sie jetzt leben würde. Ich runzle die Stirn. Mein Gott, jetzt mach dich nicht lächerlich.

Ich betrachte die Bäume im Morgenrot. Leise raschelnd setzt sich ein Vogel auf einen Baumwipfel. Ich habe wieder keinen Plan für diesen neuen Tag. Wie ich das früher genoss – heute kommt es mir erdrückend vor. Außer ... ja, heute würde ich wieder einen lesen. Vielleicht sogar zwei. Aber ich warte noch. Nein, zumindest nicht jetzt gleich. Bald.

Der Gedanke daran stimmt mich versöhnlich, ich überlege eine Weile, wo ich ihn am besten lesen werde. Vielleicht am Nachmittag. Oder am Abend vor dem Schlafen.

Dann will ich nicht mehr warten und lese ihn sofort.

(Fünfter Brief)

*Gefangen*
*Es gibt nicht viel Erfreuliches zu berichten.*
*In den stürmischen Tagen der Jugend denkt man, die Natur und die Einsamkeit seien ein Schutz vor Widrigkeiten, das sicherste Pflaster für Wunden aus der Schlacht.*
*Was für eine Sehnsucht, die Einsamkeit. Doch die Herzen sind zu liebesbedürftig, um ohne einander auszukommen. Blumen und Berge, Meer und Himmel. Und doch brauchen wir die Menschen.*
*Jetzt weiß ich auf einmal nicht mehr, was mir das Leben bringen wird.*
*Meine früheste Erinnerung. Ich laufe über die Pferdekoppel zu meinem Pony, mein Vater steht am Fenster und sieht mir zu, die Stirn in Falten, doch wohlwollend sein Blick. Ich sollte das eigentlich nicht tun, aber er verbietet es mir nicht richtig. Er hat aufgegeben, vielleicht, und vielleicht versteht er mich auch, weil er selbst nichts lieber tut als die Zeit bei seinen Pferden auf der Koppel zu verbringen, stundenlange Ausritte mit seinem Rittmeister zu machen. Genau wie er liebe ich Nohant mit seinen sanften Hügeln, seinen lieblichen Seen, seinen Wäldern. Ich liebe es, hier zu leben und tun zu können, was ich will. Das habe ich mir erkämpft.*
*Ein eigensinniges Mädchen, so habe ich es als kleines Kind, sooft ich mich zurückerinnere, gehört. Wenn alle ins Haus gehen wollten, wollte ich hinauslaufen. Wenn sie sich zum Essen hinsetzten, hatte ich keinen Hunger, wenn sie sticken wollten, wollte ich reiten. Ich war sehr ‚individuell', und so wurde hinter vorgehaltener Hand über mich gesprochen. Individuell, so bezeichneten sie mich mit Stirnrunzeln und hochgezogenen Augenbrauen, mit verkniffenen Mündern, ich verstand das Wort nicht, aber es musste etwas Unschickliches sein, so viel sah ich ihren Gesichtern an. Ich hätte gerne gewollt, dass meine Mutter ein anderes Gesicht ge-*

*macht hätte, wenn sie über mich redete, ich hätte mir gewünscht, dass sie vielleicht stolz blicken könnte, froh oder glücklich oder doch zumindest lachen könnte. Doch sie konnte es nicht, und so musste ich ein sehr ungeratenes Kind sein, das spürte ich.*

*In meiner eigenen Welt begriff ich nicht, was an mir ungeraten war. Aber ich verstand, dass ich mich von anderen unterschied, vor allem von meinen zwei Schwestern. Sie, das erkannte ich früh, schafften es mühelos, meine Mutter zufriedenzustellen, etwas, um das ich sie glühend beneidete. Es muss daran liegen, wie sie sich kleiden, dachte ich, wie sie sich benehmen können, immer freundlich und wohlerzogen, niemals Widerworte. Heimlich jedoch übertraten sie die Verbote meiner Mutter oft. Sie ließen sich Dutzende Male von unserer Zofe umkleiden, und sie liebten es, Kleidchen mit Schürzchen und Schleifen zu tragen, die Haare in eng geflochtene Zöpfe zu legen oder in kunstvolle Locken aufzustecken. Über eigene Begeisterung für solchen Tand verfügte ich nicht. Wohl hatte ich auch Locken, aber ich konnte sie nicht bändigen. Außerdem war ich bei weitem nicht so hübsch anzusehen wie meine zwei Schwestern. Ich ahnte immer deutlicher, was meine Mutter glücklich machte, waren erstklassige Manieren, Musik und das Interesse für schöne Kleider. Und da ich Ersteres und Letzteres nicht geben konnte, blieb nur die Musik.*

*So lernte ich Klavierspielen wie meine Schwestern, und ich gab mir Mühe, mich gut zu benehmen. Aber die Lust an schönen Kleidern, die wollte sich nie einstellen. Meine Mutter konnte mir stundenlang davon erzählen, in dem Wunsch, auch in mir Begeisterung zu wecken. Ich liebte es, ihrer Stimme zu lauschen, doch wenn ich es dann wirklich tun musste, versagte ich jedes Mal. Ich schaffte es nicht, ruhig im Zimmer zu stehen und stundenlang herausgeputzt zu werden, wenn draußen die Wolken über den Himmel zogen und der Wind über die Bäume der Allee rauschte. Immer dann zog es mich wie ein Sog ins Freie, und ich machte mich mitten im Ankleiden los. Einmal sprang ich so hastig vom Frisiertischchen auf, dass es umfiel, und lief hinaus in die Orangerie in unserem Garten. Einmal vergaß ich, mich fertig anzuziehen und lief ohne Überrock hinaus. Meine Schwestern sahen mir spöttisch nach, aber meine arme Mutter lief grün im Gesicht an und sank auf ihr Bett. Es verwirrte mich, was für einen Kummer ich ihr machte, und ich hätte es ihr gerne erspart. Aber dieser Vorfall machte es unmöglich. Ich gab auf in dem Bewusstsein, von meiner Mutter nicht geliebt werden zu können, weil ich nicht gut geraten war.*

*Papa hieß mein Benehmen auch nicht gut, aber er litt nicht darunter. Er nannte mich einen Wildfang, ich mochte das Wort. Aber er ließ sich nicht dazu hinreißen, mich zu loben oder gar zu unterstützen. So wuchs ich auf, aber ich wusste gar nicht, wie einsam ich eigentlich war.*

*Meine Unfähigkeit, mich anständig zu kleiden und zu benehmen, schlug in instinktiven Widerwillen gegen alles Mädchenhafte um. Zum Bedauern meiner Familie wurde ich keine Dame, auch nicht, als ich bereits fünfzehn Jahre alt war.*

*Als mich meine Mutter auf meinen ersten Ball mitnahm, hatten meine Schwestern bereits mehrere hinter sich. Meine Mutter hatte mir ein Kleid aus grünem Samt besorgt, lang und schwer, und ich sah darin aus wie meine Großtante mütterlicherseits, nur dass Tante Felice über fünfzig Jahre alt war. Aber es war mir lieber als die aufwändig gearbeiteten Kunstwerke meiner Schwestern, die sofort zum Blickfang der Gäste wurden.*

*Ich saß da auf meinem ersten Ball und beobachtete die Männer, einen nach dem anderen, alles Prinzen. Niemals hätte ich einem Menschen verraten, dass ich insgeheim von meinem Märchenprinzen träumte, der mich hoch zu Ross aus meinem Gefängnis erlösen würde. Der mich mitnahm auf sein Schloss, der mich liebte und fünf Kinder mit mir hatte, der mich ehrte bis an unser gemeinsames Ende. Derlei Gedanken hatte ich nur meinen geheimen Büchern in meiner Schublade anvertraut. Natürlich war ich, genau wie die anderen, davon überzeugt, dass sich niemals ein Mann von Stand für mich interessieren könnte.*

*Umso erstaunter, ja, richtiggehend fassungslos war ich, als ich mich beim Anklingen des ersten Menuetts von einem Kreis an Männern umringt sah, die vorher als Prinzen an mir vorbei gezogen waren! Ich war überrascht, aber nicht verlegen, und ich wählte mir für jeden Tanz einen anderen Tänzer aus. Einen für die Pavane, einen für das Menuett, einen für die Ronde Plaisir.*

*Doch einer hatte mich nicht um einen Tanz gebeten. Und genau ihn hatte ich mir in meinem Traum vorgestellt. Jener, der direkt unter dem hell erstrahlenden Kronleuchter stand, ein Glas Champagner in der Hand, in tadellos gerader Haltung und mit nonchalantem Blick über die Damen, die ihn umringten und an seinen Lippen hingen. Der, der mich keines Blickes würdigte.*

*Oberst Philippe de Lazaire.*

Ich sehe auf, blicke einen Moment aufs Meer, es rauscht in wuchtigen Wellen an die Felsen.

*Wschschhhh*

*Jetzt sitze ich hier in seinem Schloss, an dem Ort, an den ich mich wie nichts auf der Welt gesehnt habe. Jahrelang träumte ich in meinem eigenen Zuhause von nichts anderem als von ihm, der mich erlösen und auf sein Schloss bringen sollte in die Freiheit. Er hat mich tatsächlich geholt und auf sein Schloss gebracht. Doch die schützenden Mauern der ersehnten Freiheit werden dicker und dicker.*

*Ich habe meine Unfreiheit zu Hause gegen die Unfreiheit mit meinem Mann eingetauscht. Hier lebe ich nun. Und zahle Stück für Stück den Preis.*

*Wie lange der Sommer diesmal dauert! Bis die blühenden Rosen auf den Mauern mit ihren goldflimmernden Blättern sich färben, lange, bis die wärmenden Strahlen der Sonne an Kraft verlieren.*

*Die Gesellschaften, die Philippe gibt, langweilen mich zu Tode. Kein einziger Künstler mehr, keine Freude und keine Spur mehr vom einstigen Esprit. Nur seine alten Kameraden und ihre wohlgefälligen Frauen. Bei der letzten Gesellschaft saßen fünf Männer am Tisch und unterhielten sich über die Jagd. Die Damen lehnten am Kaminsims und betrachteten leise schwatzend ihre Männer. Dabei trugen sie riesige Reifröcke, die sie wie Matronen aussehen ließen, obwohl doch in Paris jede Frau nun enge Röcke trägt. Stell Dir vor, meine liebe Lucile, wie sie aussehen, oder stelle es Dir besser nicht vor. Du wärst entsetzt, aber Du trägst ja überhaupt keine Röcke, Du glückliche, freie Person. Die Marquise de Dujardin lehnte an der Wand, ihr grünseidenes Kleid an. Die musselinbedeckten Räume konnten vor drückender Schwere kaum noch atmen.*

*Ich bin nicht gemacht für solch stille Gesellschaften. Aber ich kenne meine Pflichten als Gastgeberin, ich trat zu ihnen und hörte höflich ihren Gesprächen zu. Zu entgegnen wusste ich nichts, denn es war mir kein Gedanke, ob die Hirschjagd bei Baron de Cazare dieses Jahr stattfinden könne oder nächstes oder ob genug Hirsche im Wald wären, so dass es sich auch lohne.*

*Ihr mögt die Jagd nicht?*

*Nein, ich mag sie nicht, mich dauern die Hirsche, die dabei sterben.*

*Oh wie zart besaitet Madame de Lazaire doch ist, und das mit einem Oberst als Mann!*

*Ich hörte, wie sie in meiner Gegenwart über mich sprachen wie über ein Kind.*

*Was mögt Ihr denn, meine Liebe?*

*Ich mag den Wald, in dem die Hirsche leben, wenn sie keiner erschießt. Und ich mag ihre wilden Sprünge, wenn sie über die Felder jagen.*

*Sie sahen mich an, als würde ich selbst wie ein Hirsch über die Felder jagen, und verstummten tatsächlich für einen Moment. Mir tat es leid für den Oberst, doch hätte ich lügen sollen?*

*Sie ermüden mich, die Madames und Marquises, und ich lief in mein Zimmer und zog mir die Hosen an, in denen ich Wind und Wetter trotzen kann, und rannte in den Park, immer weiter, bis ich keine Luft mehr bekam. Wenn der Oberst das sähe, würde er wieder böse, und als er mich zum ersten Mal so sah, er dachte wahrlich, ich sei der Gärtnerjunge, und wie hatte er mich angesehen in dem Augenblick, als er mich erkannte! Wie könnt Ihr Euch nur so benehmen, hatte er in blankem Entsetzen gerufen, das ist doch keines Frauenzimmers würdig! Ihr dürft das doch auch, und es hat Euch doch auch nicht geschadet, rief ich zurück, und hier sieht das doch keiner! Ich hörte nicht mehr, was er sagte, denn ich lief schnell hinunter zu den Gärten und genoss meine Freiheit.*

    Oh, denke ich. Ich hätte auch so gehandelt. Jetzt. Aber damals! Du machst ihn unsicher, und das wird er dir übelnehmen.

    Ich packe die Briefe ein und mache mich auf den Heimweg. Wolken sind aufgezogen und verdunkeln den Himmel. Ich habe Mühe, den Weg zu finden.

    Ich sollte damit aufhören. Die Briefe sind nicht für mich, ich brauche mich nicht zu wundern, dass sie ein schales Gefühl hinterlassen.

In der Nacht schlafe ich schlecht und auch in den weiteren Nächten. Immer wieder reißt mich der gleiche Traum aus dem Schlaf. Immer wieder taucht der kleine Kinderkopf auf, so zerbrechlich, auf einem Hals so dünn wie ein Faden, wie kann da der Kopf nur halten? Und dann droht etwas auf ihn herabzufallen, etwas Schweres, es würde ihn sofort erdrücken, zerquetschen, diesen kleinen Kopf mit dem dünnen Hälschen – was ist es nur, was ihn bedroht?

    Jedes Mal wache ich an dieser Stelle schweißnass auf.

    Einmal hoffe ich, wenigstens eine Nacht verschont zu bleiben, da erwischt es mich umso heftiger. Ich stehe auf einem brennenden Schiff, doch das Wasser unter mir verspricht keine Abkühlung, es brodelt und dampft, und auch das Morgenrot am Himmel glüht vor Hitze, da wollen die Flammen mich verschlingen, doch ich verbrenne und verbrenne nicht. Immer bin ich nur kurz davor und leide Höllenqualen.

    Dann verlassen mich die Träume wieder. Doch ich weiß, es wird nicht von Dauer sein.

    Ein paar Tage geht es gut. Ich brauche keine Briefe.

    Dann verschanze ich mich im Zimmer.

(Sechster Brief)

*Ma chère ...*
    *Verraten.*
    *Ich fühle mich so frei wie ein Vogel, und ich tanze auf Wolken, für einen Moment kann ich mein selbst gewähltes Gefängnis und meine Lage vergessen und das Geschenk annehmen, das sich hier bietet, in Gesellschaft all dieser Künstler. Sie erleuchten mein Leben und geben mir Kraft, um nicht aufzugeben. Sie geben mir den*

*Sinn und den Mut, den ich haben muss, um mein Leben und meine Leidenschaft am Leben zu lassen.*

*Marcels Tochter hat geheiratet, und er richtete ein prachtvolles Fest aus. Philippe jedoch kränkelte und wollte nicht hingehen. Ehrlicherweise muss ich zugeben, dass ich nicht allzu traurig darüber war. Nach so vielen Monaten griff ich nach der Inspiration der Künste wie eine Verdurstende nach dem Wasser, und ich erlebte eine Überraschung. Stell Dir vor: Ich habe IHN getroffen — der besessen ist, genau wie seine Musik, nicht von der Eleganz und dem Gefühl wie Frédéric, doch wie mitreißend in seiner Kraft. Wie er seinen Bann auf Menschen überträgt, ein Erlebnis, das ich nie jemals vergessen mag. Die Frauen liegen ihm zu Füßen, die Gräfin Rothschild, die Madame de Cazare und wie sie alle heißen, auch all die anderen einfachen Frauen, sie hat er auch verzaubert. Wenn er hinter dem Flügel sitzt, hämmert er mit gewaltiger Kraft auf die Tasten, und dann, ist er dem Höhepunkt seiner Musik nahe, so glaubt man ihn vor Schmerz vergehen zu sehen, was alle noch glühender macht. Nach dem schmerzverzerrten Gesicht tritt ein versonnenes Lächeln auf seine Lippen, und mit einem Mal bricht die Spannung ein, die Damen stoßen verzückte Schreie aus: Oh François! Du kannst Dir nicht vorstellen, was dann los war in dem Raume, der zu bersten schien. Und sogar ich — ich schluchzte laut auf, es kam einfach über mich, ich war mitgenommen allein vom Zuhören und brauchte einige Augenblicke, um mich zu fassen.*

*Ein Metallrahmen muss gebaut werden! rief er aus, als er einen Flügel kaputtgespielt hatte mit seiner rücksichtslosen Kraft. Aber wahrscheinlich wird auch das noch gebaut werden, man macht alles, um es ihm recht zu tun. Den Wettstreit gegen Thalberg hat er, wie Du weißt, gewonnen, und wie! Um es gleich zu sagen, Thalberg hatte nicht den Hauch einer Chance, das hast Du Dir sicher gedacht, aber er hat auch zu brav und aristokratisch gespielt (der Oberst liebt ihn, er ist der einzige Pianist, der ihn zu begeistern versteht oder wenigstens zu beeindrucken), aber François war in seinem Element, spielte, bis die Tasten zu bluten schienen, der Raum versank in sein Spiel, elektrisiert, nur noch schwerer Atem zu sehen und wogende Dekolletés, das Klavier verschwand, und die Musik offenbarte sich. Das war ein grandioser Erfolg.*

*Ma chère, er ist ein Besessener. Diese Begegnung mit ihm werde ich Zeit meines Lebens im Herzen tragen. Ich halte ihn für einen Gott, und wüsste ich nicht, wie unglücklich er in seinem Herzen ist, so wüsste ich nicht, was er in Wahrheit spielt und was mich in seinem Spiele derart berührt: die uneingestandenen Wunden zutiefst getroffener Menschen.*

Nur langsam und ungläubig kann ich die Gesichter, die in mir aufsteigen, erkennen. Thalberg — er hat doch gegen Liszt gespielt! Ich höre es deutlich, jetzt, da ich auftauche aus dem Gelesenen, will ich das Stück greifen, doch es ist weg, und ich kann es nicht mehr erfassen in meinen Gedanken. So beseelt war sie von Musik, dass ich es bis hierher fühlen kann, über Jahrhunderte, es ist so lange her, denke ich, und wundere mich, als hätten sich die Gefühle erst im Laufe unserer Zeit so intensiv in den Menschenseelen entwickelt!

Kann es sein, dass ich Briefe einer Bekannten von Franz Liszt in der Hand halte? „Pierre, was ist das?" flüstere ich. Und was haben sie mit mir zu tun? Sie reißen mich in Zeiten, die ich vergessen habe.

Die Brücke zwischen uns ist gebaut. Schicht um Schicht meines Lebens wird abgetragen. Ich rutsche und rutsche tiefer, gefährlich nahe an eine Stelle, die mich verschlucken könnte, in die Nähe meines innersten, streng gehüteten Kerns. Sträube mich, wehre mich, will zum Stehen kommen.

Stopp.

(Siebter Brief)

*Ma chère,*

*ich vermisse Dich unendlich. Meine liebe Aurore, und doch hege ich einen Verdacht, da Du Dich nicht mehr in dem Maße mir verbunden fühlst wie in all den Jahren zuvor. Der Gedanke quält mich, ich teile ihn Dir mit, weil mein Herz schwer ist, und ich wünschte, es wären nur meine Gedanken, die sich verirrt haben. So frage ich Dich, bist Du mir Freundin oder bist Du nur Beobachterin an meinem Leben? Ist's Dir nur Idee für Deine Geschichten? Oder nimmst Du von Herzen an meinem Leben teil?*

*So hoffe ich auf Dein Vertrauen, wenn ich Dir mein Herz abermals ausschütte.*

*Ich habe eine unendliche Verletzung erlebt. Hätte ich vieles für möglich gehalten, dies eine doch nicht. Und doch ist es mir widerfahren, und ich denke immer noch, es ist ein böser Traum, ein Traum, der mein Leben verändert hat.*

*Und das Erwachen ist grausam ...*

*Ich habe es getan, weil ich es tun musste. François' Spiel hat mich so grenzenlos beflügelt, und ich habe daraufhin leidenschaftlich geübt, Stunden, jeden Tag, dass ich den Mut fasste. Worauf ich hoffte, weiß ich selbst nicht.*

*Dann kam der Tag. Ich habe öffentlich vorgespielt, das heißt, Philippes Gästen – darunter Gilles d'Arquette, der am Hofe die Musiker auswählte! –, und das tat ich zum ersten Mal, seit ich ein Kind war. Der Oberst meinte, ich spiele ein paar kleine Liedchen als Amüsement. Das gestand er mir zu.*

*Nach dem Souper von Aal und Champagner, bei dem ich nichts zu mir nehmen konnte, begann die Feuerprobe.*

*Langsam ging ich zu Philippes dunkelbraunem Flügel, rückte die Kerzenständer aus Messing zurecht und begann mit zitternden Händen zu spielen.*

*Als ich zu Ende war, und ich war wohl zufrieden mit mir, so tat keiner der Anwesenden einen Laut. Gut, manche von ihnen hatten noch nie eine Frau auf dem Pianoforte gehört. Sie mochten stumm vor Verblüffung gewesen sein. Mir war nicht wohl in der Haut, doch ich hatte die Stücke gut gespielt. Eine wunderbare Etüde von Frédéric, eine Fuge von Bach. Und noch einen kleinen Walzer, der doch so anders war, als sie wohl dachten. Konnte es das sein, was zu ihrem Erstarren geführt hatte?*

*Ich blickte zu Philippe, der zu Boden sah, doch aus den Augenwinkeln die Gäste beobachtete, das konnte ich sehen. Er hüstelte, ein trockenes, abgebrochenes Hüsteln.*

*Ich sah zu Graf d'Arquette, der doch ein Kunstkenner war, und hoffte auf Zustimmung. Ich konnte so schlecht nicht gewesen sein. Doch auf seinem Gesicht zeigte sich keine Spur Wohlwollen.*

*Graf Montaire, der sehr unbescholten war, aber die Musik liebte, sah von einem zum anderen, um sich, je nach herrschender Meinung, anzupassen, über seine Worte danach entweder empört zu lachen oder ihnen zuzustimmen, je nachdem, wie die Gruppe sie aufnehmen würde. Aber er sagte etwas.*

*Es konnte sich wirklich hören lassen, meinte er und räusperte sich. Die Fuge. Sie war wirklich schwierig.*

*Ich atmete unhörbar auf.*

*Auch Pouran saß die ganze Zeit dabei, schließlich bereit für ein Urteil. Das war in Anbetracht der Umstände doch gut gespielt, sagte er und schien gleichwohl zu wissen, dass er alle Anwesenden damit in Verwunderung setzte. Irgendwie gefiel er mir deswegen ein bisschen, obwohl das, was er sagte, unsäglich war.*

*D'Arquette sah jetzt endlich auf. Wohlwollen oder leisen Spott, ich konnte es nicht entscheiden. Doch die Frage traf den Kern.*

*Und dieses letzte Stück?*

*Ich zögerte. Dann riskierte ich es.*

*Ich habe es selbst komponiert. Ein Walzer.*

*Waren sie entsetzt oder nur verblüfft, die Blicke derer, die mich nun unverhohlen anstarrten?*

*Eine interessante Melodie, sagte er schließlich, und alle sahen gebannt auf ihn. Für ein Frauenzimmer, fügte er hinzu.*

*Intéressant, jawohl, très intéressant, doch eine Frau sollte doch besser bei ihren eigenen Angelegenheiten bleiben, fügte Montaire jetzt hinzu, der Treulose. Die*

*große Kunst des Komponierens kann sie ohnehin nie recht beherrschen, dafür ist ihr Geist leider nicht gemacht. Aber das Stück, Madame de Lazaire, war durchaus nett. Ich fühlte mich wie niedergeschmettert.* Dann sah ich den warnenden Blick Philippes und schwieg.
Er schien nicht zu begreifen, wie sehr mich diese Ausdrücke verletzten. Es war die letzte Chance gewesen, die ich hatte. Hätte es ihm gefallen, so wäre der Weg für mich frei gewesen. Aber so? Ich wage nicht, weiterzudenken.
*Jetzt ist alles sinnlos.*
*Ich weiß doch, es war gut. Was soll ich tun?*
*Ob ich es Frédéric einmal zeigen darf, liebste Freundin?*

Ich höre Schritte.

*Abends sah er mich noch einmal an, als wäre ich die undankbarste Frau in ganz Frankreich. Ich setzte mich hin und lauschte angestrengt dem Klappern der Köchin mit dem Geschirr. Bis er die Treppe herabpolterte. Ich hörte seine Schritte schon.*
*Was habt Ihr schon für Sorgen außer der, dass eine Veröffentlichung Eurer Stücke niemals in Frage kommen wird? Dass Eure Musik, auch wenn sie gut ist, niemals bekannt werden wird, dass keiner sie hören wird, lesen wird, weil sie niemals gedruckt werden wird.*

Die Schritte, die ich gehört habe, kommen die Treppe hoch.
„Pardon?"
Maman reißt mich aus Indias Welt zurück in meine. Ich schaue sie erstaunt an, denn es ist noch nie vorgekommen, dass sie in mein Zimmer kommt, zumindest nicht, wenn ich im Haus bin.
„Sie sind schon seit zwei Tagen hier oben. Geht es Ihnen nicht gut? Sind Sie krank?"
„Nein, alles in Ordnung." Ich schaue sie an. „Danke."
Maman kommt die Treppe ganz hoch, sieht meine wenigen Fotos am Treppenaufsatz hängen ...
„Oh, singen Sie in einem Chor?" fragt sie schließlich.
„Nein", antworte ich und gehe zum Tisch zurück. Mit einer deutlichen Geste schiebe ich die Blätter in den Umschlag zurück. Was will sie hier oben?
„Aber die hier sieht aus wie Sie." Sie deutet auf die dritte Dame in Mozarts *Zauberflöte*. Ich wundere mich, dass sie mich in dieser Verkleidung erkennt.
„Dann sind Sie Opernsängerin oder sowas?"

„Ja." Zumindest war ich es.

„Tatsächlich!" Ungläubig sieht sie mich an. Ich sehe an mir herunter. Auf keinen Fall sehe ich wie eine Opernsängerin aus. Das denkt sicher auch Maman.

„Und wie sagten Sie, heißen Sie noch mal?" fragt sie in völlig verändertem Tonfall.

Zum dritten Mal nenne ich ihr meinen Namen, und diesmal löst er eine Reaktion aus.

„Das gibt's doch wirklich nicht! Da hab ich Sie ja gesehen als Violetta in *La Traviata*, da war ich mit meinem Mann in der Oper in Paris."

„Ah." Ich lächle.

„Und dann ist er im zweiten Akt eingeschlafen."

Ich lächle nicht mehr.

„Er hatte nämlich die Nacht zuvor durchgearbeitet", versucht sie ihren Fehler wiedergutzumachen. „Bevor wir nach Paris fuhren. Das hat er mir zu unserem Hochzeitstag geschenkt. Er ist Bauer. War Bauer, Gott hab ihn selig."

Eine unbehagliche Pause entsteht.

Bitte gehen Sie, denke ich.

Sie ist nicht gegangen. Stattdessen hat sie mir ihre Geschichte erzählt. Sie hatten früher Schafe und Ziegen gehalten. Ihr Mann, Alphonse, hatte die alte Käserei im Dorf aufgebaut, mit seinen eigenen Händen, und dort hatte er Käse hergestellt, den besten in der Gegend. Manchmal war sie selbst an der Presse gestanden. Es sprach sich herum, dass ihr Mann Alphonse den würzigsten Käse fertigte, und aus der ganzen Bretagne kamen Käufer. Tagsüber butterte er und stand in der Käserei, während Maman das Kind versorgte und die Felder für die Tiere bestellte. Abends spielte er Boule, und sie malte. Nicht gut, meinte sie verschämt. Die Ölbilder im Haus, ja, da seien die meisten von ihr. Artischockenfelder in der Blüte. Lavendelfelder, französische Landschaften. Eine glückliche Zeit.

Im vierten Jahr fingen sich die Tiere Scrabby ein, eine Seuche, der Himmel weiß woher. Die meisten Schafe mussten erschossen werden. Der Käse der neu gekauften Tiere erreichte nie mehr die Qualität der früheren. Die Käufer blieben aus, auch wegen der Angst, die Seuche würde sich übertragen.

Maman wartet einen Moment.

Die Einnahmen reichten nicht mehr, seine Familie zu ernähren, und so hatten sie immer mehr Tiere verkaufen müssen. Julie war darüber sehr traurig gewesen, auch darüber, dass der Papa so viel arbeitete und immer müder wurde. So müde, dass er abends nicht mehr zum Boule ging. Das war die Zeit, als sie, Maman, die Idee hatte und das kleine Haus zu einem Hotel umfunktionierte. Ihr Mann hatte das nie gewollt, fremde Leute im Haus, nein, das war nichts für ihn. Aber sie brauchten das Geld. Und ihr Haus sei ein ordentliches Hotel geworden. Sie sieht mich dabei mit einem Seitenblick an, so als wäre bei mir nicht sicher, ob es das auch bliebe.

Ich müsse nach Vieilles, lüge ich, als sie eine Pause macht. Daheim anrufen.

*Was François mit Klängen schafft, macht Eugène mit dem Pinsel. Künstler finden zueinander, sie haben eine gemeinsame Seele.*

*Eugène. Er versteht meine Seele und ich die seine.*

*Eugène ist ein Mann eleganter Manieren und von kostbarer Kleidung und von poetischer Leidenschaft. Ich bewundere ihn. Wie lebendig er ist, er scheint überzufließen vor Sehnsucht und vor Plänen. In seiner Gesellschaft fühle ich mich frei in Gedanken und Worten, die Musik kehrt zurück zu mir, er macht mir Mut. In seinen Augen bin ich auch Künstlerin, er will hören, was ich denke, fühle, und das Leben scheint leicht und schön, wenn ich ihn sehe.*

*Wisst Ihr, wie es ist, eine Frau zu lieben? fragte er mich.*

*Sagt Ihr es mir, antwortete ich kühn.*

*Nicht sein Leben geben für einen einzigen kurzen Tag. Denn warum, glaubt Ihr, liebe ich etwa? Wegen der Schönheit? Das wäre sicherlich Grund genug für einen Mann, aber nicht genug für meine Leidenschaft, ich verehre die wunderschöne Hülle, ja, aber aus diesem einen Grund, weil sie eine göttliche und reine Seele beherbergt.*

*Und dann.*

*Ich schwöre es, ich verschreibe Euch mein Leben und mein Blut, nehmt dies alles und macht daraus, was ihr wollt, mit meinem Schicksal, meinem Glück, meiner Ehre, meinen Gedanken und meinem ganzen Sein. Wenn mein Herz dem Ihren nicht würdig ist, dann wird es keines jemals sein.*

*Ich fühlte den stechenden Schmerz in meinem Herzen und zwang mich, in der allgemeinen Stille aufzustehen und durch die schweigende Menge schwankend bis zur Tür zu gehen, eine Frau, die weiß, was sie glücklich machen würde und einen Hauch davon schon spürt, das aber niemals erhalten wird.*

Oh, sie liebt einen anderen ... denke ich amüsiert und bin dankbar, dass das Geschriebene mich aus meinen trüben Gedanken reißt. Jawohl, Mädchen, verlass diesen alten Knacker.

*Eugène hat sein Bild nun fast vollendet. Die letzte Zeit habe ich ihn kaum gesehen, und wenn, so hat er nicht mit mir gesprochen. Doch lässt er all seine Sprache in sein Bild fließen, leidenschaftlich und doch entschlossen, auch in größter innerer Bedrängnis und Selbstzweifel klar bei Verstand. In dem Bild atmet ein großer Gedanke, den ich schon spürte, als ich beim ersten Mal nur die Farben sah. Halb Frau, halb Göttin ist seine Freiheit — nicht etwa ein Mann! —, und sie ist voller wilder Kraft, wie sie schreitet. Wie frei er sie malt, wie mutig er ist! Und von welcher Seite du sie auch ansiehst, selbst wenn du ein paar Schritte um das Bild herumgehst: Sie schreitet immer geradewegs auf dich zu. Ein Wunder.*

*La liberté guidant le peuple.*

Wird sie ihren Mann verlassen für diese Leidenschaft? Ist nicht Leidenschaft letztlich immer stärker als die Vernunft?

Und ihr Mann, merkt der nichts? Was denkt er überhaupt über Frauen, es sind ihm in Wahrheit fremde Wesen, dafür auf der Welt, um zu Hause zu sticken, Tee oder ein Mahl zu servieren oder auch mit rauschendem Gewand auf Bällen zu tanzen, doch nur mit einem einzigen, ihrem Mann.

*Er will meine freie Seele nicht und nicht mein Inneres. Das macht ihm Angst, dass ich nicht denke wie er, dass ich nicht fühle wie er, dass er nicht über meine Gedanken bestimmen kann, wohl aber über meine Taten, doch das nur mit Macht. Was kümmert ihn mein heimliches Leiden, meine Gedanken, meine tiefe Ungeduld unter dem Joch, unter das er mich drücken will.*

*Er bemerkt es gar nicht.*

*Für kurze Zeit schöpfte ich Hoffnung.*

*Doch es verlief anders. Er hatte einen Verdacht. Denn an der Wand hingen Ölbilder. Sie zeigten die de Lazaires, alle männlichen Ahnen nacheinander, gemalt in dunklen Farben. Ein Bild zeigte das Landgut im Herbst, wie es ruhig dalag.*

*Ich lasse Euch malen, meine Liebe, sagte er. Von Monsieur Delacroix.*

*Ich frohlockte innerlich.*

*Das versprach schöne Stunden, und ich würde mich nicht einmal aus dem Haus schleichen müssen. Wenn nur Eugène mitspielte und vorgab, mich nicht zu kennen.*

*Alles war vorbereitet. Ich hatte mein prachtvolles grünseidenes Gewand angezogen.*

*So, das ist also der Maler, den Ihr so genial findet. Röte überzog mein Gesicht. Auch Eugène war verlegen.*

*Madame, bitte setzt Euch auf das Kanapee, damit wir anfangen können, sagte er und bereitete seine Pinsel vor.*

*Unruhig saß ich ihm Modell und lief danach sofort zu Philippe.*

*Es ist nicht recht, sagte ich, mein Geheimnis ihm weiterzuerzählen. Ihr habt mich beschämt. Woher wisst Ihr davon?*

*Geheimnis! rief er. Das ist kein Geheimnis. Vorbei waren Eleganz und Noblesse, er schimpfte wie ein Droschkenkutscher. Es stand in Ihren Zeilen, und die habe ich meinen Freunden zum Lesen gegeben. Genau wie Ihre unnützen Noten, sie haben gelacht, und wir haben sie weggelegt.*

*Flammender Zorn stieg in mir hoch.*

*Ihr habt meine Blätter genommen? Ich konnte es nicht glauben. Wie konntet Ihr nur so etwas tun? Wann wart Ihr in meinem Zimmer?*

*Als Ihr nicht da wart, sagte er ungeniert. Ich habe Ihnen gesagt, es taugt nichts, wenn eine Frau sich solchen Dingen widmet. Alles nur romantischer Unfug, Geplänkel. Ihr könnt jetzt selbst sehen, wohin Euch das bringt! Er lief die Treppen rauf und wieder runter.*

*(Deine Gedanken sind wie Perlen, die ich in Gold fassen werde.)*

*Ich blieb sehr ruhig, bereit, alles zu hören und zu ertragen, was kam.*

*Musik ist die Königin der Prostitution, und zu komponieren ist so unnütz wie ein paar Krümel auf den Boden zu werfen.*

*Er stieß diese Worte in bitterem, düsterem Ton aus, der mich ahnen ließ. Und danach hatte ich nicht den Mut, meine Gedanken und Gefühle nach diesen neuen Entdeckungen zu ordnen.*

*Eine Frau ist nichts. Ein Mann hat alle Rechte. Er kann seine Frau unterdrücken, seine Kinder einsperren, seine Diener bestrafen. Das kümmert niemanden. Das Gesetz bestraft nur die, die gegen es selbst verstoßen. Zu Hause gilt es nicht. Und er ist Herr seines Hauses.*

*Das war die Moral des Oberst. Und das lernte ich erst jetzt, Stück für Stück, in seinem Ausmaße kennen.*

*Und er würde mir die Freuden, die mir die Musik machte, Stück für Stück heimzahlen.*

Ganz langsam kommen Gefühle durch den Panzer, der sich in den Jahren um mich gelegt hat. Sie ritzen ihn erst an, an einigen Stellen beginnt er aufzubrechen. Was würde nur darunter vorschießen? In meine Erstarrung sind Risse gekommen, die Wahrnehmung der Welt unter einer dichten Watteglocke wird klarer, der Blick scheint sich, da der Schleier sich lichtet, zu schärfen. Wollte ich das?

Zeit vergessen, Ort vergessen.

Ich muss heim. Mir schwirrt der Kopf. Als ich aufstehe, dreht sich die Welt im Kreis. Ich bemerke, dass ich nicht mehr in meinem Zimmer bin, auch nicht in der Stadt, sondern auf einer kleinen Anhöhe oberhalb der Küste. Taumelnd fasse ich wieder in die Erde und setze mich noch einen Augenblick. Mir ist nur schwarz vor Augen geworden. Ich habe den ganzen Tag noch nichts gegessen, kein Wunder.

Also renne ich nach Vieilles, um noch etwas einzukaufen. Vieilles besteht aus ein paar Häusern und zwei Geschäften, und wenn ich Glück habe, dann reicht mein Geld noch für ein paar Kartoffeln und etwas Gemüse. Ich müsste zur Bank fahren. In Mortaineau gibt es die nächstgelegene Filiale. Für heute bin ich mit allem zufrieden, was ich bekomme.

Vieilles sieht verlassen aus. Der Bäcker hat zu, der Metzger ebenfalls. Das kleine Lebensmittelgeschäft ist dunkel. Ich blicke auf die Kirchturmuhr. Erst 19.00 Uhr, aber dann fällt es mir ein: Es ist ja Sonntag.

Enttäuscht laufe ich zum Hafen. Ein paar Fischer lehnen an der Kaimauer, halten ein Schwätzchen und lachen.

Ich luge in ihre Eimer. Austern.

„Möchten Sie ein paar davon haben?" fragt einer der Männer freundlich. „Sie sind zwar für unser Abendessen, aber ein paar davon können wir entbehren. Hier bitte, nehmen Sie." Und er hält mir zwei Händevoll hin.

„Das ist wirklich sehr nett. Sie sehen köstlich aus." Es ist die Sorte Austern, deren Schale wie Perlmutt glänzt und die die Form einer Muschel hat.

Ich habe einige Zeit keine Austern mehr gegessen. Einen Moment wiege ich die Auster in der Hand, bevor ich sie auseinanderbreche. Die Schale fühlt sich kalt an. Ich spüre ihren salzigen Geruch mehr als ich ihn tatsächlich riechen kann.

Und dann sehe ich sie einen Moment zu lange an.

So stark nach außen, um ihr Innerstes zu schützen. Und wer weiß, wie alt sie ist? Wo sie gelebt hat.

Ich habe angefangen, das Tier zu bemitleiden.

Dann lege ich es mit den anderen in einen Wassereimer. Morgen werde ich sie ins Meer zurückbringen.

Ich habe das Austernessen verlernt.

*Ich wollt' die Ketten sprengen*

Wieder ein Tag ist vergangen, ein Tag ohne einen Brief zu lesen. Ich habe einen Brief gespart, aber ich habe den ganzen Tag damit verbracht, an ihn zu denken, und mir alle möglichen Ablenkungen auferlegt, dass ich keinen lese. Ich habe gegessen, bin ein Stück am Strand entlang gelaufen, danach ist immer noch viel übrig vom Tag. Dann habe ich selbst einen Brief an I geschrieben, in dem ich von der Küste und von meinen Plänen erzählte, von denen ich noch keinen in die Tat umgesetzt habe. Ein bisschen bin ich mögliche Lieder im Geiste durchgegangen. Warum kommt mir Zion in den Sinn? Ein Stück Bibel aus Mendelssohns *Elias*. Dass ich noch keinen ernsthaften Ton gesungen habe, schreibe ich nicht. Einmal schreibe ich aus Versehen India statt I. Obwohl ich es leicht hätte durchstreichen können, zerknülle ich das Blatt und fange ein neues an.

Es erfordert meine ganze Kraft. Und jetzt bin ich allein davon erschöpft. Denke auf keinen Fall an ein Krokodil, und es wird dein einziger Gedanke sein. Diese verdammten Briefe. Ich finde den Absprung nicht.

Zumindest bis morgen früh will ich warten. In der Nacht wache ich auf und sehe auf die Uhr. Regentropfen fallen auf das Dachfenster, die in der Stille der Nacht lauter klingen als sie sind. Wie lauter gleiche Töne klingen sie. Sie fangen mich ein in ihrer monotonen Tristesse. Vielleicht sollte ich den letzten Brief lesen. Dann wüsste ich, was los ist. Wie ihre Ehe endet. Dann könnte ich sie weglegen. Darüber dämmere ich wieder ein.

Sofort nach dem Aufwachen reiße ich ihn auf. Es ist noch nicht einmal hell.

Ich erstarre. Vor mir liegen keine beschriebenen Blätter. Das heißt, sie sind beschrieben, aber nicht mit Buchstaben. Es sind Noten. Und ich kenne sie.

Ich spüre es mehr als ich es sehe. Die Luft ist staubtrocken. Wer war sie?

Ich lasse die Blätter fallen und reiße noch einen Brief auf.

(Achter Brief)

*Er, der so empfindsam ist wie keiner, hat meinen Walzer empfindsam genannt, Du ahnst nicht, wie glücklich mich das macht. Sowie ich mich aufrappeln kann, werde ich meine Ideen zu Papier bringen. Auch wenn ich keine Aussicht habe, dass es jemals gespielt wird, muss ich es tun, in mir ist eine unstillbare Sehnsucht.*

*Ich freue mich, dass es Euch beiden wieder besser geht. Du liebst sein Genie und seinen Charakter, doch andererseits zieht er Dich, Euch alle drei, hinab in seine Abgründe. Ich kann nachempfinden, wie Du leidest, das kranke Kind, das andere zu unbändig, dazu dieser Mann. Du willst seine Rettung sein so wie ich die meines Mannes. Doch können wir das leisten, meine Liebe?*

*Das Prélude in c-Moll ist ein Meisterwerk, und wärst Du nicht so traurig, Du würdest seine Kraft erkennen, die ins Leben ruft und nicht aus dem hinaus. Die Einsamkeit spielt herrliche Musik.*

*Und doch, ich stelle mir vor, wie Frédéric und Du Wind und Wetter trotzt und bei Regengüssen hinausläuft, auf das Dach der Kartause klettert, wie Ihr bei Kerzenlicht im Kloster sitzt, im kalten Gemäuer, das mit Rosen und Efeu umrankt ist und von Palmen, Feigen und Orangenbäumen gesäumt. Ach, wie viel milder und lieblicher ist es bei Euch, dabei gleichzeitig rau und wild – alles wäre so schön, wenn nicht …*

*Doch fragt uns das Schicksal niemals um unseren Rat.*

*Ich weiß wohl, dass Du mehr Kräfte hast als ich und dass Du das Schicksal doch viel besser meistern wirst als Du jetzt ahnst.*

*Und ich möchte nur hören, hören, hören!*

*Wie weh wird es mir ums Herz, wenn ich an meine große Liebe denke, die nur kurz blühen konnte. Und mit großer Trauer denke ich an die vielen Gesellschaften mit Dir und den Musiciens zurück, ich habe sie so sehr genossen. Sie waren mein Leben, und ich ersehne sie wie nichts auf der Welt, viel mehr noch seit meine Welt immer kleiner und kleiner wird.*

Ich höre das *Prélude*, noch bevor ich weiterlese.

*Was für ein unbeschreiblicher Moment, als er das Prélude in Des-Dur spielte, das ich nur aus Deinen Briefen kenne, doch noch niemals hörte. Ich konnte alles hören, so unendlich fein, die schweren kalten Wassertropfen fielen ihm auf die Brust wie Tränen vom Himmel auf sein Herz. Was Du mir erzähltest, die Klostergänge, die hallenden Schritte, den Irrsinn – man kann ihn hören, wie er einen befällt, die Treppe hinaufsteigt, bedroht und dann in sich zusammenfällt, und während der gesamten Zeit tropft Regen, klatscht ans Fenster und läuft herunter wie Blut, das aus einer Wunde rinnt.*

*Aber was sagst Du, dass auch er nur noch ein Schatten seiner selbst wäre? Oh, armer Frédéric, mir bricht es das Herz, daran zu denken, wie krank und schwächlich er ist. Doch seine Musik ist groß, und so wird es immer bleiben.*

*Und könnte ich nur irgendwie helfen, so wär ich mit meinem Schicksal mehr als zufrieden; ist er doch nicht von dieser Welt, und jedes Opfer wäre es wert. Aber so, so bin ich nur selbst eingesperrt, und ohne den Atem der Kunst, der ganzen Welt; und was einst mein Glück war, die Abende mit Euch, mit der Musik, seit sie vorüber sind, gibt es keinen Lichtstrahl mehr in meinem Leben.*

*Ich weiß mir nichts.*

Ich sammle die Blätter auf. Gewöhnliche Blätter, darauf gezeichnete Notenlinien mit fein säuberlich mit Tinte hingemalten Noten.
Ich summe ihre Töne vor mich hin.
Es klingt so ähnlich wie das Thema der Nocturne Fis-Dur op.15. Von wem ist sie gleich wieder?
Die Worte kommen von selbst dazu.
... und ich möchte nur hören, hören, hören.
Dann, chromatisch absteigende Folge von Sextakkorden, exponiert die große Septime, dann schnelles Crescendo. Ich kenne es. Nur zu gut.
Ich schaue tapf'rer in die Augen, in die Augen schau ich.
Mein letztes Vorsingen.

*Mein einziger Weg ist die Musik. Wie eine Flucht.*
*Dann durfte ich nicht mehr hingehen. Der Einfluss anderer Künstler war schädlich. Ich selbst durfte meine Kunst nicht mehr ausüben, es war ohnehin keine Kunst für ihn. Was fürchtete er, dass er mich so einsperren musste? Und es kam so.*
*Eugène sieht gut aus, nicht wahr?*
*Ja, antwortete ich unbehaglich, wisst Ihr, dass er gerade ein Bild über die Freiheit malt, und dass diese Freiheit für die Freiheit der Frauen steht?*
*Seine Stirn umwölkte sich, und auf einmal verstand ich.*
*Wisst Ihr, dass er ebenso alt ist wie ich?*
*Ich sah ihn fragend an.*
*Ihr bleibt ab heute zu Hause, sagte er mit rauer Stimme. Ich möchte nicht, dass Ihr ihn und das ganze Künstlerpack wiederseht.*
*Künstlerpack? Ich treffe sie nur einmal im Monat, in all der anderen Zeit sitze ich hier auf dem Schloss.*
*Ihr Platz ist hier und nicht in der Bohème.*
*Das könnt Ihr mir nicht verbieten, aus dem Haus zu gehen. Ich bin nicht Eure Leibeigene.*
*Gebt den Widerstand auf, India, noch ist Zeit umzukehren, ich verzeihe, was Ihr getan habt, ich setze neues Vertrauen in Euch. Und wir beginnen von vorn.*
*Wovon sprecht Ihr?*
*Ihr seid meine Frau. Ich kenne Euch und Eure ganze Geschichte. Und wenn ich Euch noch einmal weggehen sehe, werde ich den Kopf verlieren.*
*Ich überhörte nicht, was in seiner Stimme mitschwang. Angst und Drohung.*
*Ein Fluch liegt auf diesem Haus, jeder, der es betritt, holt sich Verzweiflung und Tod!*
*Wäre er nur empfindsamer, er hätte gemerkt, dass mein Lächeln falsch war.*

*Verlasst uns, sagte unser Jean, der sich sonst stetig in Schweigen hüllt. Ich halte ihn auf, wenn er von der Jagd heimkommt. Es ist besser für Euch.*

*Weiß Gott, warum ich es nicht tue. Welcher Bund hält mich bei ihm?*

*Wenn eine Unterhaltung zwischen uns entsteht, dann ist sie geprägt von seiner Macht und davon, sie vor den anderen zu zeigen. Kritik fürchtet er, in jeder Weise, deswegen können meine Gedanken niemals Fuß fassen in seinem Herzen, in seinem Kopf nicht und nicht einmal in seinem Haus.*

*Er kann das Schwert perfekt schwingen, und dahin fährt seine Hand als Erstes, wenn er handelt.*

*Ich kann das nicht, denn ich denke an die glücklichen Tage und an den Menschen, den ich gekannt habe.*

*Was kann ich jetzt noch erwarten? Wer kann seine steinerne Maske durchdringen? Er muss nicht nur hier, sondern in der Gesellschaft etwas gelten, bestimmen, vielleicht noch mehr als zu Hause, und wenn schon nicht mehr als Oberst, so denn als Gutsherr und Ehemann; seine erste Frau war zwölf, als er sie ehelichte, sein Gesicht ist noch jünger als sein Herz, das durch Leiden alt geworden ist, und er kann keinen mehr lieben, da er an Leiden gewöhnt ist, es gibt keine Träume mehr und keine Sehnsüchte, ich hätte schreien mögen und blieb doch still, aufrecht gehen, denke ich wie in jähem Entsetzen, ich kann nicht mehr aufrecht gehen, die Mauern, die mich stützten, haben sich gegen mich gewandt und drücken mich auf die samtbezogenen Teppiche, die Zimmerdecken, die ich, da sie hoch und voll wertvollem Stuck, einst so bewunderte, lasten wie Blei auf mir, die Wände stemmen mich ins Innere der Zimmer, als würden sie sich immer mehr nach innen neigen, bis sie schließlich einfallen und mich unter sich begraben wollen, ich wollt' die Ketten sprengen, oh bitte, lass uns aufs Land fahren, hier werde ich verkümmern, verblühen, eingehen wie ein Baum ohne Wasser, ohne Luft und ohne Licht ...*

Warum macht diese Frau nur keinen Punkt, denke ich nervös. Um wieder aus ihrem Brief aufzutauchen, brauche ich so viel Kraft. Manchmal geht ein Satz über eine ganze Seite, und es kostet mich Atem, um durchzuhalten und nicht aufzutauchen. Das kostet noch mehr Kraft. Ich muss tief atmen.

Das Aufstehen fällt mir so schwer, als würde ich Tonnen mehr wiegen als noch vor ein paar Stunden, als wäre Blei in meine Glieder geflossen. Mühsam rapple ich mich hoch.

Ich lege die Briefe beiseite. Ich hatte sie längst wahrgenommen, die feinen Änderungen, die Anzeichen, als die Hoffnung sie verließ, als sich ihr Leben um sie zusammenschnürte. Ich hatte sie umso feiner wahrgenommen, weil ich sie kannte. Ich hatte sie schon im letzten und vorletzten

Brief erkannt. Doch an diesem Punkt verbot ich mir jedes Mal weiterzudenken.

Sie fühlt sich gefangen. Wie ich. Hier will ich nicht sein. Aber woanders will ich auch nicht sein.

Wir sind gefangen in der Vergangenheit, die uns wie zähflüssiger Honig umfängt. Ihre und meine Rettung liegen in der Musik.

Viel später merke ich, dass uns nicht die Vergangenheit eint und nicht die Gegenwart.

Unsere Verstrickung liegt in der Zukunft.

Es ist wärmer geworden. Der Frühsommer ist inzwischen in den Sommer übergegangen. Auch im Juli ist die Hitze erträglich, es weht ein kühler Wind bis ins Land hinein. Doch in Sekundenschnelle kann sich der Himmel zuziehen, über dem Meer sich ein Gewitter zusammenbrauen. Wetterwechsel kommen schnell und unangekündigt.

Außer mir sind nur noch ein paar Menschen unterwegs. Auch mich treibt es nach Hause. Ich spüre das irrige Bedürfnis, India einen Brief zurückzuschreiben. Ich hätte sie warnen können.

Ich lausche in mich und höre das *Prélude* ganz leise, nicht schwermütig, sondern voller Sehnsucht gespielt, wie von Regen und Morgentau erzählend. Ich wünsche, ich säße in meinem Rosenhaus auf der Terrasse, mit Blick auf den Teich.

„Bonjour Madame, gutes Wetter heute!"

Madame und Monsieur Duchamps wandern am Strand entlang, ein älteres Ehepaar, das sogar in Sandalen eine gewisse Noblesse nicht verleugnen kann. Städter bestimmt, Pariser vielleicht. Sie spazieren in so selbstverständlicher Ruhe nebeneinander her, dass man ihre Verbundenheit in ihrem Schweigen erkennt. Das habe ich mir auch immer gewünscht, fährt es mir durch den Kopf. Sich zurücklehnen und die Früchte seiner Arbeit ernten. Und dabei Zeit haben, unendlich viel freie Zeit. Lichtjahre bin ich entfernt von so einem Leben.

„Bonjour!" antworte ich. „Ja, ein schöner Himmel."

Strandläufer kennen einander.

Wann endete eigentlich meine eigene Liebe?

Ich biege in die Auffahrt ein, doch da ich von hinten gekommen bin, hat mich keiner kommen sehen. Das wollte ich auch bezwecken, unbemerkt von dem Mädchen in mein Zimmer schlüpfen, vielleicht ein bisschen Käse und Baguette von heute Morgen essen.

Doch Julie hat offensichtlich auf mich gewartet. Sie kommt am Schuppen vorbei um die Ecke gelaufen. Ich habe überhaupt keine Lust auf ein Gespräch und winke ihr nur kurz zu.

„Voilà!" ruft sie sie laut und schwenkt einen Zettel. Er ist offensichtlich für mich bestimmt.

„Du darfst heim! Nach Deutschland!"

„Wirklich wahr?" Ich gehe ihr ein paar Schritte entgegen.

„Für ein Wochenende!" Sie hält mir keuchend den blauen Zettel hin. „Monsieur Bourges hat es mir gegeben, weil ich dich sowieso treffe. Freust du dich nicht?"

„Doch", beeile ich mich zu sagen. „Ich freu mich. Sehr sogar."

*Bitte finden Sie sich nach Ablauf von 72 Stunden wieder auf dem Präsidium ein*, steht da.

Ich habe so etwas wie Freigang erhalten.

Die Seele wiegt zwanzig Gramm. Man hat das festgestellt, indem man Sterbende gewogen hat. Nach ihrem Tod waren sie alle um zwanzig Gramm leichter.

Ein paar Stunden später sitze ich im Flieger, Air France, Linienflug, für teures Geld, noch dazu nur nach Berlin, ich werde noch stundenlang fahren müssen. Doch das ist mir egal. Ich bin auf dem Weg heim.

Am Flughafen miete ich das nächstbeste Auto und fahre in einem Stück nach Hause, nur von einigen Espressi an den Raststätten begleitet.

Ich erlebe jenes Glücksgefühl, das man beim Anblick der Heimat hat, wenn man längere Zeit fortgewesen ist. Als ich mich Stück für Stück zuerst meinem Land und dann meiner Stadt nähere, habe ich das Gefühl, sehr lange Zeit weg gewesen zu sein. Habe ich zuvor bemerkt, wie schön es hier ist, wie Wälder in dunklem Grün sanfte Hügel bedecken? Mit jedem Kilometer fühle ich mich heimischer und bringe der Natur doch eine andere Aufmerksamkeit entgegen. Das verwundert mich nicht, ist doch so viel mit mir geschehen, habe ich doch so viel erlebt, was mich verändert hat, so muss mir das Gewohnte auch neu erscheinen. Erleichtert bemerke ich, dass ich das auch so fühle. Was für Möglichkeiten habe ich doch! Ich werde sie alle nutzen, und so fahre ich gleich ohne Pause weiter bis vor meine Haustür.

Übernächtigt, doch mit Elan komme ich an. Und mit was für einem Elan! Alles wird anders werden. Am Wasser habe ich zurück zu meiner Kraft gefunden. Ich muss nur fortsetzen, was ich in der rauen Natur der Bretagne begonnen habe. Ich muss nur die Zuversicht mit in mein altes Leben mitbringen. Leicht wird das nicht werden, aber ich fühle, dass ich es schaffen kann.

Nach zehn Stunden Schlaf blicke ich direkt in die Sonne, und sie rückt ins Licht, was mir den Hals zuschnürt. Der Bär, das Buch, das Nachtlicht, immer noch, die Stimme, das Getrappel, das Schulheft, das Poster, der Block, das Tagebuch, der Kalender, die Pferdepostkarte, den Schatten. Ich springe aus dem Bett. Nirgends hinschauen.

„Ich bin wieder da!" rufe ich zu A ins Telefon. „Und ich sage es dir gleich: Es geht mir gut. Ich werde mein Leben ändern, hilfst du mir?"

„Ja, klar!" A ist verblüfft.

„Zuerst miste ich alles aus, was ich nicht mehr brauche. Besser gesagt: nicht mehr brauchen will. Erst die Möbel, dann die Bücher und Bilder. Und dann die Menschen. Ich fange gleich damit an. Am besten, du kommst her."

Nach einem starken Kaffee trete ich aus der Terrassentür.

Erst da sehe ich es.

Sie hängt herunter wie ein trauriges Rinnsal, alte, dünne Äste halten sich kraftlos an der Mauer fest, die Knospen sind abgefallen. La Rêve Orange ist ausgeträumt. Wortlos starre ich darauf.

„Ach ja", meint A, die gerade zur Tür hereinkommt. „Das wollte ich dir eigentlich sagen. Das Rosenbäumchen ist eingegangen."

„Lass uns anfangen!" C biegt um die Ecke.

Endloses Gerede lässt kein Schweigen und Innehalten zu.

„Soll das Sofa raus? Und der Arbeitstisch?"

Gs mahagonifarbener Schreibtisch, der um die Ecke gebaut war, dass er von dort aus in den Garten sehen konnte. Er liebte beim Arbeiten diesen Blick, obwohl ja Schreibtische nicht zum Fenster ausgerichtet sein sollen, damit man arbeiten kann, ohne abgelenkt zu werden. Aber mir ging es genauso. Auch ich hatte zum Fenster hin gesungen.

„Kommt beides raus."

„Was machen wir mit den alten Pokalen und gerahmten Urkunden?" C hat sich einen Weg in den Keller gepflügt.

„Weg damit!" Ich bin radikal. Mit den alten Erinnerungsstücken werden mich auch die alten Gedanken verlassen. Kein Platz mehr für Sentimentalitäten."

„Soll der wirklich weg?" C nimmt einen Pokal in die Hand. „Handball. Du warst so gut darin."

„Jetzt tu ihn schon in die Tüte", mischt sich A ein, bevor ich antworten kann. „In diesem Haus stecken in jeder Ecke noch die alten Energien. Die blockieren sie doch nur, die müssen jetzt endlich einmal raus."

„Deswegen muss doch nicht gleich alles weg. Das ist doch eine schöne Erinnerung. Man hängt doch auch an dem alten Zeug!" C sieht zweifelnd auf den Schrank, den ich abbaue. „Ich hebe mir das alles auf. Ihr wisst ja, wie es bei mir aussieht."

„Was glaubst du, wie dich dein Gerümpel beeinflusst. Müde macht das, und lethargisch. Weil sich da alte Energie angestaut hat! Du solltest auch mal bei dir zu Hause klar Schiff machen." A räumt regelmäßig bei sich auf. Sie ist ein regelrechter Ordnungsprofi. „Deine Gedanken neigen dazu, sich ständig mit der Vergangenheit zu befassen. Und wenn die Möbel aus einer früheren Zeit herumstehen, so hast du das Gefühl, immer in den alten Dingen festzuhängen. Es verstopft einen innerlich!"

Ich räume den Wohnzimmerschrank, in dem sich alles sammelte, leer bis auf die Aktenordner. Vasen, ein ganzes Teeservice aus Ton, ein Lichtelement mit Leuchtfäden, diverse Statuen. Bilder von Ereignissen und Landschaften. Ich würde mir den Raum für wundervolle neue Möglichkeiten eröffnen. Mit meiner äußeren Welt werde ich auch meine innere aufräumen.

„Ich glaube nicht, was ihr da alles verstaut habt." C besieht sich gerade die Segelausrüstung.

„Tja, im Laufe der Jahre. Willst du sie haben?"

„Nein danke, mich würden keine zehn Pferde auf so ein Schiff kriegen. Aber die Tennisschläger hier …"

„Nimm sie."

„Hier ist eine ganze Kiste voll Fotoalben. Auch weg damit?" A sieht mich fragend an.

Ich zögere. Unser Hochzeitsalbum. Wie viel Spaß hatten wir beim Einkleben gehabt, an den Rändern der Seiten hatten wir lustige Kommentare verfasst, die Speisekarte hatten wir eingeklebt, das Menü, das so fein und ein bisschen zu wenig gewesen war, so dass wir um Mitternacht alle noch einmal richtig Kohldampf hatten und uns auf die Gulaschsuppe stürzten. Und unsere Familie, gezeichnet von X, als starke Bäume mit

Wurzeln, Zweigen und Ästen. Sie selbst als kleines Bäumchen, mit grünen Blättern und unzähligen Trieben.

„Lass das doch noch mal da", antworte ich schließlich. „Man weiß ja nie." Ich sehe, wie A einen Bogen um eine weitere Kiste macht. Es sind Schulhefte drin und Spielsachen.

Nach einem Tag sind wir einmal durchs ganze Haus gekommen. Vor dem Haus steht ein Container, der bereits bis obenhin voll ist. Nach der anschließenden Nacht sind wir fertig.

„Jetzt ist die Luft wieder rein." A sitzt zufrieden auf dem Wohnzimmerteppich und sieht durch die offene Terrassentür auf den Morgenhimmel. „Wir waren ziemlich effektiv."

Erschöpft haben wir uns jeder eine Pizza zum Frühstück bestellt.

„Also, wenn du mich fragst, das ist und bleibt ein Traumhaus." C räkelt sich stöhnend. „Ah, das wird ein schöner Muskelkater werden. Wenn du das nächste Mal Ausgang bekommst, sag vorher Bescheid. Dann können wir noch ein paar Helfer organisieren."

„Brauchst du eigentlich einen Rechtsanwalt? Ich meine, ich sitze ja an der Quelle."

Ich antworte nicht gleich.

„Irgendwie hoffe ich noch, dass ich aufwache und es einfach vorbei ist. Ich weiß auch nicht."

Sie sehen mich an. Ich weiß, dass ich nicht sehr vertrauenerweckend wirke. Aber zumindest besser als noch vor einem Vierteljahr, das müssen sie zugeben.

„Ich schaff das schon, und in ein paar Wochen habt ihr mich wieder."

Mit jedem Stück, das ich aus dem Haus gebracht habe, ist dieses leichter geworden. Ich habe mich von vielem verabschiedet. So ist es richtig. Ich bin auf dem richtigen Weg. Ich werde die Vergangenheit hinter mir lassen.

Und ich fühle daran vorbei, dass mich eine Last wie ein Mühlstein niederdrückt, wenn ich über die Schwelle meines Hauses trete. Dass ich hineinschleiche, um diese Schwere nicht zu fühlen. Wie sie an mir hochkriecht. Wie meine Füße an den Holzdielen kleben und ich sie bei jedem Schritt hochwuchten muss, als ob bleierne Gewichte an ihnen hingen. Langsam gehe ich in die Küche. Langsam wieder über die Diele ins Bad. Meine Arme werden durch die Schwerkraft Richtung Boden gezogen. Ich brauche alle Anstrengung, um mich überhaupt fortzubewegen. Sogar das Zwinkern der Augen bedeutet Anstrengung. Eng und schwer, alles ist eng

und schwer. Ich hänge im Sessel. Bis zum Abend. Ist das meine neue Kraft?
 Ich trete die Stufen hinunter ins Freie. Es ist kühl, und ich atme durch. Am Horizont erscheint eine Ahnung, die ich gleich wieder wegschicke. Aber sie kommt wieder.
 Es ist das Haus selbst. Das Rosenhaus hält mich gefangen. Das Haus ist es. Nicht die Einrichtung.
 Ich nehme mir vor, am nächsten Tag, der zunächst mein letzter hier sein sollte, in die Stadt zu fahren. Das will ich zumindest noch schaffen: die Weichen für mein Konzert zu stellen, den Termin zu bestätigen. Schließlich will ich wieder singen, und ich will es in die Wege leiten.
 Da fällt mir auf, dass es leicht tröpfelt. Irgendwie ist es ein trüber Tag. Überzeugender ist es für jede Arbeit, bei Sonnenschein anzukommen. Oder im strömenden Regen. Aber so wie heute ist es nicht Fisch, nicht Fleisch. Ich tue gut daran, noch zu warten. Es muss ja nicht unbedingt heute sein. Wahrscheinlich ist es einfach der falsche Tag. Das sagt mir mein Gefühl. Ich lege die Tasche wieder ab und hänge meine Jacke erleichtert zurück an die Garderobe. Ich hätte ohnehin nichts erreicht in dieser Verfassung, denke ich. Ein andermal ist es sicher besser. Später.
 So getröstet, verbringe ich den Vormittag mit einem Buch. Doch am Nachmittag ist das Wetter nicht anders. Und wieder bin ich unentschlossen. Ich spüre eine Lethargie in mir aufsteigen, die ich nur zu gut kenne.
 Ich darf ihr nicht nachgeben. Ich rufe die Agentur an und vereinbare eine Vorauswahl für mein Konzert, ich sage unter der Bedingung, dass ich das Programm allein auswählen konnte, endgültig zu, zumindest können sie mir einen Vertragsentwurf schicken. So kann ich mich nicht mehr drücken. Mehr schaffe ich nicht.
 Als ich am Flughafen ankomme an diesem Wochenende, an dem ich nicht heimisch werde in der Heimat, kann die Maschine erst mit Verspätung abheben. Was wird passieren, wenn ich die Zeit unbeabsichtigt überziehe?
 Schließlich darf ich nur zweiundsiebzig Stunden wegbleiben. Ich versuche nicht darüber nachzudenken, was mein Leben im Moment bestimmt. Ich selbst bin es jedenfalls nicht.

*Ich schaue in die Stadt*
*— will wissen, welche Träume sie hat*

Die Maschine kommt vor Mitternacht an, aber ich erwische den Nachtzug nach Brest nicht mehr und muss eine Nacht in Paris bleiben. Lange nicht mehr da gewesen, zuletzt mit A und C. Unerwartete Zeit in der fremden vertrauten Stadt, die ich von früher kenne. In der Nähe des Bahnhofs nehme ich ein Zimmer in einer Pension. Ich warte auf das inspirierende Gefühl, in einer Metropole zu sein, die aufregende Spannung, eine Stadt zu entdecken, noch dazu in der Nacht, vielleicht sogar zur Pont Neuf? Ich gehe hinaus auf die große Avenue. Die Wogen von Gelächter und Sprache, brechendem Licht und scharrenden Schritten überrollen mich. Im Mondschein überfällt mich Melancholie inmitten von Menschen. Heimatlosigkeit schnürt mir den Hals zu.

Liebe ich die Nacht nicht mehr? Die Sterne, unerträglich jetzt. Zurück in Vertrautes. Schnell! Bald weiß ich: Was vertraut ist, erdrückt mich auch.

Ich biege in eine Seitenstraße ein, in der das fröhliche, sinnlose Lärmen allmählich verebbt. Ziellos gehe ich weiter im Gewirr der sich verästelnden Gassen, die immer dunkler werden, je mehr ich mich vom Hauptplatz entferne. Über die spärliche Beleuchtung beginne ich die Sterne wieder zu sehen und einen schwarzen Himmel.

Ich bleibe und lausche ins Leere. Ich spüre die Stadt nicht und nicht mehr mich, spüre doch, dass ich fremd hier bin, losgelöst in Unbekanntem, ohne Absicht, ohne Willen, Leben um mich ohne Anteil.

Die mondsüchtige Gasse, jetzt nur Nacht und Himmel, als ich ein paar Schritte weitergehe. Schwüle Dunkelheit mit fernem Glanz, Schicksal hinter jeder Fensterscheibe, Erlebnis hinter jeder Tür, Facetten der Welt, Unmengen, angereichert von Gedanken, Erlebnissen, Geschichten, Emotionen, unwillkürlich ringe ich nach Luft, blicke um mich, suchend, der Weg nach Haus scheint durch Dichte und Wirrnis verstellt. Undurchdringlich werdendes Gefühl ohne Wertung und Widerstand. Ich gehe schneller. Enge und Unruhe flirrend von Menschen, deren Schatten mit flackernder Nervosität unaufhörlich auf mich niedergehen. Ich bringe nur rastloses, kreisendes Wandern zustande, unablässige Begegnungen tun mir weh. Wohin ich gehe. Wohin ich gehöre.

Dann erreiche ich das Hotel und bleibe schweratmend davor stehen. Ich habe die andere Welt gesehen, ineinander stürzende Bilder in rasanter Jagd, nun wollte ich sie zerteilen, ordnen, Heimat schaffen, aber unmöglich ist es. Ich versuche es und resigniere zu schnell.

Was als flüchtiger Gedanke begonnen hat, wird zur bohrenden Gewissheit: Was ich kenne, erdrückt mich auch. Ich muss das Rosenhaus verlassen.

Dort werde ich langsam ersticken.

*Aufrecht gehen, denke ich wie in jähem Entsetzen, ich kann nicht mehr aufrecht gehen. Die Mauern, die mich stützten, haben sich gegen mich gewandt und drücken mich auf die samtbezogenen Teppiche.*

Sie ersticken mit Pflastersteinen wunderbare Frühlinge.

Sie schleicht sich in mein Denken. Sie zerrt mich in ihr Leben.

Wie wohltuend ist der Blick von innen nach außen auf die Ruhe der sanften Riesen. Ich bin wieder zurück. Jahrtausende, Jahrmillionen haben die Felsen auf diesem Platz gelegen. Wind und Wetter haben aus scharfen Kanten geschwungene Rundungen geformt, an ihnen kann man ihr Alter ablesen. Sie sind fest geblieben, doch sie haben sich verändert.

Ich kann mir gut vorstellen, dass hier viele Maler inspiriert worden sind. Die blassgelben Fischerhäuschen sehen einladend aus und dabei sehr individuell. Es ist Platz und Zeit da, Ideen dürfen, noch unbeachtet, anfangen zu leben.

Die salzige Luft ist voller Energie. Es wäre gut zu singen. Ehe ich mich versehe, bin ich wieder bei den Austernbänken gelandet. Die Hütte liegt im Dunkel der Dämmerung. Eigentlich ist sie keine Hütte, sondern ein Häuschen. Aber er hatte „La Hutte" gesagt, und das hat sich in meinem Kopf festgesetzt. Die kleine Hütte, die so nahe an einen Felsen gebaut worden ist, dass sie fast unter ihm Schutz zu suchen scheint, gehört auf eine natürliche Weise genau hier an diesen Platz.

Wie friedlich sie dasteht. Als ob er noch darin wohnen würde. Nichts ist verändert worden. Niemand hat sie abgerissen. Es gibt niemanden, der sich dafür verantwortlich fühlt.

Die Hütte hat nur zwei Fenster und einen Kamin. Pierre hat einen Holzofen besessen, das weiß ich, denn manchmal hat er am Strand Treibholz aufgesammelt. Für den Winter, hat er gesagt.

Um die Hütte hatte er ein kleines Gärtchen angelegt. Eigentlich ist es kein Gärtchen, es sind nur ein paar Büsche, die jetzt so langsam vor sich hintrocknen. Es gibt niemanden, der sie gießt.

Beim Anblick eines verschrumpelten Rosenstocks fährt mir Sehnsucht in die Glieder. Ich wende mich um und laufe das weite Stück zum Haus zurück, ohne anzuhalten.

Beim Auftreffen der Meeresbrandung auf die vorgelagerten Felsen merkt man, welche Kraft in den Wellen stecken kann. Und tatsächlich: Der Wind überträgt die Energie auf das Wasser, sie geht in eine Welle über. Es entstehen Wellenberge und Täler. Innerhalb einer Welle bewegen sich die einzelnen Teilchen im Kreis. Wird das Wasser zum Ufer hin flacher, werden die Wellen langsamer und dadurch höher und steiler. Wird die Welle höher als das 1,3-fache der Wassertiefe, wird sie instabil.

Cs Stimme, die mich schon oft geerdet hat oder auch nur beruhigt, bleibt diesmal ohne Wirkung. Das aufgescheuchte Herz ist ihren Worten nicht zugänglich, allein ein weiterer Versuch, Vertrautes zu schaffen.
    Seit ein paar Tagen steht dieser Entschluss fest, er muss nur noch ausgesprochen werden.
    „C."
    „Ist etwas passiert?" Arme C, ich habe sie schon genug strapaziert.
    „Ich glaube, ich kann nicht mehr im Rosenhaus wohnen!" falle ich mit der Tür ins Haus.
    „Spinnst du? Du willst aus dem Paradies ausziehen? Warum denn, um Himmels willen?"
    „Ich – halte es da nicht mehr aus."
    „Ihr habt es euch jahrelang aufgebaut. Es war euer Traum."
    „Eben. Es zerdrückt mich."
    „O-kay." Ihre Antwort kommt so zögernd, als würde sie denken, sie könne mich mit schnellen Worten verschrecken, wie man ein Kind verschreckt, als würde ich dann davonlaufen oder gleich wieder auflegen.
    „Wenn du willst, helfe ich dir. Mein Arbeitszimmer steht im Moment ohnehin leer, du weißt ja ... ich und Arbeit." Sie lacht verlegen. „Was ich sagen will, ist, wenn du willst, zieh einfach ein. Nicht viel Platz, aber ich würde mich freuen."
    Ich höre gerührt ihre ehrlichen Worte.
    „Danke", sage ich leise, „aber ich glaube, ich ... ich will ..."
    „Du", sagt C. „Ich glaube, du solltest dort schnell weg. Komm nach Hause."
    Ich fühle mich ein wenig erleichtert, auch wenn mir klar ist, dass ich das Angebot nie annehmen werde. Ich bin erleichtert allein dadurch, dass es irgendwie weitergehen könnte zu Hause.
    Dann kommt die unvermeidliche Frage doch noch. „Kannst du immer noch nicht fort?"

„Nein, leider. Aber sobald das alles hier vorbei ist, komme ich zurück." Und dann, nach einer Pause: „C, ich hoffe, es ist bald vorbei."

„Ja, das hoffe ich auch."

Aufrecht gehen, denke ich wie in jähem Entsetzen, ich kann nicht mehr aufrecht gehen. Die Mauern, die mich stützten, haben sich gegen mich gewandt.

Dass ich mich nach hinten umschauen müsste, wenn ich nach vorne weitergehen wollte, merke ich. Aber ich könnte vorne gegen einen Pfosten laufen und lasse es bleiben.

„Qu'est-ce que tu parle?"

„Oh, nichts", antworte ich der verdutzten Julie, die meine laut dahingesprochenen Worte gehört hat. Mir ist egal, was sie denkt. Ich hätte es mir nur so gewünscht, einfach wieder anzufangen zu leben, da, wo ich bin. Und nicht in der Vergangenheit.

Hättest du mich zu einem anderen Zeitpunkt kennengelernt, Julie, ich war eine ganz andere. Die Welt bleibt vor der Tür, ich kann nicht einfach durchgehen, und sie kommt nicht zu mir. Ich hebe die unsichtbare Schranke dazwischen nicht hoch, weil ich nicht weiß, woraus sie besteht.

Wieder schlafe ich schlecht. Riesige Augen starren mich an, das kleine Köpfchen wackelt, fast knickt es ein, diese Last auf dem dünnen Hals, wie kann ich dir helfen? Ich wache auf und wälze mich hin und her. India ist selbst schuld. Was heiratet sie auch so einen Menschen? Da schaut man doch vorher genau hin. Auch früher. Ich will eine schöne Liebesgeschichte lesen. Aber ich will nichts lesen von einem Glück, das in Bitternis enden wird.

Du musst hier bleiben alle Tage.

Ich lese jetzt deine Briefe zu Ende, India. Und dann ist Schluss. Pass auf die Welle auf.

Ich setze mich mit schwerem Herzen an den Schreibtisch, und noch bevor ich den Brief öffne, ahne ich, was ich lesen würde.

(Zehnter Brief)

*Er schimpfte. Er brüllte. Er schlug.*

*Als er eines Tages heimkam, erwartete ich ihn im Salon. Er war mehrere Tage weg gewesen. Ich wusste niemals, wie lange er wegblieb. Manchmal wusste ich nicht einmal, wo er war.*

*Er liebt mich noch, sagte ich zu mir selbst. Er will mich nicht wirklich einsperren. Er hat mich nur für einen Augenblick vergessen. Das ist auch kein Wunder, er* war lange in Paris und hat dort so viele Frauen, die ihn umschwärmen. Da hat er vergessen, wie er mich behandelt. Er kam zu mir, und ich roch seinen Atem. Er war betrunken.

Sag mir, dass du mich liebst, knurrte er. Und er stank. Sag mir auf der Stelle, dass du mich liebst, und küss mich, und ich bereue nicht, dich in mein Haus geholt zu haben. Er zwirbelte meine langen, schwarzen Haare, so dass sie sich lösten. Ich wich zurück. Er legte seine starken Arme um mich und bedeckte mich mit seinem stinkenden Atem.

Dummes Ding, rief er unwirsch und schnaubte wie ein Pferd. Oh India! Meine Teure, du wirst für immer bei mir bleiben.

Ich war froh, ihn von mir zu haben, und lief zum Fenster. Da drehte er sich hurtig um, rannte torkelnd und erstaunlich schnell aus dem Zimmer. Ich wollte schon erleichtert auf das Sofa sinken, da hörte ich das Schloss. Er hatte die Tür verriegelt. Ich rannte hin und rüttelte: Monsieur! Öffnet mir! Warum sperrt Ihr mich ein? Es ist helllichter Tag!

Es gibt kein Herauskommen, rief er. Keiner wird etwas sehen oder hören. Der Gärtner ist niemals in diesem Teil des Gartens und kommt auch nie hierher. Ich allein habe den Schlüssel. Und ich hörte ihn lachen.

Nachdem ich eine Weile ruhig dagesessen hatte, begann ich, den Raum abzulaufen. Er maß sieben Schritte in der Breite und sieben in der Länge, den Erker nicht mitgerechnet.

Ich lege den Brief aus meinen zitternden Händen. Dann sitze ich lange da und denke nach. Irgendwo taucht ein Erinnern auf, undeutlich und verworren, wie eine Auster konturlos flimmert am Grunde des bewegten Meerwassers. Dazu strömen Schatten hin und fort, doch es wird kein Bild. Bruchstücke nur, blitzhaft aufsteigend, doch es wird kein Gefühl.

„Halte sie! Halt fest!" Wir brüllen und brüllen.
 Es ist zu spät.
 Nein!
 Ich zwinge die Gedanken aus meinem Kopf.
 Halt sie doch!
 Am Meer fliegen die Möwen, vielleicht haben sie neue Musik mitgebracht. Eine neue Melodie, denke ich verzweifelt.
 Mitten im Urlaub tot sein.
 Neue Melodien, vielleicht, wenn ich genau hinhöre ...
 Das wär blöd.
 Der Mast! Die Melodien! Die Möwen!

*Mein Freund, der Baum, ist tot*
*Er starb im frühen Morgenrot*

## 5. Zion streckt ihre Hände aus (Teil 1)

Ich laufe in meinem Zimmer auf und ab.

Ich bin im Rosenhaus und laufe hin und her vom Zimmer in die Küche, und überall, wo ich hinlaufen will, steht eine Mauer im Weg, gegen die ich renne, nur dass man sie nicht sieht. Ich kann nicht heraus, die unsichtbare Enge droht mich zu ersticken.

Und alles Fleisch, es ist nur Gras.

Ich laufe, und darüber wird es dämmrig und dunkel und Nacht.

Was geht dich überhaupt mein Leben an. Du hast dein eigenes nicht auf die Reihe gekriegt, und überhaupt – du bist längst tot.

Um Mitternacht ist eine schlechte Zeit, um Briefe zu lesen.

Ich lese.

Schreib nichts über Kinder, denke ich noch.

Das will ich nicht lesen.

*Kinder sind eine Qual, weiter nichts. Das ist seine Meinung, nein, seine Überzeugung. Seine innerste Überzeugung. Mütter empfinden so, sagt er. Woher will er das wissen als Vater? Mütter empfinden Kinder als eine Qual, und sie empfinden das heimlich oder geradeheraus, und manchmal sprechen sie es aus. Und die Qual kommt aus der Angst vor dem Schmerz. Die Mütter aus wohlbehüteten Kreisen, betont er, adlige Mütter, die, die sich Gedanken machen und gebildet sind. Diese Mütter sagen, dass sie aus Angst, dass die Kinder vielleicht krank werden könnten, irgendwo herabfallen oder gar sterben könnten, dass sie aus dem Grund lieber gar keine Kinder haben möchten, dass sie ihre eigenen Kinder, die sie zur Welt gebracht haben, nicht liebgewinnen möchten, nicht ihre kleinen Seelen kennenlernen, um nicht darunter zu leiden. Die Freuden, die ihnen das Kind durch seinen ganzen Liebreiz bereitet, durch seine Händchen, durch seine Füßchen, seinen ganzen kleinen Körper ...*

In Tränen lege ich die Seiten hin. Halte eine Hand vor den hämmernden Kopf, wiege mich hin und her, wiege mich hin und her. Wiege das Kind hin und her.

*... sind geringer als die Leiden, die ihnen nicht nur Krankheit oder Tod des Kindes verursachen, sondern die bloße Angst vor dieser Möglichkeit, die Angst davor ist schlimmer als das, was vielleicht am Ende eintreten mag. Der Liebreiz also bringt uns weniger Freude als die Furcht um die Kinder Schmerzen bringt. So ist es Sehnsucht und keine Liebe, sagt er. Denn er möchte aus dieser Furcht heraus das Kind,*

*das wir vielleicht zu sehr lieben würden, gar nicht haben. Dieses ständige Schweben in Gefahr und die Angst davor ist wie ein sinkendes Schiff, am Ende wird es doch untergehen. Die Todesgefahr, die Rettung aus dieser Gefahr, eine neue Gefahr, eine neue verzweifelte Anstrengung aus dieser Gefahr, Anstrengung, Rettung, Gefahr, Rettung. Verloren. Das Leben ist verloren. Und ist das Kind auch noch schwächlich, so quält man sich ein Leben lang. Gott hat's gegeben, Gott hat's genommen, wenn man das nur könnte, stattdessen ist es in unsere Hand gegeben mit seinem zarten, gebrechlichen, kleinen Wesen, unzähligen Gefahren ausgesetzt, aus denen wir sie nicht retten können. Mit instinktiver Liebe quälen wir uns unausgesetzt. Ist eines krank, so reicht unsere Liebe nicht aus, wir brauchen Mixturen, Rezepte, einen Arzt. Schon ist es wieder aus unserer Hand genommen, kein Leben verläuft mehr in den Bahnen.*

*Ist es nicht so, S?*

Ich schrecke hoch. Dämme brechen, die viel zu lang errichtet wurden. Schockwellen einer nahenden Katastrophe, die ich nicht wahrhaben will.

So schnell ich kann, laufe ich hinaus und werfe mich in den Wind, der mein Gewicht auffängt.

Doch dann bricht er plötzlich ab, und mein Luftkissen ist weg.

Ich kippe um.

Auch ich war Mutter.

Wir haben uns zu früh gesehen.
Ich lerne dich kennen, mein Kind.
Schau.
Ich bin deine Mama.
Und du bist mein Kind.

Als X in mein Leben schoss, war ich noch nicht fertig.

Auch sie war noch nicht fertig. Wie ein kleines Vögelchen, das zu früh aus dem Nest gefallen war. So klein, dass sie auf Gs Unterarm passte. So klein, dass sich unser Herz zusammenkrampfte, als wir sie sahen. So sah doch kein Baby aus. Ein Siebenmonatskind ist nicht für die Welt bestimmt, auch nicht für die Augen seiner Mutter, seines Vaters.

Wir haben uns zu früh gesehen.

Kaum war sie da, wurde sie mir schon wieder weggerissen, ein Schlauch der Herz-Lungen-Maschine im kleinen Hals, Wärmekasten, die Ernährungssonde durch die Nase bis in den Magen, EKG. Ein rundes Fenster für die Hand der Eltern. Wir hörten kaum ihr leises Wimmern.

Und ich selbst war zu schwach, um zu verstehen.
„X", flüstere ich, und: „G." Dann bin ich wieder weg.

Ab der ersten Sekunde ihres Lebens hat sie unser Herz mit sich fortgerissen. Ab der ersten Sekunde hat sie gekämpft, und wir konnten nie genug auf sie aufpassen.

Wir hatten unser Nest noch nicht gebaut, aber wir waren dabei.

Ich war noch keine Mutter, und wusste nicht, wie es sich anfühlt. So unvermutet wie ich das Wort „Mama" mit achtzehn Jahren aus meinem Wortschatz verabschiedet hatte, für immer, wie ich damals nach dem Tod meiner Mutter dachte, trat es wieder in mein Leben. Nur waren diesmal die Rollen vertauscht. Ich war das Unglaubliche: Mama.

Die letzte Untersuchung war in Ordnung gewesen, gerührt betrachtete ich mein Kind auf dem Ultraschall. Anfang siebter Monat ist alles schon angelegt, ich erkannte Arme, Beine, Zehen, den Kopf. Es musste jetzt nur noch wachsen. G konnte dieses Mal nicht dabei sein, er war beruflich unterwegs, zwei Tage nach Sylt, eine Wasseranalyse erstellen. Die Badesaison war vorbei, aufgrund der schlechten Wasserqualität waren die Gäste immer wieder aufgeschreckt worden. Nach dem jüngsten Unfall mit ausgelaufenem Öl musste eine neue Analyse her.

Hochkonzentriert lauschte ich den Herztönen. Ich konnte die Töne des CTG jedes Mal schwer ertragen, ständig glaubte ich Unregelmäßigkeiten zu hören. Das Herz schien zu stolpern, dann wieder zu rasen. Und jedes Mal dauerte es eine halbe Ewigkeit, bis es überhaupt zu hören war. Die Arzthelferin drehte und wendete das Stethoskop, bis es endlich richtig lag. Bis dahin war ich bereits mehrere Tode gestorben. Als die schnellen, kurzen Töne klar zu hören waren, entspannte ich und versuchte nicht ständig auf den Ausschlag zu starren.

Es war alles in Ordnung.

Am Anfang der Nacht schreckte ich hoch, kaum dass ich eingeschlafen war. Meine Hände zitterten, das Zimmer verschwamm in den Ecken. Im Krankenhaus stellten sie einen gefährlich hohen Blutdruck und eine schwere Gestose fest.

„Wir holen jetzt sofort Ihr Kind, sonst passiert da was." Der Professor eilte zur Tür. Der Rest der Mannschaft wendete sich ab. Mir wurde schwindlig, der Raum drehte sich ohnehin schon. Im Schock konnte ich nicht mehr sitzen und sank auf der Liege um. Wo war G? Mein kleines Baby, fast drei Monate noch sollte es bei mir bleiben, wer wollte es herausreißen? Starb es? Starb ich auch? Wir beide?

Es war kein Zimmer frei und auch kein Operationssaal. Das Wetter hatte umgeschlagen, und die Entbindungsstation war überfüllt. Alle Babies wollten jetzt kommen. Meines wollte nicht, aber es musste.

Auf dem Gang bekam ich eine Kanüle gelegt, obwohl ich mich wehrte, und ein EKG zur ständigen Überwachung. Um mich herum schienen alle zu rennen. Ich registrierte ernste Gesichter, sie blickten auf meine Werte, gar nichts war in Ordnung. Ich wollte fragen, aber ich konnte niemanden erreichen. Sie liefen hektisch an mir vorbei. Mir ging es schlecht.

„Der Kaiserschnitt, bitte!"

Ich wurde vom Gang in den Operationssaal geschoben, in dem bereits mehrere grüne Ärzte, Schwestern, Schüsseln und Instrumente warteten. Wer würde mein Baby empfangen, wenn ich es nicht konnte? Gleichzeitig mit der Narkose kam G. Dann tauchte ich ab.

So wurde ich Mutter.

Knapp zwei Kilo wog mein Mädchen. Ihre durchsichtige wie Perlmutt schimmernde Haut verbarg nicht das Netz aus Adern und Venen darunter. Im grellen Licht der Intensivstation war alles fahl. Beine wie Spindeln so dürr. Arme wie kleine Äste eines Bäumchens. Ich zeige dir die Welt, mein Kind.

Durch eine Scheibe sahen wir unser Baby.

Ich lief hin.

„Warten Sie hier", sagte die Schwester. „Ich schiebe es an das Fenster."

Ich hielt Gs Hand so fest ich konnte. Fast zerquetsche ich sie. Die Schwester ging an der Bettchenreihe entlang. Sie schob das Hightech-Bettchen zu uns heran. Gs Hand wurde feucht. Das Bett stand vor uns. Die Schwester lächelte. Ein winziger Kopf in einem gelben Mützchen.

Als ich wieder sitzen konnte, saß ich zehn Stunden am Tag vor dem Kasten mit meinem Kind, und in der Nacht, bis ich vor Erschöpfung einschlief. Die Schwestern brachten mich ins Zimmer zurück. Als ich aufwachte, lief ich sofort wieder zu ihr. Sie schrie jedes Mal, wenn ich kam. Andere Mütter und Väter mit anderen Kindern waren nebenan. Ein Mädchen hatte Atemstillstand, die Mutter lief Amok. Das Kind starb.

Wenn die Besuchszeit längst vorbei war, blieben wir als einzige Eltern zwischen all den Kindern zurück.

Mein Mädchen bekam eine Infektion. Ihr Fieber stieg auf über vierzig Grad, ich stand Todesängste aus und konnte doch nichts tun, nicht mal im Arm halten durfte ich sie. Genau das durfte ich nicht. Ich konnte nicht begreifen, dass es ihr schaden sollte. Die Ängste verließen mich nie mehr, sie machten nur manchmal Pause. Immer wieder achtete ich auf ihren Atem. Manchmal atmete sie so leicht, dass ich es kaum noch wahrnahm. Sie hatte ein Antibiotikum bekommen. Am ersten Tag bekam sie ein Antibiotikum, noch bevor sie Muttermilch bekam.

Ich zeig dir die Welt, mein Kind.

Nach acht Wochen bekamen wir sie mit nach Hause. Sie war immer noch erbärmlich klein, aber sie konnte alleine leben. Was würde ihr dieser Empfang auf unserer Welt bedeuten? Im grellen Licht mit Hilfsmitteln, alleine ohne Mama und Papa in einem Glaskasten, über Wochen hinweg? Würde sie es uns je sagen können, würde sie es je wissen?

Zu Hause wich ich nicht von ihrer Seite. Sie war schreckhaft, der ganze kleine Mensch zuckte zusammen, wenn nur ein halblautes Geräusch ertönte. Wir schlichen monatelang durch unsere Wohnung und unterhielten uns nur flüsternd. Langsam wurde es besser. Sie schlief unruhig. Mehrmals in der Nacht weinte sie schrill und panisch, manchmal jede Stunde. Wir teilten uns die Nachtschicht, damit ich auch Schlaf bekam. Doch ich konnte nicht abschalten. Jede Nacht lief ich mehrmals an ihr Bettchen und hörte, ob sie noch atmete. Ich fuhr aus dem Schlaf hoch und war in der nächsten Sekunde bei ihr.

Viele Frühchen sind ihr Leben lang anfällig, entwicklungsverzögert oder behindert, leiden an schweren Krankheiten, sind später depressiv, kämpfen mit der Motorik oder mit der Intelligenz. Nur jedes dritte Kind entwickelt sich normal.

Als das Telefon klingelte und der Krankenhausarzt eine seltene Stoffwechselkrankheit diagnostizierte, brach ich zusammen. Auch als sich das als Irrtum herausstellte, beruhigte ich mich nicht. Sprach mich nur einer an, brach ich in Tränen aus. Dann musste G für eine Woche nach Rostock. Das zog mir den Boden unter den Füßen weg, ich wusste nicht, ob ich das schaffte.

Ich fühlte mich wie ein Zombie und war es wohl auch.

Ich vergaß in den ersten Monaten oft zu essen. Ich wollte nur schlafen. Und wenn ich endlich lag, dann konnte ich nicht einschlafen.

X kämpfte mit jedem Essen. Wie fertig es einen macht, wenn das Kind nicht isst und nicht zunimmt, weiß nur der, der es erlebt hat. Die Symbiose zwischen Mutter und Kind ist ein unglaublich sensibles Gefüge. Ich wollte selbst nichts essen und stopfte nur durch den Verstand gesteuert Nahrung in mich hinein. Schließlich musste ich noch durchhalten. Ein Leben lang.

Nach Wochen durfte X ins Freie, wir schoben sie in unserem bunten Kinderwagen durch die Straßen. Sie schrie. War es ihr zu kalt? War ihr zu heiß? Sie schrie, als ich ihr die Blumen und Bäume zeigen wollte. Sie schrie, als ich ihr den Himmel zeigte. Als ich ihr den Gesang der Vögel zeigte, war sie still.

So ging es weiter.

Ich verdrängte es erst einige Zeit, bis ich nicht mehr daran vorbeihören konnte. X hustete. Von Verschlucken über Hüsteln hatte es sich weiterentwickelt, bis es eindeutiges Husten war. Der bellende Ton kam von ganz innen, trocken und hart. Das Rasseln beim Atmen kannte ich. Es dauerte noch eine Weile, bis ich mir wieder ganz sicher war mit dem, was als Ahnung begonnen hatte. X hatte wieder eine Lungenentzündung.

Sie war oft krank. Und wenn, dann richtig. Warum konnte es nicht einmal ein Schnupfen sein, eine Erkältung oder von mir aus ein normaler Husten? Nein. Das ganze kleine Mädchen wurde gepackt und geschüttelt.

In der Nacht, wo sie sich ausruhen und neue Kräfte schöpfen sollte, war es besonders schlimm. Wenn sie es gerade schaffte, sich zu entspannen, kam ein heimtückischer Anfall, bis sie nach Luft schnappte und ihr Gesicht rot anlief. Stärker und stärker wurde der Husten.

„M-mami-hi"! konnte sie in den Zehntelsekunden zwischen Hustenattacken hervorstoßen, zum Atmen blieb auch keine Zeit. So bedrohlich, dass wir in die Notaufnahme rasten und die restliche Nacht dort verbrachten. Mehrere Male fuhr ich mit ihr in die Notaufnahme, nachts oder am Wochenende. Ich saß und starrte auf den Bildschirmschoner. Er veränderte seine Farbe, ging vom blau-roten Würfel über in einen verzerrten Stern, der sich windend in eine Kugel verwandelte. Von blau-rot auf orange, dann grün, dann lila, dann flog er aus dem Bild, und alles ging von vorne los.

Lungenentzündung, Krupp- oder Keuchhusten, zum zweiten Mal allein in diesem Jahr, dabei war erst Frühling.

In den ersten Jahren schlief ich oft wochenlang angezogen, jederzeit bereit, mitten in der Nacht aufzubrechen, wenn es nötig wurde. Ich traute mich nicht zu entspannen. Keine Zeit zu verlieren. Ich fuhr in keiner Straßenbahn und keinem Bus. Ich mied Menschenansammlungen, setzte sie keinen Bazillen aus. Und doch, wieder und wieder kam es. Jedem Angriff waren wir ausgeliefert.

Jedes Mal, wenn sie hustete, packte mich die kalte Angst aufs Neue. Jedes Mal mit derselben Panik, ich bekam das nie in den Griff. Wenn sie dann dalag, vom Schwitzen nasses Haar, von den Hustenkrämpfen erschöpft, war der Schmerz grenzenlos. Wenn das Fieber dann sank, löste sich der Stein aus meinem Hals. Wir lebten weiter.

So hatten wir es uns nicht vorgestellt. Nicht die Stunde, in der sie geboren worden war. Nicht die Angst, die sie uns mit ins Leben gebracht hatte. Und nicht die Freude, mit der sie uns anlächelte.

X war klein geblieben. Das allein machte nichts. Doch sie wirkte noch viel kleiner, als sie in Wirklichkeit war. In der Spielgruppe blieb sie allein, ihre Altersgenossen vergnügten sich und liefen umher. X konnte erst krabbeln. Sie kam nicht hinterher, immer erreichte sie als Letzte den Bären, die Lok, das Auto. Schaute traurig hinterher. Sie war zwanzig Monate alt. Lass dich nicht entmutigen, mein Mädchen. Komm! Als sie es wieder vergeblich versucht hatte und mich anschaute, Tränen blitzten, ihre Unterlippe zu zittern begann, griff ich ein. Schnappte mir das Bärchen und legte es ihr hin. Sie lächelte, das andere Kind weinte.

„Jetzt lass die Kinder das doch unter sich ausmachen", fuhr mich die andere Mutter an.

Wir lebten im Andromeda-Nebel. In der Mitte ich und das Kind, oft mit letzter Kraft. In einer Art konzentrischer Kreise setzte sich unsere Familie fort, um uns herum war G, stärker als je zuvor. G, der seine Arme schützend um uns hielt. In weiteren Schichten um uns lag die Außenwelt, ich spürte ihre Nähe und gleichzeitig ihre Ferne.

X war die großartigste Störung unseres gesamten bisherigen Lebens. Unser Kind, unser kleines Bäumchen, so nannte es G, unablässig starrten wir sie an und konnten doch nicht glauben, dass es sie gab. Wir waren in ihre Augen, ihre Nase und ihre kleinen Fäustchen verliebt, die sie von Anfang an geballt hatte. Unablässig streichelte G ihre kleine Hand. Legte seine große Hand um ihren Kopf, der darin fast verschwand. Glücksgefühl am Morgen, am Tag und in der ganzen anstrengenden Nacht. In den ersten Tagen bildeten wir eine Symbiose, die keinen eindringen ließ. Ich glaubte an die Zukunft. So fühlte sich Familie an.

Ich laufe den Strand von La Baie am späten Nachmittag entlang, nachdem der Wind auf Nordwest gedreht hat.

Einmal nicht zu meinen Klippen. An den Klippen ist es zu stürmisch, das Landesinnere schützt, und genauso La Baie, die wie eine zurückgezogene Bucht friedlich da liegt. Ich schreite schnell aus, lange, weite Wellen rollen an, und obwohl sie eine ungeheure Macht haben, verbreiten sie Ruhe. Ich habe Schuhe und Strümpfe ausgezogen und spüre den feuchten

Sand unter mir, der, wenn ich stehen bleibe, nach jeder Welle unter mir einsinkt und ich mich mit einsacken lasse.

Außer mir sind wenig Leute am Wasser, aber es müssen Fischer da gewesen sein, Spuren führen noch zu den Klippen, hinter denen die Boote heftig schwanken und an den Seilen zerren, und da das Meer abgeebbt ist, bleiben die Spuren in den Sand eingegraben.

Ein paar hundert Meter landeinwärts gehen die hügeligen Dünen in sandige Wiesen über, hohes Schilfgras wechselt sich mit Sandflecken ab. Dort ist Platz, Hunde tollen übermütig herum, springen einem Stock hinterher, ein großer, glatthaariger Jagdhund ist der Schnellste. Er erwischt den Stock als Erster und bringt ihn laut bellend wieder zurück. Das Mädchen, das ihn geworfen hat, gehört zu einer Familie, die es sich trotz des drohenden Regens auf der Lichtung bequem gemacht hat. Was für ein schöner Picknickplatz, eine ausgebreitete Decke, darauf die Mutter, ein vielleicht mit Cidre gefülltes Glas in der Hand, kein Pappbecher, sie sitzt an einen Baumstamm gelehnt und sieht gedankenverloren auf ihre Kinder und beobachtet deren ausgelassenes Spiel. Es gibt noch ein kleineres Mädchen. Es spielt nicht mit dem Hund, sondern pflückt auf der angrenzenden Wiese einen Strauß Frühsommerblumen. Viel wächst nicht, Margueriten, vereinzelt Lupinen. Aber es wird ein Strauß, und sie schenkt ihn voller Stolz ihrem Papa, der mit einem Jungen auf einer Düne steht und ihm zeigt, wie man flache Steine ins Meer wirft, damit sie springen.

Ich bin stehen geblieben und habe dem Familientreiben zugesehen, ein warmes Gefühl in mir, wir an unserem See, in unserem Sommer. Voller Abenteuerlust hatte sich X ins Wasser gestürzt, prustend und lachend, weil es noch kälter war, als sie gedacht hatte.

„Man sieht überhaupt nicht, wie kalt es ist!" hatte sie sich nach Luft schnappend beschwert.

Ich sah zu G, in dessen Augen der liebevolle Stolz der Eltern lag, die sich über jedes Kind und seine spezielle Eigenart freuen. Vor uns lag ein lauer Abend nach einem warmen Urlaubstag, an dem wir gemeinsam Abendessen zubereiten würden, Nudeln natürlich, mit Gemüse und Tomaten und Paprika, dazu ein Berg Salat.

Ich blinzle, sehe die fremde Familie, und ein eisiger Wind weht ohne Schutz bis hinunter in mein Herz. Ich reiße mich los. Der Weg über La Baie führte nach Caines, dann weiter nach Mortaineau.

Lange Zeit hatten wir von der Außenwelt ungestört auf unserem neuen Planeten gelebt. Wir hatten genug mit uns selbst zu tun. Das Leben hatte uns mit unerwarteter Wucht in eine neue Umlaufbahn gezwungen.

Wir aßen sehr spät, sehr viel oder sehr wenig, manchmal gar nicht. Und wenn wir aßen, dann immer sehr schnell. Ähnlich war es beim Schlafen. Wie kompromisslos es auf uns überhaupt nicht ankam, konnte ich nicht fassen. Gewöhnt daran, bei Müdigkeit ins Bett zu gehen, stellte ich fest, dass meinen Schlaf jemand anderes bestimmte. Die kleine X wusste nicht, was Nacht und was Tag war. Woher auch? Ich begleitete meine Gute-Nacht-Worte und Lieder damit, dass ich ihr das Schlafen vormachte.

Und ich baute auf ihren natürlichen Instinkt. Fühlt nicht jedes Lebewesen den Rhythmus zwischen Tag und Nacht? X jedenfalls fühlte es nicht. Und schlief, wann sie wollte. Meistens wollte sie nicht. Und so schlief ich auch nicht. Schleppte mich aus dem Bett, wenn sie um ein Uhr nachts rief, mich mit wachen blauen Augen anschaute und fröhlich zum Spiel aufforderte.

Schlafen wurde zu meinem einzigen Wunsch, ich hätte lieber auf essen und trinken verzichtet. Wenn ich doch nur eine Nacht hätte schlafen können. Das hätte mir genügt, um wieder Kräfte zu sammeln für Wochen. Aber genau diese eine Nacht gab sie mir nicht.

Und da realisierte ich zum ersten Mal: Es gab nichts anderes mehr für mich. Ich bin zu jeder Tages- und Nachtzeit, zu jeder Sekunde meines Lebens Mutter. Jederzeit ansprechbar und zu jeder Zeit in der Verantwortung. Und das achtzehn Jahre lang. Vielleicht länger.

Diese Erkenntnis war überwältigend.

Ein Jahr später waren wir immer noch Eltern. Doch etwas hatte sich verändert.

Ich saß im Garten und hatte Pause. Pause von der Aufmerksamkeit, dem Gefühl, ständig verantwortlich zu sein, in jeder Sekunde bereit sein zu müssen. Pause vom Leben und Pause von der Sorge. Plötzlich erfasste mich ein Hauch von mir selbst. Von meinem eigenen Leben. Ein lange vertrautes Gefühl stieg für einen Moment in mir hoch und fast überfallartig die Sehnsucht danach. Dann war das Gefühl weg, und ich konnte es mir nicht mehr herholen.

So saß ich vor dem Rosenhaus und blickte auf den Teich. Und blickte und stellte fest, dass ich seit über einem Jahr nicht mehr darüber hinausgeblickt hatte. Was für eine Fülle mit X in mein Leben gekommen war. Was alles auf mich eingestürzt war.

Ich saß nicht allein. A war zu Gast. A, die keine Kinder hatte und auch keinen Mann, beides aber wollte. Aber was sie noch mehr wollte, war ihr Beruf, und den hatte sie fest im Griff und ging in ihm auf.

Ich fühlte die Frage, bevor sie sie stellte.

„Wann wirst du wieder singen?"

Dass sie gar nicht in Frage stellte, ob ich überhaupt wieder singen wollte, gab mir einen Stich, ich fühlte mich unter Zugzwang. War es nicht genug, was ich jetzt leistete? Hielt es mich nur von etwas ab? Was hatte ich alles noch zu schaffen? Wann war es genug? Dabei verging kein Tag, an dem ich nicht selbst daran dachte.

„X kostet meine ganze Kraft. Die Musik kostet meine ganze Kraft. Ich kann mich nicht teilen. Wie soll das gehen?"

A war schnell überstimmt. „Dann bleib doch zu Hause. Ist doch wunderbar, brauchst nicht zu arbeiten, hast ein süßes Kind, einen Mann, der dich ernährt, und das nicht schlecht, ein Traumhaus. Du lebst hier im Paradies. Da würde ich auch nicht arbeiten wollen."

Ich verzieh ihr den Anflug von Neid.

„Wie steht es eigentlich mit dir und G? Ich meine, so ein Kind verändert doch die Partnerschaft ganz schön, oder?"

Ich versuchte es von außen zu sehen. „G ist mein Mann. Ich erkenne ihn in allem, was er mit X macht, wieder. So zeigt er mir sein Wesen noch einmal. Und noch viel mehr dazu. Mit welcher Aufmerksamkeit er ihr zuhört bei Worten, die kein Mensch verstehen kann. Und wie er ihr das Märchen vom Bärenprinzen erzählt."

A schwieg ergriffen.

„Ich konnte mir lange Zeit nicht vorstellen, dass du mal einen Mann haben wirst, geschweige denn, ein Kind."

„Ich auch nicht. Das mit dem Kind."

„Aber du kriegst das ganz gut hin. Wird es dir nicht manchmal zu viel?"

„Die ständige Aufmerksamkeit, die ist schon anstrengend. Und dass ich meine ganze Kraft nicht für mich einsetze. Dass ich nicht über meine Zeit verfüge. Doch X selbst wird mir niemals zu viel." Ich versuchte es zu erklären. „Ein Kind ist wie eine neue Liebe. Ich will, dass es strahlt. Und dass es sein Leben lang glücklich ist."

Zwei glückliche Menschen. Der eine arbeitete und kam jeden Abend nach Hause. Die andere war zu Hause. Verlässlich war es geworden. Unvorhersehbar war es zuvor. Und frei.

Wir saßen lange schweigend da. Jeder in sein Leben abgetaucht.

Ein Eisvogel flog raschelnd auf, von seinem Ast, auf dem er saß, gen Himmel. Ich sah ihm nach.

„Trotzdem, A, ich vermisse was."

Pause.

A räusperte sich. „Genieße es. Es ist wunderbar."

„Ja."

Ich lauschte auf mein Leben. Es blieb still. „Es könnte auch anders sein."

„Was meinst du?"

Der Eisvogel kreiste noch mal über uns, dann flog er endgültig davon.

„Ich könnte anfangen zu fühlen, dass ich eine glänzende Karriere und ein strahlendes Leben geopfert habe, um einem Kind und einem Mann beizustehen. G könnte anfangen zu fühlen, dass er nicht frei genug sei, um zur See fahren zu können. Ich könnte anfangen, morgens nicht mehr gerne aufstehen zu wollen, um sie wieder in den Schlaf zu singen. Könnte fühlen, dass ihr leises Weinen mein Herz nicht mehr wie am Anfang rührt, sondern ihm ein bisschen viel wird, könnte fühlen, dass ich statt einen Brei aus Pastinaken und Karotten zuzubereiten lieber nur einen Kaffee trinken möchte, und dass ich das Kind ansehe und fühle, dass ich Mutter bin und nicht mehr Sängerin, oder Sängerin, aber nicht mehr singe. Könnte dann fühlen, dass ich nicht mehr bereit bin, all das ganze Fühlen in mir kleinzuhalten."

Bevor A antworten konnte, sprach ich weiter. „Und er könnte anfangen zu fühlen, dass er eines Tages nicht mehr am liebsten heimkommen möchte. Dass wir ihm nicht mehr alles sind. Dass er nicht mehr bereit ist für überquellende Freude oder Kummer, oder dass das Überquellen und Freuen sein Herz nicht mehr so stark rühren. Dass das Füttern und Spielen und Sprechen und Ins-Bett-Bringen und Aufstehen und Tragen und Fragen ein bisschen weniger schön sein wird. Er könnte anfangen zu fühlen, dass die Fülle seines Lebens zu dicht sei und er es lieber ein bisschen weniger dicht möchte. Er könnte fühlen, dass er ein bisschen herausmöchte aus dieser Fülle. Könnte fühlen, dass er nicht frei genug dafür ist. Was dann?"

X war aufgewacht. Ich lief ins Haus, um sie zu mir zu nehmen.

In dieser Nacht schlafe ich unruhig und wache mittendrin aus einem Traum auf. Es ist zu früh, und ich versuche mich wieder in den Traum zu versenken. Und ich weiß nicht, wie er ausgehen würde.

Der Traum hat mich erschöpft. Ich kenne ihn.

Ich saß im Sessellift. Wir schwebten über die verschneiten Hänge. X neben mir, jeder mit Skiern an den Füßen, tief vermummt in warmen Daunenanzügen. X in ihrer lustigen Norwegermütze und den Handschuhen aus Leder. Gespannt plauderte sie über die bevorstehende Abfahrt. Tiefblauer Winterhimmel und herrliche Sonnenstrahlen, die golden flimmernden Schneehänge. Dann blieb der Lift stehen.

Ich wartete, bis er wieder ansprang und mit einem Ruck wieder Fahrt aufnehmen würde. Doch der vertraute Ruck blieb aus.

Was ist, Mami, fragte X. Wann fahren wir weiter?

Ich sah mich um und merkte, dass die anderen Sessel leer waren. Auch unter uns war kein Mensch zu sehen, kein Skifahrer und kein Spaziergänger. Wir hingen als Einzige verlassen in unserem Sessel. Die Wintersonne ging unter, die Schneehänge verdunkelten sich, Kälte kroch an uns hoch. Wir hingen und froren seit Stunden. X war steifgefroren und wimmerte vor sich hin. Meine Hilferufe waren verhallt. Keine Menschenseele würde kommen.

Ich überlegte fieberhaft, wie ich Hilfe holen könnte. Der nächste Mast war zu weit entfernt, als dass ich hätte hinklettern können. Vielleicht hätte ich es ohne Ski geschafft. Aber war nicht Strom drauf? Ich konnte mich nicht am Seil hinhangeln. Das würde ich nie schaffen.

Also blieben mir nur zwei Möglichkeiten: die Nacht hier oben verbringen oder – springen.

Die Nacht würde bitterkalt werden. Wir waren jetzt schon fast erfroren. Meine Hand spürte ich kaum noch, wie sie die Stöcke hielt. Wie lange würden wir hier überstehen? Würden wir nebeneinander erfrieren, Mutter und Tochter? Und ich hätte nichts unternommen, um sie zu retten.

Mami, hilf.

Ich schätzte die Höhe auf etwa dreizehn Meter. Der Untergrund war flach, ungünstig zum Landen. Die Ski würden den Aufprall mildern, aber wenn ich mich beim Aufkommen verletzte, mir die Beine brach oder einen Wirbel? Dann würde ich unten liegen, und meine Tochter würde mir beim Sterben zusehen.

Über den Bergen wurde es bereits dunkel.

Springen oder bleiben.

Ich musste mich entscheiden!

Schweißgebadet wache ich auf.

Halt mich, Mami! Hilf mir.

Ich sinke wieder auf die Kissen. Obwohl ich das Fenster aufgemacht habe, wird es nicht kühler. In meinen Ohren dröhnt es, doch es ist nicht die erhoffte erlösende Melodie, sondern ein Wirrwarr von Tönen und Trommeln. Als ich aufstehen will, um mir einen Milchkaffee zu machen, ist alles zu viel für mich. Es dreht sich das Zimmer im Kreis, so schnell, bis ich auf das Bett zurücksacke und das Zimmer im Schwarz versinkt.

Als ich aufwache, bin ich immer noch allein, und es geht mir noch nicht besser. Ich schleppe mich in die Küche hinunter, in der Maman gerade das Mittagessen für sie und Julie richtet. Zu sagen brauche ich nichts.

„Mon Dieu", meint Maman, als sie mich sieht. Was sie sonst noch sagt, verstehe ich nicht, sie schiebt mich zurück ins Bett. Ein paar Minuten später kommt sie mit Tee und dem Doktor zu mir hoch.

Für die nächsten Tage bin ich erst mal außer Gefecht. Erkältung, Ohrenentzündung, Fieber. Ich versinke in einem erschöpften Halbschlaf, aus dem ich nur erwache, wenn Maman und Julie mich abwechselnd versorgen, mit Medizin, mit Obst und Tee. Ich bin ihnen dankbar dafür, bis ich dann, nach drei Tagen, nicht mehr im Bett bleiben will.

Die Sonne blendet mich ein bisschen, als ich aus der Tür wie ein Schmetterling aus seinem Kokon schlüpfe. Mein erster Spaziergang führt mich ans Meer, der zweite nach Mortaineau.

Ich brauche lange, bis ich dort ankomme. An diesem Tag ist viel los, denn der kleine Bauernmarkt hat gerade eröffnet. Loup de mer, fangfrisch, Muscheln, Austern, doch ich dränge mich in Richtung Gemüsestände.

„Salut."

Ich blicke erstaunt auf und sehe in zwei freundliche schwarze Augen. Ich bin so wenig an Kontakt gewöhnt, dass ich mich spontan umdrehe und hinter mich blicke. Ich kann unmöglich gemeint sein. Niemand steht hinter mir. Dann erinnere ich mich an Agnès, die Frau, die bei Maman einmal zu Besuch gewesen war, um ihr ein Bild zu bringen. Die beiden waren Schulfreundinnen gewesen, die sich aus den Augen verloren hatten, als Agnès zurück nach Macao ging, woher ihre Mutter stammte. Ich habe den Menschen fast vergessen, das Bild jedoch nicht. Es unterschied sich von allen anderen dadurch, dass es nicht Lavendelfelder und bretonische Bäuerinnen zeigte, die typisch für Maman waren. Auf diesem Bild gab es nur ein paar stilisierte Blumen in Schwarz und Grau.

„Salut."

Agnès steht hinter ihrer Leinwand. In der Hand hält sie einen überdimensional großen Pinsel, ihre Finger sind mit schwarzer Farbe verschmiert. Neben der Leinwand steht ein kleines Fässchen. Tusche.

Sie zeigt auf ihr Bild.

„Ich muss aufhören, glaube ich. Meine Hand ist nicht ruhig genug heute. Es gibt so Tage, an denen sollte man besser nicht malen."

Auf ihrem Bild zeichnet sich eine halb erblühte Orchidee ab. Die Blume besteht nur aus ein paar Strichen. Mir gefallen ihre Bilder. Es ist nichts Überflüssiges auf ihnen, kein Hintergrund, nur die Konturen und manchmal ihre Schatten.

„Du beschränkst dich aufs Wesentliche." Ich betrachte das Bild.

„Das ist chinesische Tuschemalerei. Genauer gesagt ‚die vier Edlen': Orchidee, Chrysantheme, Pflaume und Bambus. Ihr Studium ist Grundlage für jedes weitere Thema. Aber mein Thema sind die Grundlagen selbst."

„Schön", sage ich.

„Ich habe bald eine Ausstellung in einem kleinen Restaurant hier in der Nähe, komm doch vorbei, wenn du Lust hast."

„Ja, gerne."

Auch wenn ich auf eine Ausstellung nicht viel Lust habe, so freue ich mich doch über ihr Kontaktangebot. Es könnte nicht schaden, wenn ich mal wieder unter Leute ginge. Und wie ich sie einschätze, kennt sie ein paar unkonventionelle Künstler, vielleicht eine lustige Gesellschaft. Eine willkommene Abwechslung für mich.

Dann droht unser Gespräch wieder zu verebben. Ich will schon weitergehen, da sehe ich unter ihrer Palette eine verknitterte Visitenkarte mit einem scharlachroten Pfeil darauf.

Ich bleibe einen Moment stehen.

Wo hatte ich diesen Pfeil schon mal gesehen?

„Ich gebe heute Abend ein kleines Essen, wenn du nichts vorhast, komm doch einfach vorbei."

Ich bin zu verblüfft, um Nein zu sagen.

„Nichts Besonderes, ein paar Freunde", beeilt sie sich hinzuzufügen.

Ich habe nichts vor.

„Ich wohne in einem der kleinen Fischerhäuschen an der Baie Versenne. Das mit den blauen Türen. Du kannst es nicht verfehlen."

Ich kenne die kleinen Häuschen auswendig. Zu oft bin ich daran vorbei gegangen.

„Sagen wir um neun?"

„Gut, ich komme."

„Salut."

„Salut."

Mein Heimweg führt mich an den Klippen vorbei. Wie so oft folgt mein Blick den Wellen, an dessen Ende die Hütte liegt. Heute gehe ich ziemlich schnell daran vorbei.

Dieser Tag ist anders. Ich verspüre eine gewisse Aufregung bei dem Gedanken, dass ich am Abend eine Verabredung habe.

Ein paar Stunden später bereue ich meine Zusage schon. Es ist schon leicht dämmerig, und ich möchte viel lieber ins Bett gehen und lange schlafen. Außerdem bin ich noch nicht so richtig auf dem Damm. In meinem Gefühl habe ich den Tag schon beendet, erleichtert, wieder einen hinter mich gebracht zu haben. Stattdessen würde ich mit fremden Leuten in einem fremden Haus in einer fremden Sprache Konversation machen müssen, das ist wohl an Anstrengung nicht zu übertreffen. Zuvor würde ich aus meiner warmen Decke kriechen müssen, etwas anderes anziehen, etwas Schönes womöglich noch, das gebührt einem ersten Besuch. Dann würde ich mich, statt im warmen Zimmer ein Glas Wein trinken zu können, auf das Fahrrad schwingen und Richtung Meer radeln, Gegenwind, der mir ins Gesicht bläst. Was für ein Teufel hat mich bei dieser Zusage geritten?

Hätte ich ein Telefon gehabt, ich hätte sofort abgesagt.

Aber so muss ich wohl oder übel hingehen. Nicht mal mehr Zeit, einen Brief zu lesen. Seufzend richte ich mich her und stapfe leise schimpfend aus dem Haus. Maman sieht mich erstaunt an. Klar, ich bin noch nie zu dieser Zeit in diesem Aufzug ausgegangen.

Ich bin überhaupt noch nie ausgegangen.

Schon von weitem sieht man die kleinen Häuschen, obwohl sie noch mehrere Kilometer entfernt liegen. Es ist eine alte Fischersiedlung gewesen, doch als mit dem Fischfang auch die Einkommensquelle endete, hatten die Fischer ihr Dörfchen verlassen und waren küstenaufwärts gezogen.

Mit dem Rad kämpfe ich mich gegen den Wind die versandete Piste entlang, die Pedale muss ich mit meiner ganzen Kraft niedertreten, manchmal unterstützend aufstehen, so stark bläst der Wind.

Aber das fällt mir leicht, weil ich wütend auf mich selbst bin. Mit aller Kraft steige ich in die Pedale. Warum habe ich auch so leichtfertig zugesagt? Ich will nichts von diesen Leuten und sie ganz bestimmt auch nichts von mir. Das letzte Mal, als ich Mitglied einer Gruppe war, endete es im Chaos. Mich schaudert, wenn ich an Umbrien zurückdenke. Nein, daraus sollte ich gelernt haben. Welcher Teufel hat mich heute geritten, Überrumpelung? Drohende Vereinsamung? Oder die Hoffnung, dass sich inzwischen wieder normales Leben zwischen mich und den Rest der Welt geschoben haben könnte?

Ich werde einfach ein Glas Wein trinken, etwas essen und dann gleich wieder gehen. Ich muss ja nicht ewig bleiben.

Schon von weitem trägt der Wind ihr fröhliches Lachen übers Meer.

Die Häuschen hatten mehrere Jahre leer gestanden, bis sie verkauft wurden, größtenteils an Feriengäste, die den Sommer hier verbringen, oder reiche Pariser, die sich hier eine Insel geschaffen haben.

Ein paar Häuschen jedoch hatten junge Leute aus der Umgebung zu einem niedrigen Preis erstanden und selbst hergerichtet, das Dach neu eingedeckt, die längst fälligen Installationen eingebaut, Lichtleitungen verlegt. Mit einem farbenfrohen Anstrich haben die Fischerhäuschen ein neues Gesicht bekommen, leuchtend blau, gelb oder grün strahlen sie ungezwungene Fröhlichkeit aus. Das Haus von Agnès gehört dazu.

Es müssen eine Menge Leute drinnen sein, der ausgelassenen Stimmung nach zu schließen. Mein Gott, was soll ich denn mit ihnen reden? Ich hätte ein paar Themen vorbereiten sollen, nachdem mir der natürliche Gesprächsstoff seit Monaten oder Jahren abhandengekommen ist. Unwillkürlich stöhne ich auf. Hoffentlich ist wenigstens die Luft nicht zu schlecht. Seit ich singe, bin ich sehr empfindlich, was die Luftqualität angeht. Meist reiße ich zuerst überall die Fenster auf.

Nachdem keine Klingel zu sehen ist, klopfe ich an die Tür. Beim zweiten Mal geht sie auf.

„Bien! Allez-vous! Kommen Sie herein. Ich bin Jean." Ein dunkelgelockter Franzose öffnet mir die Tür, wechselt ins Deutsche und winkt mich gastfreundlich herein. Anstatt der erwarteten verrauchten Partyluft schwebt mir ein überraschend feiner Duft entgegen.

„Oh", hauche ich überrascht. „Was riecht denn hier so gut?"

„Coquilles mit Curry und gedünsteten Äpfeln", erklärt mir der ältere Herr, in den ich hineingestolpert bin. „Ich habe sie ganz leicht karamellisiert. Dazu serviere ich einen leichten Muscadet und ein Baguette. Ist aber noch nicht ganz fertig. Aber wenn Sie die Coquilles anders möchten ..."

„Äh, nein, großartig", versichere ich verblüfft.

„Ich hoffe nur, dass der Corail noch dran ist, sonst ist meine ganze Mühe umsonst gewesen."

Dabei macht er so ein ratloses Gesicht, dass ich ihm erstaunt nachsehe.

„Nimm Jacques nicht so ernst. Er ist einfach Koch mit Leib und Seele!" Agnès kommt angelaufen und zieht mich lachend in die Küche. Dort liegt ein Hauch von Whisky, Meer und Knoblauch in der Luft.

„Ah, Verstärkung!" ruft einer der Männer. „Das ist gut, hier brennt es nämlich. Überall sollen wir unsere Hände gleichzeitig haben. Können Sie uns aushelfen?"

„Ja, klar", antworte ich und beginne mich wohlzufühlen.

„Das sind Philippe, Maurice, Jean, Astrid, Alex und Emile. Meine Freunde."

Alex sitzt mit zerzausten Haaren in der Küche. Auf dem Tisch hat er seine Schätze deponiert: Tomaten, Estragon, Baguette, Schalotten, Gurken und Äpfel rollen aus zerrissenen Papiertüten, die Frische noch in der Luft.

„Und hier!" ruft er triumphierend und hält Maurice eine weitere Tüte hin. Maurice späht hinein.

„Wo hast du die her? Um diese Zeit ist es äußerst schwierig, sie zu kriegen. Und so schöne noch dazu!"

Große, farbige Coquilles glitzern heraus.

„Noch nicht alles!" ruft Alex und rennt hinaus. Mit einem Eimer kommt er wieder. „Dorade. Fangfrisch."

„Das gibt ein Festessen!" Maurice reibt sich die Hände. Und zu mir gewandt: „Wissen Sie, dass man die Jakobsmuschel die ‚Königin der Bucht' nennt? Die Fischer in La Baie passen auf sie auf wie auf ihre eigenen Kinder. Um ihre Bestände zu schützen, ist die Fangquote der Muscheln hier äußerst begrenzt. Nur zweimal pro Woche, und dann nur eine Dreiviertelstunde lang darf sie vom Meeresboden gesammelt werden. Können Sie die Coquilles de Saint-Jacques zubereiten?"

Und schon habe ich die dekorativen Muscheln in der Hand. „Na ja", murmle ich. „Also ich hätte sie jetzt ausgelöst und dann mit Zwiebeln in einer Pfanne ... aber was genau ..."

„Gegessen wird nur der dicke, weiße Muskelstumpf der Muschel und der daran hängende Corail, das heißt, wenn er vorhanden ist. In zerlassener Butter wird er angebraten, dazu ein bisschen Knoblauch."

Das ist zu schaffen, denke ich erleichtert und mache mich gleich ans Werk.

In die gemütliche Küche zieht geschäftiges Treiben ein. Doch obwohl alle gleichzeitig kochen und umherlaufen, wirkt alles koordiniert und durchdacht. Jeder Handgriff sitzt.

Jean, der mich hereingelassen hat, wäscht die Dorade, die ausgenommen, aber nicht geschuppt ist. Dann würzt er sie mit Pfeffer und reibt ihren Bauch mit Kräutern ein. Jacques sieht ihm über die Schulter, brummt „Oui" und verknetet Meersalz mit Mehl und Eiweiß zu einem glatten Teig. Einen Teil davon legt er in einer Form einen Zentimeter dick aus. Darauf legt Jean den Fisch und deckt ihn mit dem restlichen Teig sorgfältig zu. Die Bewegungen seiner Hände, die den Fisch umspannen, wirken ausgesprochen sinnlich.

„Könnten Sie bitte die Äpfel schälen und in Ringe schneiden?"

Ich bin so vertieft in meine Beobachtungen, dass ich meine Coquilles völlig vernachlässigt habe.

„Natürlich muss das Kernhaus vorher raus. Dann bitte die Schalotten im Topf mit Butter andünsten, mit Whisky ablöschen, fügen Sie Crème fraîche dazu und lassen Sie es auf kleiner Flamme köcheln."

Ich rase zur Pfanne, in der das Öl durch die zu große Hitze laut zischt, als ich die Apfelringe hineinlege.

„Sollen die Coquilles zu den Apfelringen oder erst in die angebratenen Schalotten? Denn sie schließen sich sofort und nehmen deren feinen Geschmack nicht auf."

„Naturellement non, mon dieu, erst die Ringe kurz in Butter anbraten, dann die Muscheln leicht salzen und pfeffern. In der Pfanne drei Minuten aufflammen."

Ich renne hin und her, bemüht und schwitzend, ich will auf keinen Fall die wertvollen Muscheln verpatzen. Nachdem sie mir ihre Zubereitung schon zutrauen!

Knapp eineinhalb Stunden später sitzen wir alle an der mit Kerzen und Muscheln festlich gedeckten Tafel an der geöffneten Terrassentür vor der untergehenden Sonne, mit Blick auf die sich beruhigende See.

„Es duftet wirklich betörend. Ich hatte nicht erwartet, hier derartige Köstlichkeiten serviert zu bekommen."

„Das kommt davon, wenn der ganze Freundeskreis aus Köchen besteht", meint Agnès. „Irgendeinen Vorteil muss es ja haben!"

„Ein Maler ist auch darunter", sagt Paul, der Maler.

„Ja, aber du malst hauptsächlich Stillleben mit Hummer und Artischocken."

Alle lachen.

„Möchtest du Chablis oder Sancerre?" Jean hält mir zwei Flaschen entgegen. Kochen schweißt zusammen, und so sind wir zum Du übergegangen.

„Sancerre, bitte", sage ich und denke einen Moment lang glücklich, was für einen netten Abend ich verbringe.

Keiner der Anwesenden ahnt etwas von dem Drama, das sich während des Essens im Dorf abspielt. Niemand von uns ist aufgeschreckt worden von der Explosion, mit der ein greller Blitz die See erleuchtet.
Ich sehe die Auswirkungen erst Stunden später, als ich heimfahre. In meinem Kopf klingt träge ein Walzer von Chopin nach, der mich beruhigend seelenvoll durch den Abend begleitet hat, und der Morgen dämmert schon, als die Töne jäh abbrechen.

Die ersten Dorfbewohner, die aus ihrem Fenster sahen, haben hinterher gesagt, es wäre eine Rauchsäule senkrecht in die Höhe gestiegen. Und sogar im Nachbardorf Riguette gab es Menschen, die behaupteten, sie hätten diesen Rauch ebenfalls gesehen.

Auf den Knall in der Nähe der Küste war erst ein Moment entsetzter Stille gefolgt, so erzählten sie es, bis dann das ganze Dorf auf den Beinen war. Mit einem Mal flogen Fensterläden auf, Frauen und Männer rannten gleichermaßen in die Nacht hinaus, nichts als ihre Schlafanzüge und Nachthemden an, einige hatten Daunenjacken darübergezogen, andere ihren Morgenmantel, ein paar hatten gar nichts darüber. Alle dachten nur daran, zu der Rauchsäule zu rennen, um ihre Fischerboote zu retten, falls die Explosion direkt am Hafen gewesen war. Die paar Männer der Feuerwache trafen gleichzeitig mit den Besitzern der Boote ein und begannen Löschwasser mitten in das brennende Knäuel zu gießen.

Das war gewesen, als wir beim Essen saßen.

Jetzt dränge ich mich zwischen den fast hundert Menschen an den Strand und brauche einen Moment, um zu begreifen, dass der Platz verändert ist, der Platz, an dem Pierres kleine Hütte gestanden hat. Keiner der Anwesenden hat es bemerkt, da sie damit beschäftigt sind, ihre Boote aus dem Hafen zu bringen, bevor noch mehr Benzintanks explodieren konnten. Ein Besitzer, dessen Boot noch qualmt, stakt mit seinen Rudern so hektisch aus seinem Anlegeplatz aufs Meer hinaus, dass er dabei zwei weitere Boote rammt, von denen eins Schlagseite bekommt und unterzugehen droht. Dessen Besitzer bekommt sein Boot gerade noch auf Kurs und schimpft den anderen einen Harakiri-Piraten, aber die Worte gehen im Lärm unter.

Ich rufe den Männern der Feuerwehr zu, dass die Hütte noch glüht, doch sie sind mit den Booten vollends ausgelastet. So schnappe ich mir einen Wasserkübel und renne zur Hütte hinauf. Verzweifelt sehe ich mich um und bemerke, dass mir ein paar Männer gefolgt sind.

„Allez!" ruft der eine, sie bilden eine Kette zum Wasser, und binnen kurzer Zeit gelingt es uns, das Feuer zu kontrollieren und schließlich zu ersticken. Die Männer laufen wieder zum Hafen, doch ich schütte immer noch Wasser auf die Wände, als die letzte Flamme längst verloschen ist.

Während am Hafen die Rettungsaktionen weitergehen, begutachte ich den Schaden. Ich bin seit jenen Tagen nie mehr so nahe bei der Hütte gewesen.

Was von ihr übrig ist, ist mit grauer Asche bedeckt. Die Wände stehen noch, es qualmt ein bisschen, die Holztür ist aus den Angeln gerissen und liegt neben dem Eingang, besser gesagt, ein paar Bretter, die noch von ihr übrig sind. Im Inneren liegt nasser Sand, vermischt mit Ascheresten. Durch eine Seite des Daches sehe ich den Himmel. Zum ersten Mal setze ich einen Fuß in das Innere von Pierres Hütte.

Als ich mich hustend durch den verbliebenen Rauch taste, trete ich auf einen Gegenstand, der unter meinen Füßen zu Asche zerfällt. Erschrocken schaue ich auf den Boden. Es ist nicht mehr zu erkennen.

Ich steige vorsichtig zu den Überresten des einzigen Möbelstücks, das sein Flügel gewesen ist. Auf dem Deckel liegt ein Häufchen Asche, Noten vielleicht? Sie sind nicht mehr zu lesen, nur aus einer blitzt ein Pfeil, den ich nur deshalb sehe, weil er mit seiner roten Farbe aus der schwarzgrauen Asche hervorsticht.

Ich brauche eine Weile, um zu begreifen, warum ich hier so lange stehe, bis der Morgen dämmert. Warum ich hier stehe, was ich empfinde und warum ich weiter nichts anrühre.

Mit der Zeit bläst der Wind den Ruß durch seine kleine Hütte.

Ich wische den Staub vom Flügel. Streiche nachdenklich über den geschwungenen Klangkörper aus dunklem Holz, die Kerzenständer aus Messing. Ein Flügel von Sébastien Érard, dem Meister des Klavierbaus aus dem Elsass. Chopin hatte einen Flügel von Érard besessen, weil dieses Instrument einen „fertig vorgeformten", wie er es nannte, höchst differenzierten Klang hatte. Wie ungeheuer wertvoll, eines von der Art, das nur wirkliche Künstler spielen können.

(Elfter Brief)

*Nur hören, hören, hören. Ich schaue tapfer in die Augen, in die Augen schau ich. Chromatisch absteigende Sextakkorde, das schnelle Crescendo in Ges-Dur. Sorgfältig aufgemalte Noten.*

*Was ist aus mir geworden. Vor ein paar Tagen hat er unsere Ehre zerstört, und, obgleich die Damen der Gesellschaft es mir geflüstert haben, hielt ich es für üble Nachrede. Und musste doch erfahren, dass alles sich in dieser Weise zugetragen hat.*

*Sie stand unten im Salon de Balle, im Ballraum, und ich sah als Erstes ihre rosigen Lippen, ein penetranter Glanz in ihren Augen, unbeschwert, unbescholten jedoch nicht, amüsierte sie sich unter den Bildern von Eugène — was für ein ungehobelter Gegensatz — und blickte dem Oberst frivol ins Gesicht.*

*Ich konnte mit Mühe nur meinen Blick losreißen und die Treppe langsam herunter kommen.*

*Verlasst mein Haus, und das augenblicklich.*

*Sie blickte erst mich, dann ihn fragend an.*

*Wer ist diese Frau, sagte sie mit piepsendem Stimmchen, an meinen Mann gewandt! Und mit welchem Recht gibt sie mir Anweisungen?*

*Ihr seid in meinem Haus, Madame! Ich konnte ihre Unverfrorenheit nicht glauben. Und auch nicht, dass der Oberst nicht eingriff, ganz gegen seine Art.*

*Sie sprach wieder, frech und ungeniert. Sagt mir, ist sie Eure Mätresse oder Eure Frau?*

*Natürlich meine Frau, sagte der Oberst mit angehaltenem Atem. Sie ist die Mutter meiner beiden Kinder.*

*Ich traute meinen Ohren nicht. Wie in einem fernen Traum wandte ich mich an dieses Geschöpf. Ich musste diese absurde und grausame Szene beenden.*

*Macht auf der Stelle kehrt und schaut Euch dieses Haus nie wieder auch nur von außen an.*

*Wäre es nicht so hässlich, müsste ich auf der Stelle herausprusten, so lächerlich war es. Sie rauschte hinaus, nicht ohne einen koketten Blick.*

*Philippe — ich konnte nur flüstern.*

*Ihr müsst Euch nicht wundern, meinte er leichthin, Euch sind ohnehin die Kinder alles, er machte auf der Treppe kehrt und ließ mich stehen.*

*Ich stand noch lange auf der Treppe und überlegte, wie mein Leben sich dadurch ändern würde. Ich fühlte keinen Schmerz.*

*Es sind wirklich nur noch die Kinder, die mir geblieben sind.*

*Meine Jahre schenk ich dir*

Das Kind, unser Glücksstern, hatte uns in ein Leben gezwungen, das wir alleine nie geführt hätten. Und als dieses Leben eine Weile dauerte, fühlten wir die Zeit für eine Änderung gekommen. Unsere Gefühle, an heiß und kalt gewöhnt, waren der Zimmertemperatur nicht gewachsen.

G nahm wieder mehr Aufträge im Ausland an.

Ellen wollte mich auf die Opernbühne bringen. Jetzt, da ich beziehungsweise X aus dem „Babyalter", dem Gröbsten, wie es heißt, heraus war. Meine Stimme wäre reif dafür und meine Person auch, meinte sie.

Vor meiner Schwangerschaft hatte ich *Don Giovanni* einstudiert. Ich beherrschte die Rolle, doch sie kam nicht zum Einsatz. So blieb die einzige Oper, die ich bisher gesungen hatte, *La Cenerentola* von Rossini.

Opern singen fordert die ganze Person. Da ist dann kein Platz mehr für die Mutter. Auch die Mutter fordert mich ganz. Kein Platz für die Sängerin. Eines ohne das andere würde funktionieren. Aber so?

Eine Opernrolle verschlingt einen, nicht zu vergleichen mit einzelnen Stücken, nicht im Einstudieren und nicht in der Darbietung.

Ich versuchte in dieses Extrem zu gehen. Was ich nicht bedacht hatte: Als Mutter hatte ich eine empfindsame Grenze, die zu überschreiten gefährlich war.

Ellen lockte mich mit der Rolle der Kundry in Wagners *Parsifal*. Eine Traumrolle für mich, ein Meilenstein, so wie die Oper überhaupt ein Meilenstein ist. Und ich merkte, wie die Töne mich lockten, doch in meinem Herzen war nur X in ihrer ganzen Verletzlichkeit.

Und ich merkte auch, dass G diese Verletzlichkeit nicht wahrnahm. Zumindest nicht so wie ich. Er ging seit längerer Zeit wieder seiner Arbeit nach, die ihn in unregelmäßigen Abständen weg von uns ins Ausland holte. Ganz automatisch und ohne Bruch hatten sich für uns die Rollen verändert. G, der sich von Zeit zu Zeit verabschiedete, mit Sehnsucht im Blick, nach uns, seiner Familie, und nach dem Leben, in das er aufbrach. Auch ich hatte Sehnsucht im Blick, nach Aufbrüchen.

Was nützt ein Reichtum, der sich nicht ausleben lässt?

Ich sang mit X, Kinderlieder und Arien, alles zusammen. Sie war entzückt. Als ich eines Morgens die Sonne aufgehen sah und das Feuer der Sehnsucht in mir fühlte, das ich nur zu gut kannte, war es auch für mich Zeit, wieder etwas einzustudieren. Und ich holte mir das *Libretto*.

Ganze Tage und Wochen war ich nicht in der Lage, mich auf die Töne einzulassen, meine ganze Kraft gehörte X. Sie lebte so intensiv, dass ich in jeder ihrer unzählig neuen Lebensphasen die gerade vergangenen auf der Stelle wieder vergaß.

Doch ich fing an, mir die Oper durchzulesen, während X ein Jahr alt wurde. Ich nahm das *Libretto* und die Noten, legte es wieder weg. So ging das ein weiteres Jahr. X war zwei Jahre alt, und allmählich wurde die Zeit ruhiger. Die Zeiträume, in denen ich mir gehörte, wurden häufiger. Ich war allmählich bereit.

Aber X wollte mich nicht weglassen. Das wurde von Anfang an zum Problem. Als ich den Entschluss gefasst hatte, graute mir vor der Umsetzung. Zur ersten Probe kam A, um auf X aufzupassen. G konnte nicht helfen, er war in Ägypten.

Schon Stunden vorher redete ich mit ihr darüber. X blieb ungnädig. Nein, Mami muss bleiben. Nach einem langen Streit bestach ich X mit einem Kuscheltier, was ich nie wollte. Trotzdem schaute mich X vorwurfsvoll an, als ich zur Probe ging. Ich spürte einen Schmerz, als ich sie verließ. So schnell ich konnte, kam ich abends wieder. Am zweiten Tag war es nicht besser, am dritten auch nicht. Im Gegenteil. Als sie merkte, dass ich öfter wegging, wurde sie panisch und hielt mich fest. In der Nacht wachte sie schreiend auf. Mami, Mami! Ich verlor an Kraft. So konnte ich nicht proben.

Würde sie sich je daran gewöhnen?

Monate später saßen wir abends zusammen, und während sie Bauklötze auftürmte, sah ich im Fernsehen, wie ein sich ausbreitendes Feuer meinen Traum in Schutt und Asche legte.

„Oh", entfuhr es mir.

„Mami?" X schaute mich aufmerksam an. „Was is?"

„Nichts Schlimmes."

„Mami!" Feine Antennen.

„Ein Opernhaus ist abgebrannt, in dem ich so gern einmal gesungen hätte."

X sah mich so traurig an, dass es mir das Herz zerriss.

„Ist nicht so schlimm", tröste ich sie. „Ist nur ein Haus."

„Wo ist das Haus?"

„In Venedig, einer Stadt, die ins Wasser gebaut wurde. Es war ein sehr schönes prunkvolles Haus, in dem viele berühmte Sänger gesungen haben. Ich habe mir immer vorgestellt, ich würde dort einmal auf der Bühne stehen. Geht jetzt ja leider nicht mehr."

Aber X war betroffen, sie wollte ihre Mami glücklich sehen und schaute auf ihren Bauklotzturm, bis ihr die Lösung einfiel. Dann sagt sie: „Mami, wir bauen die Opa wieder auf. Und dann singst du."

„Das wäre schön", ich lächelte ihr zu. „Aber dafür muss man ungeheuer gut sein. Ich weiß gar nicht, ob ich das schaffe."

„Du schaffst das. Musst üben."

„Ja, das tu ich ja schon. Aber zum Üben muss ich in die Oper."

X wurde still.

„Du sollst da singen. Wie heißt das?"

„La Fenice."

„Und ich komm und hör zu."

„Ja, mein Engel, ich singe, und du hörst mir zu. Ich versprech's dir."

X prüfte, ob ich glücklich schaute. Sie war zufrieden. Ich war gerührt. Mama auf der Bühne von La Fenice, das wurde fortan zu ihrem und meinem großen Traum, und so ist es bis heute geblieben.

Von diesem Zeitpunkt an war das Proben kein Problem mehr. Ich ging ohne Schmerzen, und so konnte ich anfangen, mich auf meine Rolle zu konzentrieren.

Ich ging in Jeans und Pulli zur Probe und lernte, dass es nicht wie bisher allein auf meine Stimme ankam, sondern auf meine ganze Person und ihre Bewegungen. Einerseits reicht es nicht, alles in die Stimme zu legen, andererseits bietet das Schauspiel ungeahnte Möglichkeiten, die Musik einzubetten. Ich hatte so viel mehr Mittel zur Verfügung. Zum reinen Singen kommen Aufstellung, Geometrie, Psychologie, gesprochene Sprache und Text als Handlungsträger. Ich lernte, wie ich Standbein und Spielbein einsetze und dabei singe.

Anfangs schaute ich ausdrucksvoll, lief hin und her – aber nichts blühte und lebte. Es dauerte.

Die Vitalität muss nicht nur in die Aktion, sondern in die Stimme. Wenn nicht mit dem ersten Ton Leben entsteht, dann entsteht keine Musik.

Es war zu viel, um an alles zu denken.

Mit der Zeit fing ich an, Kulissen zu brauchen, Orchester zu brauchen. Vollkommen musste ich mich in die Person versenken. Auf einmal konnte ich es umsetzen.

Mit Jeans und Pulli stand ich auf der bläulichen Bühne, herzbewegend kalt.

Es forderte mich ganz, und es erfüllte mich ganz. X staunte, wenn ich heimkam. Irgendetwas von der Figur schien immer noch an mir zu kleben.
G erfuhr von all diesen Entwicklungen nichts. G war wieder in Ägypten. Seine Forschungen liefen gut. Ich freute mich für ihn.
Mehrere tausend Kilometer waren zwischen uns.
In diesem Moment hatte jeder seine eigene Fülle.
Wir entfernten uns.

Wie lange ich in der Dämmerung vor dem Flügel stehe, weiß ich nicht. Aber in mir wächst ein Plan. Ich will seine Hütte in Ordnung bringen. Vielleicht ist das die Mission, die ich hier noch zu erfüllen habe, bevor ich nach Hause fahren kann. Ich bin es ihm irgendwie schuldig, seine Hütte wieder aufzubauen, auf die er in der Zeit, in der ich ihn kannte, so geachtet hatte. Außer mir würde es niemand tun.

Und so vergeht eine Woche, in der ich, mit Eimer und Lappen beladen, losziehe und putze und wische und kehre und die Hütte zu einer sauberen Ruine mache.

Es vergeht eine weitere Woche, in der sich nichts in meinem Leben tut. Außer dass ich die Künstlerrunde um Agnès wieder getroffen habe. Sie haben keinerlei Anspruch an mich. Obwohl sie eine gewachsene Gruppe sind, lassen sie mir erstaunlich viel Platz bei sich. Anfangs ist es Agnès gewesen, die mich einlud, aber auch Paul und Jean kommen auf mich zu. Jean vor allem. Ich helfe ihnen bei der Arbeit, nehme an ihrem Leben teil, und manchmal vergesse ich mein eigenes dabei. Wir sitzen zusammen, essen und trinken Wein, lachen, und manchmal erzählen wir von früher. Keinen Augenblick lasse ich sie in mein Leben schauen.

*Alles, was ich liebe, passt auf zwei Quadratmeter*

Wir waren im Urlaub, als mir dieser Fauxpas passiert war.

Mit G hatte ich die Angewohnheit gehabt, in fremde Sprachen zu springen, wenn wir unter uns waren. Einmal, in bester Laune und leicht beschwipst, unterhielt ich mich am Esstisch ungeniert über eine laute, unhöfliche Dame mit Mops, „she cries like Wilma Flintstone". G drehte sich langsam zu mir herum. Ich verstand. Sie war kein Kind, und natürlich konnte sie Englisch. Ich wurde blutrot, als ich den Irrtum bemerkt hatte, und drehte mein Gesicht hin zur Buddhastatue. Zeig mir einen Ausstieg,

Buddha. Ich spürte, wie die Peinlichkeit auf meinem Kopf zerschellte wie ein rohes Ei, dann an allen Seiten zähflüssig über mein Gesicht, Nase, Ohren und Nacken rann. Ich konzentrierte mich auf dieses Gefühl. Es half. Wie G diese Situation überstanden hat, weiß ich nicht mehr.

Unsere Urlaube waren wunderbar. G hatte Projekte überall auf der Welt, und ich nahm auch immer wieder Engagements an, Opern, Liederzyklen. Meine Stimme hatte sich entwickelt hin zu lyrischen Rollen, die Oper liebte ich nach wie vor. Es war eine inspirierende, spannende Zeit, eine der schönsten in meinem Leben, wenn wir vier – inzwischen war unsere zweite Tochter, Y, geboren – zusammen waren. Immer mehr liebte ich unser zerbrechliches Glück, und es überflutete mich wie ein Tsunami, wenn wir alle zusammen aufs Meer schauten.

Alles, was ich liebte, passte auf zwei Quadratmeter.

Ich trällere den Walzer von Chopin vor mich hin.

„Du singst schön", sagt Albert. „Du könntest als Sängerin arbeiten."

„Sie ist doch schon Sängerin", Jacques räkelt sich auf der Wiese. „Danke, dass du die Artischocken mit abgeerntet hast. Jean hätte diese Mengen alleine nie geschafft. Und dann hätte er die Artichots en violette abends von seinem Speiseplan nehmen müssen."

Ich bin ihnen dankbar dafür, dass sie so diskret sind und mich nicht nach meiner Vergangenheit fragen. Das heißt, gefragt haben sie einmal, Claude ist es gewesen, der zusammen mit Astrid und Jacques bei mir in meinem Zimmer bei Maman hockte und die Fotos an der Wand sah. Aber als sie den Widerstand spürten, hatten sie taktvoll das Thema gewechselt. Ein Blick von Jacques zeigte mir, dass er verstanden hatte. Niemand hat weitergebohrt. Und so kann ich mich weiterhin in ihrer Gesellschaft wohlfühlen.

Fast ein bisschen geborgen.

„Wenn du so weitermachst, nimmt Jean dich mal mit auf sein Salzfeld!"

Alle lachen, und ich grinse auch, weil ich weiß, dass das der Gipfel der Ehre wäre, die Jean einem Menschen erweisen konnte. Er ist Salzbauer.

„Du hilfst uns so viel, kann ich nicht auch etwas für dich tun? Ich meine, außer dir mein Salzfeld zu zeigen."

„Doch", sage ich. „Das kannst du. Deck das Dach von Pierres Hütte neu ein."

Sie starren mich verblüfft an.

„Mon Dieu, du willst doch dieses alte Ding nicht wieder aufbauen. Er ist tot, S. Niemand braucht den Schuppen noch. Es ist die Mühe nicht wert. Das wäre reine Zeitverschwendung." Agnès schüttelt sich. „Es ist alles verbrannt, es lohnt sich nicht mehr, neue Balken darauf zu setzen. Wie kommst du überhaupt darauf?" Jean dreht sich zu mir um. „Hast du ihn gekannt?" Etwas ist in seinem Blick, das ich noch nie gesehen habe.

„Ja, und ich möchte einfach, dass sie wieder aufgebaut wird. Das würde ihm sicher gefallen."

„Wem? Pierre? Es würde ihm gefallen, aber er wird es nie erfahren."

„Das ist mir egal. Ich möchte, dass seine kleine Hütte wieder da steht wie früher."

„Das klingt, als ob du schon ewig hier wohnen würdest." Agnès schaut mich belustigt an. „Wenn man bedenkt, dass du erst vor ein paar lächerlichen Monaten hergekommen bist, hast du ziemlich viel Engagement in der Richtung."

„Helft ihr mir jetzt oder nicht?"

Die Begeisterung hält sich in Grenzen.

„Man müsste erst einmal die Asche rauskehren und den ganzen verbrannten Schutt entfernen."

„Das hab ich schon getan."

Es entsteht eine kurze Pause.

„Na ja", meint Jacques, „dann können wir dich ja wohl kaum in den Trümmern sitzen lassen. Am besten, wir schauen uns die Ruine einmal an. Und wenn ich nächste Woche nach Borges komme, kann ich bei Ricard neue Dachbalken besorgen."

„In Ordnung", schließt sich Paul an. „Wenn ihr wollt, verpasse ich dem Ding noch einen neuen Anstrich. Vom Renovieren der Kirche in Carnac müsste noch Farbe da sein."

Jean sagt nichts, aber er sieht mich mit einem Blick an, in dem so etwas wie Dankbarkeit liegt, aber ich weiß nicht, wofür er mir hätte dankbar sein können.

„Du bist schon ein bisschen verrückt." Paul sieht mich schräg an, als er mit lahmem Arm den Pinsel sinken lässt. „Aber ich mag dich trotzdem."

Er hat den ganzen Nachmittag gestrichen, sowohl außen als auch innen ist die Hütte weiß getüncht.

Jacques und sein Kollege Armand hatten mit Zypressenbalken das Dach neu eingedeckt. Dann hatten sie versucht, den Flügel zu restaurieren. Armand hatte vorsichtig den Deckel aufgestemmt, die Saiten waren noch brauchbar, aber der Resonanzraum hatte arg gelitten.

Unter den Boden waren ein paar Blätter gefallen, Notenblätter. Ich hatte sie vorsichtig hervorgezogen, immer darauf gefasst, dass sie zu Staub zerfielen, doch sie hatten standgehalten. Gespannt sah ich auf die zerknitterten, angekohlten Seiten. Ich summte die Bruchstücke der Melodie und ergänzte die Lücken zu Chopins *Nocturne* in Fis-Dur.

Irgendwie hatten die beiden es hingekriegt, die angeschlagenen Teile des mächtigen Flügels zu ersetzen, bis er ein Ganzes ergab. Armand hatte ein Eichenholzstück aus einem anderen Korpus dabeigehabt, das er in Form sägte, verleimte und einsetzte. Aber es war vergebliche Liebesmüh gewesen, der Klang war fürchterlich. Es schrammte und vibrierte, von richtigen Tönen keine Spur.

Die Jungs hatten Wort gehalten, alles in allem sah das Häuschen jetzt wieder vollständig aus, wenn auch ein bisschen anders als früher.

*Seine Welt*

Auch Jean hat Wort gehalten und hat mich nach Pailles gebracht, ein kleines Dorf, dort, wo die Bretagne an die Normandie grenzt. In eine Welt mit durchfurchten Feldern, auf denen ich zunächst gar nichts erkannte.

Doch als ich aus dem Auto klettere und mich neugierig umschauen will, steigt mir ein intensiver Duft in die Nase, so als wären wir nicht nur am Meer, sondern in einer Art Meer-Konzentrat.

„Das Salz! Ich rieche es schon. Wahnsinn, wie stark es duftet!"

„Hoffentlich regnet es in nächster Zeit nicht, denn jetzt beginnt die Zeit der Ernte. Sonst verwässern die Becken."

Jean springt aus dem Wagen und sieht zum Himmel. Dann ruft er den Männern, die vereinzelt auf den Feldern stehen, ein paar Begrüßungsworte zu, bevor er sich wieder mir zuwendet. Der Wind bläst durch seine dunklen Locken, in seinem Gesicht hat sich schon ein leichter Salzrand gebildet. Seine dunklen Augen glänzen, er strahlt pure Kraft aus.

Wir sind in seiner Welt.

„Ich bewirtschafte zwanzig Salzbecken. Wie vor mir mein Vater und vor ihm mein Großvater. Wir sind Paludiers, Salzbauern."

Ich lasse meinen Blick über die Felder gleiten. So etwas habe ich noch nie gesehen.

„Das sind Salzfelder? Ich wusste nicht, dass es das gibt."

„Das gibt es, nicht nur hier, sondern auf der ganzen Welt. Zum Beispiel auf Ibiza, dort war es lange eine bedeutende Einnahmequelle. Oder in Indien."

Wir stapfen bis an den Rand der Felder, deren Oberfläche sich in der Sonne spiegelt. Am ersten Damm bleiben wir stehen. Jeans Augen schweifen stolz über die Felder.

„In unserem Fall sind es natürliche Becken. Aber man könnte sie auch künstlich anlegen. Schau es dir ruhig an."

„Was ist in den Becken? Meerwasser?" Ich stochere in dem weichen Lehm herum. Es hat die Konsistenz von nassem Sand.

„Im Prinzip ja. Das Meerwasser verdunstet in diesen Salinen. So funktioniert das seit Hunderten von Jahren. In der Mitte befindet sich ein sogenanntes Kristallisationsbecken. Das kann aus Ton oder Lehm sein. Abhängig von der Sonne, dem Wind, der die Verdunstung begünstigt, bilden sich dort die Meersalzkristalle."

Er hebt eine Handvoll auf und zeigt sie mir.

„Der Boden in den Erntebecken muss so glatt wie möglich sein, damit die Salzkristalle, die sich dann auf ihm ablagern, nicht verunreinigt werden, das heißt, nicht mit Tonpartikeln gemischt. Dafür werden die obersten Schichten erst mal entfernt, anschließend wird neuer Ton aufgefüllt und geglättet."

„Schau hierher", ruft Jean und winkt einem seiner Männer zu. Der gibt ihm eine Art Schieber.

„Das", sagt er und zieht den Stock durch das Feld. „Das ist La Fleur de Sel." Er zieht vorsichtig den Schieber heraus und befördert eine weißliche Schicht hervor. „Die Salzblüte. Sie bildet sich nur bei optimalen Verhältnissen. Damit es sie gibt, muss alles stimmen: die Sonne, der Wind, am Schluss dann wenig Niederschlag. Dann steigt die Blüte an die Oberfläche wie der Rahm der Milch. Winzige Salzkristalle, die vom Wind zusammengeschoben werden."

Ich beobachte den weichen Ausdruck seiner Augen.

„Ich habe gesehen, wie du das Salz behandelt hast bei unserem ersten Kochen. Wie Gold. Jetzt weiß ich, warum."

„Salz ist ein Schatz. Bei unserem Salz handelt es sich um ein reines Naturprodukt. Wir müssen schnell sein beim Ernten. Die Salzschicht ähnelt einer hauchdünnen Eisdecke. Wir müssen die Fleur de Sel so vorsichtig wie möglich abschöpfen, denn ist die Salzdecke einmal gerissen, dann sinkt sie zu Boden, und es ist vorbei. Sie kann nicht mehr geerntet werden."

Ich greife nach dem kostbaren Salz. Vorsichtig, als könnte ich selbst jetzt noch etwas kaputtmachen.

„Nimm es mit nach Hause. Wir brauchen es für das Abendessen."

Während wir die rumpelige Strecke wieder zurückfahren, sprechen wir wenig. Es hat mich nicht losgelassen, was Paul vor ein paar Tagen gesagt hat. In dem großen Haus, das Jean zusammen mit seinem Bruder François bewohnt, ist es karg, aber sehr gemütlich. Jean hat Fisch in Salzteig zubereitet, die steinharte Salzkruste gerade mit einem scharfen Messer aufgeschnitten und entfernt. Der Fisch ist köstlich.

„Findest du eigentlich auch, dass ich verrückt bin?"

„Ja, ziemlich."

„Im Ernst?"

Jean stellt ein kleines Schälchen mit Fleur de Sel auf den Tisch. „So!" Man bedient sich mit den Fingern. In Streuer kann man es nicht abfüllen, da es immer leicht feucht ist und die Öffnung verstopfen würde.

„Und?"

„Mach dir keine Gedanken, das hat er nur so dahingesagt."

„Ich glaube nicht."

„Verrücktheit ist ein Luxus, den man sich nur in bestimmten Situationen gewährt."

„Wenn man mit anderen Problemen beschäftigt ist, hat man kein Ohr für so etwas?"

„Ja, in etwa. Während einer Krisenzeit wie einem Krieg oder einer Seuche nehmen Depressionen und Psychosen deutlich ab. Als hätte man sich da um Wichtigeres zu kümmern. Ist die Krise überwunden, so steigt die Zahl der Verrücktheiten wieder an. Je glücklicher die Menschen sein können, desto unglücklicher sind sie."

Ich gieße mir Cidre nach.

„Was meinst du, was ist Verrücktsein? Ist die Realität nur ver-rückt?"

„Das Verrücktsein besteht in der Auflösung von Sinneseindrücken, dem Abschneiden von Realität und Innenleben, der Trennung von Innen und Außen."

„Ja, das ist die gängige Definition, zumindest eine davon. Andererseits ist aus verrückten Situationen die Menschheit entstanden. Es hat immer einer Verrücktheit bedurft, um einen Quantensprung weiterzukommen. Zumindest haben es die Menschen für verrückt gehalten, zunächst."

„Was meinst du? Erfindungen? Entdeckungen?"

Ich weiß nicht, worauf ich hinauswill.

„Zum Beispiel Galileo Galilei mit seiner Theorie, dass die Welt eine Kugel sei."

„Der war nun aber überhaupt nicht verrückt."

„Aber seine Zeitgenossen hielten ihn dafür. Ebenso wie Darwin, als er sagte, der Mensch stamme vom Affen ab. Der heilige Antonius, der eine Vision hatte, und Karl Marx, der verkündete, alle sollten die gleichen Chancen haben."

„Sie waren auf irgendeinem Gebiet den anderen voraus, haben etwas Revolutionäres entdeckt, erforscht, erkannt. Sind sie deswegen verrückt?"

„Sie sind vom normalen Weg abgewichen. Insofern waren sie verrückt." Da habe ich den Beweis.

„Wieso fragst du überhaupt?" Er sieht mich an.

Ich ziehe mich zurück.

„Nur so. Unter lauter Verrückten ist der Normale verrückt."

Er sieht mich an.

„Und du bist verrückt, wenn du mich jetzt gehen lässt."

Tage später.

Ich erwache von einem Höllenlärm. Im Affekt fahre ich hoch und sacke wie von einer Eisenstange getroffen wieder in mir zusammen. Die Nadeln in meinem Kopf durchbohren mich einzeln, jede hat durch die Bewegung noch tiefer hineingestochen. Mein armer Kopf droht zu zerspringen. Ist das nur Kopfschmerz? Gibt es solchen Kopfschmerz?

Ich versuche es etwas langsamer und spüre im Halbdunkel meine Knochen und Muskeln einzeln erwachen. Die Knochen drücken gegen einen harten, eiskalten Untergrund, einen Stein oder Marmor. Obwohl es fast noch dunkel ist und ich liege, weiß ich: Mein Bett ist das ganz sicher nicht.

Übel, mir ist nur übel, denke ich.

Ich fasse mit den Händen in den Raum über mir und bekomme eine eiserne Stange zu fassen, ein Bein von einem Tischchen, an dem ich mich aber nicht festhalten kann, weil es wackelt und leicht dabei leicht klirrt. Das Geräusch kenne ich, kann es aber nicht zuordnen.

Ich entschließe mich, die Augen aufzumachen. Gleißendes Licht schließt sie sofort wieder. Ich kneife sie zusammen und öffne sie dann nur einen Spalt, und allmählich erkenne ich ein Treppengeländer, graue Steinstufen und verschiedene Paar Schuhe. Plüschbesetzte Pantoffeln und rote, kleine Lackschuhe. Kinderschuhe. Nein, mein Zimmer ist das nicht.

Als der Höllenlärm noch einmal ertönt, sehe ich mit einem Schlag klar. Der graue Granit, der Läufer vor den Stufen, das Eisentischchen. Ich liege im Eingang von Mamans Haus, deren Telefon höllisch laut schellt.

„Oh Gott", krächze ich, mehr als das bringe ich nicht zustande, und ich versuche, gegen allen Schmerz aufzustehen. Eine leise Erinnerung an den vorangegangenen Abend steigt in mir hoch, ganz offensichtlich habe ich es, wo immer ich gewesen bin, danach nicht mehr bis hoch in mein Zimmer geschafft. Und womöglich kommt Maman jetzt, um ans Telefon zu gehen.

Da merke ich, dass in den Pantoffeln Beine stecken.

„Guten Morgen, Madame", flüstere ich höflich und sehe an den Beinen entlang hoch. Mühsam gelingt es mir, aufzustehen.

„Guten Morgen", antwortet sie kühl. Dann nimmt sie den Hörer ab.

„Hallo?"

„Ich geh dann mal hoch", bemerke ich überflüssigerweise und hoffe, dass ich meine Ankündigung auch einhalten kann. Jeder Schritt tut weh. Bruchstücke von Erinnerung tauchen auf, als ich erschöpft auf mein Bett falle. Der Wein, die Ausstellung. Das Bild. Oh Gott, das Bild.

„Ich liebe Cidre."

„Ja, das merkt man, es ist schon dein fünftes Glas."

Wir saßen auf Agnès' Sofa, Freitag, später Abend, die Gäste waren versorgt, die Köche hingen matt in den Seilen.

„Es ist fast kein Alkohol drin, beinah wie Apfelsaft. Also lass mich!" widersprach ich fröhlich.

„Fünf Gläser in einer halben Stunde – ertränkst du hier einen Kummer, den wir nicht kennen?"

Raphael war Maler wie Agnès. Er malte sehr akkurate Bilder von Städten, Gebäuden und Menschen, sorgfältig bis ins Detail ausgeführte Studien. Meist war er ein einsilbiger, unzugänglicher Mensch. Aber wenn er in Fahrt kam, war er nicht zu bremsen. Ich hatte den Verdacht, dass er sich eine geheimnisvolle Aura als Künstler aufrechterhielt. Agnès war völlig frei von derlei Allüren, seit einigen Monaten auch frei von ihm. Drei Jahre lang hatten sie Tisch und Bett geteilt.

„Quatsch. Schenk mir noch mal ein." Ich sah ihn an und spürte Spaß dabei, ihn ein wenig zu provozieren.

„Zwölf verschiedene Apfelsorten braucht man dafür: süße, bittere, saure. Die Süßen sind wichtig für den späteren Alkoholgehalt. Die Sauren braucht man für die Gärung. Ein Kilo für eine Flasche. Und du schüttest ihn runter wie Wasser."

„Ich weiß es zu schätzen! Santé, Raphi!"

„Den Saft lagert man in Eichenfässern ein. Luftdicht muss es sein. Und Hefe muss noch dazu. Unsere Äpfel sind nicht so zuckerhaltig. Deswegen dauert die Gärung auch so lange, drei Monate. Aber dadurch bildet sich viel Kohlensäure. Der Saft moussiert."

„Deswegen ist er auch so gut."

„Wenn er gegoren ist, muss der Cidre geklärt werden und dann noch mal monatelang reifen. Nur damit du weißt, was du trinkst."

„Und damit weißt du auch, warum das mit uns nicht gutgehen konnte! Ich mag keinen Cidre", lachte Agnès, und die meisten lachten mit. Raphael auch.

Paul malte Linien auf die Zeitung, ein S und eine Sieben.

„Seven Steps", murmelte ich.

„Lass uns noch ausgehen!"

„Okay", ich war auch unternehmungslustig. Und beschwipst. „Wo gehen wir hin?"

„Im Seven Steps ist heut Vernissage."

## 7 S

Der Moment, an dem ich das sagenumwobene Lokal kennenlernen würde, war offensichtlich gekommen. Ich würde ins 7 S gehen. Merkwürdig nervös wurde ich, als könnte mich das Lokal auch ablehnen. Die Bedeutung für die Clique war unübersehbar. Ich dachte an den Moment, an dem ich zum ersten Mal einen Hinweis darauf bekam, neben der Straße nach Mortaineau. Dann Agnès' Visitenkarte. Dann Pierres Hütte. Eine Begegnung mit diesem geheimnisvollen Lokal schien unausweichlich.

Ich hatte es immer gewusst. Und jetzt, da es so weit war, widerstand ich dem Drang, wegzulaufen. Als es vor meinen Augen auftauchte, war mir, als hätte ich es schon einmal gesehen.

Es lag hinter einem mit Gestrüpp eingewachsenen Hügel, inmitten von blühenden Ginsterbüschen. Bretonische Musik, vermischt mit Jazz, klang uns entgegen. Schon auf den ersten Stufen, die zu dem kleinen Bistroraum hinaufführten, sah ich verschiedene Gemälde, an einer unverputzten Wand Agnès' Chrysanthemen, auch einige Häuser von Raphael waren dabei. In dieser Umgebung sahen sie gar nicht schlecht aus, hatten etwas

Surreales in ihrer Genauigkeit, die sich so sehr von der wie hingeworfenen Ziegelwand und ihrer Flüchtigkeit abhob.

Das Lokal war voll. An einigen Tischen saßen Zigarre rauchende alte Bretonen. An anderen herausgeputzte Pärchen, wo die herkommen, fragte ich mich, denn um das 7 S herum war überhaupt nichts. Im Dorf gab es genug Lokale, was also zog die Leute hierher? In mir fühlend wäre ich auch jeden Weg gegangen, um genau hier meinen Cidre zu trinken. Und gleichzeitig hätte ich jede Chance genutzt, wieder zu verschwinden. Langsam ließ ich meinen Blick durch den Raum schweifen und setzte mich neben Agnès, wie nach Schutz suchend.

„Was trinkst du?" Paul stieß mich an.

Über dem Fenstersims hing ein kleines Ölgemälde.

„Wie bitte?"

„Was möchtest du? Pastis? Oder noch mal Cidre?"

Ich starrte Paul an.

„Hey? Alles in Ordnung?"

Ich starrte das Bild an.

Auf dem Ölgemälde war Wasser in breiten Querstreifen. In der Ecke eine 47.

„Ja", sagte ich abwesend. „Pastis."

Ich stehe im Boot, der Seegang. Warum bist du nur so nervös, wir sind schon bei viel stärkeren Wellen gesegelt.

Das Boot schaukelt, hör auf, die See ist zu stürmisch!

Halt dich fest! Halt mich fest!

„Halte sie!" schreie ich. „Der Kahn brennt doch lichterloh!"

Bitte nicht, hauche ich in den Raum. Dann bricht der Nebel über mich herein.

„Was ist denn los? Ist dir schlecht geworden?" Agnès klang besorgt.

„Du bist ganz grün im Gesicht."

„Der viele Cidre …", meinte Raphael.

„Nichts", murmelte ich, „ich kannte nur mal jemanden, der solche Bilder gemalt hat."

„Sie kennen Monsieur Duchamps?" Philippe, der Chef de Cuisine, war hinter mich getreten und stellte den Pastis auf den Tisch.

„Ist das der Maler? Nein, den kenne ich nicht", sagte ich erleichtert.

Ich hatte meine Nerven zuerst mit Pastis beruhigt, danach mit Bier und danach mit Menthe. Philippe hatte uns eine Runde spendiert, zur Feier der Vernissage, dann noch eine, zur Feier unseres Kennenlernens, und noch eine einfach so. Die Bilder an den Wänden fingen an zu tanzen. Ich torkelte an die Theke.

„Noch ein Menthe, Philippe!"

Jean trat hinter mich.

„Möchtest du vielleicht ein Glas Wasser?"

„Jean, mein lieber Freund, ich möchte einen Menthe, wie ich gesagt habe. Trink auch noch einen mit!"

„Nein, danke. Ich habe genug. Ich könnte dich nach Hause bringen."

„Nein, danke", lallte ich. „Ich mag nicht nach Hause. Jetzt, da ich endlich im 7 S bin, gehe ich doch nicht nach Hause. Einen Menthe! Bitte!"

Jean und Philippe wechselten einen Blick.

Ich hatte keine Lust mehr zu warten. „Na gut, dann geh ich eben mal für kleine Französinnen."

Ich wankte die Stufen zu dem kleinen Vorsprung hinauf. Über dem Fenstersims hing das Ölgemälde. *Brennender Kahn* stand auf dem Schild. Von einem Kahn keine Spur.

„Wo ist er?" murmelte ich.

Ein Glas fiel zu Boden. Es klirrte laut.

„Wo ist er denn?" rief ich. „Wo ist der scheiß Kahn hin?"

„Was ist los?" Jeans Gesicht auf einmal hinter mir.

„Es ist überhaupt kein Kahn drauf!" schluchzte ich laut. „Das Bild heißt *Der brennende Kahn*, und es ist überhaupt kein Kahn drauf!"

„Was ist mit dir?" fragte Jean leise. „Was trägst du mit dir herum?"

Ich sah ihn an. Sein Gesicht dicht bei meinem. Sein schönes, kantiges Gesicht. Es könnte anfangen zu klingen, das fühlte ich.

„Die Pfeile, Jean. Die ganzen Pfeile! Blutrot! Sie zeigen mir die Richtung, aber ich finde den Weg nicht."

„Ich bringe dich heim."

„Sie haben mich hierher geführt. Hierher. Und ich habe keine Ahnung, warum."

Ab da weiß ich nicht mehr viel. Irgendwie hat er mich heimgebracht, und ich habe den ganzen Weg auf ihn eingeredet. Dass der Kahn brennt, und dass er sie halten solle. Wie kann er einfach weg sein? Wie können alle einfach weg sein! Dazwischen hörte ich, glaub ich, Fetzen von Tschaikowskys *Pathétique*, gellende Abgründe. Es ist aussichtslos, Jean, ich schaffe es nicht. Er hat mich beruhigt, und dann hat er gar nichts mehr gesagt. Oder ich erinnere mich nicht mehr daran. An der Tür habe ich ihn verabschiedet. Glaube ich. So kann es gewesen sein.

Eiskaltes Wasser mitten ins Gesicht. Im 7 S kann ich mich jedenfalls nicht mehr sehen lassen. Dann kommt Maman mit der Nachricht, dass der Anruf für mich war.

Das auch noch, seufze ich. Bestimmt meine Agentin. Ich habe das Probesingen verpasst. Es wäre gestern Abend gewesen, und ich hätte absagen müssen. Jetzt muss ich mich entschuldigen und gleichzeitig absagen. Am besten gleich alles. Warum zum Teufel hab ich noch immer kein Handy! Oh, mein Kopf.

Maman holt mich aus dieser Schleife.

„Attendez", sagt sie. „Philippe Bourges war am Apparat. Er hat ein Schreiben für Sie auf dem Revier. Ich hielt es für besser, es für Sie abzuholen." Dabei sieht sie mich von oben bis unten an, als ob das liederliche Benehmen ihrer Gäste ihrem eigenen Ruf schaden könnte. Wie kann man sich nur so gehen lassen.

„Der Verdacht gegen Sie wird aus Mangel an Beweisen nicht mehr weiterverfolgt. Das Verfahren ist eingestellt worden. Sie können die französische Republik ab dem Zeitpunkt des Schreibens verlassen."

Wieder und wieder lese ich den Bescheid. Ich habe es schwarz auf weiß und kann es nicht fassen.

Ich bin frei.

Darauf habe ich Monate gewartet. Jeden Tag habe ich gezählt.

Jetzt bin ich frei. Sie können die französische Republik verlassen. Ich kann die Republik verlassen. Ich kann gehen. Wann und wohin ich will.

Ich kann gehen.

Ich werde gehen!

Schon morgen.

Heute ist die Luft still. Die Möwen haben sich noch nicht von ihren Ruheplätzen auf den Felsen erhoben. Das Wasser in der Bucht ist ruhig. Ich stelle meine Thermoskanne auf einen glatten Stein und ziehe meine Schuhe aus, tauche die Füße ins Wasser. Nicht einmal im Hochsommer ist das Wasser am Atlantik warm. Ich greife in die Tasche meiner Trainingshose, um die Schwimmbrille herauszuholen. Dabei berühren meine Finger einen harten Gegenstand. Verwundert ziehe ich ihn heraus. Für gewöhnlich habe ich nichts in meinen Taschen. Mein Wellenring, ja klar, ich hatte ihn damals in die Tasche gesteckt.

Ich lege Anorak, Trainingshose und T-Shirt auf den Stein und wate im Schwimmanzug ein Stück ins Wasser hinein. Die Kälte ist ein Schock, die Sonne scheint nicht mehr, das Wasser wirkt im düsteren Licht bedrohlich.

Ich blicke auf den Horizont und stoße mich nach vorne ab. Im ersten Moment nimmt es mir den Atem. In gleichmäßigen Zügen schwimme ich aus der Uferzone, bis ich ausreichend Tiefe habe. Das kalte Wasser umschließt mich von beiden Seiten, von unten und von oben.

So schwimme ich etwa hundert Meter bis zu dem kleinen Granitfelsen, den ich schon hundertmal vom Ufer aus gesehen habe. Ich lasse mich flach hingleiten, denn das Einzige, was ich beim Schwimmen nicht mag, ist der Moment, an dem man Boden unter den Füßen erwartet und nicht genau weiß, wann er kommt und wie er sich anfühlt.

Ich warte bis zum letzten Moment, dann greife ich nach dem Felsen und ziehe meine Füße nach. Tief atmend wende ich mich um und sehe zum ersten Mal die mir so vertraute Küste aus einem anderen Blickwinkel.

Lang halte ich es draußen nicht aus, die Luft ist kälter als das Wasser, und nach ein paar Augenblicken lasse ich mich wieder hineingleiten. Ich schwimme, als wäre ich Jahrzehnte nicht im Wasser gewesen, mit Blick auf den Horizont, schwimme mich in einen Rausch. Einmal noch durchquere ich die ungeschützte Bucht, bevor ich, der Erschöpfung nahe, wieder ans Ufer schwimme.

Schlotternd vor Kälte renne ich zu meinem Felsen. Wickle mich in mein riesiges Frotteetuch und gieße mir aus der Thermosflasche einen Becher Tee ein. Er ist heiß und stark und bitter. Ich trinke einen weiteren Becher, während ich allmählich aufhöre zu zittern. Ich trockne mich ab, ziehe mich um und rubble kräftig, um wieder warm zu werden.

Langsam gehe ich heim. Ich denke lange an den Blick, den ich vom Wasser aus gehabt habe.

Am nächsten Tag rauschen die Wellen an die Klippen, das Wasser hat die Macht des Windes aufgenommen und in Wellen verwandelt. Jetzt kommen sie bei mir an.

Ich werde morgen fahren.

Am späten Nachmittag laufe ich zu den Klippen, um den Wolken zuzuschauen. Wenn ich mich auf den Rücken lege, hetzen einzelne Wolkenfetzen über mich hinweg, lassen dazwischen Stücke des Himmels aufleuchten. Weiter unten ziehen sie langsamer dahin, manchmal kreuzen sich ihre Bahnen. Auch wenn es von unten so aussieht, würden sie sich in ihren unterschiedlichen Luftschichten niemals berühren.

Ein paar Surfer sind dabei, ihre Segel aufzubauen. Sie haben schwarzlila Neoprenanzüge mit Kapuze an. Surfer sind eine Seltenheit hier an der

Küste. Ich beobachte sie, wie sie mit ihrer Last ins Wasser steigen. Kaum können sie ihre Bretter mit den riesigen Segeln im Gegenwind an Land beherrschen. Im Wasser dann ist es einfacher. Die Richtung, der Tritt, der richtige Moment, um aufs Brett zu springen – wenn alles gelingt, sind sie in Sekundenschnelle weit draußen.

Es ist nicht ungefährlich, denn die steilen Felsvorsprünge sind unter der Wasseroberfläche nicht zu sehen. Der Wind frischt noch mal auf, peitscht die Wellen an Land.

Ideale Bedingungen zum Surfen.
Aus morgen wird übermorgen.
Und daraus nächste Woche.
Auf jeden Fall werde ich fahren.
Jeden Tag stehe ich mit den Möwen auf und gehe mit ihnen ins Bett.
Und irgendwann merke ich:
Ich fahre nicht.

Zum ersten Mal sehe ich die Wolkenfetzen am Himmel, die weit oben übers Meer jagen, als ich aufwache. Das Meer jedoch liegt ruhig. Das Unwetter spielt sich in den oberen Luftschichten ab. Hier unten ist es still.

Na, kleiner Vogel, wo kommst du her, frage ich in Gedanken den Spatzen, der mit schiefem Köpfchen durch das Fenster hereinspäht. Wie weit bist du geflogen auf deiner ersten Reise? Bis hierher zu mir.

Nichts ist zu hören außer dem Rauschen des Meeres. Dem leisen Rauschen. Es ist nichts mehr zwischen mir und dem Meer. Kein Weg. Keine Straße. Keine Biegung.

Mit der Zeit bläst der Wind Sandkörner durch die kleine Hütte.

Ich bin in die Hütte von Pierre gezogen.

## Zion streckt ihre Hände aus (Teil 2)

Außer Julie hat mich keiner verabschiedet, als ich meinen kleinen Koffer gepackt habe und zu Fuß zu meinem neuen Domizil aufgebrochen bin. Nun werde ich also endgültig zum Einsiedler.

Früh am Morgen ist die Luft rein und kühl, der Himmel in klarem Blau. Die Oktobersonne schickt warmes Licht, aber sie hat keine Kraft mehr in ihren Strahlen.

Im dicken Pulli stapfe ich am Baie entlang, begleitet vom Geschrei der Möwen, die keinerlei Melodien in sich tragen. Ich schreite kraftvoll aus und genieße die großen Bewegungen. Sport und Bewegung, das würde mir wieder zu der Kraft verhelfen, die ich brauche. Jeden Tag eine Stunde laufen. Wie früher. Ich drehe das Gesicht in die Sonne und lasse ihre Strahlen in mich hineinscheinen. Bogenschießen, vielleicht könnte ich das lernen, denke ich, als ich ein paar Kinder mit Pfeil und Bogen Indianer spielen sehe. Die ganze Energie sammeln, vollkommen ruhig werden in den Gedanken, die geballte Spannung halten und dann, auf dem Höhepunkt der Konzentration – in diesem einen Moment – den Pfeil abschicken.

Er würde sein Ziel treffen.

Ich muss unwillkürlich lächeln bei dem Gedanken, was meine Freunde zu meinem „Umzug" sagen würden. Ein neues Leben ist nicht der Grund. Ich bin keine zwanzig mehr. Und ich habe schon ein Leben, besser gesagt: Ich habe eines gehabt, mit dessen Überresten ich jetzt klarkommen muss. Zumindest bin ich jetzt keinem Menschen mehr Rechenschaft schuldig, auch wenn es nur eine fremde französische Frau mit ihrer Tochter gewesen ist. Wie erleichtert Maman war, als ich ihr Haus verließ! Und wie sie es zu verbergen versuchte. Allein Julies wegen, der ich kein Vorbild sein sollte, war sie heilfroh. Wahrscheinlich hat sie recht. Jetzt ist keiner mehr in der Nähe. Ich bin ganz allein. Nur das Meer, der Himmel und ich.

Allein auch mit meiner Erinnerung.

*Wie eine Welle im Morgenmeer*
*will es rauschend und muschelschwer*
*an deine Seele*

Tagsüber verlasse ich meine Burg nur selten, oft sitze ich auf den Steinstufen vor der Hütte. Seit ich hier wohne, habe ich keinen Menschen mehr getroffen. Die Freunde wissen nicht, wo ich bin, und die, die es wissen, sind froh, dass ich weg bin. Außer den Wanderern, die sich gelegentlich hierher verirren, lebe ich völlig abgeschieden. Das macht mir nichts aus, im Gegenteil.

Hin und wieder gehe ich in den Ort, um Geld von der Post abzuheben und einzukaufen. Ich brauche nicht viel, ein paar Äpfel, Kartoffeln, Käse, Baguette. Unmengen von Wasserflaschen. Nur ganz selten koche ich, und wenn ich einmal Lust auf etwas Besonderes habe, besorge ich mir frischen Fisch, den ich über dem Feuer brate. Während er brät, esse ich Oliven mit Wein und einer Flasche Wasser dazu. Am liebsten wäre ich Selbstversorger, aber dazu fehlen mir das Wissen und die Mittel. Ich spiele mit dem Gedanken, im Garten Kartoffeln anzubauen, Salat, ein bisschen Gemüse, Karotten vielleicht. Aber wahrscheinlich ist der Boden dafür völlig ungeeignet.

Jeden Tag gehe ich schwimmen. Im Wasser ist es gleichmäßig kühl, ob es nun regnet oder die Sonne scheint oder ob der eisige Wind darüberbläst. Nur der Moment des Hineingehens verändert sich: Je nachdem, ob man aus der Wärme oder der Kälte kommt, empfindet man es als beruhigend warm oder schneidend kalt. Mit kraftvollen Zügen durchquere ich zweimal die Bucht, meistens im Morgengrauen, wenn die Farben aus dem Grau auftauchen. Diese Verwandlung während des Schwimmens zu erleben, das Auftauchen des Horizonts, wie aus dem verwischten Morgennebel die Welt um mich herum Konturen gewinnt, ergreift mich in einer Weise, als hoffte ich, dadurch selbst wieder Kontur zu gewinnen.

Während ich schwimme, bin ich wie in Trance, so wie sie auch Langstreckenläufer nach zwanzig Kilometern empfinden. Voller Glück tauche ich die letzten Meter zum Ufer, bis ich mich von der Morgensonne auf meinem Handtuch trocknen und wärmen lasse. Ich habe das Gefühl, wieder zu Kräften zu kommen.

Das ändert sich, als ich in meiner Ruhe gestört werde.

Hinausschauend auf die See, löst sich ein Schatten aus dem Gegenlicht und kommt die Klippen herauf, immer näher in Richtung Hütte. Ich bleibe sitzen, bis Jean vor mir steht.

„Hier bist du."

Natürlich sollte ich ihm was erklären. Ich sehe sein schönes, intelligentes Gesicht.

„Ich habe auf dich gewartet. Madame hat mir gesagt, wo ich dich finden kann. Wie lange bleibst du?"

„Ich wohne jetzt hier."

„Du bist in Pierres Hütte gezogen? Seit wann?"

„Ein paar Wochen."

Er schweigt und setzt sich neben mich auf die Bank. Aber er hält die Stille nicht gut aus.

„Agnès lässt dich herzlich grüßen. Die anderen auch."

„Danke."

„Ich hab dir etwas mitgebracht." Er zieht ein Säckchen aus der Tasche und legt es neben mich auf die Bank. Ein paar Salzkörner rieseln zu Boden.

Ich bin gerührt, vor allem, als ich das Bedauern in seinen Augen sehe. Ich bedauere es auch. Für einen kurzen Moment haben unsere Träume die Wirklichkeit berührt.

„Wenn ich etwas für dich tun kann ..."

„Vielen Dank, Jean. Sag den anderen Grüße."

Er bleibt noch ein Weilchen sitzen, bis er langsam wieder absteigt.

Am nächsten Tag bin ich schon vor Tagesanbruch aufgestanden, nachdem ich stundenlang wachgelegen habe und im vorangegangenen Schlaf durch ein Labyrinth unverständlicher, aufwühlender Träume gerast bin. Eine riesige, schwarze Hand hatte mich verfolgt, wollte mich fassen, erwischte mich fast, doch ich entkam in letzter Sekunde, dann wurde sie eine Menschenhand, und als ich sie vertrauensvoll packen wollte, um Halt zu finden, wurde sie zu Butter.

Ohne mich anzuziehen bin ich zum Ufer gelaufen, stehe im knöcheltiefen Wasser; die Ebbe hat Schlick und Muscheln hinterlassen, einige Zweige, Tang und die blubbernden Hügel der Sandwürmer.

Der nächste Mensch, der zu mir will, ist Julie. Sie ist vorbeigekommen und hat mir Canapées gebracht. Ich habe sie die Bucht entlanglaufen und die Felsen hochklettern sehen, ihr kleines Päckchen unter den Arm geklemmt. Im letzten Moment schiebe ich den Riegel vor und schleiche mich in die uneinsehbare Ecke der Hütte.

„Hallo Madame?"

Ich sitze starr auf dem Schemel und starre auf den Boden.

„Madame? Ich habe etwas Selbstgebackenes mitgebracht!"

Ich bewege mich nicht. Sie ist nur drei Meter weg. Ich höre auf zu atmen. Weiß sie, dass ich hier bin?

Nach ein paar Minuten gibt sie auf.

Ich sehe ihr durch das Fenster nach, bis sie nur noch ein kleiner Punkt ist. Ihr Päckchen hat sie vor die Tür gelegt.

Ich hole es herein und esse die Canapées auf, eines nach dem anderen.
Julie ist acht Jahre alt, und ich kann es nicht ertragen, dass sie acht geworden ist.
So geht dieser Tag zu Ende, und mir bleibt nichts, als auf einen neuen zu hoffen.
Doch seit dem Tag, an dem Julie hier gewesen ist, streiche ich mit wachsender Unruhe herum. Wie ein Tiger umkreise ich die Beute, um letztendlich zuzustoßen. Das ist abends der Fall, als die Kraft der Sonne nachlässt.
Als Erstes sehe ich, dass die Zeilen weiter auseinander stehen, dass die Buchstaben nach oben und unten ausreißen, dass sich eine Seele nicht mehr wohlfühlt. Mehr noch. Ich lege den Brief hin. Ich würde mich nicht verrückt machen lassen.

*Die schönen Dinge in der Ferne*
*bleibt stumm!*
*Ihr wollt dran rühren*
*Ihr bringt mir alle die Dinge um!*

Könnte ich entwischen, ja, fühle ich, schnell noch umkehren, mitten im Spurt? Aber dann dürfte ich auf keinen Fall einen weiteren Brief lesen. Ich fasse halbherzig den mutigen Plan und weiß doch im gleichen Moment, dass es dafür zu spät ist.

(Zwölfter Brief)

*Wir zogen nicht mehr alleine in den letzten Kampf. Es reichte nicht, dass wir gegenseitig Krieg führten, wir zogen mit den Kindern in den Kampf. Und wir wussten, dass es unser Ende bedeutete. Wir hatten es schon lange gewusst, aber wir konnten es nicht aufhalten.*
*„Ihr nehmt Euch die Freiheit, wie ein Mann zu leben", griff er mich wieder an, hilflos.*
*„Wie ich lebe, kommt niemand zu Schaden!" schrie ich.*
*„Diese Zeit muss zu Ende gehen!" schrie er in einer bis zur Unschicklichkeit erregten Weise. In seinen Augen, im Ausdruck seines Gesichts und wie er mich ansah, erkannte ich die grausame, kalte Feindseligkeit. Wir waren niemals füreinander bestimmt — niemals zuvor bestand zwischen uns solche Erbitterung, solcher Hass. Dachte ich an einen Zufall beim ersten Streit, ich hätte mich verhören können, so kam aber der nächste und der nächste und dann noch einer, und ich erkannte, dass*

*es so bleiben würde, und da packten mich kalte Wut und das Entsetzen und die Verzweiflung und Furcht vor dem, was mich erwarten würde.*

*In meinem innersten Herzen habe ich gleich in den ersten Wochen gefühlt, dass ich verloren war, dass wir verloren waren, doch jetzt packte es mich in vollem Ausmaß. Ich hatte vorausgesetzt, die Liebe sei etwas Ideales und Erhabenes und Adliges und Unantastbares, in der Wirklichkeit aber ist die Liebe etwas Gemeines.*

*Immer feindlicher wurde unser Verhältnis, was ich auch sagen mochte, er war schon im Voraus dagegen, im Gegenzug verteidigte ich meine Rede, selbst wenn ich nicht von ihr überzeugt war. So schränkten wir uns im Verhindernwollen von Streit immer und immer mehr ein, bis wir so eng im Leben waren, dass nichts mehr hindurchkonnte, ohne dass zwangsläufig ein Ausbrechen folgen würde.*

*„Wie spät ist es?" fragte er.*

*„Wann steht Ihr auf?" fragte ich.*

*„Gibt es zu essen?" fragte er mich.*

*„Wann geht Ihr zur Jagd?" wollte ich scheinbar wissen.*

*„Sind die Tiere im Stall?" fragte er müde.*

*Einzig das war noch möglich in unserem Leben, und wenn wir um Haaresbreite diese engen Grenzen unseres Gesprächsstoffes verließen, flammte sofort und unabdingbar züngelnder Streit auf, es loderte und brannte, es bedurfte nur eines kleinen Funkens. Flammen wegen eines kleinen Hundes, wegen des Tischtuchs, wegen des Tees oder eines falsch liegenden Schuhwerks – alles Dinge, die für keinen Menschen eine große Bedeutung haben.*

*In mir kochte ein Zorn, der sich unaufhaltsam seinen Weg bahnte. Manchmal, wenn ich sah, wie er umständlich seinen Gehrock aufhängte, wie er seine Suppe schlürfte und ein bisschen davon vergoss, wie er am Morgen jeden Tag hüstelte – dann hasste ich ihn für dieses unselige Hüsteln und für all die anderen Dinge wie für das schlimmste Verbrechen.*

*Die Verzweiflung kam regelmäßig, pünktlich. Kam sie nicht, so hatten wir eine kurze Erholung, in der wir unsere engen Gespräche führten, nicht weil wir das wollten, sondern weil wir zwischen den Ausbrüchen keine Kraft mehr hatten und in der scheinbaren Ruhe wieder Energie sammelten für die nächsten verzweifelten Auseinandersetzungen.*

*Wir lebten in einem dichten Nebel, unfähig, auch nur ein bisschen hinaussehen zu können. Eines Tages, ich fühlte bereits im Verlauf des Gesprächs, dass es gleich zu jenem entsetzlichen Streit kommen würde, der in mir das unaussprechliche Verlangen weckte, zu töten, mich oder ihn, kam es zum Äußersten.*

*„Was ist es, dass Ihr Eure Kinder nicht erziehen könnt, wo Ihr es doch so sehr anstrebt? Doch es will und will wohl nicht gelingen! Schwächlich und klein sind sie. Was ist es, das Ihr wollt", höhnte er.*

*In mir wurde alles zu Gift.*

*"Einfach, dass Ihr krepieren mögt! Das will ich!" Ich erinnere mich, wie unglaublich entsetzt ich über diese meine Worte war. Nie hätte ich dieses Furchtbare von mir erwartet, nie, dass ich zu solcher Grobheit imstande gewesen wäre. Wie hatten sie mir nur entfahren können, die Worte, dachte ich erschöpft.*

*Ich ging, und er ging. Stand auf und ging hinaus.*

*"Dann geht! Geht!" rief ich hinterher. Leicht schwankend taumelte ich in die Küche und tauchte mein zitterndes Gesicht ins kalte Wasser. Tausend unterschiedliche Rachepläne fuhren mir im Kopf umher, ich konnte mich für mehrere entscheiden und fand so etwas Ruhe.*

*Beim Abendessen war er noch nicht da, und ich wurde wankend in meinem Zorn. Ich nahm ein paar Bissen zu mir, schon allein wegen meiner armen Zofe, dann zog ich mich zurück. Ich stand wieder auf und ging aus dem Schlafzimmer. Nicht alleine hier auf ihn warten. Ich wartete tatsächlich auf ihn, dass er zurückkam, dabei mochte ich das gar nicht. Ich war mir nicht sicher. Aber ich wollte auch nicht, dass er fortgeht, zumindest nicht jetzt und nicht so. Ich legte mich im Ankleidezimmer auf das Kanapee. Versuchte, mich mit etwas anderem zu beschäftigen als Warten. Vielleicht lesen, schreiben, sortieren, musizieren, aber ich brachte es nicht fertig. Saß alleine im Ankleidezimmer, ging in die Küche, ging wieder zurück, quälte mich, ärgerte mich, horchte und wartete. Ich hörte die Kirchturmuhr im Ort schlagen, drei Uhr, vier Uhr, fünf Uhr. Ich schlief ein. Als ich am Morgen erwachte, war er immer noch nicht da ...*

*Ich stehe mit Schweiß auf meiner Stirn wieder auf und sehe nach den Rosen. Ich sehe: Mitternachtslicht spiegelt sich im Teich.*

*Aus der Verankerung gerissen.*

*Und ich bin Jahre jünger und denke, wenn er nun nicht mehr wiederkommt, dieses elende Warten, immer wenn er für ein paar Stunden, ein paar Tage verschwindet, einfach verschwindet. Was, wenn wir es einfach nicht überleben? Kann man auch noch nach einem Unglück daran sterben? Wochen, Monate, Jahre danach?*

*Wenn er nun nicht mehr kommt, würde ich das überleben? Würde es einen Unterschied machen? Das denke ich, als ich Jahre jünger bin.*

*Es klopft.*

*Als ich öffne, steht mein Kind vor mir. "Mama! Papa, er kann mich nicht mehr hören!" Der Stich fährt mir in die Glieder, ich hab's doch nicht getan, nur gedacht, und ich finde ihn vor dem Sessel, hängend, ohne Kraft, doch mit stierem Blick, zumindest mit Blick, der Arzt ist auf dem Weg. Das habe ich nicht gewollt.*

*"Komm! Mami! Mami!" Auf dem Bett liegt sie, aufgelöst, gelöst.*

*In Tränen ganz gebadet, das Ziel verloren, das es nicht gibt. Schmerz, unsäglicher. Jetzt Versöhnung, endlich.*

*Nein, keine Versöhnung, in beiden Seelen ist die alte Erbitterung gegen den anderen geblieben. Dazu kommt noch die Erschütterung über den Schmerz, den der neue Streit verursacht hat. Stillstand, Pause, aber keine Versöhnung. Versöhnung ist nicht mehr möglich. Du musst das zu Ende bringen.*

Und ich sitze am Meer und warte in einem Licht aus Gelbgold und sehe die Sonne immer mehr sinken und die Farben immer deutlicher rot und lila werden, und dann muss ich in die Hütte gehen, denn obwohl ich weiß, dass sie morgen wieder scheinen würde in altem Glanz, kann ich es nicht ertragen, die Sonne untergehen zu sehen.

*Siehst du nicht das Himmelstrebende in ihnen?*

(Dreizehnter Brief)

*Keine Versöhnung war möglich, er kam und ging und kam wieder. Er sann auf Rache für unser verlorenes Leben, schien es mir, und dann kam der eine Tag. Ich erkannte an seinen eisigen Augen, dass er mir etwas mitteilen würde, was mein Leben verändern würde. Nur was war es? Ich sollte es erfahren.*

*Es wird Zeit, dass Amelie und Pierre ihr Heim verlassen. Sie müssen lernen, sich im Leben alleine zurechtzufinden, und nicht ihre Zeit mit Musik, Büchern und Tieren verbringen.*

*Er sagte das in einem so verachtungsvollen Tonfall, als würde es sich dabei um Stallausmisten handeln.*

*Und aus diesen genannten Gründen verfüge ich, dass Amelie auf das Landgut der Rothschilds kommt, um eine geeignete Erziehung zu bekommen.*

*Ich wurde bleich.*

*Was sagt Ihr da? Bekommt sie hier bei mir etwa keine Erziehung, wie in den vergangenen zwölf Jahren jeden Tag ihres Lebens? Warum wollt Ihr das Kind von ihren Eltern reißen und zu fremden Menschen geben, wo es niemanden kennt und unglücklich werden wird? Amelie hat ein wunderbares Talent, sie spielt Klavier wie niemand sonst. Sie kann eine große Künstlerin werden. Die Rothschilds werden keinen Lehrer finden, der gut genug für sie ist! Ich will nicht, dass sie geht! Ich erlaube auf keinen Fall, dass Ihr mir meine Tochter wegnehmt!*

*Ihr wisst, meine Liebe, dass Eure Erlaubnis mitnichten wichtig ist und dass sie von keinerlei Bedeutung ist. Und in zweifelhaftem Einfluss von Euch und Euren Hirngespinsten soll Eure Tochter nicht aufwachsen.*
*Ich bin nicht gewillt, ihren Aufenthalt zu bezahlen, und Ihr wisst sehr wohl, dass diese Kosten zu tragen das Gut nicht mehr imstande ist.*
*Ich war mir bewusst, ihn damit aufs Tiefste zu beschämen. Meine Mitgift und mein Vermögen wird niemals meine Tochter in fremde Hände schicken!*
*Da schlug er, rasend vor Wut, den Flügeldeckel auf meine Finger, so dass es sich anhörte, als würden sie zerbrechen, und schrie: Hört auf, so zu sprechen, als wärt Ihr imstande, meine Entscheidung in Zweifel zu ziehen! Und ich sage Euch, ich bin noch nicht fertig!*
*Für einen kurzen Moment schwieg er, bevor er sich entschlossen und endgültig äußerte. Der Junge gehört auf eine Kadettenschule. Da möge er lernen, wie man ein Schwert schwingt, einen Bogen führt und eine Zielscheibe niemals verfehlt. Sonst endet er, schwächlich und untauglich für ein Leben als Mann, als nichtsnutziger Musikus.*
*Ich schrie auf: Das wäre ein teuflischer Plan! Seht Ihr nicht das Himmelstrebende in ihnen? Er wird umkommen in dieser brutalen Welt! Er ist nicht gemacht für Drill und um Menschen umzubringen. Er wird daran zugrunde gehen! Er hat die Seele eines Künstlers, er hat wunderbare Ideen und setzt die Noten wie ein Genie aufs Papier. Hört ihm doch einmal zu, dann könnt Ihr es erkennen!*
*Erst soll ein Mann aus ihm werden!*
*Er ist ein Mann! Ihr würdet seine Seele zerstören. Er wird umkommen in dieser Welt, in die Ihr ihn schicken wollt! Ihr schickt ihn in den Tod!*
*Dann ist er der Welt nicht würdig, sagte er mit Verachtung, ist es nicht so, dass die Kinder so nutzlos sind wie Ihr und dass niemand darum trauern wird?*

Ich halte die Luft an.

*Nach dem Souper ließ ich mich entschuldigen. Sein Blick folgte mir nach, als ich den Speisesaal verließ. Ein weiteres Opfer, dachte ich, nur noch ein weiteres Opfer. Ich erschauerte am ganzen Körper, wenn ich an meine geliebten Kinder dachte. Nicht sie. Ich sah eine Weile auf die alte Standuhr und fand, die Zeit sei vorbei, dann sah ich in den Spiegel und sah darin in meinem Gesicht etwas, das bis zu diesem Moment nicht zu mir gehört hatte. (Mordlust.) Ich presse mir die Hand auf das kranke, unterdrückte Herz.*
*Mein Sohn wartete auf mich in seiner Schlafkammer. Er wusste Bescheid, mein treuer, kluger, lieber Junge. So zart von Gestalt und so edel von Gemüt. Es würde sein sicherer Untergang sein.*

*Mein Pierre.*
*Geh weg. Ich kann dich nicht mehr schützen.*
*Und er sagte: Ich weiß. Adieu Mama, und er ging ein letztes Mal zu dem Flügel und strich über sein braunes Holz und die abgebrannten Kerzen, und dann ging er fort, und ich wusste, ich würde ihn nie wiedersehen. Und ich wusste, ich würde es dem Oberst nie verzeihen und er nie mir.*

*Als wäre mit meinen Kindern die Sonne gegangen, zog Nebel auf und schob sich zwischen die Welt und den Himmel. Grau, trüb und feucht blieb es, und es wurde so dunkel im Haus, dass die Kerzen angezündet werden mussten, um ein wenig Licht zu haben. Zudem wurde es eiskalt, und nur das Feuer im Kamin sorgte für ein bisschen Wärme.*

*Mir war die Melancholie zur Schlafstatt meiner Seele geworden, in der sie von Zeit zu Zeit ausruhen konnte. Doch jetzt konnte ich nie mehr zur Ruhe kommen. Nie mehr.*

Ich möchte die grausame Ahnung bannen. Dieser Mann bringt dir Unglück. Du musst ihn verlassen. Du musst das zu Ende bringen. Ich gehe taumelnd am Strand entlang, und mir wird heißkalt. Mit feuchten Händen greife ich an meine kalte Stirn, halte mir die Hände vor die Augen, wie ich es immer tue, wenn ich plötzlich entspanne, wenn ich ausatme, als ob ich Spannung an meine Hände abgeben könnte, die sie wegleiten von mir. Meine Geste. Doch sie schafft keine Erleichterung. Das Meer schwappt an die Klippen, schwer und mächtig wie immer, und ich strenge meine Sinne besonders stark an. Aufmerksam beobachte ich das Meer. Irgendetwas ist anders, das spüre ich genau, und es macht mich verrückt, nicht zu merken, was. Ich höre keine Klänge, doch das ist seit Wochen so. Nur ganz selten gesellt sich eine Melodie in meine Gedanken, das ist es nicht, was so anders ist. Und doch.

Da merke ich es. Ich höre nichts, überhaupt nichts. Gespenstische Stille. Nicht einmal das Rauschen des Wassers, es bewegt sich wie sonst und rauscht bestimmt wie immer, doch ich kann es nicht hören. Ich kann es nicht fühlen. Ich bin wie abgeschnitten von meinen Empfindungen! Als mir das klar wird, steigt Panik in mir hoch, kriecht an mir entlang, mühsam nur vermag ich sie zu beherrschen, da merke ich, dass die blaugrauen Wellen schon etwas Farbe eingebüßt haben, so als ob sie verblassen würden und sich danach auflösen. Das Meer ist nicht mehr das Meer, und der Strand nicht mehr mein Strand. Ich erkenne ihn überhaupt nicht wieder. Bin ich nicht hundertmal hier entlanggegangen, müsste ich nicht jeden einzelnen Stein erkennen? Dann weiß ich überhaupt nicht mehr, wo ich bin. Ich versuche zu schreien, aber es kommt kein Ton. Ich weiß nicht mehr, ob ich in die falsche Richtung gehe, und bleibe stehen, die Hände an die Ohren gepresst, um nicht zu hören, was ich nicht mehr hören kann. Ich schließe die Augen, als sich alles dreht und entschwindet.

Ich werde langsam verrückt.

Ich sitze im Sand und lasse Sandkörner durch meine Finger rieseln. Ich weiß, dass es Sand ist. Ich spüre seine Kühle. Jedes einzelne Korn.

Die Welt ist wieder da.

Ich zittere noch und stecke meine zitternden Hände unter die Knie, diese nehmen das Zittern auf und leiten es durch den ganzen Körper.

Ich bin einer Einbildung erlegen. Ich sehe Schatten vorbeihuschen ohne Menschen dabei. Ich höre Musik ohne Töne. Ein feiner Instinkt sagt mir, dass höchste Gefahr droht, doch was ich tun solle, das sagt er mir nicht, der Instinkt.

Ich streiche wieder und wieder über das steinerne Bett. Eigentlich streiche ich über das Gestell, ich kann es fühlen, und ich kämpfe um dieses Fühlen wie um mein Leben.

Ich kämpfe darum, in dieser Welt zu bleiben, aus der es mich drängen will in eine andere. Tauche ein. Ich will nichts mehr von meinem Leben wissen und bewege mich nicht, weil ich weiß, dass der nächste Schritt der letzte sein kann, und danach stürze ich in die Schwärze.

Es hatte leise zu regnen begonnen, ein warmer Sommerregen, in der Ferne spielt jemand Klavier. Oder ist es nur in meinem Kopf – es ist nicht perfekt, ich kenne die Klänge, jäh erschreckend sehe ich noch mal zum Himmel und sehe, dass die Sonne scheint, hell und ruhig, genau wie seit Stunden schon.

„Hilfe!" Ich schreie und schreie, bis ich heiser bin vor lauter Schreien, und ich schreie noch einmal, bis ich merke, ich bin es gar nicht, die schreit! Hilfe, Mami!

*Denn alles Fleisch, es ist nur Gras*

Auch wir konnten nicht mehr miteinander sprechen.

Wir sind in Etappen gestorben, obwohl wir uns gewehrt haben, in unserer schrecklichsten Zeit.

Es stand immer zwischen uns. Es saß mit am Frühstückstisch, wenn wir aßen, es lag mit uns auf dem Sofa, wenn wir uns abends ausruhten. Es lauerte hinter jedem Wort und hinter jedem Schritt, den wir taten. Es wanderte zwischen uns hin und her und ließ uns keinen Augenblick für uns alleine sein. Der unausgesprochene Vorwurf, wer schuld sei, stand zwischen uns wie ein schwarzes Loch, und er kam niemals zur Ruhe.

Ich konnte nicht mehr schlafen. Töne hämmerten in meinem Kopf, und wenn es ruhig war, hämmerte die Stille in meinem Kopf. Er brachte mir Tee.

Glaubst du wirklich, dass mich der bescheuerte Tee schlafen lässt?

Ich sang und sang. Jedes Engagement nahm ich an. Ich sang mir die Seele aus dem Leib, und ich spürte nicht, wie meine Stimme laut und lauter wurde, damit ich die Stimme in meinem Inneren nicht mehr hören musste.

Ich war so erschöpft, aber ich musste alles singen, was auf mich einstürzte, diese ganze Springflut, diesen unerschöpflichen machtvollen Wasserfall, obwohl ich schon viel zu erschöpft dazu war, aber mein Geist kannte kein Erbarmen, immer weiter, sing, immer weiter. Sonst ist es weg, sonst ist es für immer verloren.

So sang ich und spürte doch nicht, wie ich mit Gewalt meine Stimme umformte.

G wurde für lange Zeit sehr still. Er hatte seine Worte in die Tiefe seiner Seele zusammengezogen. Und da hielt er sie verschlossen. Wenn er sprach, so nur von Belanglosigkeiten, aber meistens sprach er überhaupt nicht.

Das war die Zeit, in der er anfing zu malen.

Er malte das Meer, es war seine Art, das Geschehene aufzuarbeiten, zu verdrängen, einen Moment lang zu vergessen. Er malte das Meer und hängte es auf. Ein kleines Blatt, auf dem blaue Wellen sich auftürmten. Es hing über seinem Schreibtisch im Arbeitszimmer, und wenn er in seine Arbeit versunken dasaß, über Plänen brütete, so klebte sein Blick auf den einfachen blauen Wellen, und wenn ich es ertragen hätte, so hätte ich gefragt, an was er dachte. Aber wir blieben stumm, ich sang, und er malte.

Erst mehrere blaue Wellen, dabei probierte er die Farbtöne in seinem Temperakasten aus, die in der Palette von blau nach grün reichten. Seine Wellen bekamen mehr Leben, sie fingen an, sich zu bewegen. Ich lieh ihm meinen Aquarellmalkasten.

„Hier, probier das mal. Du kannst verschiedene Farbtöne übereinander legen, sie verfließen und scheinen durch die verschiedenen Schichten durch."

G mischte sich Meerfarben. Er hatte sich mehrere Paletten gekauft und tauchte seinen Pinsel abwechselnd ins klare Wasser und in die Farbtiegel. Befeuchtete er den Malgrund, so verliefen die Farben bei der ersten Berührung wie Wasser und Untergrund ineinander. Farbe um Farbe verband sich, verlor ihr eigenes Gesicht, um mit dem nächsten Farbton zu verschmelzen und einen neuen Untergrund zu formen. Farben und Formen verloren sich im gesteuerten Zufall. G steuerte es kaum.

Ließ er den Malgrund trocken, so geriet die Farbe stark und undurchdringlich, man sah ihr die dünne Verletzlichkeit nicht an. Leuchtend behauptete sie sich gegen das dicke, weiße Papier, das den Aquarellmalern jeden Freiraum lässt und dazu noch Raum für hundert Zufälle. G beobachtete, wie sich der harte Rand auf der einen Seite absetzte und trocknete, während er die andere Seite zu einer Unterwasserwelt aufwühlte, in der sich Schlammgrün und Ultramarin mit Lila und Türkis vereinten. Stundenlang konnte er sitzen und die Verläufe studieren, als säße er vor dem echten Meer und überlegte, ob er hineinspringen und untertauchen könnte. Gedankenverloren rührte er minutenlang eine einzige Farbe an, vermischte sie mit anderen Farben, etwas Türkis, dann noch Resedagrün, ein bisschen Ocker, nein, zu viel, Umbra dazu, Dark Yellow, dann Wasser. Und rührte und mischte, bis ein gänzlich neuer Farbton geschaffen war, einer, den er bisher noch nie erreicht hatte. Und den die Welt vielleicht noch nicht kannte. Dann erst begann er ihn aufzutragen. Es wurde eine Manie.

Dann reichten ihm die Möglichkeiten der Aquarellfarben nicht mehr. Er begann sich nach anderen Farbtönen umzusehen und entdeckte die Möglichkeit, sich seine Farben selbst zu mischen. Er besorgte sich Lapislazuli, Ultramarin und Indigo und zerstieß es mit einem Stößel. Er füllte die Pigmente in kleine Fläschchen und verbrachte unendlich viel Zeit, sie in kleinen Variationen zu unterscheiden, um sie dann sorgfältig anzurühren und auf die Leinwand zu bringen. Er lernte, wie die Herkunft der Farben ihre Qualität und ihre Leuchtkraft bestimmten, wie er sie bearbeiten musste, um ihre Wirkung zu erhöhen. Er fuhr, nur um ein reines Lapislazuli zu bekommen, Hunderte von Kilometern.

Als ich eines Tages vom Repetieren heimkam, sah ich sein erstes Ölbild im Eingang hängen. Es war ein zweigeteiltes Meer. Genau in der Mitte verlief die exakte Grenze, oben der blaue Himmel, zum gleichen Teil unten das Meer, dunkler gehalten, doch fast gleich gestaltet. Hätte sie nicht eine Art Horizont getrennt, so hätte man sie nicht unterscheiden können.

Ich freute mich, ihn so zu sehen, ich verstand sein Versenken, und ich verstand seine Manie.

Mit der Zeit wurden es mehr und mehr. Statt der Akten in seinem Zimmer stapelten sich die kleinen Fläschchen. Tausend Blaus.

Er hatte die Farblehre studiert und begann sie für sich nachzuvollziehen, doch seine Experimente blieben in ihren Farbtönen begrenzt. Er verließ nie den Raum, den er für sich erschlossen hatte, aber den beherrschte er perfekt.

Die Bilder in unserem Haus wurden mehr, und sie veränderten sich. Und sie veränderten das Haus. Im Eingang hing inzwischen eine Reihe sehr ähnlicher Meerbilder. Alle waren genau in der Mitte zerteilt, aber der Verlauf der Farben änderte sich in jedem Bild. Was blieb, war die Entsprechung der Töne. Nur zwei Haupttöne pro Bild. Trotzdem erschien es wie Himmel und Wasser. Ich konnte nicht sagen, warum, aber es war so.

Er malte exzessiv weitere Meerbilder, jetzt grüne, blaue oder graue, überall im Haus hatte er schon Meerbilder platziert. Er hängte sie an jede Wand, die frei war oder noch Platz hatte, manchmal mehrere nebeneinander. Immer, wenn ich heimkam, hing wieder ein neues Meerbild. Auf der Auffahrt überlegte ich mir schon, wo es wohl diesmal hing, und fand, auch dieser Gedanke war nicht mehr ganz frei von Obsession, und ich fragte mich, ob mir die Bilder gefielen.

Als ich eines Tages heimkam und mich auf die Liegefläche fallen ließ, fuhr ich im nächsten Moment erschreckt hoch. Meine Worte blieben mir im Hals stecken. Über mir hing ein gigantisches Ölgemälde. Die blauen Pferde von Marc waren abgehängt. Stattdessen starrte ich auf eine zerfurchte Wasseroberfläche, die mit dicken pastosen Strichen beworfen war.

„Warum hast du die Blauen Pferde abgehängt?" fragte ich, immer noch leicht benommen.

„Kein Platz mehr", antwortete G, der im Malkittel an mir vorbei in die Küche ging. „Wie findest du es?"

„Na ja", antwortete ich, und ich realisierte, was er soeben gesagt hatte. Es war tatsächlich kein Platz mehr. Nach der Eingangshalle, dem Treppenhaus, dem Atelier, dem Arbeitszimmer und dem Bad hatte G nach und nach seine Bilder in den Wohnräumen verteilt. Jedes einzelne hängte er auf. Es waren immer mehr geworden, so dass ich keinen Raum mehr ohne Wasserbild betreten konnte. Aber zum ersten Mal hatte er ein Bild, das schon hing, von seinem Platz weggehängt. Das war noch nie vorgekommen. Ich presste mir die Hand auf den Mund. Es erschien mir wie ein Frevel, unsere Gemälde abzunehmen, zu ersetzen, auszutauschen.

„Du hättest wenigstens mit mir reden können", murmelte ich. Doch G hörte mich überhaupt nicht mehr. Ich ging nach oben, machte meine Tür zu und atmete durch.

Ich hatte keine Kraft, mich gegen die Ausbreitung der Bilder zu wehren. Bild für Bild unseres gemeinsamen Bestandes wurde abgenommen, und wenn ich heimkam, war wieder ein neues Wasserbild dazugekommen. Es war nur die Frage, wo er es noch hingequetscht hatte. Wenn jemand zu uns kam, erklärte er uns für verrückt. Und wenn er es nicht frei heraus sagte wie A („Sag mal, hat G noch alle Tassen im Schrank? Wie hältst du das bloß aus?"), so stand es deutlich in seinem Gesicht geschrieben. Einmal kam sein Mitarbeiter, der G einen neuen Forschungsauftrag erläutern wollte. Er erstarrte in der Sekunde, in der er das Haus betrat. Unsicher lugte er aus den Augenwinkeln zu uns, zu testen, ob es ein Scherz, ein Test oder ein Versehen sei. Als er Gs unschuldiges Gesicht sah, setzte er eine steinerne Miene auf und folgte uns wie auf Eiern ins Wohnzimmer. Während des Gesprächs wurde sein Blick immer wieder magnetisch angezogen von den Bildern, doch als ob er sich dabei ertappt fühlte, schickte er ihn sofort wieder zurück zu uns. Mühsam beherrscht.

Es war für alle anstrengend.

„Ich hätte mir gewünscht, er würde es aussprechen", sagte ich, als er weg war, und seufzte.

G sah mir ins Gesicht. „Tut mir leid. Ich kann nicht anders."

Meist ging ich einfach durch die Wassergalerie durch. Hin und wieder freute ich mich auch über ein besonders gelungenes Werk. Als ihm ein Lieblingsbild gelang, war G bester Laune und empfing mich schon in der Allee.

„Was glaubst du, ich hab ein Bild mit Untiefen gemalt! Als ob eine unterirdische Quelle im Meer entstehen könnte!"

Ich freute mich für ihn. Das Bild war sagenhaft.

Wie hielt das Y bloß aus, frage ich mich heute. Sie schlich durch unser Haus, ohne nach links und rechts zu schauen. Dann verschwand sie in ihrem Zimmer. Manchmal hatte ich übersehen, dass sie da war. Niemals hatte sie etwas zu den Bildern gesagt. Aber ich erinnere mich auch nicht daran, dass sie eines angeschaut hätte.

Ich konnte G nicht erreichen, wenn er malte, so versunken war er, als ob er selbst auf dem Meeresgrund säße. Die Bilder schafften ihm seine natürliche Umgebung. Er sah nicht auf, hörte mich nicht und er sah mich nicht an. Er bemerkte mich oft gar nicht.

„Mal auch eines!" riet er mir später. „Die Farben tun gut …"

„Ich weiß nicht recht."
Mal!
Ich setzte mich hin und griff zur Farbe. G sah mich erschrocken an.
Mal!
Und ich griff zur Farbe und malte das Wasser rot.

Rotes Blut tropft in den Sand, versickert, ich starre es an – wie es aus mir heraustropft – auf meine Hände, auf die Beine, herunterrinnt.
Ich hatte mich angeschlagen, und es blutet wieder, und diesmal will es nicht aufhören. Ich klebe ein neues Pflaster drauf.

*Wir möchten nah dir bleiben gerne!*
Was aus diesen Worten herausrinnt, ist mein Blut.
*Doch es ist uns vom Schicksal abgeschlagen,* diese erschütternde Interpretation eines traurigen Themas reißt mich in die Welt, die ich zu vergessen suchte.
Und mit einem Mal erkenne ich die Worte.

*Ihr wolltet mir mit eurem Leuchten sagen:*
*wir möchten nah dir bleiben gerne*
*Doch ist uns das vom Schicksal abgeschlagen*
*sieh uns nur an, denn ...*

Ungeheuerlich wird sie mich wegströmen, und was wird dann übrig bleiben von mir, von allem. Ohne Pause fließt die Musik, erbarmungslos, unwiderstehlich, in brütender Finsternis und lautem, unerträglichem Schmerz.
Aggressiv und ekstatisch peitscht die Melodie die Töne, bis ich, aufgewühlt und mitgenommen, erschöpft das Ende ertragen muss, *sieh uns nur an, denn bald schon sind wir dir ferne.*
Ich breche in Tränen aus.
Doch *alles Fleisch, es ist nur Gras.*
Ihr Tod.
Und *alles Fleisch ...*
Dieses verflixte Requiem.
*... es ist nur Gras.*
X zwischen Schläuchen und Kanülen, seit jenem Tag, zwischen Leben und Tod.
Und wenn sie mich nun schon verlassen hat? Mein Auftritt ist in dreieinhalb Stunden. Ich habe keine Zeit.

In wilder Panik renne ich durch die Flure und hetze die Treppen hinauf, immer zwei Stufen auf einmal nehmend. Jage den Gang entlang bis ganz hinten und reiße die Tür auf. Sie liegt reglos.

„Was ist?" brülle ich G an, schrill vor Hysterie.

„Schläft", sagt G und sieht mich an. Die Tränen in seinen Augen.

Schweratmend setze ich mich neben das Bett. Langsam atme ich ruhiger, den Blick nicht von ihr wendend.

„Gehen Sie nach Hause", meint der Stationsarzt.

Mein Einsatz in zwei Stunden.

Und wenn das die letzten Stunden wären.

Ich sage das Konzert ab. Ich gehe auch nicht mehr in die Proben. Die Sonne scheint durch die Fenster ins Zimmer.

„Mami", flüstert X.

Ich komme ganz dicht an ihr Ohr.

„Ja."

„Mami, warum singst du heute Abend nicht?"

Ich antworte nicht.

„Warum singst du heute Abend nicht?"

„Die Vorstellung ist abgesagt, mein Stern."

Mein Herz krampft sich zusammen, dann läuft es aus.

„Versprich mir, dass du dort singen wirst."

„Wo, mein Herz?"

„Du weißt schon, in der Fenice." Unser Saal, unser Traum.

„Vielleicht kann ich niemals dort singen."

„Du wirst, versprich es mir."

„Ich versprech's dir."

„Mami."

„Ja?"

„Ich werde es vielleicht nicht mehr hören."

Sonne scheint ins Zimmer.

„Ich singe es für dich, mein Herz."

Ein Sonnenstrahl fällt auf ihr Gesicht.

Sie blinzelt, dann schließt sie die Augen und macht sie nie wieder auf.

Wie wild hämmere ich an die Tür. Es ist kurz vor Mitternacht, und es dauert eine Ewigkeit, bis Jean am Fenster erscheint.
„Was ist denn los, um Gottes willen? Ist etwas passiert?"
„Wo ist der Mann? Wo ist er? Wo ist der Maler, der das gemalt hat?"
Es dauert einen Moment, bis Jean unten in der Tür steht.
„S", sagt er ernst. „Wen suchst du?"
„Den Maler! Der das Wasserbild gemalt hat! Ich muss zu ihm! Jetzt gleich! Sag mir, wo ich ihn finde!"
Jean zögert nur einen Moment.
„Ich bringe dich hin."
Er holt seinen Mantel und gibt mir auch einen. Ich zittere.

Das Seven Steps ist nur mehr dürftig erleuchtet. Nur ein Pärchen sitzt noch an einem der Bistrotische nah beieinander, ein Glas Pernod vor sich. Leise Jazzmusik hüllt den Raum ein.
Hinten in der Ecke ist ein Mann über ein Buch gebeugt. Er hat uns den Rücken zugedreht.
Diesen Rücken.
„Ah", ruft Jean, „da sitzt er ja. Komm, ich stelle euch vor."
„Wer ist das?" frage ich.
„Das", sagt Jean, als wir fast bei ihm angelangt sind, „das ist George."
Das Feuer in mir glüht von innen nach außen, als würde es aus mir herausbrennen. Wird heißer und heißer und kriecht an die Oberfläche. Ich fühle, dass ich verbrenne und gleichzeitig die Gefühle nach außen brennen.
Ich bin selbst ein Feuerball geworden. Ich sehe mich um, in der Dunkelheit der Nacht muss ich scheinen wie ein lodernder Feuerball.
„G", flüstere ich.
„Wie ein Stern", flüstert er.
Ich schaue ihn an.
„Du warst für mich wie ein leuchtender Stern. Ich wollte nicht, dass du untergehst."
„G", flüstere ich brennend.
„Ich wusste, dass du kommst."
Ich stehe noch immer wie angewurzelt.
Langsam dreht er seinen Kopf.
„Eines Tages würdest du kommen, das wusste ich."

*Zion streckt ihre Hände aus
und es gibt niemand, der sie tröstet*

## 6. Im Treibhaus

Hochsommer.

Wasserwellen sind pure Energie. Die Energie des Windes, übertragen auf das Wasser, wird zur Welle. Je nach Gestalt und Kraft türmt sie sich unterschiedlich auf. Ist die Welle so hoch wie das Wasser tief ist, funktioniert es noch.

Wird die Welle höher als das 1,3-fache der Wassertiefe, so wird sie instabil.

Dann bricht sie.

*Begegnung mit G.*

G und ich am Ufer.

Brütende Hitze über dem Land, sogar hier am Meer, wo es nur selten richtig heiß wird, weil ständig ein leichter Wind die Luft in Bewegung hält. Aber jetzt steht sie.

G und ich unten am Meer.

Einen Moment lang fällt mein Blick auf Gs offene Brieftasche. Fotos von X. Von uns allen. An einem Bild bleibe ich haften. Es zeigt G an Bord der La Bretonne, auf der er angeheuert hatte. G lachend und strahlend, Abenteuer im Blick, an der Reling. Hinter dem Steuer ein bärtiger, kleiner Mann, lächelnd den hohen Wellen trotzend. Der Kapitän des Schiffes, sein Blick mit Stolz auf G ruhend. G schaut direkt in die Kamera, gegen den Wind gestellt, kraftvoll und mutig. Seine Welt.

Ich kenne das Foto.

„Was machst du hier?" frage ich ihn.

„Ich lebe hier." Er lächelt. „Das Wasser lässt mich nicht los."

„Woher kennst du Pierre?"

Wir schauen eine ganze Weile auf die Strömung.

„Ich hatte auf seinem Schiff angeheuert. Was ich über das Meer weiß, weiß ich von ihm. Meine ganze Liebe zum Wasser hat er mir geschenkt."

„Er ist tot", sage ich.

„Ja. – Hier saßen wir schon einmal", sagt er. „Du bist damals ins Wasser gesprungen."

„Ich würde es wieder tun", sage ich.

„Ich auch", sagt er.

„Man kann nicht zweimal ins gleiche Wasser springen. Springen könnte man. Aber das Wasser ist inzwischen ein anderes."

„Ja", sagt er. „Es ist ein anderes."

Dann sitzen wir auf der kleinen Dachterrasse seiner Wohnung, gold und gelb der Himmel, und warten auf den Sonnenuntergang, doch es ist diesig, und es lohnt sich nicht zu warten, denn es wird heute keinen geben.

*Hochgewölbte Blätterkronen. Baldachine aus Smaragd*

Aus anfänglichem Interesse ist ein Bann geworden, dann eine Sucht, und sind die Briefe erst meinem Erleben gefolgt, so folge ich jetzt ihrem. Sie gehen vorweg, mehr noch, sie scheinen mein Leben jetzt zu steuern, vorwegzunehmen. Ich habe das Spiel verloren. Sie gibt die Regeln vor.

Die Musik fängt an, in mir zu pochen, wie mein Herzschlag.
*Hoch-gewölb-te Blät-terkro-nen.*
Doch das Schicksal ist gefährlich listenreich. Von unvermuteter Stelle weiß es sich Erschütterungen in den härtesten Stein zu sprengen. Und schon ist der Zugang gelegt. Der äußere Anlass ist banal.

Allmählich bilden sich träge Kreise im trüben Wasser, langsam schwerfällig weiterwallend erreichen sie den Rand des Bewusstseins.

*So drang ein neues Element in Altgewohntes und Verhärtetes, das Raum forderte und mit unausweichlicher Gewalt Früheres zur Seite drängte. Tage oder Wochen, vielleicht auch Monate, hatte es gedauert, bis diese Saat aufging, unerwartet, bis das neue Gefühl aus meiner inneren Welt sich nach außen durchrang. Und weitere Wochen, bis ein zweiter Gedanke sich dazugesellte und Gestalt bekam. Dieses zweite war nichts anderes als ein Komplementärgefühl zum ersten. Und unaufhaltsam ist es weitergewachsen. Cherche la vérité.*

Was meinst du mit Wahrheit? Welche Wahrheit?

Stell dich.

Ich bin gelähmt von der Hitze. Es ist wie im Treibhaus.

Mein Sehnen nach Kühle. Wie oft wünschte ich, ich hätte das Leben leichter nehmen können. Warum musste es früher so schön gewesen sein? Etwas weniger schön täte jetzt auch etwas weniger weh. Gern wäre ich ein nüchterner Mensch mit eingrenzbaren Gefühlen. Nicht so tiefe Liebe und Leidenschaft empfinden, aber auch nicht so entsetzlichen Schmerz.

Lieber blau fühlen anstatt rot.

Doch das Gegenteil ist der Fall, statt Kühle und Klarheit breitet sich in mir heißes Chaos aus, die Töne schwellen weiter an, ein Crescendo ohne nahende Auflösung. *Bal-dachi-ne aus-Sma-ragd.*

Wo ich bin, will ich nicht sein. Aber sonst will ich auch nirgends sein, so bleibt mein Weg ziellos. Ich schleppe mich träge über sandige Wege, flache Nadelgehölze, darunter viele Kiefern, viel dorniges Gestrüpp. Stechginster säumt den Weg, vor Hitze flirrend. Ich laufe davon, vor der Hitze und vor der Einsamkeit, vor Gs ratlosem Blick und vor mir selbst.

Jeden Moment würden mir wieder die Tränen in die Augen schießen, das weiß ich. Lange spüre ich Gs eigentümlichen Blick auf mir, als er mich in die Hütte gehen sieht.

Erst die Nacht verspricht Abkühlung.

Als ich einschlafen will – oder schlafe ich schon? –, höre ich ein Knarren. Grade im Traum bogen sich Bäume im Wind, die Äste und Zweige rauschten, knarrten? Nein, das Geräusch lässt sich nicht in den Traum einweben – es knarrt wie eine Tür, die kommt definitiv in der Natur nicht vor.

Mit einem Schlag bin ich hellwach.

Leise schleiche ich aus dem Bett und tappe zum Fenster. Ich schaue in die Dunkelheit, das Knarren ist weg, die Luft steht still. Meine Sinne sind seltsam geschärft, bis zu den Fingerspitzen wittere ich etwas. Jemand muss dicht vor mir stehen.

Was machst du hier?

Stille.

Er steht da, Seesack auf dem Arm, Vertrautes im Blick. Kann ich bei dir wohnen?

Nein, sage ich.

Kannst mir nicht mehr Heimat sein.
Zu arg verstrickt. Erdrückt, dein liebes Lächeln im harten Griff.
Eiskalt die Hand, die nach uns greift und uns am Ende doch erwischt

*Kinder ihr aus fernen Zonen, saget mir warum ihr klagt*
*Das Gras es ist verdorret die Blume abgefallen*

Ich hörte Gs Stimme, doch sie erreichte mich nicht. Aus der Ferne kam sie von irgendwoher nach irgendwohin.

„Nimm ihre Hausschuhe und ihre Bilder mit."

Da verstand ich. Ihre Hausschuhe aus leuchtend gelbem Plüsch. Ihr kleiner Rucksack mit den blauen Bärchen, obwohl sie fast acht war. Die Bilder aus unserem Garten, die sie fotografiert und ausgesucht hatte. Der Albtraum war kein Albtraum. Nicht mehr. Die Möglichkeit zu erwachen war vorbei. Hausschuhe und Rucksack waren Wirklichkeit. Ich würde nie mehr aufwachen.

Ich hörte, wie das Gespräch weiterlief, hörte G mit den Schwestern reden. Er sah manchmal her. Ich hörte, wie er leise meinen Namen rief. Aber da war ich schon auf dem Gang, ohne mich umzudrehen stieg ich die Treppe hinunter, nichts fühlend, außer der Treppe, die ich Stufe um Stufe hinunterstieg, lautlose Stöße von hartem Stein.

Ich stehe in ihrem Zimmer. Die Tür ist auf. Seit Tagen. Wie alle Mütter habe ich nichts angerührt. Nicht eingegriffen in den Rest ihrer Anwesenheit. So als ob sie noch da wäre, zumindest ein bisschen von ihr. Doch jetzt setze ich mich auf ihr Bett, vorsichtig. Acht Jahre lang hat sie hier ruhig und sicher geschlafen.

„X, X, X", flüstere ich. Niemand antwortet. Sie ist nicht hier.

Ich schaue ihre Bilder an. Es sind Bilder von Rosen, einzelne Blüten und ganze Büsche. Ich erkenne sie alle wieder. Fotografien aus unserem Garten und von überall her. Ein riesiger Blütenkelch auf einem noch riesigeren Bild. Eine Reihe exotischer Rosenblüten aus dem Botanischen Garten. Dazwischen die Königin der Nacht. Ihr Schreibtisch, der am Fenster steht. Von da aus hat sie den schönsten Blick in den Garten.

Mit aller Macht versuche ich ihr Bild heraufzubeschwören, in allen Einzelheiten des Zimmers suche ich nach ihr, nach ihrem Geruch, nach ihrer Stimme. Ich schließe die Augen. All meine Macht reicht nicht.

„X, X, X", flüstere ich.

Auf dem Boden liegt die Lupe, mit der sie ihre Blätter untersuchte. Organische Strukturen faszinierten sie.

„Sie können Muster machen, Mami, wenn man sie in Wasser legt und ihnen Musik vorspielt!" Mühelos schlug sie die Brücke zwischen Gs Leidenschaft und meiner. „Schau nur, Kreise und Spiralen und Schleifen! Tausendmal!" Stundenlang studierte sie die energetischen Formen, immer wieder probierte sie neue Musik aus mit immer neuen Strukturen.

„Das ist endlos, wie die ganze Welt! Schau her! Schau!"

Ich denke mit aller Macht daran.

„Schau her! Schau!"

Ich wünsche mir so sehr, sie zu hören. Doch es bleibt stumm. Nur ich selbst kann die Worte sprechen.

Ich kann sie nicht auferstehen lassen.

Ich laufe wieder die Treppe rauf und runter. Rauf und runter.

„Baust du mir einen Drachen, Mami?" Ihr Vertrauen in meine Fähigkeiten, egal auf welchem Gebiet, war grenzenlos.

„Ja, klar." Ich bemühte mich nach Kräften.

Ich laufe aus dem Haus, am Fluss entlang, so lange ich kann. Dann kann ich nicht mehr. Ich komme an die Brücke und lehne mich hinaus. Ich sehe runter. Kies. Geröll. Ich sehe runter. Drei Meter vielleicht. Es ist zu hoch. Ich springe.

Der Schmerz tut gut. Es sticht im linken Knöchel. Blut tropft vom Kinn. Alles tut weh. Ich kann nicht mehr gehen. Aber ich weine keine Träne.

Ich steche mir in den Arm, doch ich weine keine Träne. Der Schmerz tut gut.

Alle sind versammelt ...

Ich stehe hinter der kleinen Kapelle, und alle sind sie da.

Ich stehe hinter der kleinen Kapelle. Die Beerdigung meines Kindes. Es ist kalt, aber ich friere nicht. Ich stehe da, wie ich es mir tausendmal vorgestellt habe. Mit mir, hinter mir, stehen hundert Leute.

Sie weinen um X. Mein Kind.

„Es soll enden, wie es angefangen hat: Hand in Hand. Ich halte deine kleine Hand. Es soll dir an nichts mangeln. Meine Jahre schenke ich dir."

Der Schnee glitzert in der Sonne, das merke ich wohl. Und je schöner er glitzert, umso mehr tut es weh.

Ich bin froh um die blechernen Klänge der Friedhofsglocken, sie sind für einen Moment lauter als mein Schmerz. X, X, X, denke ich. Fortwährend. Und dann streiche ich an diesem Tag das „Wort" für immer aus meinem Sprachgebrauch.

Erst am nächsten Tag bekomme ich Panik. Als ich aufstehe. Die strahlende Sonne scheint ins Zimmer und findet sie nicht mehr. Findet sie nirgends mehr auf der ganzen Welt.

*Schweigend neiget ihr die Zweige, malet Zeichen in die Luft*

Er geht.

Zurück in sein Zimmer, wo er nicht hingehört. Zurück in sein Zimmer im Seven Steps.

Und doch, ich besuche ihn dort.

Wo ist Y?

„Wo ist Y?" frage ich und sehe ihn nicht an. Ich brauche ewig, um die Frage zu stellen. Er bleibt still. Doch es ist die falsche Stille.

„Sie ist bei A."

„Bei A?"

Sie hat gar nichts gesagt. Sie hat mir auch nicht geschrieben.

„Ja", sagt er. „Es geht ihr gut. Es geht uns gut."

Stunden verbringe ich damit, nicht daran zu denken. Aber es schmerzt, ihn wiederzusehen, viel mehr noch als ihn nur in meinen Gedanken zu haben. Wie eine schlecht verheilte Narbe, die aufbricht, wieder zu bluten beginnt. Doch die Begegnung mit ihm, mit damals und letztendlich mit mir war unvermeidlich. Schritt für Schritt habe ich mich darauf zubewegt.

Zu viel ist schon aufgebrochen, was begraben war.

Aber es steht noch etwas aus. Was ist es? Und was wird danach sein?

Es ist wie Gras. Was ...

Und der Kinderaugen Sterne ...

Ich habe noch eine Tochter. Ihm anvertraut, ausgerechnet ihm. Finde keine Erholung im Schlaf – diese Träume, ewig diese Träume. In denen riesige Hände mich verfolgen. In denen ich den Schatten nicht erkennen kann. Den Schatten auf einem brennenden Schiff, im Traum tausendmal, und ich sehe näher in den Traum und sehe, dass ich versuche, in das Boot zu gelangen. Dann bin ich auf einmal drin. Halte sie, schreie ich, halte sie fest! Und ich sehe hinter mir den Schatten einer anderen Person. Wer ist noch auf dem Schiff? Und ich sehe sein Gesicht nicht.

*Suche die Wahrheit.*

*Nur noch die Frage, wann und wie der letzte Schritt stattfinden wird*

Das Meer ist wild und schleudert mir die *A-Dur-Sonate* von Beethoven entgegen, lodernd und leidenschaftlich, reißt mich weg. Aggressiv peitscht das Wasser die Töne, bis es, ich bin aufgewühlt und mitgenommen, erschöpft das rasende Ende ertragen muss. Gewalttätig brütende Hitze, finster und groß, mischt sich hinein. Nicht hinhören ist unmöglich. Die Töne, die darunterliegen und die Luft vibrieren lassen – welche sind es? – ich kann sie nicht zusammensetzen.

Es geht ihr gut. Er hat alles geregelt. Kümmert sich um die Tochter, wenn die Mutter nicht dazu fähig ist. Ja, er macht das gut. Wo sollte sie sonst hin? Er ist ihr Vater. Sie hätte sich auch für mich entscheiden können, aber sie hat ihn gewählt. Es war ihre Entscheidung, nicht seine. Ich sollte unbesorgt sein. Wenn ich mich wieder gefangen habe, dann kommt sie zu mir, da bin ich sicher.

Bruchstücke wie Pfeile mitten in meine Gedanken. Jetzt erkenne ich sie, die Töne darunter. *Und alles Fleisch, es ist wie Gras*, das Brahms-Requiem schafft sich Platz in meinem Kopf, verdrängt die Sonate. Was will es bei mir? Warum höre ich es jetzt?
*Und alles Fleisch, es ...*
Da ist es mit einem Mal. Als wär es immer da gewesen. Und ich habe die Antwort auf eine Frage, die ich nicht hatte stellen wollen.
Was damals passierte. Als ich es hörte.
Eine meiner Lieblingsopern stand auf dem Programm: *Lakmé* von Leo Delibes. Gleich in der zweiten Szene kommt mein persönlicher Höhepunkt, das magische Duett, das Lakmé mit Mallika singt. Ergreifend schön und jedes Mal meine Seele zum Schwingen bringend.
Lakmé, die indische Priesterin, die einen englischen Offizier liebt. Doch die Liebe kann den Graben zwischen den Welten und Religionen nicht überwinden. Natürlich endet es tragisch.
Ich summe die Anfangstöne vor mich hin, stimme mich wie immer ein. Den Saal habe ich schon vorher ausgelotet, bereits eine halbe Stunde vor Beginn bis auf den letzten Platz besetzt, was sicher an der Neugier auf meine Person liegt, aber auch daran, dass *Lakmé* ein Publikumsmagnet ist und nur selten aufgeführt wird. Auch diese ist eine einzelne Vorstellung.
„*Viens Mallika, les lianes en fleurs*", singe ich mich ein. Eva steht schon bereit, als Mallika, Lakmés indische Dienerin, mit der sie am Flussufer blauen Lotus für die Göttin Ganesha pflückt. Unsere Szene. Wir tauschen für einen Moment einen Blick. Ein paar Minuten noch, dann würden wir auf die Bühne gehen, ohne Nervosität und voller Töne im Kopf stehe ich links am Vorhang, bereit, ihn aufzumachen.
Als ich auf die Bühne trete, höre ich für einen Moment nicht nur meine Töne. Ich höre ein leises Wimmern. Ich nehme es kurz zur Kenntnis, dann trete ich auf die Bühne, höre das *Allegro moderato*, atme wie gewohnt – und kann nicht singen.
Vor dem Einsatz gibt es eine kurze Pause, und da höre ich es ganz deutlich. Ein Weinen. Es scheint geradewegs aus dem Publikum zu kommen. Ich schaue irritiert zum Dirigenten, doch der macht weiter, ungerührt, als hätte er es gar nicht gehört. Überhaupt scheinen sich die Musiker und Sänger davon nicht aus der Ruhe bringen zu lassen. Auch die Zuschauer nicht. Sie schauen gespannt auf mich. Wie angewurzelt stehe ich an meinem Platz.
Eva beginnt, wie kann sie es einfach ignorieren? Ich sehe ihren flehenden Blick.

„*Viens Mallika!*"

Ich sehe die gespannten Augen der Musiker – und da fällt es mir wie Schuppen von den Augen: Sie hören es überhaupt nicht! Ich bin die Einzige, die das Weinen hört! Ich starre in den Saal, aber die Lichter sind so grell, ich kann nichts erkennen. Das Weinen wird so laut, dass es durch den ganzen Saal hallt. Lauter als die Töne des *Allegros* und Evas Stimme.

Sie singt einfach weiter.

Das Kind schreit, immer lauter. Wo ist es nur? Und warum weint es so sehr?

In meinem Kopf tobt ein Orkan.

Ich will das Schreien übertönen und singe laut die ersten Töne, die mir in den Sinn kommen.

„*Denn sie sollen getröstet werden, denn sie sollen getröstet werden ...*"

Mallika hört mich nicht. „*Sous le dôme épais où le blanc jasmin a la rose s'assemble.*"

Ich singe aus Leibeskräften.

„*Denn sie sollen getröstet werden! Denn alles Fleisch, es ist wie Gras, und alle Herrlichkeit des Menschen wie des Grases Blumen!*"

Doch wieder bleiben die Töne in mir, niemand kann sie hören. Das Weinen zerreißt mir den Verstand.

„*Das Gras ist verdorret und die Blume abgefallen!*"

Bis mir klar wird, was ich singe. Es ist das *Requiem* von Brahms. Und es ist das Weinen eines Kindes. Meines Kindes.

Ich schaue Eva an, dann verlasse ich die Bühne und mache mich auf die Suche nach meinem Kind.

Ich fand mein Kind nicht, ich fand mein Lied nicht, und ich suchte auch nicht mehr weiter.

Suche die Wahrheit.

Ich habe zu viele Wahrheiten gefunden, will keine mehr suchen.

Ich will leise Träume träumen und nach der Abendsonne kein Licht mehr sehen.

*Sing oder stirb.*

Wir sprachen kaum noch miteinander. Wir sprachen nebeneinander, oft gleichzeitig. Jeder seine Sprache. Aber einmal noch war alles anders.

G hatte aufgeräumt und meine Notenblätter der Cenerentola gefunden. Ich hatte gesehen, wie eine Staubwolke sich löste, als er sie aus dem Stapel Zeitungen herauszog.

„Du hast die Notenblätter seit Mailand nicht mehr angerührt, seither nicht mal mehr in die Hand genommen", meinte er unwirsch. Mich ärgerte seine Unwirschheit, aber nicht so sehr, dass es mich wirklich berührt hätte. Einfach eine Wunde mehr, sie zog an mir vorbei.

„Die Chinesische Rose braucht Zuschnitt, sie hat mehrere Triebe entwickelt, die sie nur Kraft kosten."

„Du hast seither nicht mehr den Mut gehabt zu singen."

„Glaubst du, ich könnte sie zuschneiden ..."

„Verflixt noch mal, es geht hier nicht um Rosen!" Er knallte mit der Faust auf den Sekretär.

Ich machte die Augen zu. Er brüllte so, dass ich sie wieder aufmachte.

„Sing!" Ihm gingen völlig die Nerven durch. „Verflixt noch mal, sing einfach! Zeig mir, dass du überhaupt noch lebst, dass du atmest, dass irgendein Funken Kraft in dir ist!!"

Mit einer Bewegung schleuderte er den ganzen Stapel Noten vom Tisch. Seine ganze aufgestaute Verzweiflung brach durch. Seine Finger krallten sich in ein paar einzelne Blätter.

„Da! Nimm sie wenigstens in die Hand. Zeig mir, wohin dich deine jahrelange Suche geführt hat! Nur eine Note! Nur einen einzigen Ton, vielleicht eine Phrase! Nur eine einzige Phrase aus einem Lied von all den hunderten, die du gesungen hast! Egal welches! Es geht nicht? Zu schwer? Unmöglich!? Niemand ist schuld!"

Wie Salzsäure brannte sich jedes seiner Worte in mich, verätzte die Wunden, die nicht verheilten, flüssiges Gift strömte in alle Teile meines Inneren.

Schuld, diese Schuld. Unerträglicher Schmerz, wenn ich ihn zuließ. Wenn ich irgendetwas zuließ.

„Ich kann nicht."

Alles fiel in sich zusammen. Erschöpft sah er mich an. „Ich will, dass du sie wiederfindest. Musik ist dein Leben."

Wir starrten uns an. Verzweiflung im Blick. Eine Sekunde, zwei. Ich sah nicht weg. Er sah nicht weg. Er war entschlossen, dieses Mal nicht aufzugeben.

„Versuch es wenigstens", seine Stimme klang beschwörend. „Hier oder oben im Musikzimmer. Denk an früher, nimm eine Melodie, Worte, sing sie."

„Nein." Nur Angst!

„Ich komme mit dir. Ich stelle mich hinter dich, neben dich, wenn du willst. TU ES!"

Seine aufrichtigen Augen sahen mich fest an. Eine Welle alten Vertrauens flackerte auf.

Ich antwortete nicht, aber ich stand auf.

Leise Töne im Kopf.

Du kannst es. Ewig hatte ich Töne in mir. Sie konnten nicht einfach spurlos verschwunden sein. Eingesponnen in einen tranceartigen Zustand stieg ich die Treppe hinauf zum Musikzimmer. Die Klänge wurden lauter. Es ist nur verschüttet, ich muss es nur wieder ausgraben. Der Schatz ist noch in mir. Es ist in mir. Ich höre die Töne doch. Ich muss sie nur nach außen bringen. Jetzt.

Als ich ans Fenster ging und auf den Teich blickte, schwankte ich für einen Moment – der Bann drohte zu brechen. G drückte leicht meine Hand. Er war bei mir.

„Alles ist gut."

Ich holte tief Luft, bereit, alles zu wagen.

In dem Moment läutete es an der Tür.

Wir standen stocksteif.

Nach ein paar Minuten läutete es wieder.

Dann sah ich A den Weg zu ihrem Auto zurückgehen.

*Sing oder stirb, Teil 2.*

„Versuch es einfach. Denk nicht nach."

„Aber was hängt für mich davon ab. Von dem einen Moment."

„Irgendwann ist es auch für dich zu spät."

„Zu spät wofür?" Gibt es etwas, wofür es nicht längst zu spät ist?

„Um wieder anzufangen. Um die Angst zu besiegen, bevor sie dich auffrisst."

Sprechen funktionierte ja. Ich nahm das Notenblatt und spannte es in den Ständer. Es lag zu hoch. Ich schraubte hin und her und konnte die richtige Höhe nicht finden. Ich geriet ins Schwitzen.

„Lass doch, das ist doch nicht so wichtig. Es hat ja die richtige Höhe."

Ich schraubte verzweifelt weiter. „Einen Moment noch, ich hab's gleich." Das durfte doch nicht wahr sein, dass ich meine Höhe nicht finden konnte!

Schließlich ließ ich es. Aufrecht hinstellen, durchatmen, loslassen, durchlassen. In die Ferne und doch ganz bei dir.

Das Klavier setzte ein. Ich begann zu singen. Hörte meine Stimme von ferne. Sie klang nicht wie meine Stimme. Meine Nerven vibrierten. Ich setzte ab. Schluckte, konzentrierte mich neu.

Serge begann ein zweites Mal mit dem Vorspiel, und ich setzte auch ein zweites Mal ein.

Es blieb dünn. Ich produzierte Töne, die nicht zu mir gehörten und die mir nicht gefielen. Aber ich produzierte Töne. Ich hielt das Stück durch bis zum Ende. Danach wusste ich nicht, ob es mir nun besser oder schlechter ging.

Davor hatte ich die meiste Angst gehabt: dass die Seele in meiner Stimme verloren war.

Warum ich ein paar Tage zu G ziehe, weiß ich nicht. Vielleicht ist es die Angst.

*Und mein Kopf zersprang vor Schmerz ... So suche weiter Schritt für Schritt nach der Wahrheit. Folge mir.*

Ich will nicht schon wieder eine Tablette nehmen. Gestern schon und den Tag davor. Und jeden Tag davor. Der Schmerz ist mein ständiger Begleiter geworden. Er gönnt mir keinen Augenblick Ruhe. Ich ertrage ihn, ich lebe mit ihm, schlafe in der Nacht höchstens ein paar Stunden, wache wieder auf.

Phantomschmerz. Treibhaus.

Manchmal überfällt er mich mit solcher Wucht. Und ewig das Gewirr an Tönen und Melodien, das sich nicht lösen will. Wenigstens ist das Requiem wieder aus meinem Kopf verschwunden, es hat seinen Zweck wohl erfüllt.

„Jede Beziehung verläuft anders. Hörst du mir überhaupt zu?"

Ich habe vergessen, dass Jacques da ist.

Warum ich zu G in das Seven Steps gezogen bin, weiß ich nicht. Vielleicht aus Angst, alleine der Begegnung nicht standhalten zu können. Diesen letzten Schritt nicht gehen zu müssen, von dem ich nicht mal weiß, welcher es ist.

Gs langsames Schweigen hatte mich wütend und krank gemacht. Er lebte, so schien es mir, ohne Sinn und Zweck und ohne Sehnsucht nach irgendetwas. Ich hatte mich zurückgezogen und wollte mit Gewalt mein Leben leben, in dem ich mittendrin gestorben war.

Mitten in der Nacht stehe ich auf. Es ist vier Uhr. Er ist gerade heimgekommen. Unerwartet begegnen wir uns also.
„Was machst du hier?"
„Ich plane unser Essen." Ich sehe ihn an. Fahl und fremd seine Augen. „Am Freitag geben wir eine Gesellschaft. Wir laden Paul und Jean ein, Agnès auch. Jacques und Arnaud und Frédéric, wenn er gerade Zeit hat. Philippe nicht, er ist gerade in der Normandie."
„Das weiß ich", sagt er.
„Hummer nur in kleinen Mengen, nicht zu protzig. Und Cécile kommt nicht, von ihr habe ich nichts gehört. Keine Kinder. Was ist?"
„Oh", er zieht die Nase kraus, „nichts Besonderes. Ich habe nur bis vor zwei Minuten nicht gewusst, dass ich eine Gesellschaft geben werde."
„Oh", äffe ich ihn nach, „du gibst sie. Du stehst an der Bar und stößt das Eis."
„Meinst du, das ist eine gute Idee?"
„Meine Güte, ich will kein Konzert geben! Ich will lediglich ein paar Leute einladen."
„Wozu?"
„Was regst du dich auf? Ist es nicht normal, Freunde zum Essen einzuladen?"

Alles ist vorbereitet. Die Gäste eingeladen, das Essen im Kühlschrank, der Eiskübel steht bereit, hinter hundert Gläsern wartet G. Er sitzt zusammengesunken auf einem Bistrostuhl. Ich lehne an der Bar, ein Glas Champagner in der Hand, hoffend, dass uns die Gäste die Einladung abnehmen und nicht die Maske herunterreißen werden.

So sind wir bereit.

Ein paar Minuten scheint es, als würde niemand kommen. Ich spüre ein Ziehen im Magen.

Dann kommen alle auf einmal.

Agnès und Jean und Cécile, Jacques und Arnaud strömen herein. Lautes Gläserklirren und fröhliches Stimmengewirr zeugt von einem richtigen Fest. Ich entspanne mich ein wenig, nehme Schluck um Schluck. Abwechselnd holen wir uns Häppchen, bis die Stimmen leiser werden, immer leiser, schließlich ganz verstummen und eine beklemmende Frage unausgesprochen im Raum hängt.

Ich sehe in die Runde, dann, als alle meinen Blick erwidern, verlasse ich das Zimmer und gehe ins Bad. Lehne mich aufs Waschbecken und starre in mein leeres Gesicht. Agnès ist mir gefolgt.

„S? Es wird wieder. Es ist ein schönes Fest."

„Ja, ich amüsiere mich großartig."

Sie sieht mich an, und da beginne ich zu schluchzen, still und hilflos, Tränen, eine nach der anderen, nicht enden wollende Ströme.

„Mein Gott", sagt Agnès und blickt sich hilfesuchend um.

Schwarze Streifen voller Schminke laufen mir über die Wangen. Jemand will die Tür aufmachen. Agnès tritt ihm entgegen.

„Tut mir leid", sagt sie mit fester Stimme. „Ein Frauenkränzchen."

„Ich muss S was sagen."

„S kann jetzt nicht." Die Tür schnappt ins Schloss.

„Verdammt noch mal, macht auf!" G stampft mit dem Fuß auf.

Ich weine weiter, es wird nie aufhören.

„Wann hat es denn angefangen?" Was meint Agnès?

Ich winke ab.

Es tut so unerträglich weh. Ich sinke auf die Duschwanne nieder und weine, ohne dass ich genau weiß, um was. Ich weine um alles, um die Liebe, um die Kinder, um die Musik, um G und um mich selbst.

Ich packe meine paar Sachen und verlasse das Seven Steps.

Die kleine Lok fuhr langsam auf den unbemannten Bahnsteig ein, bevor sie stehen blieb, standen die Türen schon offen.

Ich trat über die Schwelle, die Trittfläche, wich zurück, und ein schwarzes Loch tat sich auf, ich sah die Mäuse auf den Gleisen weghuschen, als ich in letzter Sekunde den Fuß zurückziehen wollte, um nicht ins Leere zu treten, doch es war schon zu spät.

Ich knickte ein.

Er kam näher und entfernte sich wieder, dann kam er wieder näher, so nah, dass sein Gesicht direkt über dem meinen war. Ich hatte ihn noch nie gesehen.

„Sie kommt zu sich", gab das Gesicht bekannt.

Ich blinzelte und sah an seiner Schaffneruniform hinauf. Da fiel es mir wieder ein.

„Gute Frau, Sie sind mir fast vor den Zug gelaufen! Ist Ihnen übel geworden oder was?"

„Ich wollte gerade einsteigen, da ..."

„Da warten Sie mal besser, bis der Zug steht! Ein Glück, dass ich den Wagen schon so abgebremst hatte. Wollen Sie sich umbringen?"
Er sah mich scheel an.
An den Rändern meines Gesichtsfeldes begann es gefährlich zu schwanken. Ich versuchte es zu ignorieren und rappelte mich hoch.
Wenn ich bloß nicht so zittern würde.

An den Moment, in dem aus dem passiven Gedanken ein aktiver wurde, kann ich mich nicht erinnern. Auch nicht daran, wann sie genau das Kommando in meinem Leben übernahm. Aber daran, dass es gegen meinen Willen geschah, daran erinnere ich mich.

*Niemals höre ich auf, an sie zu denken, keine einzige Sekunde eines jeden Tages. Beginne den Tag, indem ich aus dem Fenster schaue, und beende ihn mit dem Einbruch der Dunkelheit.*

*Einmal am Morgen fand ich die Kraft, mit ihm zu sprechen. Was wollt Ihr? Ich gab Euch Licht, ich hörte die Töne des Frühlings und habe sie für Euch geholt, ich fühlte die Brise des Sommers und fing sie für Euch ein. Ich atmete den Herbst und den Winter und brachte Euch Eure Kraft, Philippe.*

*Während der nächsten Monate wurde die Situation immer unerträglicher. Armes Kind, du kamst in mein Leben, um mich zu retten. Doch ich habe es nicht genutzt. Du warst meine einzige Freude, mein einziger Schatz, wie eine junge Pflanze, die ich aufzog und goss, doch ich war unfähig, die Blüten zu sehen. Ich hielt dich im Arm, doch nicht wie einen Liebhaber. Das erste Mal, als mein Herz schneller schlug, schlug es nicht für dich und nicht für das Kind.*

Hör auf, beschwöre ich sie in Gedanken, sie werden ihr Leben meistern. Du kannst nichts für sie tun, doch ich sehe, wie du leidest, wie euer überfeinertes Nervensystem empfindet. Siehst du nicht mehr das Leuchten der Sonne, nicht mehr den süßen Duft der Blumen? Oh, wie ein zerknittertes Rosenblatt oder der Schatten einer Fliege dich traurig macht, dabei der Himmel so herrlich blau und die Luft mit Poesie gefüllt, so werde ich selbst ganz krank.

Sie ist es in Wirklichkeit, der ich entkommen muss, die mich ins Verderben zieht!

*Du hast keine Wahl, es ist unabwendbar. Tu es.*
Was soll ich tun?
*Du weißt es genau. Es geht dir wie mir. Du bist wie ich. Du bist ich.*
Panik befällt mich.
Lass mich doch gehen, lass mich heraus aus deinen Fängen!

Aus allen Winkeln, Ecken, Gedanken und Noten kann sie mich anspringen. Überall lauert sie. Ich versuche nicht hinzusehen. PANIK. Wo kann sich mein flackernder Geist einen Augenblick ausruhen?

Irgendwann nehme ich die letzten Briefe in die Hand. Ich muss mich stellen.

*Mein Sohn Absalom! Wollte Gott, ich wäre für dich gestorben.*

Und allmählich fließt immer mehr aus mir, meine Lebenskraft, meine Energie, meine Wärme. Mein Leben fließt aus mir heraus, weil ich es, genau wie sie, weil wir es ahnen. Ich kann es nicht aufhalten.

Was hat er nur getan!

(Fünfzehnter Brief)

*Töten und Verwunden*

*Wie geht es Euch heute, Madame?*

*Wie immer. Nicht gut, nicht schlecht.*

*Das ist keine Antwort, sagst Du, Aurore. Das heißt nicht ja, nicht nein. Nicht krank, nicht gesund.*

*Sehr gut, genau das. Ich bin nicht krank und nicht gesund.*

*Er schritt auf und ab in dem alten Salon, ein sehr großer Kamin aus Marmor mit Kupferintarsien. Der Oberst war mit ein paar Freunden zur Jagd aufgebrochen, ich hatte ihn mit Madame Bonnet schon zurück erwartet, als der Schuss fiel.*

*In diesem Moment kam Maurice Duchamps zur Tür herein, einer seiner Jagdfreunde, zusammen mit seinem Diener Luc, einen aufgerissenen Brief in der Hand, fluchend.*

*Ist das wahr, Ihr habt auf einen Bauern geschossen, nur weil er ein paar Säcke Mehl gestohlen hat?*

*Madame Bonnets Stimme zitterte.*

*Ich würde ihn auf der Stelle niederschießen, und das Gesetz gibt mir das Recht! Duchamps stapfte hinaus, die Flinte in der Hand, fluchend über das Pack.*

*Madame Bonnet presste sich die Hand vor den Mund.*

*Mon Dieu, flüsterte sie. Es wird etwas geschehen.*

*Was wisst Ihr schon, fragte ich. Ihr macht mir Angst!*

*Jemand ist da, ich fühle es.*

*Es sind Diebe im Garten, mischte sich Luc ein. Die Männer haben sie ums Haus schleichen sehen, als sie von der Jagd kamen.*

*Und? fragte ich.*

*Sie werden auf sie feuern, sie sind in Jagdlaune.*

*Und wenn es gar keine Diebe sind? Wenn es wieder arme Bauern sind, die etwas zu essen suchen? Sie können sie doch nicht töten!*

*In dem Moment fiel ein Schuss. Madame Bonnet sank ohnmächtig zu Boden.*

*Jeden Moment wird er kommen, rief Luc aus, mit einem toten Kaninchen auf dem Arm.*

*Nein, Luc, sagte ich. Es ist menschliches Blut, das hier geflossen ist.*

*Ich packte mein Küchenmesser in die Taschen meiner Reithosen, nahm meinen Mut zusammen und schritt hinaus zur Tür, beschworen von allen, doch im Zimmer zu bleiben. Dann lief Luc hinter mir her.*

*Er ist hier! rief er. Augenblicke später sah ich einen jungen Mann, blutverschmiert und ohne ein Lebenszeichen. Ich leuchtete ihm mit meiner Kerze ins Gesicht. Seine Augen starrten mich an.*

*Er braucht einen Arzt, sofort, rief ich, und zerrte ihn mit Luc zusammen ins Haus. Los, ruft einen Arzt! Wir legten ihn in den Billardraum.*

*Merkwürdig, hörte ich eine Stimme hinter mir. Ein eisiger Wind, der Oberst war ins Zimmer getreten. Wie Ihr Euch um den armen Teufel kümmert. Und dann: Der Verwundete kommt aus dem Haus.*

*Mit einem Mal erfasste ich sein Wesen.*

*Er ist nicht tot! schrie ich. Er atmet noch. Er braucht sofort Hilfe!*

*Er schob mich beiseite.*

*Der Verwundete kommt aus dem Haus, wiederholte er, und seine Diener führten den Befehl auf der Stelle aus. Als sie ihn hochzerrten, gab er ein Stöhnen von sich, eine halbe Stunde später starb er in unserem Park, wo sie ihn eingruben.*

*Hüte dich, hatte sie gesagt. Hüte dich vor diesem Mann. Und ich erkannte die schreckliche Wahrheit.*

*Starre auf jemanden, der nicht mehr kommen wird. Durch das Fenster sehe ich den Wald, über dem schwerfällige Nebelschwaden aufsteigen wie flüssiges Blei. Ein Rabe zieht seinen Kreis und stößt einen gellenden Schrei aus.*

*Der tote Mann war mein Sohn.*

(Sechzehnter Brief)

*Rette mich, liebe Freundin, ich bin in einer grausamen Lage, ich brauche Hilfe, rette mich von den Schrecken, die mich umgeben, ich bin dabei, die Kontrolle zu verlieren!*

*Warum sprichst du von Selbstmord, teure Freundin. Schickst du mich in den Tod?*

*Weine nicht um mich, liebste Freundin, um uns, empfinde kein Leid, schlaftrunken wanderte ich durch die Wälder des Berry auf den einsamsten Punkt zu, ein gewaltiger Steinbruch öffnet sich vor mir, nahe am Ufer des Indre, alle Formen von Schönheit und Trauer, von Nacht und Tag, über diabolischer Luft strömt der Geist der Welt, monströs und überwältigend, und ich wand mich mit dem Gedanken: Versuch es, tu es. Schaffe wieder Ordnung. Einen einzigen Moment lang, den ich nicht abwendete.*

Mein Gott. Sie tut es, und ich werde es auch tun. Was willst du von mir? Zu wem führst du mich? Ich ahne es, und auch dass ich keine Wahl mehr haben werde.

*Ich konnte es nicht abwenden, und er, er hat mir alles genommen ... Mein Kind, mein Herz, mein Leben, mein Talent und mich selbst. Ich existiere nicht mehr.*

Und am Schluss ist er selbst gegangen.

Als ich die Auffahrt heimkam, hielt ich einen Moment lang den Atem an. Ich spürte, dass sich mein Leben verändern würde, aber ich wollte es noch nicht wahrhaben, dass etwas anders war als sonst.

Leere Wände glotzten mich an. Er war gegangen. Und er hatte alle Wasserbilder mitgenommen.

Alle Wasserbilder und mein Kind.

So sehr sie mich überflutet hatten in den letzten Wochen und Monaten, so fühlte ich mich jetzt auf dem Trockenen sitzen, ohne einen einzigen Tropfen lebensnotwendigen Wassers und ohne die Hoffnung, jemals wieder einen Schluck trinken zu können. Mit einem Mal schien sich mein Körper zusammenzuziehen, um den letzten Tropfen Flüssigkeit aufzuspüren.

Wie eine Verdurstende lief ich zum Brunnen im Hof und trank und trank das kühle Wasser, doch zum ersten Mal war es nicht angenehm, sondern kühl wie aus einem Grabe kommend, und so viel ich auch trank, es konnte meinen Durst nicht stillen, und so hörte ich, hoffnungslos geworden, zu trinken auf, als mein Körper schon fast zersprang und nur noch aus Wasser zu bestehen schien. Doch der schreckliche Durst nahm immer mehr zu.

Der schreckliche Durst nahm immer mehr zu, mein Hals brannte, und wie Staub schluckte ich trocken und schluckte wieder. Ich stolperte in die Küche und drehe den Wasserhahn bis zum Anschlag auf. In einem dicken

Strahl lief es in das Becken, sammelte sich dort, weil es in dieser Masse nicht abfließen konnte.

Und eines Tages hatte ich es sofort gespürt. Dann immer mehr, und ich konnte nicht mehr daran vorbeispüren, keinen einzigen Augenblick mehr.

Ich musste die Ordnung wiederherstellen.

Und wenn ein Unglück schließlich eingetroffen ist, liegt immer auch Erleichterung darin, denn es bedeutet auch das Ende einer ständigen Bedrohung.

Ziellos schritt ich dahin, entlang des Flusses, dann ging ich näher zum Fluss, der wie eine Kloake träge dahinfloss, verlangsamte meine zitternden Schritte, überquerte die Brücke und sah hinunter zum trüben Wasser, weiter hinunter. Niemand kam die Straße entlang, und niemand bemerkte, wie sehr mich der Sog erfasste und unerbittlich zog. Ich fühlte bereits die kühlen Wellen durch die Luft, die wie von Eiswasser leichten Nebel aufsteigen ließen, der mich einhüllte, vollständig und unergründbar tief. Fasziniert und wie schlafwandelnd bewegte ich mich vorwärts. Auf dem Grunde des Flusses lag ein Wrack, das fühlte ich, und magisch angezogen näherte ich mich der Klippe. Blut pulsierte in meinem Kopf, auf einmal erfasste mich Schwindel, ich kippte, griff mit den Händen, um Halt zu suchen und griff ins Leere.

God bless you.

*Du bist nicht tot. Ich finde mich selbst verworren in Vergangenheit und Zukunft, ohne eine Spur von Hoffnung. Leid und Müdigkeit, eine leere Wüste ohne einen Tropfen Wasser ist mir Nohant, dreitausend Meilen entfernt von Mitgefühl und Menschlichkeit, von allen verlassen, ohne Geld und Besitz, verhöhnt von dem Mann, der Oberst ist, ich mache keinen Hehl daraus, dass mein Schicksal besiegelt ist, ohne die Kraft, mich gegen die Bestimmung zu wehren, ein gebrochenes, ruiniertes Leben, keine Tränen, Fieber und Leiden, Fieber und Leiden, warum nicht eine Stunde früher sterben, oder ein Jahr, es macht keinen Unterschied ...*

*Sie fanden mich am nächsten Morgen, am Boden liegend, mit verdrehtem Blick und blauen Lippen, ein Doktor erschien, den keiner gerufen hatte. Als ich für einen kurzen Moment die Augen öffnete, erkannte ich ihn. Du kommst zu spät, sagte ich.*

*Du bist nicht tot, sagte er. Und du wirst auch nicht sterben.*

*Das war der Moment, von dem an ich nur Hass empfand.*

*(Und obwohl er mich getötet hat, empfand ich im ersten Augenblick, als ich die Augen aufschlug, nur Freude.)*

*Gegenwart.*

Noch einmal gelingt es mir, mich herauszureißen, für einen Moment tauche ich auf aus dem Sog, doch ich weiß beim Öffnen der Augen, dass das Geheimnis der Ruhe für immer zerstört ist, hinaus in die ruhige Nacht nach dem silbrigen Mond schauend, Stunde um Stunde, ich fühle, dass ich ihn hasse, der einmal mein Mann gewesen war, rastlos und unglücklich, wie Nebel kommt es wieder und kam er wieder, nichts geschieht, um den Unglückseligen vom Heimkommen abzuhalten. Heimkommen in eine Zeit, die ich nicht seit der dunkelsten Zeit meines Lebens betreten hatte, und dann ist der Moment vorbei.

Es fühlt sich kalt und tot an, lebloses Gewicht.

Ich zögere. Es war das Wertvollste, Süßeste in meinem Leben, und du hast es verdorben. Mein Instinkt leitet mich, führt mich allein, ich fühle grausame Ruhe.

*In seinen Augen, seinem Gesicht, erkannte ich grausame, kalte Feindseligkeit. Warum hatte ich die vorher nur nicht gesehen? Streit wohl, aber Erbitterung, gegenwärtiger Hass hinter Verliebtheit. Nun aber erkannte ich, dass es so bleiben würde, mehr noch, und da packte mich das Entsetzen vor dem, was mir immer noch bevorstand. In meinem innersten Herzen hatte ich gleich in den ersten Wochen gefühlt, dass ich verloren war ...*

Und doch packt mich der Ekel, wissend, dass die Liebe nichts Ideales, Erhabenes sei, im Leben vielmehr etwas Feiges, Gemeines.

*Gehe den letzten Schritt.*

Du willst aus mir eine Mörderin machen! Das funktioniert nicht!

*Erinnere dich. Pierre Cardin ist ermordet worden.*

Aber nicht von mir! Die Anklage wurde fallengelassen, ich bin keine Mörderin!

Nicht Pierre, nein, nicht Pierre!

Ich habe ihn nicht umgebracht, und ich werde auch keinen Menschen umbringen! Niemals!

*Er hat es getan. Er hat Schuld. Es muss Ordnung geschaffen werden!*

Bring du deinen Mann um, aber ich werde keine Mörderin, egal, was du schreibst!

NEIN!!!

Mit jedem Nein springe und trample ich auf die Blätter, die überall im Zimmer verteilt sind. Alles fliegt zu Boden, einige zerreißen. Eine fremde Gewalt breitet sich in mir aus.

Ich bedecke mein Gesicht mit den Händen.

Laut, so laut, warum muss es mir so laut sein, mein Kopf zerspringt
*Und alles Fleisch, es ist nur Gras*
*Hochgewölbte Blätterkronen*
*Mein Freund der Baum*
Nein! Nein!
Und ich erkenne keine Melodie
*Deine Augen sind wie Sterne ...*
Nein! Schweigt still! Lasst mich.
Nur einen Moment, lasst mich.

Im Treibhaus wird es heißer, dichter, schwüler
*und der Leiden stummer Zeuge, steiget aufwärts süßer Duft*
steigt auf
Wenn ich nur einen einzigen Moment Ruhe hätte.
Wschhhhhh

*Am meisten quälte mich der Umstand, dass er mir gegenüber nichts mehr empfand als eine fortwährende, nicht enden wollende, ewig gleich verlaufende Gereiztheit. Ich war ein einziger Schlüsselreiz. Und was mich noch mehr erschütterte: er für mich auch. Während ich ihn ansah, sah ich in die Augen seiner Kinder, und auch, obschon er es nicht mit eigener Hand getan, war es doch allein sein Werk, sein teuflisches, und ich sah in seinen Augen nicht mehr ihn, sondern den fremden Mann, der unser Leben so brutal verwirkte, und, was das Schlimmste war, nicht die geringste Reue in sich trug, sondern sein Leben, als wäre nichts geschehen, jeden neuen Tag wie mit Hohn erfüllt einfach lebte.*
*Ich musste das alles sehen, und ich litt entsetzlich.*
*Wie konnte er jeden Sonnenstrahl, jeden Atemzug, jeden Blick der Welt zuwenden, wo er doch der Welt Werk zerstört hatte? Alles wendete ich auf als Schutz vor meinen Worten, vor meinen eigenen Gefühlen, die ich nur mühsam in Zaum hielt und die nicht aus mir herauskonnten und doch nach unten strebten mit aller Macht. Alles wollte auf einmal heraus und blockierte doch nur sich selbst.*
*Und doch fühlte ich, wie sie immer weiter hochstiegen in mir und ich sie – wann es sein würde, war mir ungewiss – nicht mehr würde halten können.*

Ich stoße einen erstickten Schrei aus, aber ich weiß nicht mehr, warum. Wache auf, ohne geschlafen zu haben. Oder habe ich geschlafen, ich weiß es nicht mehr, die Träume sind Wirklichkeit, die Briefe sind Wirklichkeit, die Welt, der Traum und mein Leben, alles zusammen.

Aber warum hat er losgelassen? Ich weiß mir keine Antwort. Warum hat er losgelassen? Bringt man nicht alle Kraft der Welt auf, um das Liebste festzuhalten?

Ich sehe hinaus, ohne zu sehen. Es ist tiefschwarze Nacht. Ich muss ihn fragen! Ich muss ihn sofort fragen!

Ich renne aus der Hütte. Warum habe ich kein Telefon – ich renne und renne und vergesse, dass ich auch hätte fahren können. Ich laufe den ganzen langen Weg zum nächsten Telefon, mein Atem sticht, bis ich anlange, bin ich völlig verschwitzt, die Zelle ist so heiß, dass die Scheiben beschlagen, als ich die Nummer wähle, und ich nicht heraussehen kann wie in einem Treibhaus, dabei ist es eine Telefonzelle.

„Ja, bitte?" Eine Frauenstimme meldet sich. Oh verflucht.

„Ist G da? Es ist ein Notfall!" Er muss mich retten, retten, retten.

„Er müsste jeden Moment hier sein." Wer auch immer sie ist, sie lässt sich nichts anmerken. „Soll er Sie anrufen?"

„Ich bin in einer Telefonzelle."

Sie hängt auf, ich hänge ebenfalls auf, nehme aber den Hörer wieder ab und drücke die Gabel heimlich wieder. Den Hörer halte ich ans Ohr, damit mich niemand aus der Zelle vertreiben kann.

Schnell, G, ruf an, rette mich. Du kannst es doch erklären!

Jeden Moment konnte er aus dem Schacht auftauchen. Gleich würde ich seinen Kopf sehen, seine eisgrauen Haare, er würde nach mir suchen. Vor der Zelle bildet sich eine Schlange. Ich schwitze unerträglich in der abgeschlossenen Zelle.

„Ja?"

„S? Was ist los?"

Er steht in der Schlange, hatte sich aber weggedreht, so dass ich sein Gesicht nicht sehen konnte. Aber er muss es sein. Das spüre ich.

„Ich muss dich sehen, jetzt gleich, Kann ich kommen?"

Er schweigt einen Moment.

„Ja, ich warte auf dich."

Der Mann, der mit dem Rücken zur Telefonzelle steht, dreht sich langsam um, als ich herauskomme. Ich habe ihn noch nie gesehen.

Ich trete an die Luft und streiche mir durch die Haare. Dann gehe ich langsam zu G. Was soll ich ihm sagen?

Ich gehe den ganzen Weg zu Fuß.

Und auf dem Weg steigt meine Wut. Woher hat er seinen Selbsterhaltungstrieb? Warum ist er so ruhig, kann sein Leben oder ein neues Leben führen? Fährt zur See und malt und sitzt im Lokal. Muss er nicht, wie ich, ständig daran denken? Warum ist er weg, warum ist er hier? Was hat er getan, um eine Lösung zu finden? Warum erklärt er es mir nicht? Macht er sich keine Gedanken, keine quälenden Erinnerungen, keine – Vorwürfe?

Macht er sich keine Vorwürfe?

Ich gehe schneller.

*Weit in sehnendem Verlangen breitet ihr*
*die Arme aus,*
ich denke oder träume.

Es hätte nicht sein müssen, wenn du nicht diese verdammte, verdammte Liebe zum Wasser gehabt hättest, wenn du nicht diese irrsinnige Idee gehabt hättest, wenn du sie festgehalten hättest wie dein Leben! Das schreie ich ihm entgegen in meinen Träumen oder in Wirklichkeit. Erst denke ich es nur, und ich erschrecke, dann aber denkt es mich und denkt und denkt, und ich merke, wie der Funke Feuer fängt, ohne dass ich es will, aber ich kann das Brennen nicht mehr halten, und insgeheim fühle ich, dass es die innerste Wahrheit ist.

Meine Seele ist wie ein offenes Grab und *umschlinget wahnbefangen öder Leere nicht'gen Graus* – und einen unbekannten Schmerz trage ich immer als Erinnerung mit mir herum. *Ich feiere mit ihm, ich tanze mit ihm, aber immer begleitet mich dieser Schmerz. Was bleibt mir jetzt noch, ich entziehe dem Leben diese Kraft, die mich so leiden macht. Mich nie vergessen lassen wird, was war.*

Gegenwart.

Und ich kann es auch niemals vergessen! Warum nur habe ich das gedacht und mich getäuscht, niemals kann diese Schuld vergessen werden, niemals mehr in diese Augen sehen, ohne dass ich sie sehe, und dass ich fühle, wie seine Hand sie loslässt, sie nicht genug festhält und ihre Augen, die es nicht verstehen und verzweifelt klammern, dann der letzte Moment, warum hast du mich losgelassen? Als ich dich am meisten brauchte, warum, und wie das verzeihen, vergessen, das Schönste zwischen uns zerstört. *Das ist dem Menschen nicht möglich, er ist es, der die Schuld trägt, und war es auch keine Absicht, so würde sie ohne ihn noch leben, lachen und singen.*

Schuld.

Dieser Gedanke hat sich in mich hineingestoßen wie ein Messer. Die letzten geschützten Schollen aufgesprengt, es traf die Mitte, die Mitte, das

Herz, tief unten auf dem Grund begann es zu arbeiten, ein gewaltiger Kampf, der die eben noch schlohweißen Wangen rot färbte. Mit harten Herztönen quoll es empor, fuhr heraus wie ein tödlicher Schuss.
Schuld.
*Wie Gift brannte sich mir der Gedanke ein. In die Adern, in das Fleisch. Schuld. Schuld. Schuld! Ich musste erkennen, dass er mit der Kühle und dem Hochmut die Augenbraue über die stählernen Augen hochzog, die nicht genug aufgepasst hatten. Der brennende Gedanke überfiel mich. Nicht genug, nicht genug. Ich war besessen vor Wut.*

*Mein ganzer Wille drängte ihm nach, ihn aufzuspüren, zu drängen, es zuzugeben. Es wenigstens zuzugeben. Mit entsetzlicher Deutlichkeit musste ich erkennen, dass die Seele das Geheimnis nicht mehr hielt, besessen von der Leidenschaft zuzuschlagen, zu drücken, die Wahrheit herauszudrücken. Nicht mehr den stählernen Blick in den Augen zu sehen, die so kalt waren und doch einmal eine sensible Seele offenbarten. Ich musste mich befreien, frei von ihm, wie zum Schutz hob er die Hand, die Hand, die nicht gehalten hatte, die verlassen hatte, Tod gebracht hatte.*

*Er hat ein teuflisches Grinsen! Teuflisch! Wieso hatte ich das vorher nie bemerkt? Er lag und schlief, ich starrte ihn an, bis er die Augen aufschlug, und sie waren goldgelb, und ich schrie, schrie.*

Ich stehe mit einem Schweißfilm auf der Stirn auf und trete aus der Kühle der Nacht hinein in das Haus hinter dem Stechginstergestrüpp. Mit den Händen verdecke ich meine Augen, als könne ich damit die Dinge, denen ich nicht Einhalt gebieten kann, zumindest nicht sehen müssen. Gleichzeitig ist mir die Endgültigkeit klar.

Schwarzer Nebel hüllt mich ein.

Es geht los.

Ich sehe ihn die Treppe hochkommen ...

*Kaum dass ich seinen Schritt hörte, bemächtigte sich meiner eine fluchthaft nervöse Unruhe, ich konnte es nicht mehr sehen, nicht mehr ertragen, dieses trockene Hüsteln, diesen herrischen Schritt, die gleichgültige kalte Gelassenheit. Ekel erfasste mich, wenn ich nur an ihn dachte ... und in meinem Zorn war Zorn gegen mich selbst, dass mir die Kraft fehlte, das Band, das mich an der Kehle würgte, wie einen Strick gewaltsam zu zerschneiden. Mit jeder Stufe, die ich selbst, immer langsamer, die Treppe hinaufsteige, greift mir eine kalte unsichtbare Hand höher hinauf an den Hals.*

*Ich hasse Musik. Nein, ich hasse sie nicht, sie hat mir nur nie etwas gesagt, etwas Besonderes, meine ich. Und auf einmal, dieses einzige Mal, packt sie mich.*

Ich höre und ich denke und ich fühle, und ich merke, wie ich nicht mehr wie ich selbst fühle. Ich breche in Schweiß aus, was ist es hier nur so unsäglich heiß, dabei weht ein kühler Wind, es muss ein kühler Wind sein, wir haben schon Herbst. Glaube ich. Doch die Hitze um mich herum steht wie still in dem Haus. *Nur die Hitze und die Musik. Ist es nicht so, dass man tanzt, fast wie von selbst, wenn man Tanzmusik hört? Dass man schläfrig wird bei schweren Tönen und aufmerksam bei leisen, sanften Klängen? Der, der sich Marschlieder ausdenkt, tut es für seine Soldaten, er lässt sie marschieren, sie können gar nicht anders! Ist es nicht so, dass uns die Musik zwingt, nach ihr zu handeln, dass wir gar nicht anders können?*

Und diese Musik, sie stachelt mich auf, ich vergesse meine wahren Gedanken, ich vergesse mich selbst, sie bringt mich in eine andere, gefährliche Lage. Ich fühle, was ich sonst nie fühlte, ich merke, wie weit die Welt wird, ich fühle, was möglich wird!

*Wie eine neue grausame Welt öffnen sich mir diese Klänge, ich weiß nicht, was möglich wird, aber ich fühle, es wird alles möglich sein. So und nicht anders bin ich wie vom Wahn betört, was hat der Komponist mit dem ersten Presto vor, was habe ich vor, ich kann ihm folgen, doch wohin, wohin?*

*Dann fließe ich dahin in erbärmlicher Ausgeliefertheit, genauso hat er es gewollt, und ich will es jetzt auch. Nichts will ich mehr als grausam sein und gerecht, hart und schrecklich, überall dichter Nebel wo der nur herkommt die Luft steht die Hitze der Herzschlag der Takt sie führen mich schicken mich stoßen und zwingen mich ...*

*Die Schritte ... das Crescendo treibt mich in den Wahn oder aus dem Wahn ich bin ihm verfallen ich muss etwas Außerordentliches tun um zu zeigen dass meine Raserei den Höhepunkt erreicht hat die verfluchte Musik sie hat sich gegen mich verschworen ich kann für mich nicht mehr einstehen weil es keinen Ausweg gibt.*

Oh Gott.

*Und so hat er das Kind umgebracht, indem er es nicht behütete. Indem er nicht genug Vater war und es gehen ließ, um sich zu retten.*

Nein! rufe ich. Nein!

Er hat seine Hand genommen und es nicht gehalten, als es gehalten werden musste. Er hat zerstört, was nicht hätte sterben müssen ...

Oh Gott! Nein!

*... und so ist es er gewesen, der ihr Leben zerstört hat, dein Leben, euer aller Leben ...*

Ja! brülle ich. Ja! Mein Kind ist tot. Tot! Was willst du noch?

*Niemals findet Ruhe, was noch ungesühnt ist ...*

Ja, weil du mir keine Ruhe lässt! Deswegen finde ich keine Ruhe!

... *und eine Rechnung offen bleibt im Leben, die dir den Schlaf raubt, die deine Träume beherrscht, deine Gedanken, die zarten Nebel zwischen den Gefühlen ...*
Hör auf damit.
*Die natürliche Ordnung muss wiederhergestellt werden. Cherche la vérité.*
Ich sinke. Die Wahrheit. Ich bleibe an diesem Wort hängen. Cherche la vérité.

Und dann habe ich begriffen.
Wenn ich nur für einen einzigen Moment Ruhe hätte, jetzt, wo es mir klar ist. Jetzt, wo meine Gegenwehr vorbei ist.
*Wwschschhhhhhhhhhhhhhhh*
Einen Moment lang denke ich an das Kind, was wird das Kind wohl von mir denken. Was wird Y denken. Da fällt mir ein, dass ich sie fast vergessen habe. Tu es. Es gibt keinen Ausweg.
Nur einmal schwanke ich noch, ich denke, was wird das Kind wohl von mir denken, wenn es, in ein paar Stunden, noch in der Nacht, davon erfahren wird. Bei dem Gedanken erfasst mich starkes unbändiges Mitleid, so dass ich einen Augenblick innehalte.
Dieser Moment vergeht.
Leb wohl, mein Kind.
*Wwwschhhh*
Ich höre keinen einzigen Laut mehr, nur Gebraus und *Wwschhhhhh* kann keinen Ton unterscheiden.
*Wwschschhhhhh*
*Mit dieser Besessenheit, ohne es zu begreifen, drücke ich zu: in rasender Wut, in unsinniger Wucht, Zehn Minuten, nein, fünf, nein, drei.*

*Leere Augen starren mich*
*nicht an.*
*Und da*
*wird es ruhig*

*und wie froh die Sonne scheidet*
*von des Tages leerem Schein*

Ich handle sicher und ohne Hast, aber auch, ohne Zeit zu verlieren, alles dem einen, meinem, Ziel unterordnend.

*Hüllet der, der wahrhaft leidet*
Ich muss Ruhe schaffen. Ruhe und Ordnung, ja: Ordnung auch.
*sich in Schweigens Dunkel ein*

Ich muss.
    Hör auf zu schreiben. Zu reden. Ich brauche dich nicht mehr.
    Mein Flüstern hör ich nicht. Mein Reden nicht und nicht mein Schreien. Ich brauche dich nicht mehr. Ich bin so weit.
    *Stille wird's*
    Still, bin so müde, bin bereit. Drücke die Klinke herunter.
    *Ein säuselnd Weben füllet bang den dunklen Raum*
    Dieses Kind würde es nie wieder geben. Und so musste es gelöst werden, ich schaffe Ordnung. (Sehe ihn schlafen. Schlafe. Schlafe.)
    Ich träume den letzten Traum.
    *Schwere Tropfen seh ich schweben*
    Wieder segle ich im Traum durch Sturm und Dunkelheit. Halt mich! Halt mich!
    Lass uns umkehren! Der Kahn brennt! Er brennt schon!
    Halt sie! Mit deinem Leben, halte sie!
    Wieder ist der Schatten auf dem Boot. Wer ist der Schatten?
    Warum schreit sie Mami, denke ich für einen Sekundenbruchteil, wo doch Papa sie hält, und da fällt ein Schimmer auf X' Gesicht, und die Hand, die sie verzweifelt hält. Im Schimmer der Morgendämmerung sehe ich den Ring an der Hand. Bin ich der Schatten?
    Im Fieber schleppe ich mich durch den Traum. Die Hand, die Hand, die nicht festhielt, die losließ, ich starre sie an, wie sie versucht zu halten, wie die Finger auseinandergleiten, einer nach dem anderen, wie sie ihr Glück verliert und den Wellen hingeben muss. Ich höre noch einmal ihr Rufen. Warum war sie nicht stark genug, warum war die Hand nicht stark genug, die Liebe nicht stark genug, und auf einmal lichtet sich der Nebel ganz plötzlich, gibt die Hand frei, und für einen Moment sehe ich die blaue Welle.

*Schwere Tropfen seh ich schweben*
*an der Blätter grünem*
*Saum*

## 7. Was dir nur Augen sind in diesen Tagen – La Vérité

Ist es geschehen?
Sie wacht auf.
Es ist so still.
Sie wacht auf und merkt es zunächst nicht.
Als sie merkt, dass sie wach ist, ist etwas verändert. Sie blickt sich um, die gleichen Blätter vor dem Fenster, die Orchidee, die ersten Strahlen der Sonne. Zeitungen ausgebreitet um das Bett, eine Schranktür mit Intarsien, eine Mokkatasse. Sie bemerkt es nicht. Alles ist wie jeden Tag, und doch ist alles anders. Sie blinzelt und versucht mit Gewalt den Grund zu finden. Was sie fühlt, ist nichts. Das ist es. Nichts. Sie fühlt nichts! Seit wie vielen Tagen, Monaten, Wochen, Jahren hat sie eine Nacht verbracht, ohne schweißgebadet aufzuwachen? Sie kann sich nicht erinnern.

Verwirrt schüttelt sie den Kopf, als könne sie damit den Rest eines Traumes herausschütteln. Aber da ist nichts.

Und da merkt sie, was ihr befremdliches Gefühl auslöst. Um sie herum ist Stille, auch jetzt noch am Morgen. Die Stille der Nacht hat sich auch über den Morgen gebreitet. Kein Singen der Vögel, kein Zwitschern, kein raschelndes Laub streicht am Fensterbrett vorbei. Die Welt draußen ist ruhig.

Die Welt zwischen Tag und Nacht gibt keinen Laut von sich. Als wäre sie verschwunden.
Wohin?
Sie schlägt die Decke zurück. Die Hütte ist hell, aber die Sonne blendet nicht.
Wohin ...
... sind meine Gefühle?
... ist mein Schmerz?
Wohin meine Wut? Meine Schuld?
Alles ist weg. Jede Regung, alles, was sie ausgehalten hat, jedes kleine Gefühl, das sie jemals gespürt hat, ist weg, als hätte es sich in Luft aufgelöst. Wie eine weite, blassblaue See schwebt ihre Seele vor ihr her, die dann melonengelb wird, dann wieder violett. Dann durchsichtig.

Dann taucht sie ab. Und fühlt nirgends Grund.
Wo ist ihr Gefühl?
Mein Gestern.
Sie ist unbeschreiblich müde.

Sie legt sich zum Schlafen hin. Sie wird müde, und sie denkt, es ist alles vorbei. So geht es ihr jetzt. Sie denkt, es ist alles vorbei.

Die Augen fallen ihr zu. Der Schlaf kommt noch einmal, und sie denkt, das ist jetzt der Abschied.

Doch sie wacht am nächsten Tag auf und sieht in eine frische Welt. Und sie hat zu dieser Welt noch etwas dazubekommen: ein Gestern.

*La Vérité*

Es fuhren nicht viele Autos die Landstraße entlang, an der Stelle, die in leichten Kurven den Hügel hinaufstieg, denn es war weder Stoßzeit noch Berufsverkehr, im Gegenteil, es waren gerade Ferien, und die Einzigen, die unterwegs waren, waren französische Ausflügler. Außerdem war es noch ziemlich früh am Morgen, die meisten Menschen schliefen noch selig an dem Tag, an dem meine Tochter bei aufgehender Sonne ihr Leben verlieren würde.

Die letzten Stunden ihres Lebens verbrachte X, die davon nichts wusste, an meiner Seite. An meiner und an Gs, und Y war auch da. Aber noch konnten wir uns nicht sehen, es war dunkel. Es war noch vor der Dämmerung.

X war acht Jahre alt. Seit ein paar Stunden erst.

Ihr Gesicht war gerötet, als sie zu mir ins Bett kroch, sich im Halbschlaf an mich drückte.

„Mami, ich war schon unten! Heut schon!"

„Wirklich", murmelte ich, und ich drehte mich noch einmal um. Es war noch kein Schimmer der Morgendämmerung zu erkennen. Welch Genuss, sich an ihrer Wärme zu freuen und sich wohlig noch einmal umzudrehen. Süße Träume, kommt noch einmal für ein paar Minuten.

„Ich war schon am Meer! Nur ich war da, und schau, was ich gefunden habe!" Ihre kalte Hand hielt Dutzende kleiner, graublauer Muscheln umfangen.

„Oh, so viele."

X strahlte. „Mami. Heut ist mein Geburtstag."

„Ich weiß, mein Spatz."

„Wir wollen zur Insel hinübersegeln, weißt du nicht mehr? Ganz früh, so dass wir den Sonnenaufgang schon drüben erleben! Komm, schnell!"

„Ja, gut", murmelte ich müde.

„Mami!"

Ich schlug die Augen auf. X sah mir mitten ins Gesicht. Voll Sicherheit und Unsicherheit, voller Stärke und Schwäche. Ihre ebenholzschwarzen, halblangen Haare in starkem Kontrast zu ihrem bleichen Gesicht und den klarblauen Augen. Klein und zierlich, fast zerbrechlich sah sie aus, nichts an ihrer Erscheinung verriet ihre Zähigkeit, am ehesten noch die klaren Augen, wenn sie einen Plan hatte, so wie heute, an ihrem Geburtstag.

An dem nur noch eine Stunde und vierzig Minuten blieben.

„Happy birthday to you, happy birthday to you, happy birthday liebe X, happy birthday to you!"

G stand da, einen kleinen Stoff-Maulesel in der Hand. Er hatte ihn vor Jahren auf einem Jahrmarkt gewonnen, als er Hau-den-Lukas spielte, lachend den Hammer auf den kleinen, schwarzen Amboss heruntersausen ließ, die Stahlkugel war die Skala hochgeschossen, vorbei an „Hemdsärmel", „Möchtegern", „Kraftprotz" bis zu „Supermann". Dafür bekam er einen grauen Maulesel geschenkt.

„Na Supermann, was machst du jetzt damit?" hatte ich ihn gefragt.

„Den schenk ich meiner Tochter", hatte er triumphierend gesagt.

„Aber wir haben gar kein Kind", hatte ich eingeworfen.

Aber er war dabei geblieben, und so hatte Jahre später X den Maulesel bekommen.

Ich sah zu, dass ich fertig wurde. Sonnenaufgang auf der Insel, die Idee konnte nur von G stammen. Er hatte auch das Urlaubsziel ausgewählt, den kleinen Ort an der bretonischen Küste, den er von früher kannte, wilde Felsen, auch im Meer, dazwischen Sand. Voller Vorfreude zogen wir über den sandigen Weg bis zum Meer, den kleinen Hügel hinunter.

Y hatte meine und Gs Hand genommen, sie war in die Mitte geschlüpft und hielt uns beide fest. Ich bemerkte es gerührt. Es war ihre höchste Freude, beide Eltern gleichzeitig zu halten, zu spüren, manchmal schien es fast, als hätte sie Angst, einen von uns zu verlieren.

„Ich tauche ins Dunkel rein!" rief X.

„Ich auch", rief Y, und das schwarze Haar meiner beiden Töchter glänzte nass, dann tauchten sie ab. Für eine Weile war nichts von ihnen zu sehen, dann kleine Füße in der Luft, dann eine Tauchermaske. Voller Abenteuerlust hatte sich X ins Wasser gestürzt, prustend und lachend kam sie wieder hoch, weil es noch kälter war, als sie gedacht hatte.

„Man sieht überhaupt nicht, wie kalt es ist!" beschwerte sie sich keuchend.

Y ein gutes Stück hinterher, immer ein Auge auf die ältere Schwester. Ich sah auf G und auf den liebevollen Stolz in seinen Vateraugen.

Vor uns lag ein wunderbarer Tag, warme Goldstrahlen kündigten die aufgehende Sonne an.

Dann tauchte X abermals auf und fuchtelte mit beiden Armen. Irgendetwas war los.

„Öhhöchöög fööch!" rief sie aufgeregt.

„Nimm den Schnorchel aus dem Mund!" riet G.

X zog den Schnorchel aus dem Mund. „Ich habe einen Seestern gefunden!"

Eineinhalb Stunden bevor alles zu Ende war, hatte sie eine Idee.

„Wir kaufen noch schnell ein Baguette bei Bonnet, sonst haben wir kein Frühstück." Natürlich wusste sie nicht, dass ein Geburtstagskuchen auf der Insel auf sie wartete. Ich hatte ihn gebacken, und G hatte ihn am Vorabend hinübergerudert und in einer Felshöhle versteckt.

„Y und ich kaufen ein, okay?"

X lief los, ihre Schwester an der Hand und den Rucksack auf den Rücken schwingend.

„Wir kaufen ein Baguette und ein bisschen Butter", bestimmte sie, dann zogen sie los.

Ich wandte meinen Blick nicht von den beiden. G sah entnervt hoch.

„Jetzt lass sie doch, sie gehen doch nur rüber zu Bonnet. Du musst ihnen nicht andauernd nachschauen."

„Hoffentlich passen sie mit der Straße auf."

„Natürlich passen sie mit der Straße auf. Das tun sie immer. Du darfst sie nicht so beglucken. Sie sind alt genug."

G hatte recht. Sie waren alt genug. Es war Zeit, sie ein Stückchen loszulassen. Ein paar hundert Meter über die Straße zum Einkaufen, das konnten sie längst. Ich musste es ihnen nur zutrauen. Meine Sorge schwächte sie nur, und das wollte ich auf keinen Fall.

Ich zwang mich, aufs Meer zu schauen. Es könnte doch sein, dass so ein irrer Raser … Ich sah wieder hin.

G seufzte.

„Sei ruhig. Schau aufs Meer und freu dich lieber auf unser leckeres Frühstück!"

Die Bäckerei lag gut einsehbar hinter einer Kurve. Diese jedoch konnte man von dort nur sehen, wenn man direkt davor stand. Außerdem war es noch ziemlich duster.

Endlich tauchte X auf. Sie schwang ihren Rucksack.

Ich stand auf.

„Wir haben super Sachen eingekauft!" brüllte sie, als sie in Reichweite war. Die Sonne wechselte bereits von zartem Orange in helles Gelb, die ersten Wolkenfetzen waren im Auflösen begriffen.

Sie liefen uns entgegen.

„Passt auf!" schrie ich sie an. Ein ungeduldiger Autofahrer sauste an ihnen vorbei.

„Was ist denn, beruhige dich." G war dicht hinter mir.

„Die fahren hier ohne aufzupassen, da muss man noch einmal extra gut schauen!"

Die Mädchen hüpften in Richtung Landstraße.

Über die Straße nicht rennen, dachte ich, zum fünfzigsten Mal ungefähr, und ich sagte nur deswegen nichts, weil sie Geburtstag hatte.

Da sahen wir alle zugleich den kleinen Lieferwagen um die Ecke biegen.

Ich sprang auf.

„Achtung!" brüllte ich. „Über die Straße nicht rennen!"

„Okay", rief X, der noch knapp eine Dreiviertelstunde blieb. Sie hüpfte übermütig vom Bordstein auf den Gehweg zurück und ging eine kleine Weile ganz gesittet.

„Leinen los", riefen unsere Töchter. Kreischend flog draußen ein Schwarm Fischreiher auf.

Wir machten die Leinen los und legten ab. Das Wasser schimmerte im Dämmerlicht, Lapislazuli, Aquamarin und ein Hauch Smaragd.

„Ich steuere", verkündete Y.

Ich war überzeugt, sie würde ihr Letztes geben, um uns alle vier in dem schweren Boot bis zur Insel zu manövrieren. Sie ist die Gewissenhafteste von uns, immer bemüht, ihre Versprechen einzuhalten. Ich drückte ihre Hand. Sie drückte leicht die meine. Niemals würde sie so eine Geste übersehen.

Meine kleine Y.

Ich konnte keine Bewegung machen, ohne dass das Boot schwankte, und aus irgendeinem Grund machte mich das an diesem Morgen nervös, dass wir alle im selben Boot saßen.

Unsere ganze Familie. Es schwankte bedenklich.

X wollte auf den Mast klettern.

„Nicht", warnte ich. „Das Boot ist voll!"

„Ach was, es ist nicht anders als sonst!"

„Bei dem Seegang", rief ich.

G kletterte den Mast hoch. „Wie soll ich sonst das Großsegel setzen?" fragte er.

Noch sieben Minuten.

Wir sind etwa eine halbe Stunde auf See, der Himmel über uns verwandelt sich von orangegelb nach grapefarben, das Wasser schlammgrün. Ich muss einen Moment lang an die Nordsee denken.

Als die Flamme in der Kajüte den alten Wischlappen erfasst, geht gerade die Sonne über dem Meer auf. X bemerkt es eine Sekunde zu spät. Das Feuer greift auf die Spiritusflasche über, der Knall ist ohrenbetäubend. Das eingerollte Segeltuch, die Taue und die umspannenden Balken brennen schon lichterloh.

Einen Sekundenbruchteil sind wir gelähmt.

Dann panisch.

„Den Eimer! Schnell, den Eimer!"

X beugt sich so hastig über die Reling, dass ich denke, sie kippt ins Wasser.

„Pass auf!" schreie ich.

„Schöpfen!" brüllt G.

„Es nützt nichts mehr!" rufe ich. „Mensch, der Kahn brennt doch schon lichterloh!"

„Wir müssen runter!"

„Nein, nicht! Halt sie fest!"

Da kracht der Hauptbaum entzwei, ein Teil fliegt herab, ich springe zur Seite, wo G steht und X gerade mit dem Eimer schöpfen will und sich über die Reling beugt, der halbe Baum kracht neben ihr nieder. Y macht im Affekt die falsche Bewegung, das Steuer springt, das Boot macht einen Ruck. X verliert das Gleichgewicht und geht über Bord.

Einen fürchterlichen Moment lang ist sie wie vom Erdboden verschluckt. Dann taucht sie prustend auf, und G bekommt sie zu fassen.

„Halte sie!"

„Mami!"

Ur-Angst um X.

„Halt sie doch fest!"

In der Gischt hört mich keiner.

„Ich schaff es nicht!"

„Halt sie fest! Halt! Der Mast bricht!"

„Mami!"

Der Mast!

„Halt!"
Die Hand, die X festhält, rutscht gegen alle Kraft ab. X wird von dem Ruck an die Planken geschleudert, wo der herabstürzende Hauptmast sie unter sich begräbt. Blau Nummer siebenundvierzig färbt sich blutrot.
Die Hand, die sie hätte festhalten müssen, aber losgelassen hat, ist meine Hand. G steht hinter mir. Ich erkenne seinen Schatten.
Ihr Magen bekommt einen Riss, ihre Milz auch. Ihre Arme und Beine verwinden sich und brechen mehrmals. Aber ihr Kopf. Ihr Kopf, den ich gehalten und gestützt habe, als er klein war, und der auf einem dünnen Hals saß, ihr Kopf, den ich geboren habe und Millionen Mal gestreichelt.
Ihr Kopf mit ihren Gedanken wird unter dem Mast zerquetscht.

Langsam und sehr aufmerksam sieht sie sich in der Hütte um. Es ist der letzte Blick. Sie wird nie mehr herkommen. Ein letztes Mal steigt sie auf ihren Felsen. Als die große Welle anrollt, wirft sie ein fest verschnürtes Bündel mit aller Kraft hinein.
Sie haben ihr die Wahrheit gebracht.
Sie braucht sie nicht mehr.

*Und wir sind nicht mehr zag.*
*Unser Weg wird nicht nur ein Weg sein.*
*Wird eine lange Allee sein*
*aus dem vergangenen Tag.*

Was sie bis heute nicht fassen kann: Es war das Schlimmste eingetreten, doch die Welt war nicht untergegangen. Am nächsten Tag war die Sonne wieder aufgegangen und hatte ihren Weg über den Horizont zurückgelegt, als ob nichts weiter geschehen wäre, und nichts war so unerträglich gewesen an jenem Tag wie ihre Schönheit.

*Nun will die Sonn so hell aufgehen*
*Als sei kein Unglück mir geschehen.*

Das Rauschen in meinem Kopf ist weg. Die Stimmen und Töne haben mich verlassen, einer nach dem anderen, das Chaos hat sich aufgelöst.
Ich muss ihn nicht umbringen. Und mich auch nicht. Mein Weg ist ein anderer, er musste durch diese Hölle führen. Jetzt steht der letzte Schritt bevor. Ich kann ihn sehen.

Ich höre, was mir geblieben ist. Es sind die Töne, die mich immer verfolgten, in anderen, während anderer, immer als Bruchstücke nur, doch immer deutlicher werdend. Zwischenhinein schossen andere Lieder in mein Leben, wie Störgeräusche zwischendurch, da ihre Zeit noch nicht gekommen war. Sie ließen sich nicht freikämpfen und auch nicht unterdrücken. Zu tragisch, zu wahr, zu ehrlich, zu wirklich, zu unerträglich. Jetzt allmählich haben sie sich freigekämpft und sind allein. Alles Beiwerk ist weg. Sie setzen sich Schritt für Schritt zusammen und nehmen Gestalt an. Ich muss mich ihnen stellen. Ich bin vielleicht frei. Ich kann frei werden.

„Der Schatten, das warst du."

„Welcher Schatten?" fragt er.

Wieder fließt das Wasser an uns vorbei. Und immer wieder neues Wasser.

„Pierre war nicht nur dein Kapitän", flüstere ich.

„Nein." G dreht sich weg.

„Sein Schiff hieß La Bretonne."

Silberreiher, flieg ein Stück.

„Ich fahre heim."

„Ja. Ich weiß."

„Kommst du nach Hause?"

„Mein Zuhause ist hier."

„Das 7 S?"

„Es gehört mir."

„Seit wann?"

„Seit Sommer."

„Seit Sommer? Du hast es im Sommer gekauft?"

„Nein, ich habe es geerbt. Es gehörte meinem Großvater. Pierre Cardin."

„Pierre …"

„Ist mein Großvater. Und ein unglaublicher Seemann. Das war sein Verhängnis. Als meine Eltern ums Leben kamen, war er der Steuermann des Schiffes. Er wollte ihnen die schönste Insel der Bretagne zeigen. Kurz vor der Küste kam der Sturm. Sie sind aufgelaufen."

„Deine Eltern?"

„Sind ertrunken. Er hat überlebt."

G spielt mit den Sandkörnern.

„Dann ist er nie mehr zur See gefahren, bis ich herkam. Meine Großmutter versuchte lange zu verhindern, dass ich mit Wasser und dem Meer in Berührung kam. Als sie sah, dass es unvermeidlich war, schickte sie mich zu ihm. Ich sollte wenigstens den besten Lehrmeister haben. Er hat mich alles gelehrt, was er über das Wasser wusste. Ich hatte keine Ahnung."

Der Sand ist kühl, vor allem, wenn man ein Stück weiter nach unten gräbt.

„Konnte dein Großvater Klavier spielen?"

„Ja, das lag in der Familie. Seine Großmutter war Indiana Cardino, eine Freundin von Aurore Dupin und Frédéric Chopin. Angeblich soll sie sogar für ihn komponiert haben." Er lächelt. „Ich habe das nie so recht geglaubt. Jedenfalls habe ich leider nichts von ihrem Talent geerbt, wie du weißt."

„George Sand", murmele ich.

„Bei dem Unfall hat er zwei Finger seiner rechten Hand verloren. Er konnte nie mehr Klavier spielen. Bitter für ihn, denn er war von der Musik besessen. Aber das war es nicht. Er ist nie über seine Schuld hinweggekommen. Schließlich hat er seinem Leben ein Ende gesetzt. Seinen wichtigsten Besitz hat er uns vermacht. Dir die Briefe und mir das Seven Steps. Ich habe es im Sommer übernommen."

Sieben Schritte. Ich habe lange nicht gewusst, wohin sie führen.

Und doch hast du es gefunden.

Der Silberreiher fliegt auf, zieht seine Kreise und verabschiedet sich dann für dieses Jahr in Richtung Süden. Es ist Herbst geworden.

„Mach's gut, G", sage ich leise.

Und stehe auf.

*Noch drei Tage*

„Es wird keine Menschenseele kommen!" Er sieht mich mit geballtem Unverständnis an. „Überhaupt niemand. Sie können froh sein, wenn zu normaler Zeit noch jemand kommt, um Sie zu hören."

„Im Morgengrauen oder gar nicht."

Ich zittere. Was wäre, wenn er „gar nicht" sagen würde.

„Sie sind verrückt."

Er hat recht. Ich bin verrückt. Von meinem Platz weggerückt. Aber es ist meine einzige Chance, wenn es überhaupt eine ist. Und selbst wenn, was ist danach?

Ich konzentriere mich auf das Nächstliegende. Und habe alles auf eine Karte gesetzt.

„Da kommen Sie drei Tage vor dem Termin und wollen alles umschmeißen. Ich habe überhaupt nicht mehr mit Ihnen gerechnet. Unser Ersatzprogramm steht bereits."

„Ich habe nie abgesagt. Wir haben einen Vertrag."

„Ja, aber Sie hätten sich melden müssen, Ihr Programm mit mir besprechen, die Reihenfolge festlegen. Jetzt haben wir kein Programm gedruckt, keine Plakate, nichts. Wir hatten nicht einmal eine Orchesterprobe!"

„Ich kenne den Pianisten. Es wird gutgehen."

„Wir werden zum Gespött werden."

Er rauft sich die Haare.

„Ich hoffe nur, Sie sind perfekt vorbereitet."

Ich sage nichts. Ich habe die Lieder nicht ein einziges Mal geprobt.

*Der vorletzte Tag*

„Ich werde es nie wiedergutmachen können."

Serge sieht mich an. „Es ist nichts passiert."

„Ich hätte ihn beinahe umgebracht. Ich war kurz davor."

Ich schaue durchs Fenster.

„Du hast deine Gefühle jahrelang auf falschen Tatsachen aufgebaut."

Wir schweigen lange.

„Nur die Hälfte von mir lebt in der Gegenwart. Der andere Teil ist auf dem Schiff geblieben."

„Du musst gehen und dich holen."

„Wird man je über eine unglückliche Liebe hinwegkommen?"

„Ja, da heilt die Zeit. Doch niemals, wenn es Mutterliebe ist."

„Ich habe nur Angst, dass ich sie vergesse. Natürlich werde ich sie niemals als Mensch vergessen. Sie wird für immer in meinem Herzen sein. Aber ich werde ihr Lachen vergessen; vergessen, wie sie ihre Schuhe hingestellt hat, um sie anzuziehen. Wie sie sich anlehnte dabei. Vergessen, wie sie am Morgen blinzelte, wenn die Sonnenstrahlen sie beim Aufwachen kitzelten. Wie sie als Erstes zum Fenster lief, um zu sehen, wie das Wetter war. Und wie der Ausdruck ihrer Augen war, wenn sie einen Plan schmiedete."

*Der letzte Tag*

Auf dem winzigen Balkon ist nur Platz für mich alleine, er schwebt über dem Seitenkanal, dem ich in seinen Windungen nachschauen kann, bis er in der Ferne in einen größeren fließt. Seit ich angereist bin, sitze ich hier und schaue dem Wasser nach.

Es ist es kalt geworden. Zwar noch hell, aber die fröstelnde Kühle der hereinbrechenden Dämmerung ist schon zu spüren. Ich atme sie ein, im Bewusstsein, mich von ihr verabschieden zu müssen. Nur noch diese Nacht.

Mir ist, als säh' ich deine Augen. Mir ist, als kämst du durch die Tür. Sie ist offen, und ich kann dich sehen, wie du durchgehst, so schnell, und wie immer in Eile. Eigentlich bist du nie nur gegangen, sondern immer gerannt. Du konntest es nie erwarten, am Ziel zu sein.

Viel zu schnell bist du ans Ziel gelangt.

Ich wollte dir Lebwohl sagen und konnte es doch niemals.

Ich habe dir Rosen gepflanzt. Rêve Orange, und ich hoffe, dass sie wachsen. Ich singe dir mit stummem Herzen ein Lied, das in mir ist. Niemals wird dich jemand ersetzen können. Ich erinnere mich an deine Fröhlichkeit, deine Zuversicht und deine Klarheit.

Unvermittelt schaue ich auf die Hand, wo wie immer keine Uhr ist. Und auch kein Ring mehr.

Unaufhaltsam vergeht die Zeit.

*Der Morgen*

Noch fünf Stunden. An Schlaf denke ich nicht mal. Ich versuche nicht zu denken, dass jetzt dann, genau jetzt meine Stunde sein wird. Nicht zu denken, dass es über mein weiteres Leben entscheiden wird. Ich bemerke nicht, dass hinter den Kanälen die Sonne aufgeht. Ich atme durch. Gehe ins Bad, lasse mir Wasser übers Gesicht laufen, erfrischend, nicht schockierend. Alles sehr konzentriert. Ich fühle mich erleichtert. Mein Herz schlägt langsam, aber groß.

Ich atme wieder durch, gehe in den Garten. Große Farne. Ich trinke einen Schluck Kaffee. Ein Schluck müsste noch gehen, Kaffee macht mich kühl und warm zugleich, ohne Reizung, er glättet und macht durchlässig. Aber zu viel macht mich kribbelig. Keinesfalls darf ich ihn zu nah am Auftritt trinken.

Ich denke an Serge, die Ruhe, die er in sich trägt. Er spielt keine Rolle. Ab heute muss ich es alleine schaffen.

Die *Kindertotenlieder* von Gustav Mahler waren mir ein einziges Mal begegnet, ausgerechnet in der Schwangerschaft vor vierzehn Jahren. Ich habe innerlich Reißaus genommen vor diesen Liedern mit ihrer dunklen Prophezeiung, wie sie Alma Mahler ihrem Mann vorwarf, als hätten sie den Tod ihrer Tochter vorweggenommen. *„Ich kann es wohl begreifen, dass man so furchtbare Lieder komponiert, wenn man keine Kinder hat, aber kann es nicht verstehen, wenn man sie eine halbe Stunde vorher geherzt und geküsst hat."* Diese Lieder, die zu schwer sind, um sie zu empfinden, und die mich belagert haben, die ich jetzt aushalten muss, um das Leben auszuhalten.

Ich versuche, mir den Text in Erinnerung zu rufen. In einem Moment ist er weg. Im nächsten Moment überflutet er mich. Dann gehe ich in den Garten, stelle mich in die Farbe Lila und versuche an nichts zu denken als an die Blumen.

Ich bemerke, dass das Wetter angenehm ist. In einer halben Stunde werde ich mich einsingen, das ist dann die wirklich letzte Phase der Vorbereitung, des Singens. Dann liegt nichts mehr zwischen mir und dem Auftritt.

Ich nehme keine direkte Nervosität wahr. Doch ich merke die Anspannung daran, dass ich nichts aufnehmen kann, meine Konzentration lässt nichts durch. Ich kann keine Informationen aufnehmen, die nicht ohnehin schon in mir sind.

Bin ich mit mir in Berührung, wenn ich singe, dann geht noch mal eine Welt auf. Ich versuche frei zu werden von Gefühlen, um diese Gefühle zu mir zu lassen.

Um mich zu entspannen, versuche ich mir vorzustellen, wie es ohne den Auftritt wäre. Ich kann es mir nicht einmal mehr vorstellen.

Ich gehe in den Saal, noch gehört er mir. Ich fühle in die Weite und in die Tiefe des Raumes. Ich spüre ihn aus, nicht ganz bis zu den Ecken. Ich probiere ein paar Töne. Wie es sich heute anfühlt. Ein Stück einer schwierigen Stelle. Im Raum herrscht Stille, die Stühle sind schon zurechtgerückt, Notenblätter liegen für jeden im Orchester bereit, dazu die individuellen Hilfen, ein Glas Wasser, ein Glücksbringer, ein Taschentuch.

Nach dem Einsingen, das gut funktioniert, habe ich einen akuten Spannungsabfall. Ich gehe nicht an die Grenze, nicht in mich hinein, nur ein bisschen, berühre nicht die schützende Schicht. Jetzt liege ich in einem

Loch, das aber wieder ansteigen wird. Jetzt wäre die Zeit, noch was aufzuholen, anzugehen, bevor die letzte Phase läuft.

Ich muss mich fühlen beim Singen. Was tut mir gut? Das Kribbeln hört nicht auf. Manchmal kommt eine Welle an mich, auf mich, nicht über mich, dann flaut sie auch wieder ab. Das Grundkribbeln bleibt. Es ist kein schönes Gefühl, das ich jetzt habe. Trotzdem begleitet es mich bis hin zum Auftritt.

Ich versuche bei mir zu bleiben. Wo bin ich im Moment? Wo werde ich sein?

Ich muss bei mir bleiben.

Unsere Begegnung steht unmittelbar bevor.

Der Tod und das Mädchen.

Der Moment vor dem Morgengrauen, an dem sich die Welten berühren. Der magische Augenblick, der die Welt zusammenfügen oder für immer trennen kann. Der Augenblick, der nicht nur das Dickicht der Welt aus dem Dunkel heben kann, sondern auch die Menschenherzen – selbst, wenn sie es gar nicht wollen. Wenn sie lieber im geheimen Winkel verweilen statt herauskriechen zu müssen ans Licht.

Und die Worte müssen herauskriechen aus meiner Seele, die seit Jahren dort zurückgehalten werden. Die gar nicht ans Licht wollten und jetzt aus mir herausdrängen. Zum ersten und letzten Mal.

Das Rascheln der ersten Besucher kündigt die Außenwelt an.

Man hört gedämpftes Brummen, Schlurfen, Rascheln. Menschen über Menschen strömen in die Fenice. In der Dunkelheit kann sie niemanden genau erkennen. Sie sind alle gepackt von einer merkwürdigen Spannung, die wie elektrisierend über dem offenen Raum liegt, so dass er geschlossener wirkt als sonst. Feuchter Nebel liegt noch über dem Gelände, steigt aus den Kanälen auf. Unwirklichkeit überzieht die Szenerie und legt sich auf die Menschen, die leise rumpelnd ihre Plätze suchen.

„Sie wohnt nicht mehr in der Stadt", wispert jemand.

„Da, da ist ihr Mann! Und ihr Kind!" flüstert ein Besucher seinem Nachbarn zu.

„Sie hat ihn doch verlassen."

Sie steht einen Moment reglos. Einen Moment lang scheint sie zu taumeln. Doch dann tritt sie auf die Bühne. Steht da, den Blick nach unten gerichtet. Atmet ruhig. Dann hebt sie den Kopf. Für einen Moment sieht sie in den dunklen Saal. Als ob sie etwas sucht. Kein Laut ist zu hören.

*Das letzte Konzert*

Mein Kind. Mir ist, als säh' ich deine Augen. Mir ist, als kämst du durch die Tür. Du konntest es nie erwarten, zu schnell gekommen, zu schnell gegangen. Sei nun frei von allem, was dich hier gehalten. Stolz auf das, was du gewesen. Fließe wie das Meer, nimm das Licht der Sonne, des Mondes und der Sterne.
Ich lasse dich nun gehen, um dich für immer zu behalten.
Deine Mama.

Alle Störgeräusche sind weg. Ich höre und weiß, dass ich mich auch von Y verabschieden muss. Sie hat sich für ihren Vater entschieden, lange schon.

*Dort ahnt' ich nicht, weil Nebel mich umschwammen,*
*gewoben vom verblendenden Geschicke,*
*dass sich der Strahl bereits zur Heimkehr schicke dorthin,*
*von wo alle Strahlen stammen.*

Zu Anfang ist jedes Wort Überwindung, jedes einzelne kostet Kraft. Da endlich geht es über auf die Musik, das Horn nimmt die ganze Trauer des Anfangs auf sich und verteilt es auf das Fagott, fast tröstet mich das, doch *„das Unglück geschah nur mir allein"* holt mir das Geschehen wieder zurück. Eingebettet in das Orchester, finde ich doch keinen Halt darin, und ich breche hindurch, und ich kämpfe, um das zu verhindern und das weiterzuführen, was ich nun begonnen habe.

Die angesammelten Lieder strömen heraus, während über den Kanälen die Sonne aufgeht, mein Herz in Fetzen, ich brauche nichts zu tun, es bricht aus mir heraus. Es ist unser aller Abschied, die stampfenden Schritte der tiefen Streicher, der Hörner, dann der Flöten, sie alle reißen mich hinaus in ein Inferno.

Da wollen die Töne mich leise machen, eine sanfte Passage, wie ein stiller Abschied, ich kenne ihn, doch das passiert nicht mit mir: Jetzt, da sie dürfen, drängen sie nach draußen, alle diese Töne, ich lasse mich nicht dämpfen, ich schreie die Worte zu den Menschen, in die Welt, ich schreie diese stille Passage so laut ich kann und werfe sie aus mir heraus.

Beim fünften Lied gerate ich noch in große Gefahr. Braus und Graus. Schuld und Abschied. Ich schwimme, aber stehe es durch.

Als ich fast zu Ende bin, meldet sich der Anfang wieder. In gleicher Weise, doch anders. Die Seele hat inzwischen einen langen Weg zurückgelegt, immer wieder erfuhr sie diese Melodie in anderen Phasen, in immer anderem Licht, zerrissene Teile vom Herzen um sich werfend.

Warum ist das alles passiert. Monate, Jahre. Für diesen einen Moment hier. Ich lasse dich gehen, mein Kind. Und bleibe ohne dich zurück.

Man hört den Tönen an, dass ich sie zum ersten Mal singe. Ich habe sie jahrelang in meiner Seele herumgetragen. Jetzt verlassen sie mich. Und X verlässt mich ein zweites Mal, im Morgengrauen.

*Ihr möchtet mir mit eurem Leuchten sagen:*
*wir möchten nah dir bleiben gerne.*
*Doch ist uns das vom Schicksal abgeschlagen.*
*Sieh uns nur an, denn bald sind wir dir ferne!*

Immer fühlte ich, dass hier das Ende war. Doch das Lied geht weiter. Irgendwann – genau jetzt – kommt die letzte Zeile dazu, und ich fühle es, als ich es singe. Vielleicht ist das der Satz, den ich mir in diesen Jahren herbeigelebt habe:

*Was dir nur Augen sind in diesen Tagen:*
*in künft'gen Nächten sind es Sterne.*

# Nachwort

(Zeitungsausschnitt am nächsten Tag)

*Es gab keinen Applaus. Nicht einer hatte den Vortrag unterbrochen, und auch am Ende war es totenstill.*

*Atemlos hatte das Publikum der ausverkauften La Fenice Gustav Mahlers* Kindertotenliedern *gelauscht, die so niemand je gehört hatte und niemals mehr hören wird.*

*Mit zerbrochenem Ton holperte die Melodie heraus, mitten ins bewegte Herz, verstörend schön und merkwürdig fremd, aus der Finsternis verschütteter Seele mühsam aufgestiegen – ins erste Morgenlicht.*

## Danksagung

Mein Dank gilt meiner Familie und Stefanie F., ohne die es das Buch nicht gäbe.